www.lucy-sf.de

Zusammen mit ihren irdischen Begleitern bricht das 16-jährige Mädchen Lucy zu einem Weltraumabenteuer auf. Anfangs glauben die vier unfreiwilligen Schicksalsgenossen noch, dass sie nur ihren Planeten Terra, die Erde, retten müssen. Im weiteren Verlauf der Odyssee, die sich über die insgesamt sieben Bände erstreckt, müssen sie aber erfahren, dass es sich um weitaus größere Ziele handelt. Es geht um nicht weniger, als das Überleben des ganzen bekannten Teils der Galaxie.

Lucy, das mutige Mädchen mit dem etwas herben Charme, der etwas verschrobene aber geniale Christoph, der gut aussehende und mutige Lars mit dem gut versteckten großen Herzen und die hübsche, auf den ersten Blick etwas naiv wirkende Kim, die aber ganz unvorhergesehene Fähigkeiten entwickelt, haben gemeinsam gefährlichste Abenteuer zu bestehen. Von exotischen Umgebungen auf fremden Planeten bis hin zu wilden Weltraumschlachten müssen sie bedrohlichste Situationen meistern.

Dabei lernen sie nicht nur die weiterentwickelte Technik des Biologiezeitalters kennen, die Lucy noch nicht einmal aus Science-Fiction-Abenteuern kennt, die vier müssen auch mit dem fremdartigen Verhalten ihrer neuen außerirdischen Freunde zurechtkommen.

Fred Kruse lebt in Norddeutschland und hat vier erwachsene Kinder. Er ist promovierter Physiker und arbeitete jahrelang im IT-Management. Er veröffentlichte bisher die siebenbändige SF- und Jugendbuchserie ›Lucy‹, die SF-Serie ›Weltensucher‹, den zweibändigen Fantasy-Roman ›Adromenda‹ sowie die Cyberthriller ›Final Shutdown‹ und ›2048‹.

Fred Kruse

Lucy

Im Herzen des Feindes

(Lucys 2. Abenteuer)

Jugendbuch
Weltraumabenteuer

© 2012 - 2023 Fred Kruse

URL: www.lucy-sf.de

3. überarbeitete Auflage
Umschlaggestaltung, Illustration: Fred Kruse
Lektorat: Doris Mischke

Verlag: CreateSpace
ISBN-13: 978-1477502235
ISBN-10: 1477502238

Das Werk, einschließlich seiner Teile, ist urheberrechtlich geschützt. Jede Verwertung ist ohne Zustimmung des Autors unzulässig. Dies gilt insbesondere für die elektronische oder sonstige Vervielfältigung, Übersetzung, Verbreitung und öffentliche Zugänglichmachung.

Für meine Kinder und Enkelkinder

Danksagung

Ich danke meinen Kindern, Schwiegerkindern und Gastkindern, die sich auch für diesen Band als Probeleser zur Verfügung gestellt haben und deren positive Kritik mir auch dieses Mal Mut zur Veröffentlichung des vorliegenden Werkes gemacht haben. Ebenso danke ich meiner Frau Annemarie für ihre Unterstützung.

Ganz besonderer Dank gilt wieder meiner Cousine Doris Mischke für die fantastische Lektoratsarbeit.

Fred Kruse

Sehnsucht

Heute war der Tag. Es ging nicht mehr anders. Sie hatte es nun schon die vollen drei Monate hinausgeschoben, die sie wieder zurück auf der Erde waren. Aber länger konnte sie es einfach nicht hinauszögern. Hier stand sie, Lucy, das Mädchen, das diesen ganzen Planeten vor der Zerstörung durch Außerirdische gerettet hatte, und hatte Angst – Angst, mit ihrem besten Freund zu reden. Und zwar genau über dieses Thema, dass er nämlich ihr bester Freund war – genau das und nichts anderes.

Vor lauter Verzweiflung hatte sie sogar schon vor zwei Wochen auf dieser Party mit dem hirnlosen Typen aus der Klasse über ihr geknutscht. Gut, an dem Abend war er ihr noch nicht so hirnlos vorgekommen. Er sah ja auch echt gut aus – jedenfalls für einen Terraner, also einen Menschen von der Erde. Als sie ihn aber am nächsten Tag wiedergetroffen hatte, war ihr klar, dass sie mit ihm nicht reden konnte, jedenfalls nicht über die Dinge, die ihr wichtig waren. Also hatte sie die Sache gleich wieder beendet, bevor sie richtig angefangen hatte.

Kim, ihre beste Freundin, war fast ausgeflippt, als Lucy ihr die Geschichte erzählte. Kim war der Meinung, dass man ruhig mal ein paar Erfahrungen sammeln sollte, bevor man den Richtigen traf. Die hatte natürlich gut reden. Mit Christoph, dem Vierten im Bunde hatte sie ja auch einen Frosch zu einem richtigen Traumprinzen geküsst. So verliebt, wie die beiden durch die Gegend liefen, konnte man richtig neidisch werden.

Mit dem Fröscheküssen war das bei Lucy so eine Sache. Sie hatte es nun ja einmal versucht. Aber sofort hatte sie Borek vor sich gesehen, denjenigen, der ihr bei ihrem Ausflug in die Welt der interstellaren Verstrickungen das Leben gerettet hatte. Viel wichtiger für ihre momentane Gefühlswelt war aber, dass er sie dabei fast geküsst hatte.

Warum konnte sie nicht zugeben, dass sie sich ganz einfach verliebt hatte? Natürlich wusste sie das. Es lag ganz einfach daran, dass er eigentlich zu ihren Feinden zählte. Er war ein Imperianer, gehörte also zu der Spezies, die die Erde einnehmen und versklaven wollten. Auch wenn er sie und ihre Freunde gerettet hatte, in so jemanden konnte man sich doch wohl nicht verlieben.

Aber eigentlich war es noch viel schlimmer. Wenn sie nur daran dachte, trieb es ihr fast die Schamröte ins Gesicht. Der Junge befand sich – falls er die ganze Aktion heil überstanden hatte und überhaupt noch lebte – jetzt auf einem anderen Planeten. Dieser Himmelskörper war so weit weg, dass man die dazugehörige Sonne mit bloßem Auge noch nicht einmal als einen einzelnen Stern im Band der Milchstraße identifizieren konnte. In so einen Jungen verliebt zu sein, war noch kitschiger, als sich in einen Hollywoodstar zu verknallen. Man musste schon eine völlig beschränkte Tussi sein, um sich in so etwas hineinzusteigern. Es war ziemlich hart anzuerkennen, dass man dann wohl genau zu dieser Kategorie Mädchen gehörte.

Während diese Gedanken durch ihren Kopf flossen, war sie langsam die Treppe vom ersten Stock, in dem sich ihr Zimmer befand, in das Erdgeschoss hinuntergestiegen. Im Wohnzimmer saßen ihre Eltern und unterhielten sich. Es ging offensichtlich um sie. Lucy lauschte an der Tür.

»Das ist einfach nicht normal! Mehr als zwei Jahre schlagen wir uns mit einer Tochter herum, die nur schlecht gelaunt ist, keine Freunde hat und sich nun wirklich für gar nichts interessiert. Dann fährt sie in Urlaub und kommt völlig verändert zurück.«

Ihre Mutter redete aufgeregt auf ihren Vater ein. Der hielt ein Buch in der Hand und hatte, dem Tonfall nach zu urteilen, gar keine Lust mit seiner Frau über die gemeinsame Tochter zu unterhalten.

»Ich verstehe dich nicht. Sie ist doch jetzt wirklich gut drauf. Freu' dich doch, dass sie sich so positiv verändert hat. Selbst in der Schule hat sie nur noch Zweien und Einser geschrieben.«

»Das ist es ja gerade! Da stimmt doch was nicht! Warum geht das plötzlich? Ich habe mir jahrelang den Mund fusselig geredet, ohne Erfolg. Kannst du nicht mal deinen Freund Jochen fragen – der ist doch Psychologe – ob es nicht irgendeine Droge gibt, die Kinder in so eine Art Hochstimmung versetzt, kurzfristig die Leistung steigert und so? Man hört doch dauernd von solchen Dingen. Der kennt sich doch bestimmt damit aus.«

»Also ich weiß nicht. Ich finde, wir sollten einfach froh sein, dass Lucy sich so positiv verändert hat. Was soll Jochen dazu denn sagen? Soll ich ihn auch gleich fragen, wie die körperlichen Veränderungen zustande gekommen sind?«

Die letzte Frage ihres Vaters klang mehr als ironisch. Klar, ihm war es nur recht, wie es war. Er wollte die Sache gar nicht hinterfragen. Endlich hatte er die Tochter, die er sich immer gewünscht hatte. Lucys Mutter war nicht so naiv. Ihr war klar, dass etwas nicht stimmte.

»Du brauchst gar nicht so ironisch zu werden«, antwortete sie beleidigt. »Es ist wirklich mehr als merkwürdig, wie sich das Kind auch körperlich verändert hat. Das mit den Pickeln könnte man ja vielleicht noch auf die positive psychische Stimmung schieben, aber dass sie innerhalb von fünf Wochen so viel abgenommen hat, das kann nicht allein von Fitness und Ernährung kommen. Da steckt etwas anderes dahinter. Wenn es so eine tolle Diät geben würde, dann könnte man damit wahrscheinlich Millionen verdienen. Jedenfalls könnte Lucy wenigstens ihrer Mutter verraten, wie man das macht. Aber das Kind erzählt ja einfach nichts.«

»Aber du hast doch gar keine Diät nötig«, tröstete sie der Vater. Darüber konnte man schon geteilter Meinung sein, dachte Lucy. Und richtig, auch ihre Mutter antwortete schnippisch:

»Du brauchst mir gar keinen Honig um den Bart schmieren. Du willst doch nur deine Ruhe haben. Was ist mit der Brille? Unsere Tochter war fast so blind wie ein Maulwurf. Und nun kommt sie wieder und braucht keine Brille mehr! Ich habe das überprüfen lassen. Besser als sie kann kein Mensch sehen, sagt der Augenarzt. Das ist doch nicht normal!«

Lucy hatte genug gehört. Natürlich hatte ihre Mutter recht. Aber einmal ganz davon abgesehen, dass es sie nichts anging, was hätte sie ihr denn sagen sollen? Hätte sie erzählen sollen, dass sie von Außerirdischen entführt worden war, die alle ihre körperlichen Mängel behoben hatten, dass sie irgendetwas mit ihrem Kopf gemacht hatten, dass es ihr jetzt viel leichter fiel zu lernen? Hätte sie erzählen sollen, dass sie diesen Planeten gerettet hatte und dass sie ihn seitdem mit ganz anderen Augen sah, dass sie jetzt die Schönheit in all den Dingen erkannte, die ihr vorher egal gewesen waren?

Lucy musste schmunzeln. Spätestens, wenn sie das erzählen würde, würde dieser tolle Freund ihres Vaters sie in eine Nervenheilanstalt einweisen lassen. Mit diesem Psychofritzen würde sie jedenfalls nicht reden.

Lucy schlich wieder die Treppe bis zur halben Höhe hinauf. Dann trampelte sie laut hinunter. Sie wollte ihren Eltern Zeit geben, das Thema zu wechseln. Sie riss die Wohnzimmertür auf.

»Mama, Papa, ich muss noch einmal schnell was erledigen. Bin zum Abendessen zurück. Bis dann!«

»Halt, warte mal!«, rief ihre Mutter. Lucy stoppte ihre Bewegung. Sie hatte sich gleich nach der kurzen Info umgedreht und war schon wieder dabei hinauszulaufen.

»Wo willst du denn hin?«, wollte ihre Mutter wissen.

»Ich treffe mich nur kurz mit meinen Freunden«, antwortete Lucy ungeduldig.

»Wieder mit diesem Lars?«

»Und wenn? Das geht dich gar nichts an!«

»Gehst du jetzt mit dem?«

»Helga, das geht dich jetzt wirklich nichts an!«, rief ihr Vater dazwischen.

»Wieso? Man wird doch wohl noch fragen dürfen. Außerdem will ich doch wissen, mit wem meine Tochter zusammen ist.«

»Also tschüss, bis heute Abend.« Lucy verließ fluchtartig die Wohnung.

»Hast du deine Hausaufgaben gemacht?«, rief die Mutter hinter ihr her, aber Lucy antwortete nicht mehr.

Schnell schnappte sie sich ihr Fahrrad, schwang sich auf den Sattel und trat in die Pedalen. Noch vor ein paar Monaten hatte sie jedes Mal gestöhnt, wenn sie das Rad nehmen musste. Jetzt machte es ihr Spaß, so schnell zu fahren, wie es ging, dabei den

Fahrtwind im Gesicht zu spüren und ihre Muskeln in den Beinen. Außerdem war es eine gute Ablenkung von ihren Gedanken. Normalerweise hätte sie sich wieder einmal über ihre Eltern geärgert, heute hatte sie allerdings etwas ganz anderes, was sie beschäftigte. Lars – er hatte so erwartungsvoll geklungen, als sie angerufen und sich mit ihm verabredet hatte. »Ich muss unbedingt mit dir reden, heute«, hatte sie gesagt. Er erwartete sicher etwas ganz anderes als das, was sie ihm zu sagen hatte. Sie hatten sich fast jeden Tag gesehen in den letzten drei Monaten, nicht nur in der Schule, sondern auch in der Freizeit.

Lucy war sich sicher, dass Kim damit recht hatte, dass er verliebt in sie war. Wie sagte sie ihm nur, was gesagt werden musste, ohne ihn zu verletzen, ohne ihn als besten Freund zu verlieren? Lucy trat noch schneller in die Pedalen. Der erste Schweiß brach ihr aus den Poren. Sie wollte so hart treten, bis sie alle Probleme, die vor ihr lagen, vergessen hatte.

Viel zu schnell war sie da. Sie hatten sich in dem Eiscafé verabredet, in dem sie sich häufig trafen. Lars saß schon am Tisch und lächelte Lucy an. Seine Augen glänzten. Vor ihm stand ein Eisbecher. Vor dem leeren Platz ihm gegenüber stand ein Becher mit Lucys Lieblingssorte. Häufig hatte Lars das Eis ausgegeben, nicht nur für sie, sondern auch für die anderen beiden Freunde. Er hatte immer Geld. Seine Eltern und auch sein reicher Onkel steckten ihm immer Summen zu, die Lucy noch nie in dieser Größe besessen hatte. Christoph hatte auch nicht mehr Geld als Lucy zur Verfügung. Kim bekam zwar etwas mehr Taschengeld, aber bei Weitem nicht in der Größenordnung wie Lars.

»Das zahl' ich aber selbst«, sagte Lucy, als sie sich vor das Eis setzte. Das würde sie den Rest ihres Taschengelds für diesen Monat kosten.

»Ach komm, das übernehme ich. Ich weiß doch, dass du immer klamm bist«, entgegnete Lars großzügig. Lucy schüttelte nur den Kopf.

»Du Lars, ich muss mit dir reden«, begann sie unsicher. Sie fühlte sich schüchtern wie lange nicht mehr.

»Lucy, ich auch mit dir«, platzte Lars dazwischen. Seine Augen leuchteten.

»Ich wollte dir schon etwas sagen, seitdem wir wieder hier sind. Ich weiß gar nicht, wo ich anfangen soll«, stammelte Lars und wirkte so schüchtern, wie Lucy ihn bisher noch nicht erlebt hatte. Sie musste etwas sagen, bevor er sich um Kopf und Kragen redete.

»Hör mal Lars, ich glaube, ich weiß, worüber du mit mir sprechen willst. Das ist gerade der Grund, warum ich mit dir reden muss. Nein, sag jetzt nichts. Weißt du, du bist mein bester Freund. Genau das und nicht mehr. Ich glaube, du willst mehr von mir. Aber das geht nicht. Ich bin nicht verliebt in dich und ich kann nicht mit dir zusammen sein. Ich mein als Liebespaar oder so.

Weißt du, unsere Freundschaft ist mir wahnsinnig wichtig, viel wichtiger als eine Liebesbeziehung. Und ich hab jetzt Angst, dass du nicht mehr mein Freund sein willst.«

Lars starrte sie an. Der Glanz verschwand aus seinen Augen. Lustlos rührte er in dem schmelzenden Eis.

»Ich hatte gedacht, dass sich in den letzten Wochen etwas zwischen uns entwickelt hat, das über Freundschaft hinausgeht«, sagte er stockend.

»Es hat sich doch auch etwas entwickelt«, erwiderte Lucy und nahm Lars' Hand. »Es hat sich die tollste Freundschaft entwickelt, die ich bisher hatte. Das ist mir wahnsinnig wichtig.«

»Ja klar, ich hätte nur gerne mit dir ... ich meine, ich wäre nur gerne mit dir ... Ach, ist ja auch egal!« Lars winkte frustriert ab.

»Lars bitte, lass uns weiter Freunde sein. Das ist mir wirklich wichtig, viel wichtiger als irgendwelche Liebesgeschichten, wirklich!« Lucy hatte Lars' Hand jetzt mit beiden Händen umklammert. Sie wusste selbst, wie bettelnd sie klang.

»Na klar, warum sollen wir keine Freunde bleiben. Das ist schließlich besser als gar nichts.« Lars klang völlig frustriert. »Außerdem gibt es ja auch Wichtigeres. Wir müssen schließlich die Welt retten.«

Er setzte seine arroganteste Miene auf, die, die Lucy am meisten an ihm hasste, bevor er dann ergänzte:

»Da fällt mir gerade ein, ich muss dringend los. Wir sehen uns dann morgen in der Schule. Tschüss.«

Er entzog Lucy seine Hand und stand ohne ein weiteres Wort auf, ging zu seinem Fahrrad und fuhr davon.

»Bis morgen dann«, flüsterte Lucy. Sie stocherte in ihrem halb geschmolzenen Eis, probierte einen Löffel voll und ließ ihn frustriert in die Eisschale fallen. Das war wirklich schlimmer gelaufen, als sie es ohnehin erwartet hatte. Vielleicht musste Lars das ja erst einmal verdauen, vielleicht hatte sie jetzt aber auch einen Freund verloren. Sie fühlte sich so einsam. Lars war derjenige gewesen, mit dem sie die letzten Monate am häufigsten zusammen war. Kim war ja kaum noch ansprechbar. Sie und Christoph hingen nur noch zusammen rum und genossen ihre Zweisamkeit. Mit wem sollte sie jetzt noch ihre Sorgen und Nöte teilen.

Lustlos sah sie auf ihr Eis. Jetzt musste sie dieses teure, ungegessene Zeug auch noch bezahlen. Lars war einfach so gegangen. Hoffentlich würde ihr Geld für die beiden Eisbecher reichen. Schüchtern fragte sie nach der Rechnung.

»Die Eisbecher hat der junge Mann schon gleich nach der Bestellung bezahlt«, klärte die Kellnerin sie auf.

»Jetzt hat Lars es geschafft, dass ich ein noch schlechteres Gewissen habe«, dachte Lucy, obwohl sie froh war, dass sie ohne Schulden aus dem Eiscafé gehen konnte.

Voll düsterer Gedanken radelte sie nach Hause. Dort schlich sie sich auf ihr Zimmer. Wenn sie irgendetwas jetzt nicht wollte, dann war es, von ihren Eltern mit dummen Fragen genervt zu werden.

Nachdem sie ihre Hausaufgaben gemacht und danach vergeblich versucht hatte zu lesen, sah sie aus dem Fenster. Ihr momentanes Lieblingsalbum klang aus der Musikanlage. Sie versuchte, das Gespräch mit Lars und sein enttäuschtes Gesicht zu verdrängen. Draußen war es mittlerweile dunkel. Es war eine sternenklare Nacht. Lucy sah in den Himmel. Sie musste an den

Abend denken, an dem sie mit Christoph die Milchstraße betrachtet hatte.

Es war einer der wenigen Abende gewesen, an denen sie einmal etwas allein mit Christoph unternommen hatte. Sie waren von einer kleinen Geburtstagsfeier gemeinsam mit dem Fahrrad nach Hause geradelt. Kim hatte keine Zeit gehabt und Lars war nicht eingeladen gewesen. Die Feier hatte in einem kleinen Dorf am Rande der Stadt stattgefunden, etwa zehn Kilometer von Lucys Wohnung entfernt.

Kurz vor der Stadtgrenze, in einer Lichtung des Waldes, durch den die beiden hatten radeln müssen, hatte Christoph plötzlich gesagt:

»Lass uns dort mal einen Moment anhalten, Lucy. Das ist mein Lieblingsplatz.«

Sie hatten ihre Fahrräder abgestellt, sich auf die Bank, die am Rande der Lichtung stand, gesetzt und hatten in die Sterne geschaut.

»An so klaren Abenden wie diesem komme ich manchmal hierher, um die Sterne zu betrachten«, hatte Christoph erzählt. »Seit wir da oben waren, hab ich manchmal das Gefühl, ich halte es hier unten nicht mehr aus.«

Lucy hatte nichts gesagt, nicht mal Christoph angesehen, sondern einfach weiter nach oben geschaut. Sie konnte ihn gut verstehen. Ihr ging es genauso.

»Hoffentlich kommen die bald und holen uns wieder ab. Seitdem ich weiß, was es noch alles zu lernen und zu entdecken gibt, könnte ich hier unten auf Dauer nicht mehr glücklich werden, glaube ich.«

»Ich dachte, du und Kim, ihr beide schwebt im siebten Himmel«, antwortete Lucy.

»Mit Kim, das ist schon wirklich schön, aber es gibt natürlich auch noch andere Dinge außer Liebesbeziehungen.«

»Na, na, so richtig verliebt klingt das aber nicht mehr.«

»Nein, das stimmt nicht. Ich bin schon noch verliebt. Aber weißt du, ich … ich hatte noch nicht so viel Erfahrung, als ich

Kim kennengelernt habe. Du weißt doch selbst, wie ›beliebt‹ ich war – besonders bei Mädchen.«

Ja, Lucy wusste das und sie konnte sehr gut nachempfinden, was Christoph meinte. Er war in ihrer Klasse in etwa so beliebt als Junge gewesen wie sie als Mädchen. Beide waren wegen ihres Äußeren mehr oder weniger offen belächelt und verspottet worden. Lucy war wegen ihrer abweisenden, verschlossenen Art gemieden worden und Christoph, weil er als der schlimmste Streber der Schule galt. Ihr Ansehen war erst mit der Änderung ihres Äußeren durch die Begegnung mit den Außerirdischen gestiegen. Was aber noch viel stärker zu diesem Aufstieg bei ihren Mitschülern beigetragen hatte, war das neue Selbstbewusstsein, das sie seit ihrem Ferienabenteuer hatten.

»Kim hatte schon mehrere Freunde und ich habe gerade mal die Erfahrung, die ich mit ihr gesammelt habe. Manchmal denke ich, ich müsste da noch was nachholen«, redete Christoph betrübt weiter.

»Du, ich glaube, Kim mag dich auch so. Mach dir mal keine Sorgen. So glücklich wie im Moment hab ich sie noch nie gesehen.« Lucy lächelte ihn aufmunternd an. »Außerdem gibt es zurzeit eine ganze Menge Mädchen, die liebend gerne mit Kim tauschen würden.«

Sie nahm ihn in den Arm und schmiegte sich an ihn. Sie hatte sich noch nie über so persönliche Dinge mit Christoph unterhalten und fand es gut, einfach ein bisschen freundschaftliche Wärme zu spüren.

Christoph legte schüchtern seinen Arm um ihre Schulter.

»Erzähl aber bloß nicht Kim, dass wir hier abends so gesessen haben. Die ist sowieso schon ziemlich eifersüchtig auf dich. Sie weiß ja, dass du eigentlich das einzige Mädchen warst, dass ich gemocht habe, bevor das alles passiert ist.«

»Eifersüchtig auf mich? Na hör mal, Kim ist meine beste Freundin! Wenn ich mit jemandem nichts anfangen würde, dann bist du das!« Lucy wand sich aus Christophs Arm und rückte etwas von ihm ab.

»Und was ist eigentlich mit Lars und dir?«, wechselte Christoph schnell das Thema.

»Jetzt fang' du nicht auch noch damit an! Was soll mit uns sein? Er ist ein guter Freund, so wie du. Das heißt, ihn sehe ich einfach öfter. Du und Kim, ihr seid ja auf Tauchstation gegangen.« Lucy ging dieses Thema wirklich auf die Nerven. Aber Christoph ließ nicht locker.

»Aber ihr scheint euch doch super zu verstehen und ihr wärt wirklich ein schönes Paar. Das findet Kim auch.«

»Gut, dann noch einmal langsam zum Mitschreiben: Lars ist wirklich ein netter Kerl, den ich richtig gern hab. Aber ich bin etwa so verliebt in ihn wie in dich. Ihr seid beide einfach gute Freunde für mich.«

»Ist ja schon gut«, wiegelte Christoph ab. Ihm wurde die Art, in der Lucy die Sache klarstellte, etwas zu vehement.

»Und wer ist dann der Herzallerliebste?«, fragte er trotzdem nach.

Lucy sagte nichts. Stumm sah sie in die Sterne.

»Oh Gott, das erzählst du besser auch nicht Kim«, stöhnte Christoph. Er rückte wieder ganz dicht an Lucy heran und legte seinen Arm um ihre Schulter. Er zeigte in den Himmel und begann zu erklären.

»Dieses helle Band im Hintergrund, das nennt man die Milchstraße. Bei uns in der Stadt ist es auch in der Nacht so hell, dass man es gar nicht erkennen kann. Deshalb komme ich auch so gerne hierher. Also, die Milchstraße ist eigentlich unsere Galaxie. Galaxie nennt man eine Ansammlung von Sternen, die um ein gemeinsames Zentrum kreisen. Unser Sonnensystem gehört auch zu so einer Galaxie. Allerdings liegt es ziemlich abseits am Rand des ganzen Sternhaufens und damit ziemlich weit weg vom Zentrum.

Die Sterne, die im Zentrum der Galaxie liegen, sind so weit weg von uns, dass wir sie gar nicht mehr als einzelne Sterne erkennen können. Wir sehen nur noch dieses Band dort – die Milchstraße. In Wirklichkeit sind das ungefähr 300 Milliarden Sterne. Zum Zentrum sind es etwa 50.000 Lichtjahre. Das heißt, das Licht, das du jetzt vom Zentrum der Milchstraße siehst, ist ungefähr 50.000 Jahre alt. Wahnsinn, wenn man sich überlegt, dass die Menschen noch in der Steinzeit gelebt haben, als es damals entstanden ist!«

Christoph grinste Lucy an. Sie fröstelte in der kälter werdenden Abendluft und drückte sich noch etwas näher an Christoph. Komisch, noch vor ein paar Monaten war er ihr unendlich auf den Geist gegangen, wenn er in dieser Weise über solche Dinge doziert hatte. An diesem Abend hätte sie ihm ewig zuhören können. Vor allem hatte sie das Gefühl, dass er sie verstand, auch ohne dass sie viel sagen musste.

»Der Stern, nach dem du suchst, liegt in diesem Band ungefähr dort.« Christoph zeigte mit dem Finger an eine Stelle der Milchstraße. Lucy prägte sich die Sterne, die vor diesem Teil des hellen Bandes lagen, ein. »Wenn ich mich richtig erinnere, hat dieser Stern etwa die Größe unserer Sonne und eine ähnliche Planetenverteilung. Ihm fehlt der zweite Planet – bei uns die Venus – dafür ist dort ein Meteoritengürtel. Der zweite Planet ist etwa so groß wie die Erde und hat vergleichbare Eigenschaften. Er wird von den Einheimischen Imperia genannt und ist der Ursprung der Imperianer, die sich allerdings mittlerweile auf mehr als hundert Planeten verteilt haben. Ob dein – wie heißt er noch?«

»Borek«

»Also, ob dein Borek wirklich auf Imperia wohnt, weiß ich natürlich nicht, aber wenn er da lebt, ist das etwa dort.«

Christoph zeigte noch einmal auf die Stelle im Sternenhimmel. Natürlich war es überhaupt nicht klar, ob Borek dort lebte. Wenn man es genau nahm, wusste Lucy noch nicht einmal, ob er die Auseinandersetzung mit den Aranaern, ihren Verbündeten, überhaupt überlebt hatte. Trotzdem war es tröstlich sich vorzustellen, dass dort hinter diesen Sternen ein Junge lebte, der sie vielleicht genauso liebte, wie sie in ihn verliebt war.

»Ich könnte jetzt hier ewig so bei dir sitzen und in die Sterne sehen«, flüsterte Lucy und lächelte Christoph an.

»Ich glaube, wir fahren jetzt lieber nach Hause«, meinte Christoph trocken, und als Lucy ihn fragend ansah, fügte er hinzu: »Ich glaube du weißt gar nicht, was für ein tolles Mädchen du bist und ich bin auch nur ein Junge.«

»Mensch Christoph, du bist ein Idiot!« Lucy boxte ihm freundschaftlich an die Schulter.

»Das war doch nur ein Scherz.« Christoph grinste zurück.

Lucy nahm ihn noch einmal in den Arm und drückte ihn. »Danke für den netten Abend. Das hab ich heute wirklich gebraucht. Mit den anderen beiden kann ich über dieses Thema ja nicht reden. Sag' zu Kim bitte nichts über Borek. Ich erzähle auch nichts darüber, dass du mit mir die Sterne angesehen hast.«

Die beiden grinsten sich verschwörerisch an. Sie schwangen sich auf ihre Fahrräder und radelten wortlos weiter. Kurz vor dem Park trennten sie sich. Lucy bog mit ihrem Rad in die unbeleuchtete Anlage ab.

Dieser Park war in der Stadt berüchtigt. Angeblich waren in ihm schon mehrere Mädchen und Frauen nachts überfallen worden. Lucy hatte strengstes Verbot, ihn allein abends oder nachts zu betreten. Vor ein paar Monaten hätte sie sich natürlich an dieses Verbot gehalten, aber seitdem sie von ihrem Weltraumabenteuer zurückgekehrt war, galten für sie Regeln nicht mehr, die ihre persönliche Sicherheit betrafen.

An diesem Abend verschwendete sie auch keinen Gedanken an dieses Thema. Sie dachte an ihren Stern und daran, dass sie das erste Mal ein wirklich ganz tiefes, freundschaftliches Gefühl auch zum Vierten in ihrem Bunde entwickelt hatte. Sie war einfach wirklich gut drauf. Die Welt war super – wenn man davon absah, dass ein ganz bestimmter Junge Zehntausende von Lichtjahren zu weit entfernt war.

Da passierte es. Aus dem Schatten tauchte plötzlich eine Gestalt auf und schubste sie einfach von der Seite. Lucy verlor das Gleichgewicht und stürzte mitsamt Rad. Als sie fluchend wieder auf den Beinen stand, kamen sie schon auf sie zu. Es waren sechs Jungs beziehungsweise junge Erwachsene der übelsten Sorte. Sie sahen alle sechs aus wie Schlägertypen und hatten wohl auch Alkohol getrunken. Sie grinsten fies und klopften noch fiesere Sprüche.

Aber sie hatten die Falsche erwischt. Hinter der hübschen Fassade steckte nicht das ängstliche Schulmädchen, das sie erwarteten. Lucy war seit ihrem Aufenthalt bei den Aranaern die am besten ausgebildete Kämpferin, die auf der Erde herumlief.

Außerdem hatten die Kerle sie auf dem falschen Bein erwischt. Sie war mit einem Schlag aus ihren Träumen gerissen worden. Immer wenn irgendetwas wirklich schön war, mussten solche Idioten kommen und alles kaputtmachen. Sie war wütend. Sie war wirklich wütend. Viel wütender, als es für jemanden wie sie gut war.

Sie wirbelte herum, und bevor die Angreifer auch nur begriffen, was passierte, hatte sie den Ersten in den Magen getreten. Wimmernd brach er zusammen. Der Zweite hatte etwas mehr Zeit für einen Reflex und Lucys Fuß traf ihn nur an der Schulter. Mit voller Wucht wurde er gegen den nächsten Baum geschleudert. Seine Beine knickten ein und er rutschte langsam am Stamm herunter und blieb einen Moment am Fuß des Gehölzes sitzen.

Den Dritten traf ihre Faust direkt auf die Nase. Es gab ein unschönes Geräusch, als sein Nasenbein brach. Im nächsten Moment war die untere Gesichtshälfte mit Blut bedeckt, das aus der Nase strömte. Jammernd rannte er hinter den letzten Dreien her. Die hatten sich sofort umgedreht und waren weggelaufen, als sie begriffen, wie es ihren Kumpels erging. Sie rannten, als wäre der Teufel hinter ihnen her.

Noch immer wutschnaubend ging Lucy zu dem ersten Angreifer. Er lag auf dem Boden, hielt sich den Bauch und versuchte krampfhaft zu atmen. Sie hatte ihn wirklich voll erwischt. Aus den Augenwinkeln sah sie, dass sich jetzt auch der Fünfte im Bund von dem Baum aufgerappelt hatte und, sich den verletzten Arm haltend, hinter seinen flüchtenden Kumpels her humpelte.

Lucy stand vor dem wehrlos am Boden liegenden Widerling. Rotz lief ihm aus der Nase. Er atmete keuchend und sah flehentlich zu ihr auf. Wie viele Frauen und Mädchen hatten ihn wohl so flehend angesehen. Lucy sah es vor sich, wie er diese hilflosen Mädchen mit seiner Schlägervisage fies angegrinst hatte. Der hatte bestimmt keine Gnade gekannt. Sie brauchte nur zuzutreten. Sie kannte genau die Stelle. Sie war darauf trainiert. Ein Tritt und der wäre nie wieder ein Problem für irgendwen. Ein Tritt und dieser elende Fiesling wäre vom Angesicht der Erde getilgt.

Der Kerl musste Lucys Wut gespürt haben. »Bitte, bitte nicht«, flehte er.

Der Wunsch zuzutreten, es einfach zu tun, wurde übermächtig. Da sah Lucy Kim vor sich. Sie hatten einander einen heiligen Eid geschworen. Sie wollten niemals die Kräfte, die sie bekommen hatten oder die Techniken, die sie gelernt hatten, zum Schaden eines anderen Menschen missbrauchen, auch wenn dieser es noch so sehr verdient hatte.

Wütend trat Lucy zu – aber nur in den Sand. Der Dreck spritzte dem Kerl ins Gesicht. Er schrie auf, als hätte Lucy ihn tatsächlich getreten. Es war widerlich, jetzt begann er sogar noch zu heulen. Sie riss ihn an seinem eklig nach Zigaretten und Alkohol stinkenden Pullover ein Stück weit hoch und sagte ganz leise, es war mehr ein vor Wut heraus gepresstes Zischen:

»Ich habe mir all eure Gesichter gemerkt. Wenn in diesem Park noch einmal etwas passiert, hole ich mir jeden Einzelnen von euch und dann lege ich euch um, das verspreche ich euch. Und mit dir fange ich an. Also sorge dafür, dass hier nie wieder etwas passiert.«

Angewidert schmiss sie seinen Oberkörper zurück auf den Boden.

»Hau ab, bevor ich es mir anders überlege«, schrie sie und trat jetzt doch noch mal zu – allerdings nur in den Hintern. Der Kerl heulte auf, als hätte sie ihm etwas gebrochen, und kroch dann auf allen Vieren davon.

Noch immer vor Wut kochend ging Lucy zurück zu ihrem Fahrrad. Beim Sturz war die Kette abgesprungen. Fluchend zog sie sie wieder auf. Wie hatten solche Schweine ihr bloß einen so schönen Abend verderben können?

Wütend radelte sie nach Hause. Es gab wirklich verdammt viele Gründe diese Welt – besser diesen Planeten –, einfach seinem Schicksal zu überlassen. Sollte er doch mit all diesen Schweinen zur Hölle fahren!

»Nein Lucy, so darfst du nicht denken. Jeder andere ja, aber nicht du«, dachte sie. Wer sollte die Erde vor der bevorstehenden Invasion retten, wenn nicht sie? Nein, sie durfte wirklich nicht so denken!

***

Jetzt nach den Wochen, die seitdem vergangen waren, erinnerte sie sich nur noch an das Wichtigste dieses Abends. Lucy schaute auf die Stelle im Himmel, die sie sich gemerkt hatte, an der irgendwo der Planet mit dem Jungen stehen musste, den sie sich jetzt am meisten neben sich wünschte. Sie legte die Stirn an das kühle Glas der Fensterscheibe.

Im Hintergrund begann ihr momentanes Lieblingsstück, aus den Lautsprechern zu erklingen. Streicher spielten leise auf, die fetzigen Gitarren spielten sich in den Vordergrund und dann sang eine helle Frauenstimme ein so schmerzhaft schönes Lied, dass es Lucy fast das Herz zerriss.

Sie blickte noch einmal zu ihrem Stern, den sie natürlich nicht wirklich sehen konnte. Es war ja nicht einmal die Milchstraße zu erkennen. Dann ging sie ins Bett und schlief mit dem Gefühl ein, dass ihre Sehnsucht so groß war, dass Borek, der nette außerirdische Junge, sie selbst über Zigtausende von Lichtjahren Entfernung gespürt haben musste.

Pläne

Der nächste Tag begann schon schlecht. Morgens vor der Schule beim Frühstück fragte ihre Mutter:

»Was hörst du da eigentlich dauernd für Musik? Was da gestern Abend wieder aus deinem Zimmer dröhnte, war ja schrecklich! Wenn ich mir so etwas ständig anhören würde, würde mich das völlig depressiv machen.«

Lucy sagte nichts. Ihr war das zu blöd. Ihre Mutter interessierte sich doch sowieso nicht wirklich für ihre Musik. Die gab sich aber noch nicht zufrieden, sondern fragte weiter:

»Hören deine Freunde etwa auch dieses fürchterliche Zeug? Ich kann mir das nicht vorstellen. Das passt doch gar nicht zu diesem Lars und deine Freundin Kim macht doch auch so einen … vernünftigen Eindruck.«

»Stimmt«, knurrte Lucy. »Ich werde die Einzige sein, die sich wegen dieser Musik das Leben nimmt.«

Als ihre Mutter sie völlig schockiert ansah, tat es ihr schon wieder leid.

»Verdammt, das sollte ein Scherz sein. Ihr versteht wirklich gar nichts«, schimpfte sie, rannte aus der Küche, schnappte sich ihre Sachen und flüchtete in die Schule.

Beim Verlassen des Hauses hörte sie noch ihren Vater, der sich während des Streits wieder einmal hinter seiner Zeitung versteckt hatte, in seinem zynischsten Tonfall sagen:

»Ich weiß nicht, was du hast. So verändert hat sie sich doch gar nicht. Das ist ganz eindeutig unsere Tochter, wie wir sie kennen und lieben.«

Wenn sie gedacht hatte, damit hätte sie den schlimmsten Teil des Tages hinter sich, so hatte sie sich geirrt. Lars stand bei ein paar anderen Mitschülern herum, mit denen er normalerweise nie redete, nickte ihr zur Begrüßung nur einmal betont cool zu und drehte sich dann demonstrativ weg. In der ersten Pause gesellte sich Lucy wie gewohnt zu Kim und Christoph. Sie hatte sich in der Stunde vorher überhaupt nicht konzentrieren können, was seit ihrer Rückkehr zur Erde fast gar nicht mehr vorgekommen war. Wieder ignorierte Lars seine drei Freunde.

»Was ist eigentlich mit dem los?«, fragte Kim. »Mit was für Leuten hängt der denn da jetzt rum?«

Lucy ging darauf nicht ein, sondern wechselte schnell das Thema. Sie war froh, als die nächste Stunde begann. Aber auch die verlief nicht besser. Lucy bekam fast nichts von dem Lernstoff mit. Ständig schlug sie sich mit einem schlechten Gewissen Lars gegenüber herum. In der nächsten Pause stand er mit drei Mädchen aus der Parallelklasse zusammen, mit denen er sich normalerweise mit Sicherheit nicht abgegeben hätte. Lucy wusste nicht, ob sie sich ärgern oder ob Lars ihr einfach leidtun sollte.

»Da stimmt doch was nicht«, meinte Kim und sah sie streng an. »Sag mal, hast du Lars etwa abblitzen lassen?«

»Also, äh, ja«, stammelte Lucy. Irgendwie war ihr das Thema peinlich.

»Das kann doch wohl nicht wahr sein! Warum das denn?« Kim machte einen leicht ärgerlichen Eindruck. »Also, wenn ich du wäre, würde ich mir so einen Kerl nicht entgehen lassen. Und ein paar Erfahrungen können dir auch nicht schaden.«

»Mensch Kim, so einfach ist das nicht. Ich bin nicht verliebt in ihn!«

»Das ist doch völlig egal. Der Appetit kommt schon beim Essen. Außerdem, was ist, wenn er jetzt abspringt, weil er beleidigt oder frustriert oder sonst was ist? Dann können wir gleich das alles hier vergessen!« Kim machte eine weit ausladende Bewegung mit dem Arm, die wohl die ganze Erde einschließen sollte.

»Was soll das denn heißen? Soll ich jetzt mit irgendeinem Kerl anbändeln, weil die Welt gerettet werden muss oder was?«

Jetzt war auch Lucy sauer.

»Also erstens ist das nicht ›irgendein Kerl‹, sondern Lars und zweitens, ein bisschen Einsatz müssen wir schließlich alle für die Sache bringen.«

Kim klang jetzt richtig kämpferisch. Sie ging Lucy langsam auf den Geist.

»Prima, dann kannst du ja ›ein bisschen Einsatz‹ zeigen und Lars trösten. Christophs Einsatz ist dann, dass er dabei zusieht und sich seine Eifersucht verkneift«, fauchte sie.

»Also Lucy, jetzt wirst du wirklich doof. So war das doch nicht gemeint, verdammt. Dir würde eine Beziehung wirklich guttun. Vielleicht hörst du dann auch auf, von irgendwelchem völlig unrealistischem Zeug zu träumen. Und Lars ist doch nun wirklich nicht zu verachten«, meinte Kim etwas versöhnlicher.

»Und wie stellst du dir das vor? Soll ich dann – am besten, wenn wir mitten in irgendeiner Aktion sind – zu meinem besten Freund sagen: ›Tut mir leid Lars, aber eigentlich war ich nie in dich verliebt. Ich brauchte nur mal ein paar Erfahrungen, aber jetzt ist es aus.‹ Meinst du, das ist so viel besser, als die Sache gleich klarzustellen?«

Glücklicherweise klingelte es gerade wieder zur nächsten Stunde und Lucy konnte sich schnell verabschieden und ins Klassenzimmer hetzen, bevor ihre Freundin irgendetwas erwidern konnte. Kim ging zusammen mit Lars in die Parallelklasse. So hatten die beiden Mädchen während der Schulstunden nichts miteinander zu tun.

Lucy war sauer. Nicht nur, dass die Situation schlimm genug war und Lars ihr ohnehin leidtat. Jetzt musste Kim ihr auch noch ein schlechtes Gewissen einreden. Die hatte gut reden. Sie machte den ganzen Tag mit Christoph rum und wollte ihr nun erzählen, dass sie sich besser um ihre Freunde kümmern sollte.

Das einzig Gute, das ihr an diesem Schultag passierte, war, dass Christoph ihr, als er etwas später ins Klassenzimmer kam, verschwörerisch zuzwinkerte. Er war nicht nur der Einzige, der sie verstand, er war auch der Einzige, der wusste, warum sie sich nicht in Lars oder irgendeinen anderen irdischen Jungen verlieben konnte.

***

Zu Hause wurde es auch nicht besser. Ihre Mutter war schon von der Arbeit zurück, als Lucy von der Schule kam. Die beiden saßen zu zweit beim Mittagessen. Ihr kleiner Bruder hatte sich mit Freunden zum Spielen verabredet.

»Das hast du heute Morgen doch wirklich nicht ernst gemeint, oder?«, fragte ihre Mutter nach und klang dabei ernsthaft besorgt.

»Nein, natürlich nicht! Mir geht es gut. Ich mag einfach diese Musik und diese ewige Fragerei geht mir auf die Nerven«, antwortete Lucy und fügte etwas leiser hinzu: »Es tut mir leid, das heute Morgen war wirklich kein guter Scherz. Es war echt nicht so gemeint.«

»Ist ja schon gut«, antwortete die Mutter sanft. Sie sah aber dennoch ziemlich besorgt aus und fragte liebevoll nach: »Aber wenn es dir gut geht, warum siehst du dann die letzten Tage so traurig aus?«

»Ach, das ist nichts«, antwortete Lucy noch ein wenig leiser.

Die Mutter war an sie herangerückt und nahm sie in den Arm.

»Du hast Liebeskummer, stimmt's? Ist es dieser Lars?«

Lucy schüttelte nur den Kopf.

»Ein anderer Junge aus der Schule?« Die Mutter streichelte ihr liebevoll durchs Haar.

Lucy schüttelte wieder den Kopf.

Die Mutter sah ihr direkt ins Gesicht und lächelte sie in plötzlicher Erkenntnis an. »Ein Junge, den du im Urlaub kennengelernt hast, stimmt's?«

Lucy nickte nur mit dem Kopf.

»Und nun bist du traurig, weil er so weit weg ist?«

Lucy sah zu Boden.

»Aber ich dachte, das wäre heute gar kein Problem mehr. Ihr chattet doch dauernd, schreibt E-Mails, SMS oder wie das heute alles heißt.«

»Er antwortet nicht. Ich glaube, er will nichts von mir wissen«, druckste Lucy herum. Sie konnte nicht gut lügen und das war so weit an der Wahrheit, wie sie es verantworten konnte, ohne Gefahr zu laufen, gleich in die Klapsmühle gesteckt zu werden, fand sie.

»Ach Lucy, das ist hart, das weiß ich. Aber glaub' mir, so ein Liebeskummer geht vorbei und draußen laufen doch so viele nette Jungs rum.«

Die Mutter wuselte ihr liebevoll durchs Haar. Das war seit Langem das netteste Gespräch, das sie mit ihrer Mutter geführt hatte, fand Lucy und sagte deshalb: »Es war schön mit dir zu reden.«

Sie stand auf und entschuldigte sich: »Jetzt muss ich aber noch Hausaufgaben machen. Ich geh' dann mal.«

Lucys Mutter strahlte. Wenigstens einen Menschen hatte sie heute glücklich gemacht. Lucys gute Stimmung hielt aber nur an, bis sie in ihrem Zimmer war. Als sie dort alleine saß, schwang sie ins Gegenteil um.

Plötzlich tat ihr Lars doppelt leid. Sie hatte, bis sie ihre drei Freunde kennenlernte, immer geglaubt, dass sie die furchtbarsten und spießigsten Eltern der Welt hatte. Mittlerweile würde sie mit keinem ihrer drei Freunde tauschen wollen. Kims Eltern waren zwar ganz nett und kümmerten sich auch um ihre Tochter, aber auf eine Art, die noch um mindestens zwei Größenordnungen spießiger war, als die ihrer Eltern und das sollte schon etwas heißen, fand Lucy. Christophs Eltern waren relativ arm und hatten keinen hohen Schulabschluss. Sie wollten, dass aus ihrem Sohn etwas Besseres würde. Deshalb zählten nur schulische Leistungen für sie. Es war wirklich kein Wunder, dass aus Christoph so ein Streber geworden war. Aber immerhin interessierten sie sich für ihn.

Am Schlimmsten hatte es Lars mit seinen Eltern erwischt, fand Lucy. Sie waren relativ reich, jedenfalls viel reicher als ihre eigene Familie. Daher hatte Lars auch immer Geld. Wie sie wirklich waren, wusste Lucy eigentlich gar nicht. Die wenigen Male, die sie bei Lars zu Hause war, waren sie nicht da gewesen. Einmal, als sie alleine bei ihm gewesen war, hatte er ihr frustriert einen Zettel gezeigt. »Mach dir einen schönen Nachmittag und gehe rechtzeitig zu Bett. Kommen heute erst spät in der Nacht. Gruß Mama« hatte darauf gestanden. Neben dem Papier hatte ein Geldbetrag in der Größenordnung von Lucys monatlichem Taschengeld gelegen.

»So einen ähnlichen Zettel finde ich hier fast jeden Tag. Aber wie du siehst, brauch' ich mir um Geld keine Sorgen zu machen«, hatte Lars gesagt und dabei so traurig geklungen, dass Lucy ihn am liebsten in den Arm genommen hätte. Wozu sie sich dann allerdings doch nicht hatte durchringen können, weil sie Angst hatte, er könne es falsch verstehen.

Jetzt musste Lucy an ihn denken und daran, dass er niemanden hatte, um über seinen Liebeskummer zu reden. Und sie war auch noch schuld daran. Ihr war elend zumute. »Es ist leichter selbst zu leiden, als anderen Leid zuzufügen«, dachte sie. Ob das bei jedem Menschen so war? Nein, das konnte nicht sein. Warum würden sonst so viele Menschen anderen Kummer bereiten?

Lucy beschloss ein Album in ihrer Playlist zu starten – das traurigste, das darin zu finden war, versteht sich – als ihre Mutter vorsichtig an die Tür klopfte und mit einer Tasse heißen Kakao in der Hand eintrat. Gerade in diesem Moment klingelte Lucys Mobiltelefon.

»Lucy, dein Telefon klingelt!«, sprach ihre Mutter das offensichtliche aus. Sie nahm das Gerät, das neben der Tür auf einer Kommode lag.

»Oh, es ist dieser Lars«, sagte sie nach einem Blick auf das Display.

»Ich rufe ihn nachher zurück«, antwortete Lucy müde. Sie hatte gerade jetzt keine Lust zu telefonieren.

»Nun geh' schon ran, ich bin schon weg«, erwiderte ihre Mutter und lächelte Lucy aufmunternd zu. Die würde doch jetzt wohl nicht auch so wie Kim anfangen und meinen, sie müsse sich unbedingt mit Lars trösten.

Ihre Mutter drückte ihr, ohne ein weiteres Wort zu sagen, das Mobiltelefon in die Hand und schloss die Tür hinter sich. Lucy starrte auf den Apparat, ihre Mutter hatte das Gespräch angenommen. Jetzt musste Lucy mit Lars reden, ob sie wollte oder nicht.

»Äh, hallo Lars«, stotterte Lucy und ging dann gleich in die Offensive. »Also, wenn du wegen gestern anrufst, wie soll ich sagen, es tut mir zwar leid, aber ich habe meine Meinung nicht geändert.«

Lucy atmete tief durch. Das war hart aber fair, fand sie. Bang hörte sie in das Gerät. Lars klang aber erstaunlich unbekümmert.

»In Ordnung, das mit gestern vergessen wir. Ich meine, ich hab's kapiert. Hab' mich halt geirrt. Was soll's? Da brauchen wir nicht mehr drüber zu reden.«

Lucy atmete auf. »Und du bist mir auch nicht böse? Es ist alles so wie vorher?«

»Klar, kein Ding! Das ist abgehakt und vergessen.«

Also so ganz konnte Lucy das nicht glauben. Entweder machte er sich ganz schön etwas vor oder das war jetzt eine neue Masche, sie zu beeindrucken.

»Aber deswegen rufe ich nicht an. Es gibt schließlich wichtigere Dinge als dieses Beziehungsgedöns.«

»Sag bloß, die Aranaer haben sich gemeldet?« Auf einen Schlag war Lucy hellwach. Ihr Herz begann zu pochen.

»Nein, das wollte ich nicht sagen. Aber das ist gerade der Punkt! So geht es nicht weiter! Ich habe einen Plan.«

»Einen Plan? Was denn? Erzähl!« Lucys Neugier war geweckt.

»Ich will das nicht alles doppelt und dreifach erzählen. Wir treffen uns in einer halben Stunde im Eiscafé. Die anderen wissen auch schon Bescheid. Also bis gleich.«

Lars hatte aufgelegt. Das war es also. Er hatte sie als Letzte angerufen. Vorgestern wäre sie noch die Erste gewesen, die von seinem Plan erfahren hätte. Na gut, vielleicht würde sich das wieder geradebiegen lassen und sonst war es eben so. Sie konnte nichts daran ändern.

Eine halbe Stunde später sprang Lucy vom Fahrrad. Die letzten schönen Tage des Herbstes waren mittlerweile vergangen. Es nieselte leicht und für die Jahreszeit war es schon bitterkalt. Lucy schloss ihr Rad in Rekordgeschwindigkeit ab und trat in die warme Eisdiele.

Ihre drei Freunde saßen schon an einem Tisch. Ein Stuhl war noch frei. Vor jedem Platz, auch vor dem, der offensichtlich für Lucy frei gehalten worden war, stand schon ein Eisbecher.

»Oh, das ist ja nett, aber eigentlich wollte ich heute gar nicht so ein großes Eis«, sagte sie. Der Grund war weniger ihr Appetit, als dass sie sicher war, dass sie nicht mehr genug Geld dabei hatte, um das Eis zu zahlen.

»Ach, ist schon gut. Meine Alten haben sich gerade mal wieder von ihrem schlechten Gewissen freigekauft. Da kommt es also nicht drauf an«, sagte Lars gut gelaunt und wedelte dabei mit seinem Eislöffel.

»Aber du kannst doch nicht jedes Mal das Eis für mich bezahlen«, protestierte Lucy, die sich ziemlich unwohl fühlte. Gestern hatte sie ihn abblitzen lassen und heute gab er ihr schon wieder ein Eis aus.

Christoph hatte Lucys Unwohlsein bemerkt. Freundschaftlich tätschelte er ihren Arm, grinste sie frech an und meinte:

»Ist schon in Ordnung Lucy, Lars hat eine Runde für uns alle geschmissen. Nun setz dich endlich hin und iss.«

Da blieb Lucy nichts anderes übrig, als genau das zu tun. Als sie wieder aufsah, bemerkte sie Kims missmutigen Blick. Ihr schien die Vertrautheit, mit der Christoph Lucy begegnete, gar nicht zu gefallen. Das fehlte ihr jetzt gerade noch, dass ihre beste Freundin auch noch eifersüchtig auf sie werden würde.

»Also, was ist nun mit deinem Plan?«, fragte sie Lars.

»Wo ihr jetzt alle da seid, kann ich ja loslegen. Also, die Aranaer haben uns gesagt, dass die Invasion der Imperianer noch vor Ablauf eines halben Jahres erfolgen wird. Jetzt sind mehr als drei Monate herum.«

Lars machte eine Kunstpause und blickte jeden der drei anderen an. Die hatten ihr Eisessen unterbrochen. Mit leeren Löffeln in der Hand starrten sie ihn erwartungsvoll an.

»Das ist mehr als die Hälfte der Zeit. ›Noch vor Ablauf eines halben Jahres‹ heißt, es wird kein halbes Jahr dauern. Die Invasion kann also jeden Moment beginnen.«

Lars sprach zwar leise, aber mit Nachdruck und intensiven Gesten. Lucy blickte sich unwohl in dem Gastraum des Eiscafés um. Hier über diese Dinge zu reden, fand sie nicht besonders geschickt. Glücklicherweise schien die Kellnerin nicht davon auszugehen, dass die vier Jugendlichen mehr als ein Eis bestellen würden. Sie wuselte bei den anderen Gästen herum, von denen sich auch niemand für die vier interessierte. Lucy sah Lars wieder an.

»Wir müssen uns damit abfinden, dass die Aranaer uns im Stich gelassen haben«, sagte der gerade. »Daher brauchen wir einen Plan! Die Invasion werden wir ohne die Aranaer nicht verhindern können, also lassen wir uns überrollen und mischen dann den Laden von hinten auf.«

Lars lehnte sich stolz in seinem Stuhl zurück. Die anderen drei sahen ihn noch immer stumm und erwartungsvoll an. Lars schwieg und blickte zufrieden in die Runde. Lucy hielt es nicht mehr aus.

»Nun mach es doch nicht so spannend. Nun erzähl schon deinen Plan.«

Plötzlich sah Lars ganz verunsichert aus.

»Äh, das war der Plan. Die Einzelheiten können wir uns ja zusammen überlegen«, antwortete er kleinlaut.

Kim tauchte ihren Löffel tief in ihr Eis, häufte ihn so voll, wie es irgend ging, schob ihn in den Mund und begann zu nuscheln:

»Oh Mann Lars, ich dachte, du hättest einen Plan. Weißt du, dass wir uns einen echt schönen Nachmittag zu zweit machen wollten?«

»Ihr macht doch schon seit drei Monaten nichts anderes mehr, als zu zweit auf dem Sofa zu sitzen und Händchen zu halten«, zischte Lars Kim an.

»Wir machen noch ganz andere Dinge als Händchen halten. Dinge, von denen du nur träumst«, giftete Kim beleidigt zurück.

»Ja klar, aber nur in meinen schlimmsten Albträumen«, antwortete Lars halblaut zu seinem Eisbecher.

»Lars, mal ganz im Ernst«, mischte sich Christoph ein. »Meckere du noch mal über die Pläne der Aranaer. Das, was du uns hier erzählst, ist noch nicht einmal eine vage Idee!«

Christoph hatte dabei die Hände über den Kopf gehoben und theatralisch die Handflächen zur Decke gedreht.

Lucy hörte den Dreien zu. Gedankenverloren löffelte sie dabei langsam ihr Eis. Sie sah der Reihe nach jeden der Sprecher an. Irgendwie tat Lars ihr Leid, aber das war nicht das Wichtigste. Der Punkt war, er hatte recht. Nachdem alle drei gesagt hatten, was sie meinten, sagen zu müssen, meldete sich Lucy zu Wort:

»Ich finde, Lars hat recht. Einen kleinen Moment Christoph, natürlich hast auch du recht. Das ist noch kein Plan. Es ist aber eine Idee, aus der man einen Plan machen kann. Und genau das sollten wir hier jetzt tun. Das ist jedenfalls besser, als nur zu warten und gar nichts zu machen. Ich fürchte nämlich, dass Lars wirklich recht damit hat, dass die Aranaer uns versetzt haben.«

»Hm.« Christoph schluckte den Löffel Eis, den er sich gerade in den Mund geschoben hatte, hinunter und versuchte, seine nicht mehr vorhandene Brille zurechtzurücken. Das passierte ihm immer seltener. »Wenn man mal ehrlich ist, haben wir natürlich gegen die Imperianer nicht wirklich eine Chance. Aber wir könnten schon jetzt so etwas wie eine geheime Kommandozentrale aufbauen, von der aus wir gegen die Invasoren kämpfen, wenn sie erst einmal hier sind.«

»Genau«, rief Lars dazwischen. Seine Augen, aus denen nach Kims und Christophs Kritik jede Begeisterung erloschen war, leuchteten wieder auf. »Wir bauen so etwas wie einen geheimen Treffpunkt mit allem, was wir haben und nach so einer Invasion vielleicht gebrauchen könnten.«

»Ja, und von da aus machen wir die Schweine fertig«, stimmte jetzt auch Kim ein. Diese kämpferische Rede passte irgendwie nicht so ganz zu ihr, fand Lucy. Seit dem Aufenthalt als Gefangene auf dem imperianischen Kriegsschiff schien ihr Hass auf diese Spezies ständig zu wachsen.

»Gut, dann wäre das also klar«, meinte Lucy sachlich. »Bleibt die Frage, wo wir das Ganze einrichten. Eine Möglichkeit ist, wir nutzen eins unserer Zimmer. Ein einfaches Jugendzimmer ist eine schon fast geniale Tarnung für eine geheime Kommandozentrale, finde ich.«

»Nein, eins von unseren Zimmern ist viel zu unsicher«, widersprach Lars. Seine Augen glühten vor Begeisterung. »Denkt an unsere Eltern, und unsere Zimmer liegen alle über der Erde. Wenn da etwas passiert und die Häuser wegradiert werden oder so, ist unsere Zentrale auch futsch. Ich denke, es muss ganz geheim sein, unter der Erde, irgendwo, wo normalerweise kein Mensch hinkommt.«

»Denkst du etwa, was ich denke?«, fragte Christoph und auch seine Augen begannen zu glänzen.

»Klar!«, rief Lars. »Die alte Fabrik. Hast du da auch immer als Kind gespielt?«

»Das Gelände kenne ich wie meine Westentasche«, behauptete Christoph selbstsicher.

»Dann kennst du sicher auch den alten Keller unter dem Verwaltungsgebäude?« Lars grinste siegessicher und tatsächlich machte Christoph ein ratloses Gesicht.

»Siehst du, ich hatte da als Kind mein Geheimversteck. Damals liefen dort Horden von Kindern rum, aber keiner hat den Eingang zu diesem alten Keller gefunden. Das ist genau der richtige Ort für unsere Zentrale.«

Die Jungs waren Feuer und Flamme. Nur Lucy konnte sich nicht so recht mit dem Gedanken anfreunden.

»Also ich weiß nicht. Irgendwie ist das ja, wie Indianer spielen bei Kindern. Ich glaube noch immer, dass es besser wäre, wenn wir uns nach außen wie ganz normale Jugendliche benehmen würden und uns bei einem von uns zu Hause treffen würden«, meinte sie.

»Ich finde das mit dem Keller aber auch gut«, mischte sich Kim ein und tätschelte liebevoll Christophs Hand.

»Dann bin ich ja wohl überstimmt«, meinte Lucy frustriert und fügte gehässig in Richtung Kim hinzu: »Aber quiek' bloß nicht rum, wenn du in dem alten, dunklen Keller eine Spinne siehst. Das hast du schließlich so gewollt.«

Zeit des Wartens

Am nächsten Tag trafen sie sich dann auch sofort nach der Schule und machten sich auf zu der alten Fabrik, die außerhalb des Städtchens lag. Die Ruine stand inmitten einer Landschaft, in der einmal Ton zur Ziegelherstellung abgebaut worden war. Der gesamte Boden der Umgebung war früher einmal nach Materialien durchwühlt worden. Es waren kleine Hügel und Täler entstanden. Dort, wo man bis unter die Grundwassergrenze gegraben hatte, hatten sich kleine Seen und Tümpel gebildet. In einigen hatten irgendwelche Leute schon vor Urzeiten ihren Müll hinterlassen. Mittlerweile war die ganze Landschaft wieder mit Birken und Tannen zugewachsen, zwischen denen sich wildes Buschwerk ausbreitete. Es war ein kleiner Wald in dieser vom Rest der Stadt vergessenen Gegend entstanden.

Natürlich lud gerade diese Wildnis ganz besonders Kinder zum Spielen ein, auch wenn das Betreten der alten Gebäude von den Eltern strengstens verboten worden war. Allerdings kamen mittlerweile immer weniger Kinder hierher, da sie lieber auf die neuen Spielplätze in der Stadt gingen und die Mütter und Väter mittlerweile vielmehr darauf achteten, wo ihr Nachwuchs spielte und ihn möglichst den ganzen Tag im Blick haben wollten.

Lucy und ihren Freunden kam das natürlich entgegen. Wenn sie jetzt irgendetwas nicht gebrauchen konnten, dann waren es neugierige Kinderaugen. Sie stellten ihre Räder ab, mit denen sie gekommen waren, und betrachteten die menschenleere Gegend. Nur die Vögel zwitscherten, ansonsten war kein Geräusch zu hören.

Lars zeigte Ihnen den Eingang zum Keller. Er lag, unter einem Haufen Müll sorgsam versteckt, im Erdgeschoss eines nicht mehr sehr vertrauenswürdig aussehenden Gebäudes.

»Oh verdammt, hoffentlich bricht das nicht über uns zusammen«, kommentierte Christoph.

Als sie in den Keller gingen, musste Lucy schmunzeln, als sie sah, mit welcher Todesverachtung Kim versuchte, die Spinnennetze und deren Bewohner zu ignorieren. Sie war schließlich selbst schuld. Warum hatte sie nicht zu ihr gehalten? Die ganze Aktion war wirklich albern, fand Lucy, aber immerhin machten alle vier wieder etwas gemeinsam. Der Kellerraum besaß die Ausmaße eines großen Zimmers. Die Decke war relativ niedrig, aber immerhin so hoch, dass die vier auch an der niedrigsten Stelle aufrecht gehen konnten, ohne anzustoßen. Die Wände waren aus groben roten Steinen gemauert, ebenso wie die Decke, die sich in der Art eines halbrunden Gewölbes über ihnen erstreckte.

»Den würde sich mein Vater sicher als Weinkeller wünschen«, sagte Lars.

»Aber bestimmt nicht so dreckig«, kommentierte Kim, die sich jetzt doch nicht einen angewiderten Blick auf die massenhaft vorhandenen Spinnweben und den alles überziehenden Staub und Dreck verkneifen konnte.

»Hier müssen wir wohl erst mal aufräumen und sauber machen«, meinte Christoph. »Also los, packen wir's an!«

Der erste Tag verging allein damit, den ganzen Müll herauszuräumen, der noch in dem Keller lag.

Den zweiten Tag verbrachten die vier mit Putzen. Es musste nicht nur gefegt, sondern auch geschrubbt und gewischt werden.

Ein größeres Problem bildeten die Einrichtungsgegenstände. Da sie keine Möglichkeit hatten, etwas zu transportieren, mussten sie das nutzen, was sie noch in den alten Gebäuden fanden. Es war nicht viel und die meisten Möbel waren in schlechtem Zustand. Nachdem sie stundenlang zusammengetragen, geputzt und repariert hatten, war der Raum immerhin so weit eingerichtet, dass sie einen Tisch mit fünf Stühlen, zwei Schreibtische, einen Schrank und eine Reihe von Regalen aufgestellt hatten. Sogar ein altes Sofa hatten sie gefunden, auf dem man zur Not übernachten konnte. Allerdings ekelte Lucy der Gedanke daran, auf dem angeschimmelten und dreckigen Bezug schlafen zu müssen. Kim schleppte zusätzlich eine Reihe von Bildern, Postern und Nippes an, um den Raum wenigstens ein wenig wohnlicher zu gestalten.

Die Jungs waren der Meinung, dass man für so eine Unterkunft unbedingt Strom bräuchte. Stolz schleppte Lars ein Notstromaggregat an, das er sich in einem Baumarkt von Geld gekauft hatte, dass er seinem Onkel unter irgendeinem Vorwand aus dem Kreuz geleiert hatte. Er hatte sich extra einen Fahrradanhänger ausgeliehen, um das schwere Ding zu transportieren. Jeden Nachmittag, den sie sich trafen, brachte Lars einen Kanister Benzin mit, den sie in ein Fass umfüllten, das sie ebenfalls unter dem ganzen Müll gefunden hatten.

Christoph schleppte eine alte Kaffeemaschine an und Lucy brachte einen Wasserkocher mit. Jetzt konnten sie sich immerhin schon mal nett zusammensetzen, wenn sie schon ihre ganze Freizeit hier verbrachten.

Eines Tages kam Lars wieder mit einem abgedeckten Fahrradanhänger an und tat sehr geheimnisvoll. Erst als sie vor ihrem geheimen Treffpunkt standen, zog er mit stolzer Miene die Abdeckung vom Hänger. Darin befand sich eine Satellitenanlage samt einem kleinen Fernseher.

»Wenn die Invasion läuft, müssen wir uns doch unabhängig informieren können«, verkündete er stolz. Lucy hatte allerdings den Verdacht, dass er es einfach gut fand, in dem Keller auch fernsehen zu können.

Die anderen drei versuchten zwar, es ihm auszureden, aber Lars war der festen Meinung, die Satellitenschüssel müsse oben im Innern des alten, hohen Schornsteins angebracht werden. Trotz der Proteste seiner Freunde kletterte er hinauf.

»Das Ding muss gut versteckt sein und einen guten Empfang haben«, verkündete er, bevor er voll bepackt die schwindelerregenden Höhen erklomm.

»Verdammt, ich kann da gar nicht hochgucken. Mir wird allein davon ganz schwindelig«, stöhnte Christoph, der ganz bleich aussah.

Auch Lucy fand die Idee alles andere als gut. Wenn es ein schöner Sommertag gewesen wäre, wäre es zwar auch gefährlich gewesen, aber sie hätte so eine Aktion Lars ohne Weiteres zugetraut. Schließlich waren sie super trainiert und hatten schon ganz andere Dinge erlebt. An diesem Tag kam aber noch hinzu, dass es kalt, feucht und leicht windig war. Lucy hatte Angst, dass Lars' Hände einfach klamm werden könnten und er deshalb nicht genug Halt finden würde. Aber so war Lars nun einmal. Er hatte es sich in den Kopf gesetzt und ließ sich durch nichts davon abbringen.

Die Aktion dauerte einen ganzen Nachmittag. Die Schüssel musste nicht nur angebracht, sondern auch noch verkabelt und auf einen Fernsehsatelliten ausgerichtet werden.

Lucy war heilfroh, als Lars endlich wieder heil unten angekommen war. Er war völlig durchgefroren und erzählte schlotternd, aber stolz, wie er ein paar Mal fast abgestürzt wäre.

»Ich finde das gar nicht lustig«, schimpfte Lucy. »Wir haben schließlich wichtigere Dinge zu tun, als uns bei so einer blödsinnigen Aktion umzubringen. Und mit so kalten Fingern bist du geklettert? Du bist ja wahnsinnig!«

Lucy nahm seine eiskalten Hände in ihre und wärmte sie. Lars lächelte sie an. Hoffentlich ging sie nicht schon wieder zu weit, dachte sie und setzte eine extra wütende Miene auf. Allerdings ärgerte sie sich über Kim noch mehr. Sie hatte zu der ganzen Aktion wieder einmal gar nichts gesagt, saß dafür aber vor dem Fernseher und sah sich ihre Lieblingsserie an.

Sie bauten noch eine Reihe von kleinen Kameras zur Überwachung der Gegend ein, stellten ein Radio auf, das alle Wellen empfangen konnte und für das sie extra eine große versteckte Antenne installierten. Dann befanden sie die Einrichtung als vorerst fertig.

»Ich denke, wir sollten jetzt alle noch die Dinge herschaffen, von denen wir meinen, dass sie nach der Invasion wichtig sind«, meinte Lars und grinste verschmitzt.

Auf seinen Gesichtsausdruck konnte Lucy sich erst am nächsten Tag einen Reim machen, als sie alle mit ein paar Gegenständen ankamen, von denen sie glaubten, dass sie besser in ihrer neuen Zentrale aufgehoben wären. Lars hatte die Reisetasche dabei, die sie schon von ihrem Sommerabenteuer kannte. Seine

Augen strahlten. Er konnte es gar nicht abwarten, seinen Freunden den Inhalt der Tasche zu präsentieren.

»Überraschung!«, rief er und öffnete theatralisch den Reißverschluss. Der Inhalt war allerdings tatsächlich eine Überraschung.

»Oh Scheiße, hast du das bei den Aranaern geklaut?«, fragte Lucy. In der Tasche lag einer dieser schwarzen Kampfanzüge. Mit vor Stolz glühendem Gesicht zog Lars den Anzug heraus. Darunter kam der zweite Teil der Überraschung zum Vorschein. Es war eine dieser großen Strahlenwaffen. Lucy dachte, sie träfe der Schlag.

»Das gibt es doch gar nicht«, stotterte sie.

»Da staunst du was?«, grinste Lars. »Du glaubst doch nicht, ich nehme meine blöden, dreckigen Socken von so einem Schiff mit zurück, wenn da so 'n Zeug rumliegt.«

Wenn Lucy ehrlich war, hatte sie an so eine Möglichkeit überhaupt nicht gedacht, damals auf dem Schiff.

»Eine Kleinigkeit hab ich ja auch mitgebracht«, mischte sich Kim mit gespielt schüchterner Stimme ein und hielt den Freunden ihre offene Hand unter die Nase. Auf der Handfläche lag eine dieser kleinen Strahlenwaffen.

Lucy verstand die Welt nicht mehr. Ausgerechnet Kim! Sie hatte immer gedacht, ihre Freundin würde niemals freiwillig so ein Ding in die Hand nehmen. Lars pfiff nur einmal anerkennend durch die Zähne.

Mit besonders cooler Mine stellte als nächster auch Christoph seine Reisetasche – ein etwas älteres Modell als das von Lars – auf den Tisch und öffnete sie.

»Auch ich hatte ein paar Socken übrig«, sagte er lässig und zog einen schwarzen Kasten aus der Tasche.

»Was ist denn das?«, entfuhr es Lars.

»Ihr habt euch natürlich wieder nur mit euren Kriegsspielsachen beschäftigt. Das hier«, zärtlich strich Christoph über den etwa zigarrenkastengroßen, schwarzen Kasten, »ist ein absoluter Hightech-Computer, jedenfalls für irdische Verhältnisse. Natürlich kann er nicht das, was so ein Zentralrechner im Schiff oder in der Bodenstation kann, aber für unsere Zwecke dürfte es allemal reichen.«

»Wow, Alter, soviel kriminelle Energie hätte ich dir ja gar nicht zugetraut! Beklaut der Kerl einfach die armen Außerirdischen!« Lars lachte und klopfte Christoph anerkennend auf die Schulter.

Lars hatte recht, auch Lucy hätte so etwas Christoph nicht zugetraut. Plötzlich bemerkte Lucy, dass keiner der anderen etwas sagte und alle nun sie ansahen.

»Äh!« Lucy schluckte. Sie kam sich plötzlich völlig blöd vor. Sie hatte tatsächlich überhaupt nicht damit gerechnet, in eine Situation wie diese zu geraten. Auf die Idee war sie gar nicht gekommen, sich irgendwie darauf vorzubereiten, dass die Aranaer sie nicht noch einmal holen würden. »Ähm, ich habe nichts vom Schiff mitgehen lassen.«

Nervös kratzte Lucy sich am rechten Arm kurz unter der Schulter. Das stimmt nicht, dachte sie, als ihr diese automatische Bewegung bewusst wurde. Immer wenn sie nervös wurde, kratzte sie sich mittlerweile dort. Es war eine Stelle, die sie immer häufiger spürte. Es tat nicht weh, es juckte nicht, es war nicht einmal ein unangenehmes Gefühl und doch war es da.

Anfangs hatte Lucy an eine Allergie oder vielleicht auch an eine Verspannung in den Muskeln gedacht. Dann war ihr bewusst geworden, dass dies genau die Stelle war, an der die Lichterscheinung, die mit dem Schlüssel zusammenhing, als Letztes wahrzunehmen gewesen war. Im Nachhinein hatte sie das Gefühl, dass der Lichtkristall in diesem Bereich in ihren Körper eingetreten war.

Es klang völlig verrückt und alle Untersuchungen sowohl von den Imperianern als auch von Aranaern hatten auch nichts ergeben. Trotzdem war Lucy in den letzten Wochen zu der Überzeugung gelangt, dass der Schlüssel in ihr stecken musste, und zwar genau an der Stelle in ihrem rechten Arm. Allerdings traute sie sich nicht, irgendjemandem etwas darüber zu erzählen, auch nicht ihren besten Freunden.

»Äh, ich hab stattdessen ein paar Stifte und Papier mitgebracht«, sagte sie schnell. Die Enttäuschung war deutlich auf den Gesichtern ihrer Freunde zu erkennen, obwohl niemand von ihnen etwas Kritisches andeutete.

Die folgenden Nachmittage verbrachten sie damit, in ihrer Zentrale zu sitzen und Pläne für die Zeit nach der Invasion zu schmieden. Während Lars Feuer und Flamme war und – genau, wie auch Kim – wildeste Pläne entwarf, wurde Lucy immer frustrierter. Keiner dieser Ideen schien ihr geeignet, wirklich etwas gegen die Invasion ausrichten zu können.

Glücklicherweise kam eines Tages Christoph mit einer alten Karte, die zeigte, dass ein verschütteter Tunnel, der noch unterhalb ihres Kellers lag, eine unterirdische Verbindung in ein nahe gelegenes Flusstal hatte. Alle vier waren der Meinung, dass ein Notausgang als Fluchtmöglichkeit für ihre Zentrale dringend notwendig war. Also begannen sie damit, den verschütteten Tunnel wieder freizuräumen. Lucy war klar, dass diese wilde Aktion nicht das Problem löste, was sie eigentlich nach der Invasion machen wollten. Aber immerhin konnten sie diese Gedanken erst einmal eine Weile verdrängen und die Laune der vier stieg wieder.

***

»Ich dachte, die Zeiten, in denen du im Dreck gespielt hast, seien schon ein paar Jahre vorbei. Was macht ihr da eigentlich?«, fragte kopfschüttelnd ihre Mutter und starrte auf Lucys dreckige Sachen. Sie saßen beim Abendessen. Lucy war wieder einmal zu spät gekommen und hatte sich nicht umziehen können.

»Wahrscheinlich wälzt sie sich mit diesem Lars im Dreck«, knurrte der Vater, grinste aber dabei. Lucys Mutter warf ihm einen vernichtenden Blick zu.

»Was habt ihr eigentlich immer mit Lars? Ich hab euch schon tausendmal gesagt, ich habe nichts mit dem. Er ist einfach ein guter Freund. Außerdem betreiben wir Höhlenforschung. Es gibt hier nämlich interessante Höhlen in unserer Gegend.«

Trotz des warnenden Blicks der Mutter konnte der Vater sich eine ironische Bemerkung nicht verkneifen.

»So, so ›Höhlenforschung mit guten Freunden‹ nennt man das heutzutage. Also, zu meiner Zeit hat man das anders bezeichnet.«

Jetzt reichte es wirklich. Lucy sprang auf.

»Lasst mich doch endlich mal mit Lars in Ruhe. Er ist einfach ein guter Freund, sonst nichts. Auch wenn ihr keine guten Freunde habt, kann es so etwas geben, auch zwischen Jungs und Mädchen«, schrie sie ihre Eltern an, rannte hinaus und knallte die Tür hinter sich zu.

Das war das Gute an terranischen Türen, sie krachten wenigstens, wenn man sie wütend ins Schloss schmiss. Nicht so wie die Eingänge der Imperianer und Aranaer, die sich immer geräuschlos schlossen und an denen man nicht seinen Unmut auslassen konnte.

Lucy warf sich auf ihr Bett, sie hätte vor Wut heulen können, aber das nutzte ja auch nichts. Das Schlimmste war, dass sie fand, ihre Mutter hatte recht, sie war wirklich zu alt, um im Dreck zu spielen und sich Höhlen zu bauen. Das Ganze würde ja doch nichts nutzen, wenn die Invasion erst begann. Warum kam nicht ein toller Held und rettete sie alle. Lucy hatte schon genaue Vorstellungen, wer dieser Held sein sollte.

***

Es dauerte weitere drei Tage, bis sie es tatsächlich geschafft hatten, den alten Gang wieder freizuräumen. Völlig erschöpft, starteten sie eine kleine Feier in ihrer Zentrale, aber auch die Freude über diese gelungene Aktion hielt nicht lange.

Frustriert saßen Kim, Lucy und Lars schon in dem Keller, als Christoph hereinkam und sich die klammen Finger rieb.

»Wo bleibst du denn, du hast ja gar nicht gesagt, wo du hingehst«, rief Kim aus und nahm seine Hände in ihre. »Oh, sind die kalt!«

»Ich komme gerade von unserem Landeplatz«, erzählte Christoph. »Das Schiff ist noch da. Das kann man an dem Gerät sehen.«

Er hielt so eine Art Fernbedienung in der Hand, mit der sie das kleine Raumschiff, das ihnen als Fähre zwischen Mutterschiff und Erde gedient hatte, verschlossen hatten. Damit war es zwar optimal getarnt – nicht einmal die Imperianer hatten es gefunden – leider konnte man es ohne Eingreifen der Aranaer aber nicht wieder öffnen.

»Ich habe alles ausprobiert«, erzählte Christoph weiter. »Aber ich bekomme es auch mit allen Tricks nicht wieder auf. Ich habe sogar eine Idee, wie ich diese blöde Fernbedienung umprogrammieren könnte, aber dazu brauche ich einen richtigen Rechner, nicht so ein Spielzeug, wie wir es hier unten haben.«

Das waren nun ganz andere Worte, bisher war Christoph ganz begeistert von seiner Errungenschaft gewesen.

»Ob das andere Schiff noch da ist?«, fragte Kim plötzlich. Die drei anderen sahen sie verblüfft an. »Ihr wisst schon, das, mit dem wir damals zur Höhle der Imperianer geflogen sind. Das haben wir doch nie wieder abgeholt, und wenn das genauso gut getarnt ist wie unseres hier, müsste es auch noch da sein.«

»Ja«, rief Lars begeistert. »Und das lässt sich vielleicht auch mit dem Ding hier öffnen. Damals sollten wir schließlich auch wieder zurückfliegen mit der Kiste.«

»Und was soll das bringen?«, fragte Lucy müde. »Mit den Kisten kann man höchstens bis zum Saturn fliegen und selbst das dauert eine Ewigkeit.«

»Aber wir könnten mal sehen, was da oben los ist, ob da Schiffe kreisen und von wem«, meinte Christoph. Auch er war begeistert von der Idee. »Außerdem könnten wir ganz schnell an jeden Punkt der Erde kommen. Das ist spätestens dann, wenn die Invasion beginnt von unendlichem Nutzen.«

Lucy konnte zwar die Begeisterung ihrer Freunde nicht so ganz nachvollziehen, aber wenn das die Stimmung in der Gruppe hob, so wollte sie kein Spielverderber sein.

***

Schon zwei Tage später – einem Samstag – ging es mit Bus und Bahn zu ihrem damaligen Landeplatz. Er war immerhin über zweihundert Kilometer entfernt. Als sie losfuhren, nieselte es. Als sie das Ziel erreichten, hatte sich das Nieseln zu einem ausgewachsenen Regen entwickelt. Sie stapften die letzten drei Kilometer zu Fuß und waren, trotz Allwetterjacken, klitschnass, als sie an der alten verfallenen Fabrikhalle ankamen. Sie standen dort im Regen und fröstelten noch mehr bei dem Gedanken daran, dass in dieser unscheinbaren Ruine der Eingang zu der unterirdischen Bodenstation der Imperianer lag.

»Na, habt ihr Lust auf einen kleinen Besuch bei unseren Freunden?«, fragte Lars grinsend.

»Vielen Dank«, knurrte Kim, die ausgesprochen schlechter Laune war. »Mich gruselt es schon, wenn ich nur daran denke, wer da unten haust. Lasst uns schnell versuchen, ins Schiff zu kommen und dann nichts wie weg.«

Sie gingen zu dem Ort, den sie noch als Landeplatz in Erinnerung hatten. Christoph fummelte an dem Gerät herum.

»Also, da ist es noch. Aber Mist, es ist auch verriegelt.«

Er probierte noch eine Weile herum. Dann zuckte er resigniert die Schultern und ließ sie anschließend hängen.

»Ich habe alles ausprobiert. Ich kriege es nicht auf.«

Lars probierte es halbherzig auch einmal, aber den Dreien war klar, dass, wenn Christoph es nicht hinbekam, es auch niemand von ihnen schaffen würde.

»Seid nicht so frustriert«, tröstete Lucy auf der Rückfahrt. »Viel hätte es sowieso nicht gebracht. Wenn wir mit der Kiste rumgegurkt wären, hätten uns womöglich noch die Imperianer erwischt und dann wäre alles aus gewesen.«

»Ich weiß nicht, es wäre einfach ein gutes Gefühl gewesen, wenigstens ein Fluggerät zu haben, wenn wir erst überrannt sind«, meinte Lars.

***

Die Stimmung wurde auch in den nächsten Tagen nicht besser. Es war nicht mehr viel zu tun. Die Pläne waren nach wie vor nicht besonders Erfolg versprechend und wurden auch nicht dadurch besser, dass sie immer wieder von Neuem durchgesprochen wurden. Dazu kam, dass das Wetter immer schlechter wurde. Es war kalt, nass und grau. Der Keller wurde kühl und klamm.

Lucy hatte immer weniger Lust, zu ihren Treffen zu gehen. Wenn sie abends allein in ihrem Zimmer war, zweifelte sie an allem, was sie sich mit ihren Freunden ausgedacht hatte. Auch mit ihrem Wissen und dem Vorsprung, den sie durch ihre Ausbildung bei den Aranaern gegenüber allen anderen Erdenbürgern hatten, würden die vier Jugendlichen nicht in der Lage sein, gegen so eine Übermacht anzukommen. Das war einfach illusorisch. Ohne Hilfe von außen war das nicht zu schaffen. Und mit jedem Tag, der verging, schwand ein weiteres Stück Hoffnung, dass die Aranaer doch noch kommen würden.

Fast jeden Abend legte Lucy nun ihre schönen, traurigen Lieder auf und träumte sich in eine andere Welt. Immer häufiger war sie die große Heldin, die zusammen mit ihrem Traumprinzen die Erde vor dem Untergang rettete. Wer der Prinz war, war klar, und dass sie sich am Ende in den Armen lagen, natürlich auch. Sie wünschte sich so sehr, dass er auftauchen würde, dass sie manchmal meinte, allein die Intensität dieses Wunsches müsste ausreichen, ihn in Erfüllung gehen zu lassen.

Am Ende dieser Tagträume schämte sie sich und hoffte, es würde nie irgendjemand in ihren Kopf sehen können. Borek hatte sich zwar schon einmal für sie eingesetzt und sein Leben für sie riskiert, er hatte sie sogar schon fast geküsst, aber es war einfach völlig unwahrscheinlich, dass er jetzt hier auftauchen würde. Und selbst wenn, war es mehr als fraglich, ob er sie bei ihrem Vorhaben unterstützen würde.

Aufbruch

Es war ein besonders mieser Tag. Nicht nur, dass der Himmel grau war und dass es in Strömen regnete, Lucy war schon beim Aufstehen so deprimiert gewesen, dass sie es nur schaffte, aus dem Haus und zur Schule zu gehen, um den besorgten Blicken und Fragen ihrer Eltern zu entkommen.

Nach dem Unterricht hatte sie sich einfach aufs Bett fallen lassen. Sie war so deprimiert, dass sie nicht einmal mehr Lust hatte, ihre Musik anzuhören. Es war vorbei. Das war ihr am Abend vorher klar geworden. Es war zu spät, als dass die Aranaer sich noch melden würden. Von ihrem Traumhelden war sie sich nicht mehr sicher, ob sie ihn überhaupt noch wiedererkennen würde. Das Bild in ihrem Kopf verschwamm immer mehr.

Sie wusste nicht mehr, was noch Realität war und was sie sich in den letzten Wochen hinzugeträumt hatte. Aber das war auch völlig gleichgültig. Sie würde ihn so oder so nicht wiedersehen. Falls er das Abenteuer überstanden hatte und überhaupt noch lebte, war er so weit entfernt, dass sie ihn als Erdenmädchen niemals erreichen konnte. Und er war Soldat. Soldat in der Armee, die sie bekämpfen wollte.

Wie hatte sie jemals davon träumen können, dass er sich auf ihre Seite schlagen würde. Nur weil sie so ›schöne altmodisch lange Haare‹ hatte, wie er damals zu ihr gesagt hatte. Es war einfach Quatsch, kindischer Unsinn, ein Teenager-Traum.

Genauso kindisch oder sogar noch kindischer waren alle Aktivitäten, die sie in den letzten Wochen durchgeführt hatten. Nichts würde funktionieren. Sie hatten keine Chance, gegen so eine technologische und militärische Übermacht irgendetwas zu unternehmen. Gar nichts würden sie ändern können. Sie würden sich fügen müssen.

Wenn es hochkam, würden sie mit ihrem jetzigen Wissen vielleicht den einen oder anderen egoistischen Vorteil für sich selbst herausholen, aber für den Planeten, die Erde, würden sie gar nichts machen können. Der würde für die nächsten dreihundert Jahre versklavt werden. Zehn Menschengenerationen wären der

Herrschaft einer fremden Spezies hilflos ausgeliefert. Lucy kämpfte mit den Tränen. Gerade als sie kurz davor war, den Kampf zu verlieren, klingelte es an der Haustür.

Das war um diese Zeit recht ungewöhnlich. Ihr Vater war nicht da und ihre Mutter bekam um diese Uhrzeit normalerweise keinen Besuch. Lucys Freunde kamen eigentlich nur vorbei, nachdem sie sich vorher angemeldet hatte. Sie hatte allen Dreien eine Nachricht geschickt, dass sie nicht zu ihrem üblichen Treffen kommen würde und keiner hatte sich bei ihr gemeldet.

Sie hörte, wie ihre Mutter die Haustür öffnete und mit jemandem redete. Sie konnte durch die geschlossene Zimmertür nicht verstehen, was gesagt wurde. Es klang aber so, als würde ihre Mutter denjenigen kennen, der dort stand, aber etwas erstaunt über seinen Besuch sein.

Als sie die andere Stimme hörte, war sie sich sicher, dass es Christoph war. Was wollte der denn hier? Er hatte sie bisher nur einmal kurz nach ihrem Abenteuer zusammen mit Kim besucht. Ansonsten hatte er sie vielleicht zwei- oder dreimal abgeholt, als sie sich verabredet hatten, gemeinsam irgendwohin zufahren.

Lucy sprang schnell vom Bett auf und schaute in ihren Spiegel. Besonders glücklich sah sie ja nicht aus, aber sie hatte den Kampf gegen die Tränen bisher noch nicht verloren. Es gab also keine verräterischen Spuren. Sie öffnete die Zimmertür und ging die Treppe Richtung Haustür hinunter.

»Wir hatten doch so einen Wettbewerb gewonnen, in den Sommerferien, in diesem Jugendlager. Sie wissen schon. Mit zwanzig Leuten so einen alten Indianereinbaum rudern. Da waren wir die Besten. Hat Lucy das denn gar nicht erzählt?«, fragte Christoph gerade. Er strahlte vor Begeisterung. Lucys Mutter sah recht verwirrt aus.

»Äh, ich glaube ja, aber ich erinnere mich nicht so recht«, stotterte sie. Lucy hatte das nicht erzählt. Sie wusste von dieser Geschichte nämlich überhaupt nichts. Völlig entgeistert sah sie Christoph an und blieb vor Schreck auf der Treppe stehen.

»Hey, Lucy, hast du deiner Mutter denn gar nichts erzählt?«, fragte der nur und redete dann, an ihre Mutter gewandt, gleich weiter, bevor Lucy auch nur ein Wort sagen konnte.

»Und nun haben wir dadurch die Chance, an einem internationalen Rennen teilzunehmen. Sie wissen schon, so eine Veranstaltung zur Verständigung von Jugendlichen aus verschiedenen Nationen und so. Ob das stattfindet, stand eine ganze Zeit auf der Kippe und hat sich erst vor kurzem entschieden, darum haben wir die Einladung ja auch erst so spät bekommen. Aber Lucy hat ihnen das doch bestimmt schon vor zwei Tagen gezeigt. Das ist die von der Organisation, die auch schon das Sommerlager ausgerichtet hat.«

Christoph sah dabei kurz zu Lucy hoch, die noch immer bewegungslos auf der Treppe verharrte. Es dauerte ein paar Sekunden, bevor Lucy begriff, was hinter dem Code stand, den Christoph da redete. Zumindest kam es ihr so lang vor. Dann schoss urplötzlich ein Stoß Adrenalin durch ihren Körper. Von den Fußspitzen bis in die letzte Haarwurzel war Lucy auf einen Schlag hellwach. Das konnte nur bedeuten, die Aranaer hatten sich gemeldet und sie mussten los.

»Äh, natürlich«, stotterte Lucys Mutter. Ihr war es offensichtlich peinlich, dass sie nicht Bescheid wusste. Sie und Lucys Vater hatten in den letzten Tagen viel zu tun gehabt und daher hatte die Familie kaum miteinander gesprochen, was Lucy in ihrer Stimmung nur recht gewesen war.

»Wir haben auch schon eine Schulbefreiung«, redete Christoph unbeeindruckt weiter und hielt Lucys Mutter einen Zettel unter die Nase. Das konnte doch nicht wahr sein, offensichtlich hatte er – wahrscheinlich gemeinsam mit Kim – die Unterschrift des Schuldirektors gefälscht.

»Es ist nun so, wenn wir nicht mit dürfen, ist natürlich die ganze Mannschaft kaputt und keiner kann hinfahren. Das ist ja extra für diese Amateurmannschaften, die sich während des Urlaubs gebildet haben. Deshalb ist es so wichtig, dass alle die Erlaubnis bekommen und deshalb wollte ich jetzt fragen, ob sie Lucy schon die Erlaubnis gegeben haben.«

»Ähm, ich weiß nicht, wir haben noch gar nicht richtig darüber gesprochen«, stotterte die Mutter.

»Aber Lucy, hast du deinen Eltern nicht gesagt, dass wir bis heute Nachmittag wissen müssen, ob wir teilnehmen dürfen?« Christoph sah Lucy vorwurfsvoll an. Langsam begann sie, seine schauspielerischen Fähigkeiten zu bewundern. Warum war eigentlich er hier und nicht Kim, fragte sie sich. Sie selbst bekam kein Wort heraus, sondern hob nur entschuldigend die Arme. Sie hoffte zumindest, dass es wie eine Entschuldigung aussah.

»Können wir das nicht heute Abend besprechen, wenn auch Lucys Vater da ist?«, fragte Lucys Mutter, die so eine Entscheidung nicht alleine treffen wollte. Schon gar nicht, weil die Veranstaltung auch noch außerhalb der Ferien lag.

»Das ist leider schlecht«, meinte Christoph und wand sich. »Wenn wir da mitmachen wollen, müssen wir heute Nachmittag den Veranstaltern noch – äh – eine E-Mail schicken. Und für unsere Mannschaft fehlen nur noch wir vier aus unserer Stadt, die anderen haben schon alle zugesagt. Die können natürlich jetzt nur mit, wenn wir auch dürfen.«

Christoph schaute Lucys Mutter mit dem liebenswürdigsten Hundeblick an, den er zustande brachte. Lucy sah ihre Mutter dahinschmelzen.

»Wie ist es denn mit deinen Eltern? Die sind doch auch ganz vernünftig. Haben die denn zugestimmt?«, fragte Lucys Mutter.

»Äh, das ist ja gerade das Problem, warum ich hier bin. Meine Eltern haben gesagt, dass ich mitdarf, wenn Lucy darf. Sie werden hier gleich anrufen.«

»Und wie ist das mit den Eltern von Kim? Haben die das erlaubt?«

Christoph wand sich ein wenig. Lucy vermutete, dass er jetzt nicht mehr Theater spielen brauchte.

»Die haben das Gleiche gesagt, wie meine Eltern. Ich fürchte, die werden hier auch gleich anrufen.« Und mit seinem schönsten Lächeln fügte er hinzu: »Unsere Eltern halten besonders viel von ihrer Meinung.«

Lucy verdrehte die Augen, so ein Schleimer. Da klingelte auch schon das Telefon. Lucys Mutter ging ran. Christoph und Lucy sahen sich in die Augen. Keiner der beiden sagte ein Wort. Beide versuchten aus den Brocken, die sie verstanden, herauszuhören, was die beiden Mütter verabredeten.

Nach der Begrüßung war es ein paar Sekunden lang still, dann hörten sie Lucys Mutter: »Ja, ja, natürlich und in der Schule gehören sie ja auch zu den Besten …«

»Ja, Bewegung an frischer Luft ist ja auch wichtig …«

»Und dass sie mit Kindern aus anderen netten Familien befreundet sind, ist für die Entwicklung natürlich auch wichtig …«

»Deshalb haben mein Mann und ich auch ausnahmsweise zugestimmt, obwohl wir das in der Schulzeit gar nicht gerne sehen.«

Lucy hob den Daumen. Christoph und sie grinsten sich verschwörerisch an. Nachdem die beiden Mütter sich noch weitere zehn Minuten lang gegenseitig versichert hatten, dass es in Ordnung sei, dass ihre Kinder in diese Freizeit fahren würden, wurde das Gespräch beendet.

»Also nächstes Mal könnt ihr eine solch wichtige Sache aber ein wenig früher erzählen«, murrte Lucys Mutter, als sie zurück in den Flur kam und die beiden Jugendlichen sie unschuldig anstrahlten. Der Mutter war anzusehen, dass es ihr äußerst schwergefallen war, Christophs Mutter anzulügen. Andererseits hätte sie ihr ja schlecht erzählen können, dass sie von der ganzen Sache eigentlich eben erst etwas erfahren hatte und Lucy zu Hause nichts gesagt hatte. Wie hätte das denn ausgesehen?

Bevor sie irgendwelche Standpauken halten oder – noch schlimmer – weitere Fragen stellen konnte, klingelte erneut das Telefon. Christoph und Lucy hörten, dass diesmal Kims Mutter am anderen Ende war. Lucys Mutter erzählte ihr das Gleiche, was sie vorher Christophs Mutter gesagt hatte, und redete dann sogar intensiv auf sie ein.

»Puh, Kims Eltern sind aber spießig«, meinte sie, nachdem sie eine halbe Ewigkeit später das Telefongespräch endlich beendet hatte und zu den beiden Teenagern zurückgekehrt war. »Die können doch Kim das nicht einfach verbieten und euch allen damit die Sache verderben. Na ja, aber ich habe sie überreden können. Eure Freundin darf auch mit.«

Zufrieden sah sie die beiden an und fragte dann in etwas besorgtem Ton nach: »Rufen Lars' Eltern hier jetzt auch noch an?«

»Äh«, druckste Christoph herum. »Die haben ihm das schon gleich erlaubt.«

»Das habe ich mir schon gedacht. Lars' Eltern scheinen sich ja nicht gerade viel Sorgen, um ihren Sohn zu machen. Dabei wäre er derjenige von euch Vier, um den man sich ein wenig mehr kümmern sollte, wie man so hört«, erwiderte Lucys Mutter und die Missbilligung war aus ihrem Tonfall deutlich herauszuhören.

»Ach, auf den passen wir schon auf«, meinte Christoph leichthin und setzte wieder dieses Netter-Schwiegersohn-Lächeln auf.

»Gut Lucy, dann sehen wir uns morgen früh am Bus, sechs Uhr dreißig«, sagte er leichthin. »Ich muss jetzt schnell noch bei Lars vorbei. Die Schnarchnase hat bestimmt auch den Termin nicht mehr im Kopf.«

Und damit war er schon aus der Tür.

»Morgen schon! Und dann so früh morgens!«, rief Lucys Mutter aus. »Das hast du uns aber gar nicht gesagt. Es war verdammt peinlich, für dich zu lügen. Lucy, wo hast du eigentlich deinen Kopf. Wir müssen dann ja sofort packen. Deine neue Jeans habe ich auch noch nicht gewaschen, die willst du doch bestimmt in das Ferienlager mitnehmen. Wo ist eigentlich dieses Ferienlager? Ist es da nicht viel zu kalt zum Rudern?«

Lucy wäre eigentlich am liebsten hinter Christoph her gestürmt. Sie hatte noch so viele Fragen, aber in Anbetracht der Aufregung ihrer Mutter und dieses Redeschwalls, war es wohl besser, dazubleiben und der Mutter beim Kofferpacken zu helfen.

»So genau weiß ich das gar nicht, aber es ist irgendwo ganz weit im Süden Afrikas, glaub' ich, da ist es jetzt warm. Mach dir keine Sorgen, Mama«, sagte sie müde und ging dann zusammen mit ihrer Mutter in ihr Zimmer, um den Koffer zu packen.

Am nächsten Morgen war Lucy schon aufgestanden, bevor der Wecker geklingelt hatte. Ihre Mutter bestand darauf, ihr noch mehrere Scheiben Brot für die lange Reise zu schmieren. Außerdem wurden unzählige Süßigkeiten und Getränke eingepackt. Lucy fand das rührend und ließ alles über sich ergehen.

Sie hatte ein wenig ein schlechtes Gewissen, dass sie den ganzen Proviant sicher auf der kurzen Reise zu ihrem Mutterschiff nicht essen können würde und er wahrscheinlich verdorben sein würde, bis sie wieder zu Hause war. Sie hatte morgens sogar noch ein Foto ihrer Familie ganz oben auf die Sachen im Koffer gelegt.

»Damit ich mich immer daran erinnere, warum ich unterwegs bin«, hatte sie dabei gedacht.

Sie nahm ihre Eltern sogar noch in den Arm und gab ihnen einen dicken Kuss. Der kleine Bruder schlief noch. Den hatte sie am Abend vorher, als er schon im Bett lag, derart intensiv geknuddelt, dass er nur »Sag mal, ist was?« gefragt hatte. Sie hatte ihm natürlich schlecht erzählen können, dass sie sich irgendwie ganz wehmütig fühlte und sich nicht sicher war, ob sie rechtzeitig die Invasion verhindern konnte. So hatte sie nur den Kopf geschüttelt und das Licht gelöscht.

Ihr Vater brachte sie noch zum Busbahnhof, wo Lars und Christoph sie schon erwarteten. Kim war – wie in letzter Zeit immer – die Letzte.

»Mit diesem Linienbus fahrt ihr da raus? Der fährt doch gar nicht weit«, meinte der Vater.

»Wir werden an der Endhaltestelle abgeholt«, sagte Christoph schnell. »Das ist irgendwie für den Fahrer günstiger. Der holt ja auch noch andere ab.«

»Das verstehe ich zwar nicht, aber die werden schon wissen, was sie tun«, meinte der Vater. Er sah auf seine Uhr. »So, ich muss dann mal los, zur Arbeit. Ich wünsche euch Dreien dann viel Spaß und eurer Freundin Kim natürlich auch, falls sie noch rechtzeitig kommt.«

Er winkte kurz und fuhr davon. Endlich konnte Lucy mit ihren Freunden reden.

»Mensch Christoph, du bist einfach so schnell abgehauen gestern. Nun erzähl schon, wie haben die Aranaer zu dir Kontakt aufgenommen. Was haben sie gesagt? Was ist mit der Invasion? Geht es los?« Lucy platzte fast vor Neugier.

»Jetzt mal ganz langsam. Also erstens, die Aranaer haben mir eine SMS geschrieben«, begann Christoph wurde aber sofort von Lucy unterbrochen.

»Was? Willst du mich veräppeln? Eine SMS?«

»Natürlich keine übliche SMS«, antwortete Christoph leicht gereizt. »Diese Fernbedienung für die Raumfähre, ihr wisst schon, die hat auch eine Funktion zum Übersenden von Nachrichten und das haben die Aranaer gemacht. Sie haben nur geschrieben: ›Kommt sofort zum Schiff. Es ist dringend!‹ Ich hab dann zurückgeschrieben, dass wir erst heute Morgen kommen können.«

Christoph machte eine Pause.

»Ja und? Was haben sie geantwortet?«, fragte Lucy aufgeregt.

»Na was schon?«, erwiderte Christoph völlig cool. »›In Ordnung‹ haben sie zurückgeschrieben. Und bevor du mir weitere Löcher in den Bauch fragst, sie haben sonst nichts mitgeteilt. Ich habe keine Ahnung, was das zu bedeuten hat, ob die Invasion nun losgeht oder sonst was. Das musst du sie alles selber fragen, wenn wir da oben sind.«

Christoph nickte zum Himmel. Der war so grau wie schon lange nicht mehr und es regnete in Strömen. Die drei standen unter dem Dach der Bushaltestelle. Mit diesem Bus schienen um diese Zeit kaum Leute zu fahren, jedenfalls warteten sie ganz alleine unter dem Unterstand.

Kim traf erst kurz vor Abfahrt des Busses ein. Auch sie wurde von ihrem Vater gebracht. Missmutig stieg sie aus. Sie schien die Einzige zu sein, die nicht voller Vorfreude und Begeisterung war. Lucy führte das allerdings auf das schlechte Wetter und die frühe Uhrzeit zurück. Sie selbst konnte gar nicht erwarten, dass endlich der Bus kam. Die Fahrt über konnte sie kaum still sitzen. Dass im Bus noch andere Fahrgäste mitfuhren und die vier sich daher nicht über ihr bevorstehendes Abenteuer unterhalten konnten, machte die Sache auch nicht besser.

Endlich kamen sie an der Haltestelle an, in deren Nähe sie damals ihre Raumfähre geparkt hatten. Sie mussten noch über ein paar Nebenstraßen und Feldwege gehen, bis sie am Rande des kleinen Waldes ankamen, an dem das Schiff in der Luft schwebte. Es war sicher hinter dem unsichtbaren Schirm versteckt. Selbst die Imperianer, die in der unterirdischen Station hausten, hatten es nicht entdeckt.

Die vier waren trotz Regenkleidung ziemlich durchnässt, als sie ihr Ziel erreicht hatten. Trotzdem waren sie voller Begeisterung und Zuversicht, zumindest drei von ihnen. Kim machte noch immer das gleiche mürrische Gesicht, mit dem sie angekommen war.

»Hey, jetzt geht es los. Das Abenteuer beginnt. Gleich sehen wir die Sterne wieder. Freust du dich denn gar nicht?« Lucy stieß ihrer Freundin in die Seite.

»Ach, ich weiß nicht«, murrte die nur zurück.

»Ja Freunde, jetzt werden wir sehen, ob die Sache klappt«, rief Christoph aufgeregt und hielt die Fernbedienung in die Richtung, in der er das kleine Schiff vermutete. »Schaut, das Lämpchen hier leuchtet grün. Das sieht gut aus. Also dann los.«

Mit einer großen Geste drückte er einen Knopf auf der Fernbedienung. Wie aus einem Nebel formten sich innerhalb weniger Sekunden die Konturen des Schiffes, bis es vollständig zu sehen war. Langsam schwebte es ganz zur Erde und eine kleine Treppe wurde ausgefahren. Die Tür öffnete sich. Alles geschah in völliger Lautlosigkeit.

Das heißt, die vier hörten nur das Prasseln des Regens auf ihren Kapuzen. Der Regen war noch viel stärker geworden als vorher an der Bushaltestelle. Der Himmel war jetzt völlig düster. Ein Unwetter zog auf. In weiterer Ferne sah man vereinzelte Blitze. Gerade, als die vier den ersten Schritt auf das Schiff zugehen wollten, schlug ein riesiger Blitz mit gewaltigem Krachen irgendwo hinter dem Schiff ein.

Die ganze Szenerie wurde für einen Moment gespenstisch beleuchtet. In Wirklichkeit musste der Blitz weit hinter dem Schiff eingeschlagen sein, auch wenn durch den Knall der Eindruck entstand, dass er direkt über ihren Köpfen heruntergekommen war. Kim zuckte zusammen, als wäre sie getroffen worden. Lucy nahm sie freundschaftlich in den Arm.

»Komm schnell ins Schiff, wir hauen einfach vor diesem Mistwetter ab«, rief sie und strahlte Kim an, die noch immer völlig erschrocken aussah.

Flink stiegen die vier in die Raumfähre und setzten sich auf ihre üblichen Plätze.

»Mal sehen, ob ich das noch kann«, rief Lucy übermütig und startete das Schiff.

Natürlich konnte sie es noch. Mühelos glitt die Raumfähre in den Himmel. Natürlich hatte sich der Schutzschirm, der gleichzeitig auch dafür sorgte, dass das Schiff unsichtbar war, gleich nach dem Schließen der Tür wieder eingeschaltet, sodass kein Mensch, und was noch wichtiger war, kein Imperianer, es zu Gesicht bekam.

Sie stießen in die Wolkendecke hinein. Plötzlich war nur noch dunkler undurchdringlicher Nebel zu sehen. Lucy hatte extra alle Schirme, die die Szenerie über der Wolkendecke hätten zeigen können, abgeschaltet. Sie wollte den Moment auskosten, in dem der dunkle Nebel verschwindet und die weißen oberen Wolken- und die blauen Atmosphärenschichten sichtbar werden, bevor man dann endgültig aus der Atmosphäre in den Raum gleitet und die Sterne in ihrer vollen Pracht sieht.

Glücklich genoss Lucy jede einzelne Phase des Aufstiegs. Sie drehte sich zu ihrer Freundin um, mit der sie während ihres Ferienabenteuers so oft gemeinsam in die Sterne gesehen und geträumt hatte.

»Ist das nicht einfach wundervoll, die Sterne, unser Planet aus dieser Perspektive«, schwärmte sie.

»Ich weiß nicht«, flüsterte Kim ängstlich. »Ich hab so ein komisches Gefühl. Irgendetwas sagt mir, wenn wir jetzt die Erde verlassen, sehen wir sie nie wieder.«

»Oh Mann, Kim, nun werd' bloß nicht paranoid«, platzte Lars dazwischen. »Du kannst einem wirklich den ganzen Spaß verderben.«

Lucy sah, wie Kim mit traurigen Augen auf den blauen Planeten, ihre Erde oder Terra, wie die Außerirdischen ihn nannten, zurückblickte. Sie beschloss, dass Lars ausnahmsweise einmal recht hatte und sie sich den Spaß nicht verderben lassen würde.

»Ich glaube, jetzt schalten wir besser mal den Schirm ein, der uns die getarnten Schiffe anzeigt, sonst finden wir nie unser Mutterschiff«, meinte Christoph und schon leuchteten mehrere Bildschirme auf, auf denen die ganze Umgebung der Fähre abgebildet wurde.

Lucy, die gerade übermütig an einem Bonbon lutschte, hätte sich vor Schreck fast verschluckt. In gar nicht weiter Entfernung tauchte auf einem dieser Schirme ein mittelgroßes, imperianisches Kampfschiff auf. Es war zwar noch genug Platz, um locker auszuweichen, aber wenn man weiß, wie leer normalerweise das All, selbst in der Umgebung eines Planeten wie der Erde ist, kann die plötzliche Nähe zu einem feindlichen Raumfahrzeug einen schon erschrecken.

»Oh Scheiße!«, rief Lars aus. »Hier wimmelt es ja von imperianischen Kriegsschiffen.«

Lars hatte recht, überall waren kleinere und mittlere Raumfahrzeuge in der Umlaufbahn um die Erde. Selbst drei Kriegsschiffe der größten Klasse waren dabei. Es war wirklich unglaublich, dass diese riesige Anzahl von Schiffen auf der Erde unbemerkt blieb. Aber sie hatten ja alle eine Tarnung, wenn auch nicht eine so gute wie die kleine Raumfähre, in der die vier Freunde saßen. Lucy erinnerte sich, dass sie in den letzten zwei Wochen in den Nachrichten von unerklärlichen Abstürzen von insgesamt drei irdischen Satelliten gehört hatte. Die mussten wohl mit so einem unsichtbaren Kriegsschiff zusammengestoßen sein.

In weiter Entfernung, noch hinter der Umlaufbahn des Mars befanden sich vier mittelgroße, imperianische Schiffe. Sie standen so, dass sie die vier Ecken eines regelmäßigen Tetraeders bildeten. Der Innenraum des unsichtbaren Tetraeders besaß solche Ausmaße, dass selbst ein Raumfahrzeug der größten Schiffsklasse, der A-Klasse, hineinpasste.

Auf dem Schirm sah man die hinter dieser Pyramide liegenden Sterne nur verzerrt. Sie verschwanden plötzlich in einem Nebel und ein mittelgroßes Kriegsschiff materialisierte an dieser Stelle und steuerte dann auf den Schwarm der anderen Raumfahrzeuge zu, die bereits die Erde umkreisten. Allein in den wenigen Minuten, in denen Lucy und ihre Freunde den Vorgang beobachteten, kamen drei weitere Kriegsschiffe auf diese Art zu den schon anwesenden hinzu.

»Die Invasion muss wirklich unmittelbar bevorstehen, wenn die hier so viel Material auffahren«, meinte Christoph.

»Mit den Schiffen können die ja alles auf der Erde völlig kurz und klein schießen«, flüsterte Kim entsetzt.

»Kim, nun mal ehrlich. Die Imperianer wollen Planeten übernehmen und nicht alles in Schutt und Asche legen«, widersprach Christoph vehement.

»Die ganze Menschheit zu versklaven, ist aber auch nicht viel besser«, schluchzte sie.

Lucy fiel auf, dass Christoph ganz gegen seine üblichen Gewohnheiten keine Anstalten unternahm, Kim zu trösten.

Lucy war noch immer in die Betrachtung der vielen feindlichen Schiffe vertieft, als Christoph rief: »Dahinten! Dahinten, das ist die ›Sternenbefreier‹ unser aranaisches Mutterschiff.«

Tatsächlich, die Aranaer hatten sich mit ihrem Raumfahrzeug in eine weiter entfernte Umlaufbahn um die Erde zurückgezogen. Sie waren durch ihren Schirm für die Imperianer unsichtbar. Ihr Tarnschirm war genau wie der der kleinen Raumfähre, in der die vier Freunde saßen, besser als der der Imperianer.

Sie selbst konnten zwar die gegnerischen Schiffe beobachten, die konnten aber weder die Aranaer noch die Fähre der vier Freunde sehen. Allerdings war es natürlich wesentlich sicherer, sich in einiger Entfernung zu diesem Getümmel aufzuhalten, schon allein, um nicht aus Versehen mit einem der Schiffe zusammenzustoßen.

Lucy nahm direkten Kurs auf das aranaische Raumfahrzeug, immer vorsichtig darauf bedacht, keinem der imperianischen Schiffe zu nahe zu kommen.

Es begann wieder die kurze Prozedur, mit der sich die Schiffe gegenseitig identifizierten. Das Mutterschiff stellte fest, dass die kleine Raumfähre ein befreundetes Fahrzeug war. Daraufhin wurde sie per Leitstrahl in den Hangar geleitet.

Zurück auf dem Mutterschiff

Im Hangar erwartete sie schon Jonny, der merkwürdige Aranaer, der über mehr Mimik und menschliche Gefühle zu verfügen schien, als alle anderen Aranaer zusammen, die Lucy bisher kennengelernt hatte. Als Lucy ihn sah, merkte sie, wie die letzten Wochen und Monate ihr Bild verzerrt hatten. Jonny hatte in ihrer Fantasie wie ein irdischer Mensch ausgesehen. Nun merkte sie, dass er tatsächlich extrem steif wirkte und auch seine Gesichtszüge kaum ein Mienenspiel besaßen. Aber immerhin schien das Lächeln auf seinen Lippen echte Wiedersehensfreude auszustrahlen.

»Schön, dass ihr wieder da seid, Kinder«, begrüßte er sie. »Ihr werdet schon dringend erwartet.«

Er gab jedem die Hand, was für einen Aranaer schon mehr als ein Ausdruck von Freundschaft war. Aranaer berührten sich normalerweise möglichst nicht. Zumindest hatte Lucy so etwas noch nicht unter den Angehörigen dieser Spezies beobachten können.

Dann drehte er sich um und schritt schnell voraus. Die vier beeilten sich, ihm zu folgen. Lucy erkannte die Gänge des Schiffes wieder, die sie während ihres Aufenthaltes im Sommer so oft durchstreift hatte. Es ging auf direktem Weg in die Kommandozentrale. Dort trafen sie die Kommandantin des Schiffes, Frau Sphycs, und Professor Qurks, der sowohl für ihre theoretische Ausbildung als auch für die Entwicklung der Strategien zur Verhinderung der imperianischen Invasion verantwortlich war.

Auch von den beiden wurden sie lächelnd und mit Handschlag begrüßt. Nun wurde doch deutlich, wie stark sich Jonny von den anderen Aranaern unterschied. Während man sein Lächeln noch für ein sehr steifes und leicht unterkühltes irdisches Lächeln halten konnte, so war das Lächeln der übrigen Aranaer völlig maskenhaft. Außer einem Verziehen der Mundwinkel bewegte sich in ihren Gesichtern so gut wie nichts.

Nach der Begrüßung gingen alle zusammen in einen speziellen Besprechungssaal. Wie Lucy bereits wusste, war dieser Raum etwas Besonderes, da die Aranaer ihre Besprechungen normalerweise im Stehen abhielten. Dieses Besprechungszimmer hatten sie extra zu Ehren ihrer terranischen Gäste mit Stühlen ausgestattet, sodass man um den Tisch herum sitzen konnte.

»Ich begrüße Sie hiermit noch einmal im Namen der gesamten Besatzung der ›Sternenbefreier‹«, begann die Kommandantin sehr förmlich. »Wie Sie sicher bereits auf ihrem Flug zum Schiff gesehen haben, versammelt sich im Orbit von Terra eine ganze Flotte imperianischer Kriegsschiffe. Es ist mit an Sicherheit grenzender Wahrscheinlichkeit davon auszugehen, dass die imperianische Invasion unmittelbar bevorsteht. Wir haben daher keine Zeit zu verlieren.«

Die Kommandantin sah einmal in die Runde, bevor sie weitersprach.

»Die einzige Chance die Invasion zu verhindern, besteht darin, den Schlüssel für den imperianischen Schirm zu erobern, der den Planeten schon jetzt umschließt und es für uns unmöglich macht, ihn zu betreten.«

Sie sah Lucy direkt in die Augen, als sie weitersprach.

»Leider ist der letzte Versuch misslungen, den Schlüssel zu erlangen. Wir haben die Vermutung, dass noch auf anderen Planeten am Rande des Imperiums ein solcher Schlüssel versteckt ist, ähnlich wie dies auf Terra der Fall war. Leider gingen unsere Untersuchungen in der Kürze der Zeit ins Leere.«

Sie sah bei diesen Worten den Professor scharf an.

»Die einzige Möglichkeit, die uns unter diesen Bedingungen geblieben ist, sind alte, aber gesicherte Aufzeichnungen über die Existenz eines Schlüssels im Zentrum des Imperiums, also auf dem Planeten Imperia.«

Sie sah jeden Einzelnen der vier Freunde nacheinander an.

»Das bedeutet, in der zur Verfügung stehenden Zeit ist die einzige Möglichkeit, den Schlüssel zu erobern, dass Sie vier nach Imperia reisen, ihn dort an sich nehmen und auf schnellstem Weg zurückkommen. Ich will Ihnen nicht verhehlen, dass die Wahrscheinlichkeit eines Erfolgs einer derartigen Aktion relativ gering ist. Es ist aber die einzige Möglichkeit, die wir zurzeit haben.«

Sie sah noch einmal jeden der vier nacheinander an.

»Professor Qurks wird Ihnen jetzt noch die Einzelheiten seines Plans erläutern. Sie werden noch eine medizinische Untersuchung und eventuell notwendige Korrekturen über sich ergehen lassen. Dann werden Sie sich schlafen legen. Morgen früh wird Ihr Trainer ›Jonny‹ Sie in die Bedienung eines interstellaren Raumschiffes einweisen. Für einen Probeflug ist leider keine Zeit mehr. Danach können Sie uns Ihre Entscheidung mitteilen, ob sie die Unternehmung durchführen oder ob Sie lieber auf die Erde zurückkehren wollen.«

Damit stand die Kommandantin auf. Das Gespräch war offenbar beendet.

»Wenn das die einzige Möglichkeit ist, dann brauchen wir keine Bedenkzeit. Dann machen wir das natürlich«, rief Lars in den Raum.

»Also einen Moment«, meldete sich Kim. »Ich denke, wir sollten uns erst mal anhören, worum es geht, und dann entscheiden.«

Die Kommandantin blieb noch einmal an der Tür stehen und sah in die Runde.

»Bis morgen früh können Sie so oder so nichts unternehmen. Nehmen Sie sich die Zeit, sich zu entscheiden. Und jetzt entschuldigen Sie mich bitte.«

Damit verließ sie den Raum.

Lars sah Kim wütend an.

»Sag mal, was soll das denn heißen?«, fragte er gereizt.

»Kommt, jetzt streitet euch nicht. Wir sind nicht allein und Professor Qurks will uns etwas sagen«, mischte Lucy sich schnell ein und übergab damit dem Professor das Wort.

»Also nun«, begann er. »Wie unsere verehrte Kommandantin, Frau Sphycs, bereits sagte, hatten wir nicht sonderlich viel Zeit für unsere Recherchen und die noch komplizierteren Auswertungen. Ihr könnt euch vielleicht vorstellen, dass wir kaum gesicherte Informationen über die Planeten innerhalb des Imperiums erhalten können, da wir in den Schirm nicht hineinkommen.

Die Himmelskörper, die bereits direkt zum Imperium gehören, sind nämlich noch besser abgeschirmt als eure Erde. Um euren Planeten haben die Imperianer nur direkt einen Schirm gelegt. Das ist eine Frage des Ressourcenverbrauchs. Ihr könnt euch vielleicht vorstellen, dass so ein Schirm umso mehr technischen Aufwand und Energie erfordert, umso größer er ist. Wenn die Imperianer einen Planeten für ihr Imperium vorbereiten, legen sie erst einmal nur eine Abschirmung um den Himmelskörper.

Nach der Invasion werden sie ihn auf das ganze Sonnensystem ausdehnen. Wenn die technischen Voraussetzungen geschaffen sind, nach ein paar Jahrzehnten, wird die Abschirmung vollständig in den großen Schirm des Imperiums integriert, der eine unsichtbare Mauer um alle Systeme zieht, die in ihrem Einflussbereich liegen.«

Die vier Freunde starrten ihn schweigend mit großen Augen an. Einzelne Punkte kannten sie zwar schon und hatten auch schon so eine ähnliche Vorstellung von dem Imperium bekommen, trotzdem war es etwas anderes, noch einmal im Zusammenhang zu hören, was ihrem Planeten und all seinen Einwohnern bevorstand.

»Ja, und da liegt nun das Problem«, redete der Professor weiter. »Wir haben zwar eine hoch entwickelte Technologie, vielleicht die höchst entwickelte der ganzen Galaxie, aber auch für uns ist es nicht möglich, Kenntnisse über die Geschehnisse auf einem einzelnen Himmelskörper zu bekommen, der sich inmitten des großen Schirms des Imperiums befindet.

Deshalb hatten wir uns ja auch euren Planeten für unsere Mission ausgesucht. Hier konnten wir ja wenigstens bis in den Orbit gelangen. Es gibt zudem keine Möglichkeit aus dieser Entfernung an die Daten der Imperianer oder zugehöriger Spezies heranzukommen, sodass wir auf vereinzelte, eigentlich eher zufällig gemachte Entdeckungen angewiesen sind.

Eine der wenigen Informationen, die wir haben, beruht auf Funden, die wir nach einer Schlacht auf einem imperianischen Großkampfschiff gemacht haben. Es war nach dem Gefecht noch soweit erhalten, dass man den Datenspeicher retten konnte. Leider werden Schiffe bei Raumgefechten meistens völlig zerstört und Datensätze sind nicht mehr auswertbar.

Jedenfalls besagen diese Informationen, dass es auf Imperia in der Hauptstadt ›Imperia Stadt‹, die gleichzeitig die Hauptstadt des ganzen Imperiums ist, den zentralen Schlüssel gibt.«

»Ja gut«, unterbrach ihn Lars. Lucy sah ihn böse an. Für Aranaer war es in höchstem Maße beleidigend, in einem Gedankengang unterbrochen zu werden. Aber Lars hatte sich noch nie für die Umgangsformen der Aranaer interessiert und ignorierte auch jetzt Lucys warnenden Blick. »Aber was ist denn daran so Besonderes? Ob wir nun den Schlüssel auf einem Planeten am Rande des Imperiums oder direkt mittendrin klauen, was macht das denn für einen Unterschied?«

»Hm, damit kommen wir zum Kern des Problems. Dieser Kern besteht eigentlich aus zwei Teilen. Einmal ist die zentrale Hauptstadt des Imperiums selbstverständlich eine der best gesicherten Städte überhaupt. Dort befindet man sich natürlich zwischen einer unglaublich großen Menge von Imperianer.« Der Professor trommelte mit seinen Fingern auf die Tischplatte.

»Kurz gesagt, der erste Punkt des Problems besteht darin, dass diese Stadt wohl der gefährlichste Ort des ganzen bekannten Teils dieser Galaxie sein dürfte, um so eine Aktion durchzuführen.«

Der Professor schaute die vier an, als erwarte er, dass sie allein durch diese Information abspringen würden. Lars zuckte nur mit den Schultern. Keiner der anderen drei rührte sich. Als keiner etwas sagte, redete der Professor weiter.

»Der zweite Punkt des Problems besteht aus der Konsequenz dessen, was ich vorher erzählt habe. Wir können nicht sonderlich weit in den Schirm hineinsehen und der Planet Imperia liegt so etwa in seiner Mitte. Also kurz gesagt, wir haben so gut wie gar keine Informationen über diesen Himmelskörper.«

»Ja aber, wie sieht denn dann der Plan aus?«, fragte Lars wieder und seiner Stimme und seiner Mimik war eindeutig zu entnehmen, dass er das Schlimmste befürchtete.

Der Professor hatte wie alle Aranaer einen sehr steifen Gesichtsausdruck. Auch seine Bewegungen waren sehr kontrolliert. Lucy hatte bereits bei ihrem ersten Aufenthalt auf diesem Schiff gelernt, dass man Gefühlsregungen dieser Spezies, wenn man bei ihnen überhaupt von Gefühlen sprechen konnte, an den Händen ablesen musste. Der Professor trommelte mit den Fingern beider Hände leise auf die Tischplatte. Lucy wusste zwar nicht im Einzelnen, was das zu bedeuten hatte, klar war aber, dass er sich extrem unwohl in seiner Haut fühlen musste.

»Hm, ja, der Plan sieht wie folgt aus: Ihr werdet von uns ein interstellares Schiff bekommen. ›Interstellar‹ heißt, dass es ein Schiff ist, das über Entfernungen springen kann, die zwischen verschiedenen Sternen liegen. Ich muss dazu erklären, dass man natürlich Strecken zwischen zwei Sonnensystemen nicht mehr mit der herkömmlichen Bewegung im Raum überbrücken kann. Das würde je nach Entfernung im besten Fall Jahre und im schlimmsten Fall Jahrhunderttausende dauern.

Glücklicherweise gibt es die Möglichkeit, Materie direkt zu transferieren. Ich kann euch das jetzt nicht im Einzelnen erklären« – der Professor schaute besorgt in drei gelangweilt blickende Gesichter, nur Christophs Augen glänzten vor Wissbegier – »aber das hängt mit der Natur des Raumes und mit den Welleneigenschaften der Materie zusammen. Es werden alle Eigenschaften der Materie so überlagert, dass sie hier ausgelöscht werden und quasi sofort woanders wieder auftauchen. Kurz gesagt, ihr werdet mitsamt eurem Raumschiff direkt von hier zu einem anderen Ort transferiert.

Am einfachsten und sichersten ist das, wenn man eine Gegenstation hat. Daher funktionieren die meisten Transferstationen so, dass man z. B. auf zwei unterschiedlichen Planeten so ein Gerät aufstellt und dann zwischen beiden hin und her springen kann. Richtig kompliziert wird es, wenn man irgendwohin muss, wo es keine Gegenstation gibt. Dann braucht man ein interstellares Raumschiff. Es springt von hier zu einem beliebigen Ort.«

»Ist doch prima, dann springen wir doch gleich nach Imperia«, redete Lars wieder dazwischen.

»Tja so einfach ist das leider nicht. Das Problem bei diesen Sprüngen ohne eine Gegenstation ist, dass sie sehr ungenau sind. Umso mehr Materie in der Nähe ist, umso stärker wird der Sprung abgelenkt und umso schlechter kann man vorhersagen, wo das Objekt tatsächlich landet. Das ist natürlich in der Nähe von großen Ansammlungen von Materie, also Planeten oder gar Sonnen, entsprechend gefährlich. Ganze Raumschiffe sind schon auf solche Himmelskörper gestürzt. Ihr könnt euch vielleicht vorstellen, dass in so einem Fall die Besatzung natürlich keine Überlebenschance hat.

Hinzu kommt noch, dass so ein Sprung von Spionagestationen verfolgt und nachvollzogen werden kann. Innerhalb des Imperiums wird überwacht, wo Materialisationen erfolgen und nachgeprüft, von wem sie durchgeführt wurden. Ihr hättet gleich eine ganze Flotte von Kriegsschiffen am Hals, wenn ihr in der Nähe von Imperia materialisieren würdet.«

Das hörte sich nicht wirklich gut an. Die vier sahen den Professor an und warteten, dass er weiter sprach.

»Wir haben daher einen Plan entwickelt: Ihr bekommt von uns ein interstellares Raumschiff der untersten Klasse. Die sind zwar ein ganzes Stück größer als alles, was ihr bisher geflogen seid, aber noch immer klein genug, dass ihr damit nicht auffallt.

Am Rande des Imperiums, das heißt, am Rande des Schirms gibt es eine kleine Station, von der aus Waren direkt auf Planeten transferiert werden. Sie ist die einzige Station, die so nahe an der Schirmgrenze liegt, dass wir sie gut beobachten können.

Es ist eine künstliche Raumstation, die um einen Mond eines großen Gasplaneten kreist, der wiederum zu einem Sonnensystem eines kleinen weißen Sterns gehört. Dieser Mond ist nicht bewohnt und bringt auch nicht die Umweltbedingungen mit, als dass Imperianer oder verwandte Spezies auf ihm leben könnten.

Er spielt nur als Transferstation für die Beförderung von Waren eine Rolle.

Nach unseren Beobachtungen wird die Station höchstens einmal im Monat genutzt. Dann ist sie für maximal zwei Tage in Betrieb. Den Rest der Zeit ist sie völlig unbewohnt. Wir haben zwar keine Informationen darüber, wohin man von da aus reisen kann, aber es wird mit Sicherheit ein großer Teil der Planeten seien, die im Imperium bewohnt sind. Entweder könnt ihr direkt von dort nach Imperia springen oder ihr wählt von dort einen anderen Himmelskörper als Zwischenstopp und transferiert dann von dort zu eurem Ziel.«

»Und das müssen wir dann vor Ort spontan entscheiden?«, fragte Lars.

»Ja, leider haben wir keine genaueren Informationen über die Station.«

»Und wie geht es dann weiter, wenn wir nach irgendwelchen spontan ausgewählten Zwischenstopps auf Imperia gelandet sind?«, fragte Lars erneut zähneknirschend nach.

»Ähm, ja, das werdet ihr euch dann auch vorort überlegen müssen. Wie schon gesagt, Imperia liegt zu weit weg. Wir haben noch nicht einmal Informationen darüber, wie es auf diesem Planeten aussieht.«

Nach der Besprechung und der anschließend schier endlos dauernden medizinischen Untersuchung gingen die vier durch die Gänge des Raumschiffs zurück in ihr Quartier. Der Weg erschien ihnen an diesem Abend unendlich weit. Lucy hatte Lars nur mit großer Mühe zurückhalten können, während der Besprechung ausfallend zu werden. Schon beim Warten auf die Untersuchungen hatte sie gemerkt, dass er wie ein Druckkessel darauf brannte, mit ihnen über den Plan zu reden. Jetzt, da sie allein waren, ließ er sich nicht mehr zurückhalten.

»Beschwert ihr euch noch einmal über meine Pläne!«, schnaubte er. »Das, was sich euer über alles gelobter Professor ausgedacht hat, das ist kein Plan, das ist noch nicht einmal der Ansatz für einen.«

Wütend trat er gegen eine Wand, was aber nicht einmal ein Geräusch erzeugte. Sie war flexibel und dehnbar. Irgendwie erinnerte sie an Kunstleder. Allerdings musste dieses Material extrem widerstandsfähig sein. Nirgends war auch nur ein Kratzer oder gar ein Riss zu sehen. Es federte zurück und es gab noch nicht einmal Dellen, wenn man, wie jetzt Lars, dagegen trat.

»Also ich finde, du übertreibst. Unter den gegebenen Umständen ist das Ganze doch schon mal ein guter Plan, zumindest für den ersten Schritt«, verteidigte Christoph wie immer den Professor.

»Klar für den ersten Schritt, das ist der, der auch noch nicht gefährlich ist.« Lars' Stimme troff vor Sarkasmus. »In dem Moment, in dem uns unsere imperianischen Freunde ans Leder können, wissen wir noch nicht einmal, wie es dort drinnen aussieht oder wo wir überhaupt genau hinmüssen. Ganz zu schweigen davon, dass wir auch nicht ansatzweise wissen, was wir tun sollen, wenn wir auf Imperia ankommen. Was willst du dort als Erstes machen? Willst du den erstbesten Imperianer, der dir über den Weg läuft, fragen: ›Entschuldigen Sie, können Sie mir sagen, wo ich Ihren Schirmschlüssel klauen kann?‹ Das Ganze ist doch vollkommen irrwitzig.«

»Schon gut, wir werden uns eben etwas einfallen lassen müssen.« Christoph zuckte mit den Schultern. »Das hat doch letztes Mal auch ganz gut geklappt.«

»Ganz gut geklappt?«, schimpfte Kim dazwischen. Sie sah Christoph böse an. »Darf ich dich daran erinnern, dass du schwer verletzt worden bist? Erinnerst du dich vielleicht daran, dass wir umgebracht worden wären, wenn Lucys komischer Verehrer uns nicht gerettet hätte.«

»Er heißt Borek«, sagte Lucy leise.

»Es ist mir scheißegal, wie dieser Imperianer heißt!«, schnauzte Kim sie an, bevor sie an die Jungs gewandt weitersprach. »Lars hat vollkommen recht. Das ist ein Himmelfahrtskommando. Wir haben nicht die Spur einer Chance. Ich bin dafür, so schnell wie möglich auf die Erde zurückzufliegen.«

Jetzt war Lars völlig irritiert. Nicht nur, dass Kim ihm recht gab, das kam schließlich so gut wie nie vor, jetzt wollte sie auch noch die Aktion abbrechen. So hatte er das nun auch wieder nicht gemeint. Sie waren mittlerweile in der Küche ihrer kleinen Wohnung angekommen und er ließ sich auf einen Stuhl plumpsen.

»Also, der Plan ist zwar völliger Murks, aber wir können doch jetzt auch nicht einfach aufgeben und zurückgehen«, sagte er und hob resigniert die Schultern.

»Ich hab ja auch nicht aufgeben gemeint«, erwiderte Kim und ihre Augen glänzten das erste Mal seit ihrem Aufbruch am Morgen. Auch sie hatte sich wie die anderen gesetzt, hatte aber ihren Oberkörper voller Tatendrang nach vorn zu den anderen Dreien gebeugt. »Wir führen einfach unseren Plan durch. Wir lassen uns überrennen und dann organisieren wir den Widerstand von innen, direkt von unserer Kommandozentrale aus.«

Christoph sah Kim mit einem Blick an, wie er sie noch nie angesehen hatte, zumindest nicht, seitdem die beiden zusammen waren. Lucy hatte bisher den Eindruck gehabt, dass er sie zu jeder passenden, und viel mehr noch zu jeder unpassenden, Gelegenheit verliebt angehimmelt hatte. Der Blick, den er ihr jetzt zuwarf, hatte damit nichts mehr zu tun. Er wirkte nur noch mitleidig. Dann redete er mit ihr in einem Tonfall, in dem man zu einem kleinen Kind spricht, dem man etwas Schwieriges erklärt, das es nicht begreifen will.

»Oh Kim, das war doch nur ein Ablenkungsmanöver. Du glaubst doch nicht wirklich, dass man mit so einem Kinderkram die Invasion aufhalten kann. Das haben wir doch nur durchgezogen, damit wir wieder etwas zusammen machen und nicht alles auseinanderbricht. Aber ernsthaft hat doch außer dir niemand daran geglaubt. Vielleicht fragst du mal Lucy, was sie von der ganzen Aktion gehalten hat.«

Er sah Lucy an, die nur resigniert nickte. Klar, Christoph hatte sie die ganzen letzten Wochen durchschaut.

»Was?«, rief Kim. Sie sprang auf. »Habt ihr beide mich die ganze Zeit verarscht? Und was ist mit Lars? Weiß der auch Bescheid oder habt ihr den auch hintergangen.«

»Also ich weiß von nichts«, wehrte Lars ab und hielt die Hände in Abwehrstellung hoch. »Also, ich finde das auch nicht in Ordnung. Gut, mit den Aranaern die Sache durchzuziehen, finde ich zwar besser, aber so schlecht war unser Ersatzplan auch nicht.«

»Klar, nun schleim' du dich bei den beiden auch noch ein«, schnauzte Kim ihn an. »Ich habe hier ja sowieso nicht mitzureden. Ich bin ja sowieso zu blöd.«

»Komm Kim, nun beruhig dich doch mal«, versuchte Christoph die Wogen zu glätten, allerdings ohne Erfolg. Kim wurde erst recht wütend. Laut brüllte sie ihn an:

»Und du brauchst überhaupt nicht mehr anzukommen. Leg dich doch gleich zu Lucy ins Bett, dann hast du wenigstens jemanden, mit dem du richtig reden kannst, nicht so eine naive Tussi wie mich. Wer weiß, womit ihr mich noch hintergangen habt.«

Beim letzten Satz kippte ihre Stimme. Sie rannte in ihr Schlafzimmer.

»Mensch Kim, so war das doch nicht gemeint. Nun warte doch mal!« Christoph schlurfte frustriert hinter ihr her.

»Oh, oh, das hört sich aber ganz nach einem ausgewachsenen Ehekrach an.« Lars grinste Lucy über beide Ohren frech an. Die verzog zerknirscht das Gesicht.

»Tja, ich denke, ich werde wohl das Vergnügen haben, mit meinem Kumpel Christoph in einem Zimmer zu übernachten, wie es aussieht. Dann noch viel Spaß die Nacht«, ergänzte er und grinste ironisch.

»Ich geh dann noch ein bisschen spazieren«, meinte Lucy frustriert.

»Soll ich mitkommen?« Lars sah sie erwartungsvoll an.

»Nimm's mir nicht übel, aber ich muss mal einen Moment allein sein«, entgegnete Lucy und drückte ihm kurz freundschaftlich die Schulter.

Schnell verließ sie das kleine gemeinsame Reich und schlenderte durchs Schiff. Sie hatte die Nase voll von Emotionen, vor allem von solch sinnlosen. Nach einigen Minuten merkte sie, dass sie auf dem Weg zur Cafeteria war. Jetzt wusste sie auch, wozu sie Lust hatte. Hoffentlich war Rhincsys da. Lucy hatte ihre aranaische Freundin noch nicht gesehen, seit sie wieder an Bord war. Es war die Uhrzeit, zu der sie sich bei ihrem letzten Aufenthalt auf dem Schiff immer getroffen hatten. Lucy beschleunigte ihren Schritt. Sie freute sich auf das Wiedersehen.

Als sie in der Cafeteria ankam, musste sie allerdings feststellen, dass ihre Freundin nicht da war. Sie wusste ja noch nicht einmal, ob sie überhaupt noch auf dem Schiff war oder mittlerweile ganz woanders arbeitete. Lucy war enttäuscht, setzte sich aber doch mit einem Glas Saft an einen leeren Tisch und beobachtete das Treiben, das im Gegensatz zu vergleichbaren irdischen Orten ganz ruhig und natürlich emotionslos ablief. Sie hatte einfach keine Lust in ihre deprimierende Unterkunft mit der schlecht gelaunten und ungerechten Kim zurückzukehren.

Etwa zwanzig Minuten später erschien tatsächlich ihre aranaische Freundin. Lucy hatte sie nicht kommen sehen. Plötzlich stand sie neben ihr. Lucy hatte gerade verträumt auf einen Nebentisch gestarrt, an dem zwei Aranaer eines dieser Spiele spielten, die auf logischen Zügen beruhten und die scheinbar zum Lieblingszeitvertreib dieser Spezies gehörten. Rhincsys gab Lucy die Hand und lächelte sie auf diese typisch steife Art an.

Anfangs redeten sie über dies und jenes, insbesondere über die Dinge, die in der Zeit passiert waren, in der sie sich nicht gesehen hatten. Dann kam Lucy zu dem Thema, das sie in dem Moment am meisten interessierte. Sie erzählte ihrer außerirdischen Freundin von der Planung ihrer Mission.

»Wenn ich ehrlich bin, halte ich den Plan für ziemlich vage und wahnsinnig gefährlich. Was meinst du dazu? Sollten wir die Sache lieber lassen?«, schloss sie mit einer Frage und sah Rhincsys direkt in die Augen.

Die Aranaerin blickte ganz direkt zurück. Während des ganzen Gesprächs hatte sie, wie das bei ihrer Spezies üblich war, still zugehört und nichts gesagt. Was aber wichtiger war, ihre Hand hatte ruhig auf dem Tisch gelegen und sie hatte nicht getrommelt. Sie blieb in gleicher Haltung sitzen und begann zu sprechen:

»Du weißt, ich arbeite hier in der Technik. Ich bin ein kleines unwichtiges Rad in dem großen Getriebe dieses Kriegsschiffes. Daher überwacht mich niemand und ich kann gewisse Dinge tun. Sehe dich jetzt nicht auffällig um. Wir werden natürlich überwacht. Leider hat der Ton gerade an diesem Tisch eine kleine Störung, daher kann ich dir die Wahrheit sagen. Eine Wahrheit, die unsere sehr verehrte Kommandantin gar nicht gerne hören würde.

Dieser Auftrag ist eine, wie sagt ihr auf eurem Planeten so schön, Kamikaze-Mission, also eine Selbstmordaktion. Ihr habt keine Chance. Keiner auf diesem Schiff weiß mehr über diesen Schlüssel als ihr selbst, also nichts. Die letzte Aktion war schon unwahrscheinlich zu meistern. Die Wahrscheinlichkeit, dass ihr mitten ins Zentrum des imperianischen Reiches kommt und dort das wichtigste und sicher auch bestbewachte Utensil des ganzen Imperiums stehlen könnt, ist so nahe an null, dass man die Differenz kaum noch mit Zahlen ausdrücken kann.«

Rhincsys hatte ganz ruhig gesprochen, kein Trommeln ihrer Hand hatte verraten, dass sie irgendetwas anderes gesagt hatte, als sie wirklich meinte. Lucy lief ein kalter Schauer über den Rücken. Sie konnte davon ausgehen, dass die Analyse ihrer außerirdischen Freundin ziemlich exakt war.

»Aber beim letzten Mal hast du mich auch nicht gewarnt«, stammelte sie.

»Beim letzten Mal habe ich dir gesagt, dass es für uns Aranaer Sinn ergibt, andere Menschen zu opfern, auch Freunde, wenn damit ein großes, übergeordnetes Ziel erreicht werden kann. Diesmal ist die Wahrscheinlichkeit so gering, dass es einfach unlogisch ist, dich und deine Freunde zu opfern. Ich kann dir nur den Rat geben: Geht zurück auf euren Planeten, lasst euch überrennen und macht das Beste daraus.«

»Aber meinst du denn, es hat Zweck auf Terra gegen die Imperianer zu kämpfen? Können wir so einen Kampf gewinnen? Können wir unseren Planeten befreien?«

»Lucy, du willst eine ehrliche Antwort. Sie lautet: nein. Ihr habt keine Chance, die Imperianer aufzuhalten. Dazu bräuchtet ihr eine ganz andere Technologie.«

»Aber dann …« Lucy schluckte einen dicken Kloß herunter. »Dann haben wir keine Wahl. Dann müssen wir es versuchen, auch wenn alles dagegen spricht, dass wir es schaffen. Ich werde auf jeden Fall diese Mission durchführen.«

Noch immer sah Rhincsys Lucy mit dieser kühlen ruhigen Art direkt in die Augen.

»Überlege es dir noch einmal«, sagte sie. »Egal wie du dich entscheidest, ich stehe auf jeden Fall auf deiner Seite und werde alles tun, was dein Ziel unterstützt.«

»Danke«, sagte Lucy bewegt. Sie drückte ihrer Freundin die Hand, obwohl sie wusste, dass Gefühlsbekundungen für Aranaer keine Rolle spielten. Rhincsys würde zumindest verstehen, dass sie sich freute, auch wenn sie selbst diese Emotion nicht nachvollziehen konnte.

Schon wenige Minuten später brachen sie auf. Rhincsys meinte, sie müsse wieder an die Arbeit. Lucy hatte aber das Gefühl, dass ihre Freundin befürchtete, dass die nun doch schon recht lang anhaltende Tonstörung auffallen könnte.

Sie fragte sich, was sie wohl erwarten würde, als sie in das Mädchenschlafzimmer schlich. Kim lag wie ein Fötus zusammengerollt unter ihrer Decke und hatte sogar den Daumen im Mund. Lucy sah ihr einen Moment zu und hörte auf das ruhige Atemgeräusch.

Frustriert legte sie sich in ihr Bett. Sie würde von diesem Gespräch keinem ihrer Freunde etwas erzählen dürfen. Kim hatte schon jetzt Panik. Wahrscheinlich war das der Grund für ihr gemeines, ungerechtes Verhalten.

Außenstation

Am nächsten Morgen wurden sie sehr früh geweckt. Lucy war wie die anderen drei auch sofort in einen tiefen traumlosen Schlaf gefallen. Sie hatte das Gefühl, dass die Aranaer auch daran etwas gedreht hatten, um die kleine Truppe so fit wie möglich auf ihre Mission zuschicken.

Nach einem kurzen Frühstück wurden sie zu ihrem neuen Schiff gebracht. Es war viel größer als alles, was Lucy bisher geflogen hatte. Es hatte auch nicht mehr die spitze Form von ihrem heiß geliebtem Jäger, sondern wie alle Raumfahrzeuge mit höherer Reichweite eine ovale Gestalt, die Lucy wegen ihrer Unregelmäßigkeit an Kartoffeln erinnerte.

»Das Schiff ist eigentlich für eine Mannschaft von 21 Leuten ausgelegt«, erzählte Jonny, als sie in der Kommandozentrale standen. »Interstellare Schiffe sind normalerweise tagelang unterwegs. Daher fliegt man sie in drei Schichten. Ein Drittel der Mannschaft schläft, ein Drittel hat Freizeit und das letzte Drittel befindet sich in der Kommandozentrale und bedient das Schiff. Eure Reise ist vergleichsweise kurz. Wir werden daher auf die anderen zwei Schichten verzichten.«

Er zeigte einmal um sich herum auf die einzelnen Sitzplätze.

»Wie ihr seht, gibt es sieben Arbeitsplätze. Ihr werdet dieses Schiff zu viert fliegen müssen. Der Platz für den Wissenschaftler wird nicht besetzt, den braucht ihr auf der Mission nicht. Die Funktion des Schiffsmechanikers wird auch nicht wahrgenommen. Wir können nur hoffen, dass die Technik bis zum Ende der Mission hält und sonst muss Christoph das miterledigen. Lucy ist sowohl Kommandantin als auch Pilotin. Daher bleibt der Platz des Kommandanten auch unbesetzt. Die anderen Aufgaben kennt ihr. Lars ist der Schütze, Kim für die Kommunikation und Christoph für die Navigation zuständig. Wenn nichts schiefläuft, solltet ihr euch während des Flugs sowieso ausruhen können. Das Ziel solltet ihr so gut wie automatisch erreichen.«

Er grinste Lucy an.

»Ja Lucy, für dich wird's richtig langweilig werden. Mit dem Ding wirst du keine halsbrecherischen Manöver fliegen können.«

»Mal abwarten.« Lucy grinste so frech sie konnte zurück.

Jonny zeigte auf eine geschlossene Tür.

»Dort geht es normalerweise zu den Mannschaftsschlafräumen. Das ist das Einzige, was von der üblichen Ausstattung noch erhalten ist. Wenn alles glattläuft, werdet ihr sie nicht brauchen. Falls ihr aber doch gezwungen seid, auf dem Schiff zu übernachten, geht es da entlang. Außerdem findet ihr dort noch eine Ausrüstungskammer mit Schutzanzügen und so weiter.

Eigentlich würde es dort auch noch einen Aufenthaltsraum für alle möglichen Freizeitaktivitäten geben und natürlich auch noch einen großen Frachtraum. Schließlich war das hier ursprünglich ein Transportschiff. Das haben wir aber alles zugunsten einer zusätzlichen Energieversorgung umgebaut. Ihr verfügt mit diesem Gefährt über ein kleines Kriegsschiff, das fast so leistungsfähig wie ein Mutterschiff ist. Euer Schirm hält auch den Angriff eines großen Raumschiffs aus, zumindest eine Zeit lang.

Im Prinzip könnt ihr die Energie auch in die Waffensysteme lenken, die sind natürlich auch ziemlich hochgerüstet. Aber ich brauche euch nicht zu sagen, dass das nicht erwünscht ist. Diese Ausrüstung dient nur eurem Schutz.

Bevor ihr jetzt auf falsche Gedanken kommt. Auch mit diesem Schiff habt ihr keine Chance gegen das, was dort draußen zurzeit herumfliegt. Mit ein bisschen Glück würdet ihr vielleicht sogar das eine oder andere kleinere oder mittlere Kriegsschiff zerstören, aber insgesamt würdet ihr gerade mal ein wenig länger leben als in einem normalen Raumfahrzeug dieser Klasse.

Ach und bevor ich's vergesse: Natürlich habt ihr auch so einen Tarnschirm, wie er in unserem Mutterschiff eingebaut ist. Der macht euch vor den Imperianern unsichtbar. Das ist wirklich der beste, den es in dem ganzen bekannten Teil der Galaxie gibt.«

Lucy und ihre Freunde waren sprachlos. Jetzt bekamen sie also ein Superraumschiff, mit dem man praktisch zu jedem Ort der Galaxie fliegen konnte. Lucy setzte sich erst auf den Pilotensessel, dann auf den der Kommandantin. Die Sitze sahen nicht nur bequem aus, sie waren es auch. Es gab eine Anschnallvorrichtung, die sich aber offensichtlich nur im Notfall automatisch einschaltete. Ansonsten konnte man in der Kommandozentrale, die rund und einen Umfang wie ein großes Wohnzimmer hatte, bequem zwischen den Plätzen hin und her wandern.

Jonny sah ihnen eine Zeit lang schmunzelnd zu oder besser gesagt, er betrachtete sie mit einem Gesichtsausdruck, der das ausdrückte, was ein Aranaer unter Schmunzeln verstand. Dann führte er sie in den ihnen schon bekannten Flugübungsraum, in dem sie jeder für sich und auf die jeweilige spezielle Aufgabe abgestimmte Übungen durchführen mussten.

Vor allem Christoph war der Meinung, dass er noch nicht genug geübt hatte, als Jonny ihnen verkündete, dass die Vorbereitungen reichen müssten und es Zeit für die Besprechung mit der Kommandantin sei. Also marschierten alle fünf in die Kommandozentrale des Mutterschiffs.

»Abstimmen brauchen wir anscheinend nicht mehr«, maulte Kim, die seit dem Streit das erste Mal wieder mit ihnen redete.

»Was gibt es denn da abzustimmen?«, entgegnete Lars. Er pulsierte förmlich vor Tatendrang. »Es wird doch wohl keiner von uns dagegen sein. Uns bleibt doch gar keine andere Wahl.«

»Ich bin dagegen! Nur, dass ihr das wisst«, maulte Kim verbissen. Sie sah Lucy auffordernd an.

»Ich bin Lars' Meinung. Wir haben keine andere Wahl«, meinte Lucy und hob bedauernd die Schultern.

»Und du?« Kim sah als Letzten Christoph an.

»Hör mal Kim, ich kann ja verstehen, dass du da nicht hinwillst. Aber du hast doch gehört, wir haben keine andere Wahl«, druckste Christoph herum.

»Das war doch klar, dass du dich wieder mal nach den anderen beiden richtest«, giftete Kim ihn an. Christoph schaute zu Boden, sagte aber nichts.

»Und was ist jetzt mit dir?«, fragte Lars und Lucy merkte, dass er sich um einen neutralen Ton bemühte. »Sollen wir dich vorher nach Hause bringen?«

»Das könnte euch so passen!«, keifte Kim. »Damit ihr euch noch das Maul über die naive, ängstliche Kim zerreißen könnt, die ihre Freunde im Stich lässt. Es ist zwar völliger Schwachsinn, wir schaffen das nie und wir werden unsere Erde nie wieder sehen, aber wenn ihr Idioten das unbedingt machen wollt, komme ich mit.«

Kims Augen waren ganz feucht geworden, aber sie hob stolz den Kopf und ging ein wenig schneller, sodass sie die Erste war, die erhobenen Hauptes die Kommandozentrale betrat.

»Da sind unsere Helden ja«, begrüßte die Kommandantin die vier. »Haben Sie sich beraten? Wie ist Ihre Entscheidung ausgefallen?«

»Wie ich gestern schon sagte, haben wir keinen Zweifel daran, die Mission durchzuführen«, platzte Lars heraus. Kim warf ihm einen bösen, aber hochmütigen Blick zu.

»Ja dann wünsche ich Ihnen viel Erfolg und vor allem viel Glück. Sie werden es brauchen.« Die Kommandantin reichte jedem der vier die Hand, was Lucy als die höchste Ehrung interpretierte, die ihnen auf diesem Schiff zuteilwerden konnte.

Jonny und Professor Qurks begleiteten die vier Freunde noch zu ihrem Gefährt und verabschiedeten sich ebenfalls mit Handschlag.

»Mann, Mann, Mann, das war aber schon ziemlich feierlich«, meinte Lars, als sie allein im Schiff waren und den Hangar des Mutterschiffs verlassen hatten.

»Klar, die wissen eben, dass die Wahrscheinlichkeit, uns wiederzusehen, so gut wie null ist«, erwiderte Kim und ihre Stimme troff dabei vor Sarkasmus.

Lucy konnte sich nicht entscheiden, ob sie Kim trösten oder einfach nur sauer sein sollte. Sie konnte ja die Angst ihrer Freundin verstehen. Kim war von Anfang an die Ängstlichste von ihnen gewesen. Aber sie fühlten sich alle nicht wohl in ihrer Haut und es machte die Sache nun wirklich nicht besser, ständig alles mies zu machen.

***

Jonny hatte recht gehabt. Der erste Teil der Reise war eher langweilig. Sie mussten in den Außenbereich des Sonnensystems fliegen, um von dort den Sprung zu machen. Der Flug zu diesem Punkt erfolgte automatisch.

Die Stimmung im Schiff war eher ruhig. Alle waren gespannt auf diesen ersten Sprung zwischen den Sonnensystemen, obwohl er angeblich kaum zu merken sein sollte. Lucy genoss den Ausblick auf die Sterne. Ein leichter, kühler Schauer lief über ihre Haut, als sie auf das Band der Milchstraße schaute. Dorthin würden sie springen, zu einem Punkt, von dem das Licht fünfzigtausend Jahre bis zur Erde brauchte.

Nach etwa zwei Stunden, die sie mit einer unvorstellbaren Geschwindigkeit aber automatisch geflogen waren, war es so weit.

»Also dann geht's los«, sagte Christoph, der es scheinbar gar nicht erwarten konnte. Theatralisch hob er den Finger und machte eine Geste, als ob er einen Knopf drücken würde. In Wirklichkeit betätigte er natürlich nur einen virtuellen Schalter mit einem virtuellen Finger.

Lucy hatte das Gefühl, dass ihr ganz kurz ein wenig schlecht wurde. Die Empfindung war aber schon innerhalb eines Bruchteils einer Sekunde wieder verschwunden, sodass sie schon meinte, es sich nur eingebildet zu haben. Außerdem gab es im Kopf so einen merkwürdigen kleinen Ruck. Die Gedankengänge wurden für einen Bruchteil einer Sekunde unterbrochen. Das war auch der Grund, warum es unter Raumfahrern die Regel gab, keine wichtigen Gespräche während eines Sprungs zu führen. So mancher hatte dabei schon urplötzlich den Faden verloren und plötzlich nur noch Blödsinn geredet. Das war jedenfalls eine der Anekdoten, die Jonny ihnen während der Flugübungen erzählt hatte.

Auf den Schirmen wechselte von einer zur nächsten Sekunde einfach das Bild. Man sah nun einen völlig anderen Sternenhimmel.

»Dahinten, das ist unser Zielsystem«, sagte Christoph und zeigte auf einen etwas helleren Stern auf einem der Schirme. Er war eifrig dabei, alle möglichen Geräte zu bedienen. »Mist, wir sind viel zu weit weg gelandet. Das kostet uns mindestens vier Stunden zusätzlich.«

Er gab die neuen Daten in den Rechner ein. Lucy hatte praktisch nichts zu tun. Die Flugsteuerungsautomatik übernahm die Daten aus der Navigation und brachte das Schiff auf den richtigen Kurs. Träge beobachtete Lucy zur Kontrolle die Überwachungsgeräte. Alles war in Ordnung.

»So, jetzt haben wir ein paar Stunden Freizeit«, verkündete Christoph. Er stand auf und setzte sich an die Konsole für den Wissenschaftler. »Wow, hier ist ja ein richtiger Rechner eingebaut. Der ist ja nur unwesentlich kleiner als der auf dem Mutterschiff.«

Christoph hatte für den Rest der Freizeit etwas zu tun. Was immer er da trieb, er war jedenfalls voller Begeisterung beschäftigt.

Nachdem Lucy eine Zeit lang staunend in den neuen Sternenhimmel geschaut hatte, der auf verschiedenen Monitoren rundum die Kommandozentrale dargestellt war, kam sie auf die Idee sich auf den Sitz der Kommandantin zu setzen. Dieser stand in der Mitte des Raums und war mit vier gekrümmten Schreibtischen – oder etwas, was so aussah – umgeben, sodass sie einen Kreis bildeten, der an vier Stellen unterbrochen war.

Lucy setzte sich auf den Stuhl. Er war in der Mitte angebracht und ließ sich einmal vollständig um sich herum drehen. Von hier konnte sie alle anderen sechs Plätze aus etwa gleicher Entfernung sehen. Lucy hatte sich mittlerweile daran gewöhnt, dass es in aranaischen und auch imperianischen Schiffen weder rechte Winkel noch exakte Kreise, ja nicht einmal gleichförmige Ovale gab. Auch der Aufbau der Schreibtische war, ebenso wie der

Raum selbst, nicht wirklich exakt ein Kreis, sondern überall etwas ungleichförmig.

»Also auf dem Platz hier könnte es mir auch gut gefallen. So 'ne lahme Kiste zu fliegen, macht sowieso keinen wirklichen Spaß. Lars dann kannst du meinetwegen Pilot werden«, rief sie aus und grinste ihn frech an.

»Das könnte dir so passen. Wenn es Spaß macht, fliegst du, und wenn es langweilig wird, kann ich die Arbeit erledigen und du spielst die Chefin.« Er grinste sie noch breiter an. »Ich glaube, ich sehe mal nach, was das Schiff sonst noch so zu bieten hat.«

Lars durchstöberte die unbekannte Umgebung. Christoph war völlig beschäftigt und Kim saß noch immer wie ein Trauerkloß auf ihrem Platz und starrte gedankenverloren auf einen der Bildschirme.

Lucy ließ sich auf ihrem Stuhl zurücksinken. Zeit war wirklich genug und nichts zu tun. Sie konnte ein wenig vor sich hinträumen. Sie dachte an zu Hause. Was würde dort passieren, wenn die Invasion begann? Diese Mission würde mit Sicherheit länger dauern. Dass sie rechtzeitig noch vor Beginn der Invasion wieder zurück wären, war mehr als unwahrscheinlich. Was würde sie auf Imperia erwarten? Sie konnte nicht verhindern sich zu wünschen, dass sie Borek dort treffen würde. War das der Grund gewesen, warum sie die Mission gegen alle Warnungen durchführen wollte?

Schnell versuchte sie, diesen Gedanken zu verdrängen. Es war so unwahrscheinlich Borek auf Imperia zu treffen, dass es schon peinlich war, überhaupt davon zu träumen. Ganz im Gegenteil er war Soldat oder zumindest Rekrut. Sie hatte ihn in der Nähe der Erde getroffen. Wahrscheinlich gehörte er zu den Invasionstruppen und sie flog jetzt von ihm weg.

Aber vielleicht war es genau das, sprach eine kleine teuflische Stimme in ihrem Kopf. Vielleicht war es die Angst davor, ihn auf der Erde zu treffen und feststellen zu müssen, dass er nicht ihr Traumheld war. Dass er stattdessen einfach nur zu den Besatzern gehörte. Jemand, der sich ihr und allen anderen Terranern gegenüber völlig überlegen fühlte und nur Lust auf ein kleines, naives Mädchen wie sie hatte. Vielleicht wollte sie nur deswegen auf diese Mission, um ihre Träume zu retten.

Als Lucy gerade diesen schmerzhaften Punkt ihrer Gedankenkette erreicht hatte, passierte es. Sie hatte sich mit ihrem Stuhl träumend um sich selbst gedreht und sah auf die Tür des Schiffes, die sich plötzlich öffnete. Ein Imperianer im schwarzen Kampfanzug mit einer dieser großen Strahlenwaffen im Anschlag kam hereingestürmt.

Für einen Moment setzte Lucy das Herz aus, bevor es mit Höchstleistung wieder zu schlagen begann. Ihr Herzschlag war so laut, dass sie meinte, er müsse in dem Raum widerhallen. Für einen Moment setzten alle Gedanken aus. Wie gelähmt saß sie in ihrem Sessel. Aus den Augenwinkeln nahm sie wahr, dass auch ihre Freunde erstarrt waren.

»Wow, da unten ist ein ganzes Lager von Kampfanzügen und Waffen. Damit könnte man eine halbe irdische Armee lahmlegen«, hallte es dumpf aus dem Helm.

Lucy brauchte eine Sekunde, bis ihr klar wurde, dass Lars in dem Anzug steckte.

»Bist du jetzt völlig bescheuert. Ich bin fast gestorben, du Idiot!«, schrie sie ihn an. »Willst du uns zu Tode erschrecken, bevor die Imperianer überhaupt eine Chance haben, uns zu erwischen.«

Lucy war vor Wut knallrot angelaufen. Ihr Herz hämmerte noch immer – so ein Idiot.

»Oh sorry, daran hab ich gar nicht gedacht.« Lars sah Lucy erschrocken an. Er hatte den Helm abgenommen.

»Verdammt, ich hab was vergessen«, meldete sich Kim das erste Mal seit dem Start zu Wort. Sie schien sich erstaunlich schnell erholt zu haben. »Liegen da unten noch andere Sachen, ich meine außer diesem Kriegszeug?«

»Ja, da lag noch so 'n bunter Kram rum«, antwortete Lars, der froh war, von Lucys Wut abgelenkt zu werden.

»Das hat Jonny mir ja noch vorm Abflug gesagt«, murmelte Kim. »Die Aranaer haben uns imperianische Klamotten besorgt.

Die sollen wir anziehen, bevor wir uns auf den Planeten transferieren. Wo ist der Raum?«

»Da hinter der Tür ist so 'ne Art Fahrstuhl. Der geht nur nach unten. Direkt neben den Schlafräumen ist die Kleiderkammer«, beschrieb Lars den Weg.

Kim stand auf und ging aus der Tür. Immerhin macht sie überhaupt mal etwas Konstruktives, dachte Lucy.

Ein paar Minuten später kam Kim mit einem Bündel Kleidungsstücken zurück. Zum ersten Mal seit ihrem Aufbruch von der Erde strahlte sie wenigstens ein bisschen Begeisterung aus.

»Jetzt machen wir eine Modenschau«, rief sie aus. Lucy ahnte Schreckliches und hatte natürlich recht.

»Das meinst du jetzt nicht ernst, oder? Das ist doch nur ein Witz, um den guten, alten Lars auf den Arm zu nehmen, oder? Ihr glaubt doch nicht wirklich, dass ich das anziehe?«, entrüstete sich Lars. Auch Christoph schien nur wenig begeistert zu sein. Er hätte lieber an seinem neuen Spielzeug, diesem Superrechner, weitergeforscht.

»Dass wir keine Imperianer sind, sieht doch jeder und als Luzaner gehen wir auch nicht durch. Wenn wir mit diesen grauen Uniformen herumlaufen, die wir anhaben, können wir die Sache auch gleich bleiben lassen. Dann haben sie uns sofort.«

Kim ließ den Jungs keine Wahl. Sie mussten sich die Sachen anziehen. Es waren eine Art Stofftücher, die über die Schultern gelegt und um den Körper gewickelt wurden. Um die Taille wurden sie von einem bunten Gürtel gehalten. Die Kleidung sah fast aus wie eine römische Tunika, war aber viel farbenfroher mit ineinander verlaufenden Farben.

Lars war peinlich berührt. Außer Unterwäsche trug man unter diesem Kleidungsstück nichts und ihm fehlte einfach die Hose.

»Verdammt, ihr findet das vielleicht witzig, aber darin sehe ich aus wie ein Mädchen«, maulte er.

»Nun mach mal halblang, die Römer – oder waren es die Griechen – haben auch so was getragen«, schaltete sich jetzt Christoph ein. Er sah nicht ganz so unglücklich aus wie sein Geschlechtsgenosse.

»Ich bin aber weder ein Römer noch ein Grieche«, fauchte Lars zurück. »Außerdem hatten die nicht so alberne Farben.«
»Das Beste kommt erst noch!«
Kim freute sich diebisch. Sie holte diese Kopfbedeckungen hervor, die die beiden Mädchen schon in der imperianischen Station gesehen hatten und die Lucy selbst bei Frauen albern fand. Kim setzte einen solchen Hut Christoph auf. Albern wippte die Kunstfeder – oder was immer es sein mochte – auf seinem Kopf.
»Du siehst einfach schnuckelig aus«, gluckste sie. Sie konnte kaum noch das Lachen zurückhalten.
»Nee, das reicht! Das mach' ich nicht mit! Dann kann mir die ganze Aktion den Buckel runterrutschen. So 'n Ding setz' ich nicht auf!« Lars verschränkte die Arme und schüttelte energisch den Kopf.
Lucy konnte ihn gut verstehen. Es würde auch ohne gehen. Schließlich hatten damals in der Station auch nicht alle Imperianer so einen albernen Hut getragen. Wenigstens hatte Lars diese komische Tunika – oder was immer es war – akzeptiert.
Die beiden Mädchen alberten noch ein wenig herum und probierten alle möglichen Kombinationen von Hüten und Stoffen aus, wobei sie auch Christoph als Model benutzten. Lars verbat sich jeden weiteren Kommentar über sein Äußeres mit der Drohung, dass er andernfalls sofort die ganze Sache abbrechen würde. Plötzlich meldete sich der Zentralrechner des Schiffes:
»Vorsicht, Sie durchqueren jetzt den imperianischen Schutzschirm. Für nicht-imperianische Spezies kann dies tödlich sein.«
Diese Meldung wurde zwei weitere Male wiederholt, dann hatten sie den Schirm durchflogen. Die vier hatten einen Moment den Atem angehalten. Nach allem, was sie wussten, gehörten sie zu denjenigen, die in der Lage waren, den Schirm zu durchqueren, ohne Schaden zu nehmen, aber so eine Meldung verunsicherte sie dann doch. Es passierte aber nichts.
Mit gigantischer Geschwindigkeit rasten sie in das beschriebene Planetensystem. Es war schon ein sehr altes System, viel älter als das der irdischen Sonne. Im Mittelpunkt stand ein kleiner

sehr hell leuchtender Stern, ein Himmelskörper, den man als weißen Zwerg bezeichnet. Er war zwar nur so groß wie die Erde aber etwa genauso schwer wie die Sonne. Im Gegensatz zu ihr leuchtete er nicht gelb, sondern hell-weiß.

Er war wie alle Sterne dieser Gattung aus einem gelben Stern wie die Sonne entstanden, der aber mehr als dreimal so schwer wie das irdische Zentralgestirn gewesen war. Am Ende der Lebenszeit dieses großen gelben Sterns war er zu einem roten Riesen gewachsen. Er hatte nicht mehr gelb, sondern rot geleuchtet und war so groß geworden, dass er alle Planeten der inneren Bahnen verschluckt hatte. Sollte jemals ein erdähnlicher Planet um ihn gekreist sein, war dieser mit allem, was sich auf ihm befand, vor Hunderten Millionen von Jahren von dieser riesigen roten Sonne verschlungen worden.

Nun war er zusammengeschrumpft und von diesem, in weiter Ferne um ihn kreisenden gasförmigen Riesenplaneten, als extrem heller, weißer Stern zu erkennen. Dieser riesige Planet strahlte ganz schwach ein unwirkliches, dunkelrotes Leuchten aus. Lucy musste kurz an alte irdische Legenden von der Hölle denken. Auch wenn sie bisher nicht daran geglaubt hatte, dass es sie wirklich gab, so konnte sie sich jetzt vorstellen, dass sie sich auf der mit dunklen Wolken verhangenen Oberfläche dieses Planeten befand.

Am Horizont tauchte der Mond auf, der ihr eigentliches Ziel war. Er war so groß wie die Erde, ihm fehlten aber diese wundervolle, blaue Farbe und die wunderschönen, weißen Wolken. Stattdessen sahen die vier auf eine zerklüftete Oberfläche, die mit glitzerndem Eis bedeckt war, das geheimnisvoll das schwache Licht der fernen kleinen Sonne und das noch schwächere rote Licht des Planeten reflektierte.

Um den Mond kreiste die Raumstation, die selbst nur drei- oder viermal so groß wie ihr Raumschiff war. In dem fahlen Licht sah sie auf eine nicht weiter zu erklärende Weise dunkel und bedrohlich aus.

»Also dann mal alles fertig. Gleich geht es los«, kommandierte Lucy, um vor allem sich selbst aus ihren trüben Gedanken zu befreien. Ein Blick auf Kim zeigte ihr, dass ihre gute Stimmung, die während der kleinen imperianischen Modenschau aufgeflammt war, sich wieder verflüchtigt hatte. Sie sah ängstlich und traurig aus. Schnell nahm Lucy sie kurz in den Arm.

»Wir schaffen das. Wir sind einfach wieder die netten Mädchen von Mirander. Du warst damals fantastisch. Das kannst du noch mal.«

Kim ließ sich kurz drücken, sagte aber nichts und Lucy musste sich um den Andockvorgang kümmern.

Mit dem Andockmanöver gab es keine Probleme. Die vier machten sich zum Aufbruch bereit. Lucy sah auf die Ausbuchtung unter Lars' Toga.

»Lars, die Strahlenwaffe bleibt hier!«, kommandierte sie.

»Mensch Lucy, wer weiß, was uns da erwartet und dann können wir uns nicht einmal verteidigen.«

»Du erinnerst dich, was Professor Qurks gesagt hat? Beim Transferieren können sie an der Gegenstation alles erkennen, was du dabei hast. Wenn du da mit so einem Strahler auftauchst, wird Alarm ausgelöst und sie haben uns sofort. Also sei nicht albern und leg das Ding weg.«

»Keine vernünftige Hose an und nun noch nicht mal eine Waffe dabei. Ich fühl' mich total nackt«, maulte Lars, legte den Strahler aber auf eine der Konsolen.

Sie schritten durch die Ausgangsöffnung, die jetzt durch einen engen dunklen Gang mit der Station verbunden war. Nachdem sie ihn betreten hatten, schloss sich die Tür ihres Raumschiffs wieder. Auch in diesem Gang gab es glücklicherweise künstliche Schwerkraft, sodass sie gehen konnten und nicht hindurch schweben mussten. Allerdings machte er einen alten, ausgeleierten Eindruck. Jeder Schritt federte nach.

»Fühl mal die Wände, die wirken irgendwie schlaff«, meinte Lars. Lucy ließ ihre Hand über sie gleiten. Von den Wänden der Schiffe und auch der Bodenstation war sie gewohnt, dass sie sich wie strammes neues Kunstleder anfühlten. Dieser Bezug schien jetzt schlaff und eingefallen. An einigen Stellen schlug er sogar Falten.

»Oh Mist«, stöhnte Lars. »Diese Station scheint uralt zu sein. Hoffentlich ist die überhaupt noch dicht. Ich hab' jetzt wirklich keine Lust auf einen Ausflug ins Weltall.«

Lucy lief ein kalter Schauer über den Rücken. Auch sie hatte sich noch nie so unwohl in einem dieser außerirdischen Flugobjekte gefühlt.

»Also nach meinen Geräten zu urteilen, ist alles in Ordnung«, erklärte Christoph mit sachlicher Stimme. Aber auch er fühlte sich offensichtlich so unwohl, dass er anhand seines Messgeräts sämtliche Werte überprüft hatte.

Endlich waren sie am anderen Ende des Ganges angekommen. Nachdem sie die Außentür der Station durchschritten hatten, schloss auch diese sich. Sie befanden in einem winzigen Flur, der neben dem Eingang über eine weitere Tür verfügte, die nach innen führte. Sie stand offen. Lucy hatte eine virtuelle Konsole entdeckt. Sie machte den Eindruck, als wäre auch sie schon uralt und war kaum noch zu erkennen. Es war, als würde man nur noch die Notbeleuchtung sehen. Über die Konsole schaltete Lucy das Licht des hinter der Tür liegenden Raumes ein.

Es handelte sich um eine große Halle, die offensichtlich für das Verladen von Waren konstruiert war. Sie war nur schwach beleuchtet. Das Licht, das auf den Kriegsschiffen in Gängen und Räumen scheinbar gleichmäßig und indirekt aus Wänden und Decken zu kommen schien, war in dieser Halle nur noch an einzelnen Punkten vorhanden. Lucy gewann den Eindruck, dass ein Teil der Beleuchtung kaputtgegangen war und keiner die Birnen – oder was auch immer dahinter stecken mochte – ausgetauscht hatte.

An einer der Wände hingen mehrere Bildschirme, die aufleuchteten, nachdem Lucy die virtuelle Konsole betätigt hatte, aber auch sie vermittelten den Eindruck, als hätten sie bereits ausgedient. Die Farben waren schwach, das Bild wirkte leicht vergilbt und bei Weitem nicht so kontrastreich, wie die vier es von den anderen Schiffen gewohnt waren.

Christoph bereitete unterdessen über die Fernbedienung das Abdocken ihres Raumschiffes vor.

»So nun in die Umlaufbahn mit dir. Warte hier schön auf uns und lass dich vor allem nicht von den bösen Imperianern erwischen«, sagte er fast zärtlich zu der Fernbedienung und drückte dann das letzte Knöpfchen.

Nur eine kurze Meldung zeigte, dass das Schiff die Station verlassen hatte. Auf den Schirmen erkannten sie nichts und so sollte es natürlich auch sein. Sie konnten nur hoffen, dass andere imperianische Schiffe ebenfalls nichts von ihrem aranaischen mitbekommen würden.

Lucy wandte ihren Blick von den fahlen Bildschirmen ab und sah sich in der Halle um. Alles war mit einer merkwürdig hellgrauen Staubschicht überzogen. Nur an ein paar Schleifspuren auf Boden und Wänden verrieten die gelegentliche Anwesenheit von Menschen – oder was auch immer – in den letzten Jahrhunderten.

Dort, wo der Staub abgewischt war, konnte man die eigentliche Farbe des Bodens und der Wände durchschimmern sehen. Sie hatten sich ja daran gewöhnt, dass auf Kriegsschiffen und ähnlichen Einrichtungen vor allem Grautöne vorherrschten. Das Grau dieses Raums sah aber auch unter der Staubschicht schmuddelig aus.

Es war keines dieser üblichen dunkelgrauen Ornamente mehr zu erkennen. Stattdessen war die Hintergrundfarbe von einem dunkleren Grau, das dann durch noch dunklere, unregelmäßige, graue Punkte durchzogen war. Darüber hinaus sah dieser Kunststoffbezug der Wände schlaff und faltig aus. Ein wenig erinnerte er Lucy an alte tierische oder gar menschliche Haut. Ihr lief ein weiterer Schauer über den Rücken.

»Oh Gott, hoffentlich funktioniert hier überhaupt noch irgendwas. Das ganze Ding sieht ja vielleicht abbruchreif aus«, maulte Lars. Er drehte sich langsam um seine eigene Achse und musterte mit entsetztem Gesicht die Inneneinrichtung der Station.

»Dass wir hier nicht auf dem zentralen Busbahnhof des Imperiums landen, war doch klar. Deshalb haben wir uns diese Station doch ausgesucht«, erwiderte Christoph. Er wirkte, als würde ihm die Umgebung am wenigsten auszumachen. Vielmehr schien ihm das Gerede seiner Freunde auf die Nerven zu gehen.

Lucy sah sich nach Kim um. Sie hatte noch gar nichts gesagt. Kim stand mit fassungslosem Gesicht und eng um den Körper geschlungenen Armen in einer Ecke und sah aus, als würde sie jeden Moment in Tränen ausbrechen.

»Wir haben scheinbar den Nebeneingang genommen«, bemerkte Lars. Er war den Schleif- und Fußspuren gefolgt und stand nun vor einer geschlossenen Tür, die die Größe eines großen Scheunentors besaß. »Hierdurch werden wohl Waren geschleppt.«

Lucy richtete einen Außenschirm auf den gewaltigen Eingang aus und sah einen Rüssel aus der Station hängen, der den Durchmesser des Tores hatte. Hier konnte also ein Frachter angedockt werden.

»Und das hier ist die Transferstation«, bemerkte Christoph eifrig. »Jetzt müssen wir nur noch herausbekommen, wie wir ein Touristenticket nach Imperia lösen.«

Er machte sich an dem Rechner der Station zu schaffen.

»Bei allen Göttern, ist das ein veralteter Kasten! Hoffentlich komme ich damit zurecht«, stöhnte er.

Lucy verzog das Gesicht zu einem spöttischen Grinsen. Der veraltete Kasten dürfte etwa zweitausend Jahre moderner sein, als der neuste irdische Supercomputer, dachte sie.

Zwei Stunden später konnte sie Christophs Gestöhne allerdings verstehen. Er hatte noch immer nicht geschafft, eine Verbindung zu ihrem Zielplaneten herzustellen. Fluchend und schwitzend stand er vor seiner Konsole. Lars saß an eine Wand gelehnt und war eingeschlafen. Kim kauerte einen halben Meter von ihm entfernt im Staub, der ihr untypischerweise gar nichts auszumachen schien, und starrte trübsinnig vor sich auf den Fußboden. Lucy setzte sich zwischen die beiden auf den Boden. Christoph hatte sie von der Konsole weggescheucht, an der sie ihn mit unerwünschten und wenig hilfreichen Ratschlägen genervt hatte.

»Mist, Mist! Charmatika, hat jemand von euch schon mal von so einem bescheuerten Planeten gehört? Das kann doch nicht angehen, dass es hier nur unbekannte Ziele gibt und keine Verbindung nach Imperia. Ich glaub', ich werde wahnsinnig«, schimpfte Christoph und schlug verzweifelt mit der Faust an die nachgiebige Wand.

Lucy hielt lieber den Mund. Ihre Nerven lagen auch blank. Natürlich war dies der ungefährlichste Teil der gesamten Unternehmung, auch wenn der Aufenthalt in dieser alten, verlassenen, düsteren, modrig riechenden Station schon gruselig war. Gelangweilt betrachtete sie den Schirm, den sie vor einer Ewigkeit auf das Haupttor eingestellt hatte.

»Auch du heiliger Strohsack«, entfuhr es ihr. Die Aranaer hatten gesagt, diese Station würde nur ein paar Mal im ganzen Jahr benutzt und der Zustand der Anlage bestätigte das auch, aber wie sie auf dem Schirm sahen, dockte da draußen gerade ein Frachter an.

»Mist, verdammter, hier gibt es nichts zum Verstecken«, entfuhr es Lars, der durch Christophs und Lucys Ausrufe geweckt worden war.

»Schnell in den kleinen Vorraum! Wenn wir Glück haben, sieht dort keiner nach«, kommandierte Lucy. Die vier rannten in den kleinen Flur, durch den sie gekommen waren. Sie drückten sich an die Wand des Gangs, um so unsichtbar wie möglich für irgendwelche Besucher zu werden.

Es dauerte nicht lange, dann hörten sie ein merkwürdig schmatzendes Geräusch. Das Tor wurde geöffnet.

»So ein verdammter Dreckssladen«, hörten sie eine derbe männliche Stimme. »Selbst dieses Tor macht Geräusche, als würde es jeden Moment seinen Geist aufgeben. Müssen wir wirklich immer zu diesem uralten Loch? Jedes Mal bin ich froh, dass es wenigstens noch solange gehalten hat, bis ich wieder weg war.«

»Du kannst ja das nächste Mal direkt nach Imperia fliegen. Da freuen sie sich bestimmt so über deine kleine Ladung, dass sie dich direkt für den Rest des Lebens nach Gorgoz schicken«, knurrte eine ältere Stimme.

»Sieh mal, hier hat irgendjemand vergessen das Licht auszumachen«, sagte jetzt wieder die jüngere Stimme.

»Zeig mal!« Das war wieder der Ältere. »Tatsächlich da hat einer dran rumgepfuscht. Wir werden doch wohl keine Konkurrenten bekommen? Hä, hä, hat's aber nicht hingekriegt. Ich sag doch immer, mit diesen alten Babys muss man sich auskennen.«

»Meinst du, hier ist noch wer?« Die jüngere Stimme klang jetzt ein wenig ängstlich.

»Mensch Kerl, steck das Ding weg. Du erschießt dich noch selbst. Auf diesem Drecksloch gibt es nicht mal Raumratten, außer natürlich, wenn du an Bord bist.« Der Alte lachte dreckig.

»Blödmann, dieser alte vergammelte Kasten macht mich einfach nervös. Hilf lieber, dass wir die Ladung in die Transferstation bekommen.«

Sie hörten schlurfende Geräusche, Stöhnen und Fluchen.

»Komm beeil dich, lass uns die nächste Ladung holen!« Die Schritte entfernten sich.

Lucy war nass vor Angstschweiß. Auch Lars ging es nicht besser und den anderen beiden sowieso nicht. Die beiden Kerle hätten nur einmal um die Ecke sehen brauchen und vier ›Raumratten‹ der ganz besonderen Art vorgefunden.

Lars hatte kurz um die Biegung geschaut und die Lage erkundet.

»Schnell hinter die Kisten, das ist ein besseres Versteck als hier. Und tut mir einen Gefallen: Nehmt diese albernen Hüte ab, die laden geradezu ein, als Zielscheibe zu dienen«, flüsterte er in drängendem Tonfall. Die drei setzten ihre Kopfbedeckungen ab und ließen sie in einer dieser unergründlichen Taschen verschwinden, die an den Togen angebracht waren. Sie schlüpften aus ihrem Versteck und kauerten sich zwischen Wand und vier großen Kisten, die unordentlich in dem Teil der Raumstation aufgestapelt waren, der offensichtlich die Transferstation war. Schon hörten sie wieder die schlurfende Geräusche.

Lucy linste vorsichtig durch einen Spalt zwischen zwei Kisten. Die beiden Männer, wie schon vermutet, ein älterer und ein jüngerer, dirigierten eine weitere Ladung von Behältnissen, die auf niedrige vierbeinige Roboter geladen war. Die Beine der Maschinen sahen grotesk klein für diesen großen Haufen Kisten aus. Vor allem der Jüngere war ziemlich nervös. Er drückte noch gegen die Kisten, sodass die Roboter immer kurz vorm Straucheln waren. Plötzlich knickte einer von ihnen um. Die Kisten purzelten zu Boden. Aus einer kleineren quiekte es ganz erbärmlich, aus einer größeren kam ein wütendes Knurren.

»Du Idiot, ich hab dir schon ein paar Mal gesagt, du sollst nicht immer so an der Ladung schubsen. Nun hast du auch noch den Roboter kaputtgemacht. Pack mal mit an.«

»Auf vernünftigen Schiffen hat man Roboter, die so was ganz allein machen. Die sind mindestens fünfmal so groß. Das hier ist doch alles Schrott«, schimpfte der Jüngere.

Unter Schnauben und Pusten hoben sie eine Kiste an und zogen den umgeknickten Roboter unter ihr heraus.

»Oh Mann, das erklärst du aber der Alten. Das zieht sie dir vom Lohn ab, da kannst'e Gift drauf nehmen«, der ältere der beiden Kerle bog noch an einem umgeknickten Bein herum, setzte den Roboter dann aber wieder auf den Boden. Die Maschine humpelte herum und brach beim Versuch eine Kiste anzuheben wieder zusammen. Wütend trat der Jüngere nach ihr und der kleine Roboter flog in Richtung Ausgang.

»Was soll das denn?«, schnaubte im nächsten Moment eine tiefe weibliche Stimme aus Richtung des Tors. »Wer hat denn den Roboter kaputtgemacht? Der war noch so gut wie neu. Das zieh' ich euch vom Lohn ab. So 'n Ding kostet 'ne Menge Geld.«

Die Frau, die auf den Kistenstapel zu geschwankt kam, war mindestens einen halben Kopf größer als Lucy, wog sicher aber das Dreifache von ihr. Ihre Haare sahen wild aus. Die Augen waren leicht blutunterlaufen und sie trug ein Hemd mit einem sehr tiefen aber nachlässigen Dekolleté. In einer Hand hielt sie eine Plastikflasche. Lucy hätte gewettet, dass der Grund für ihr Schwanken und ihre unsicheren Bewegungen war, dass sich in der halb leeren Flasche Alkohol oder eine ähnlich wirkende Droge befand.

»Was steht ihr hier so nutzlos rum? Warum ist die Ware denn noch immer nicht verladen?«, lallte sie. »Und passt gefälligst auf meine Süßen hier auf. Wenn die kaputtgehen, ist das Geschäft im Eimer und dann Gnade euch Gott.«

Sie klopfte auf die kleinere Kiste. Wieder war ein ängstliches Quieken zu hören. Die dicke Frau lachte heiser.

»So und nun beeilt euch gefälligst. Wenn ihr fertig seid, machen wir uns auch einen schönen Abend und trinken einen zusammen.«

Sie tätschelte dem Jüngeren die Wange, lachte wieder heiser und schlurfte zurück zum Tor. Der war rot angelaufen. Als die Alte wieder verschwunden war, schnaubte er vor Wut.

»Ich weiß nicht, warum ich diesen Scheiß hier überhaupt mitmache. So ein besoffenes Stück nennt sich Kommandantin. Einen zusammen trinken, wenn ich daran denke, wird mir schon schlecht.«

»Mensch bist du wahnsinnig? Wenn die dich hört!«, flüsterte der Ältere. »Die kriegt es fertig und schmeißt dich aus dem Schiff, und zwar bevor wir gelandet sind.«

Die beiden packten die am Boden liegenden Kisten und wuchteten sie auf die anderen. Sie gingen dabei ziemlich rabiat vor. Aus allen Kisten knurrte und winselte es. Aus einigen kamen Kratzgeräusche. Die Kisten wurden gerutscht und geschoben. Es wurde noch einmal gegen sie getreten. Lucy musste zusehen, dass sie nicht zerquetscht wurde. Sie sah, wie Lars vor Schmerz schon ganz rot war. Er biss sich auf den Handrücken, um nicht zu schreien. Eine Kiste hatte sein Bein eingeklemmt.

Dann war plötzlich Ruhe mit Ausnahme der Geräusche, die aus den Behältnissen drangen.

»So jetzt wollen wir mal sehen«, hörten sie die Stimme des Alten. »Ich möchte zu gern wissen, welcher Idiot das hier verstellt hat. Ah, da haben wir's ja. So Babys, dann ab nach Mirander.«

Zwischenstopp

Lucy spürte wieder dieses leichte, ganz kurze Übelkeitsgefühl. Diesen merkwürdigen Bruch in den Gedanken gab es diesmal aber nicht. Vor Schreck hatte Lucy in dem Moment des Transfers sowieso an nichts gedacht.

Von einer Zehntelsekunde auf die nächste verwandelten sich die schlaffen, grauen Wände in welche, die straff und neu wirkten und in bunten Farben gehalten waren. An der Situation der vier Freunde änderte das allerdings nichts. Sie saßen noch immer in der gleichen, unbequemen Haltung wie vor dem Sprung. Natürlich standen auch die Kisten noch so da, wie sie in die Transferstation geschoben worden waren.

Die Zielstation, in der sie nach dem Sprung gelandet waren, bestand aus einem Raum, der an der Vorderseite, also genau gegenüber von den vier Freunden eine Tür hatte, die sich jetzt öffnete.

»Na da ist die Ladung ja«, hörten sie eine junge Frauenstimme, die freundlich und geschäftsmäßig klang.

»Ich weiß nicht! Wie lange willst du das eigentlich noch machen? Ich glaube, ich werde langsam zu alt für so was.«

Die zweite Stimme gehörte einem nicht mehr jungen Mann, der aber im Gegensatz zu den beiden Exemplaren auf der Station recht sympathisch klang. Lucy sah durch den Spalt zwischen den Kisten einen älteren Herrn, der einen leichten Bauchansatz und wenig Haare hatte. Er wirkte als wäre er normalerweise eher der gemütliche Typ. Im Moment hatte er aber ein rotes Gesicht und war recht nervös. Die junge Frau sah sehr attraktiv aus und war nach imperianischer Mode gekleidet. Lucys Blick war mittlerweile gut genug geschult, um zu erkennen, dass sie nicht zu der Spezies der Imperianerin gehörte. Es handelte sich wahrscheinlich um zwei Mirandianer, also zwei Bewohner des Planeten Mirander.

»Komm Papa, ein paar Lieferungen brauchen wir noch. Ich sage dir, es gibt da kein Risiko. Ich habe alles im Griff.«

»Kein Risiko? Weißt du, was die mit uns machen, wenn die dein Geschäft entdecken?«

»Also erstens ist das unser Geschäft. Und zweitens, wie sollten sie dahinter kommen? Du bist doch beim Zoll und machst die Papiere und gegen so ein bisschen Plastikspielzeug hat doch keiner was.«

»Allein die Ware als Spielzeug aus Kunststoff zu tarnen! Mit so etwas spielt doch heute im ganzen Imperium kein Kind mehr«, unterbrach sie der Vater nervös.

»Niemand, außer so ein paar primitiven mirandianischen Kindern«, konterte die Tochter. »Und drittens drücken die ach so korrekten Imperianer doch ein Auge zu. Wie sollten sie sonst auch an diese wilden Tiere kommen? Alle kleinen und auch die großen Imperianer gehen doch so gerne in den Zoo. Es ist schon witzig, dass sich da keiner wundert, wo all die wilden Tiere herkommen, die man doch gar nicht mehr fangen darf. Glaub mir, ich hab die richtigen Kontakte, da sind wir ganz sicher.«

»Also, ich weiß nicht. Es ist noch immer ein Risiko und wir haben doch mittlerweile genug Geld. Und wenn das so weiter geht, werden wir ja doch bald richtig ins Imperium eingegliedert und dann brauchst du dein ganzes Vermögen sowieso nicht mehr. Imperianer haben kein Geld mehr, wie du dich vielleicht erinnerst.«

»Ins Imperium eingegliedert? Schön wär's. Das haben uns doch die blöden Luzaner versaut. Wie kann man nur so dumm sein und solche Geschichten machen wie die auf diesem Kriegsschiff? Aber ich hab denen noch nie über den Weg getraut, vor allem nicht den Männern. Nun haben sie die wieder zurückgestuft. Die sind jetzt auch keine Vollmitglieder des Imperiums mehr. Und uns wird man noch Generationen lang schmoren lassen, bis man uns die volle Mitgliedschaft anerkennt.«

»Ich weiß, du kannst es gar nicht erwarten. Dabei wäre ich so gerne Opa geworden.«

»Oh Papa, jetzt lass doch dieses Thema. Du weißt, ich habe mich für den imperianischen Lebensstil entschieden. So, nun lass uns nicht mehr über Politik reden und lieber dafür sorgen, dass die Roboter den richtigen Weg finden.«

Die letzten Worte waren kaum noch hörbar. Die zwei entfernten sich mit der Hälfte der Kisten, die von Robotern getragen wurden. Es waren in der Tat wesentlich größere und kräftigere Geräte als diejenigen auf der Außenstation.

Lars hockte noch immer mit schmerzverzerrtem Gesicht hinter einer besonders großen und schweren Kiste, in der, dem Fauchen nach zu urteilen, ein schreckliches Monster von einem Wildtier sitzen musste. Die drei anderen schoben und zerrten an dem Behältnis, bis sie es so weit verschoben hatten, dass er sich befreien konnte.

»Los, schnell weg«, stöhnte Christoph. Er hatte Lars untergehakt und zusammen humpelten sie aus der Transferkabine.

Sie waren scheinbar auf Mirander in einer sehr großen Transferstation gelandet. Als sie ängstlich durch die Gänge und Hallen irrten, stellten sie schnell fest, dass sie sich im Frachtbereich der Station befanden. Überall liefen vierbeinige Roboter herum, die größere und kleinere Kisten trugen. An einigen Ecken standen Personen, die geschäftig mit anderen redeten oder konzentriert auf irgendwelche Geräte sahen. Die vier versuchten, möglichst nicht aufzufallen und niemandem direkt in die Arme zu laufen. Als sie wieder einmal an einer Ecke mit mehreren Gängen standen und sich hilflos umschauten, sagte plötzlich eine Stimme:

»Na Kinder, hier habt ihr euch aber völlig verlaufen. Eigentlich dürftet ihr hier gar nicht rein.«

Lucy zuckte unwillkürlich zusammen. Sie sah einem Angestellten, der etwa das Alter ihres Vaters hatte, ängstlich in die Augen.

»Jetzt braucht ihr nicht gleich zu erschrecken. Ihr seid das erste Mal auf der interstellaren Transferstation, nicht wahr? Ja, ja, da kann man sich schon mal verlaufen, wenn man das nicht kennt.«

Die vier nickten brav, wie man es von ihnen erwartete. Der Mann zeigte einen Gang entlang:

»Also ihr müsst diesen Flur hinunterlaufen, dann bei der nächsten Abzweigung rechts in den Gang und bei der übernächsten wieder links. Da geht ihr durch die Absperrung und seid dann wieder im Personenbereich.«

Was sollte denn das nun wieder heißen? Eigentlich wollten sie doch gar nicht in den Personenbereich, da waren doch garantiert noch mehr Leute. Wie sollten sie sich dort durchschleichen? Voller böser Vorahnungen blickte Lucy den Gang hinunter.

»Na Kinder, jetzt guckt nicht so ängstlich. Eigentlich dürftet ihr zwar nicht hier sein, aber wenn ihr durch die Schranke rausgeht, wird euch schon keiner aufhalten. Falls doch, bestellt ihm einfach einen schönen Gruß von mir, Herrn Muher, und sagt ihm, dass ich euch da rausgeschickt habe.«

Endlich brachte eine der vier einen Ton heraus. Es war natürlich Kim.

»Danke Herr Muher«, sagte sie und machte sogar einen artigen Knicks. Lucy hatte das Gefühl, dass ihr gleich die Beine versagen würden.

»Na, nun lauft schon«, sagte Herr Muher grinsend. Die vier setzten sich in Bewegung. Lucy hörte ihn noch »Diese Kinder vom Lande« murmeln, dann waren sie um die Ecke.

»Was machen wir denn bloß?«, flüsterte Lars besorgt.

»Zurück können wir nicht. Dann fällt selbst dem Einfaltspinsel auf, dass da etwas nicht stimmt«, flüsterte Kim zurück. Sie ging entschlossen vor. »Ihr wolltet ja unbedingt die Kids aus Mirander spielen. Jetzt machen wir das auch. Setzt die lustigen Hüte wieder auf, wir wollen schließlich nicht auffallen.«

Lucy sah, wie Lars und Christoph blass wurden und ihre Gesichter versteinerten. Sie selbst fühlte sich auch nicht besser.

Ohne weitere Zwischenfälle gingen sie durch die Schranke und betraten den Personenbereich. Ihre erste Reaktion bestand darin, dass sie einfach stehen blieben. Sie hatten damit gerechnet, dass sie jetzt ein paar mehr Leuten begegnen würden. Was sie aber sahen, verschlug ihnen den Atem. Diese interstellare Transferstation besaß die Ausmaße eines sehr großen irdischen Flughafens.

Es wimmelte von Leuten, die durcheinanderliefen. Es wurde aufgeregt diskutiert, es wurde nach einzelnen Personen gerufen, die verloren gegangen waren. An anderen Stellen wurde gelacht. Lautsprecherdurchsagen schallten durch die riesige Halle und immer wieder verschwand eine Gruppe in einem der vielen Gänge hinter einzelnen Schaltern.

Das Schlimmste aber war, dass die vier keine Ahnung hatten, wie dieser ganze Zirkus funktionierte. Glücklicherweise arbeiteten die Schirme in einer ähnlichen Weise wie die Übersetzungsprogramme. Auch wenn man das Gefühl hatte, Worte auf einem Bildschirm zu lesen, so wurde die Information in Wirklichkeit am Auge vorbei direkt ins Gehirn geleitet.

Dabei hatte jeder, egal welche Sprache er sprach und welche Schriftzeichen er verwendete, den Eindruck, dass die Anzeige mit den ihm bekannten Zeichen und genau in seiner Sprache dargestellt wurde. Leider nutzten die dargestellten Daten den vier Freunden überhaupt nichts. Ihnen war einfach die Bedeutung der Informationen nicht klar. Hilflos und verloren starrten sie auf die Anzeige.

»Na, was sagt unser Genie? Wohin müssen wir?«, fragte Lars Christoph, der mit gerunzelter Stirn auf die langen Kolonnen von Zahlen und Orten starrte.

»Keine Ahnung, aber irgendwo geht's bestimmt nach Imperia«, antwortete der, ohne seinen Blick von dem riesigen Schirm zu nehmen. »Wir müssen auf jeden Fall herausbekommen, wie das hier mit einer Reise funktioniert.«

Im nächsten Moment wurde es um sie herum noch lauter. Eine mirandianische Gruppe von Jugendlichen drängelte sich um den Schirm. Alle waren völlig aufgeregt und voller Vorfreude. Sie lachten, schrien durcheinander, dass man sein eigenes Wort nicht mehr verstehen konnte. Ein halbes Dutzend Erwachsene ruderten mit den Armen und versuchten verzweifelt den Haufen in eine geordnete Form zu bringen. Endlich zog die Meute in Richtung der Schalter ab und verschwand nach und nach in den Gängen dahinter.

Lucy wollte gerade aufatmen, als plötzlich eine der Betreuerinnen der großen, lauten Jugendgruppe neben ihnen auftauchte.

»Warum steht ihr denn hier noch herum?«, fragte sie barsch. »Ihr gehört doch zur Jugendgruppe nach Imperia, oder?«

Während Lucy und die beiden Jungs die Frau nur verständnislos ansahen, riss Kim ihre ohnehin großen Augen noch weiter auf und nickte so vehement mit dem Kopf, dass ihre dunklen Locken nur so tanzten.

»Dann beeilt euch gefälligst, die anderen sind schon durch!« Die Frau drängte sie zu einem der Schalter.

»Hier sind noch vier. Die hätten wir fast vergessen«, sagte sie resolut zu dem Mann hinter dem Schalter, der eine Art Uniform trug. Allerdings war sie nicht grau, sondern leuchtend marineblau.

»Wo habt ihr denn eure Tickets?«, fragte er freundlich, und als er Lars' verständnisloses Gesicht sah, ergänzte er in einem Tonfall, in dem man mit Kleinkindern spricht: »Ich meine den kleinen Chip, den ihr doch alle sicher bekommen habt.«

Bevor der völlig überforderte Lars auch nur irgendetwas stammeln konnte, antwortete Kim schon: »Die hat unsere Freundin, die ist aber schon durch.«

»Oh Kinder, ich hab doch gesagt: Jeder nimmt seinen eigenen Chip. Warum könnt ihr denn nicht einmal zuhören und machen, was man euch sagt?«, stöhnte die Betreuerin. Besonders gut schien sie die Kinder, für die sie zuständig war, nicht zu kennen.

»Hm, und die Daten passen auch nicht. Die DNA stimmt mit keiner der angemeldeten Gruppenmitglieder überein«, murmelte der Uniformierte.

Lucy lief kalter Schweiß den Rücken herunter. Ihre Hände waren klitschnass. Gleich würden ihre Beine nachgeben. Sie war ganz weich in den Knien.

»Das passiert doch jedes Mal. Ich mach' das jetzt schon seit drei Jahren, zweimal pro Jahr, und es ist noch kein einziges Mal vorgekommen, dass hier alles glattgegangen ist. Ich versteh' nicht, dass man so ein paar einfache Daten nicht von einem Ort zum anderen bekommen kann, ohne dass die Hälfte davon verloren geht. Ich bin auch nur dafür zuständig, die Kinder vom Bus zur Transferstation zu bringen und jedes Mal stehe ich hier und es gibt Ärger«, zeterte die Betreuerin. Sie wollte ganz offensichtlich so schnell wie möglich wieder nach Hause.

»Also, hier auf diesem Hinterwaldplaneten klappt auch wirklich gar nichts«, mischte sich ein ziemlich affektiert wirkender junger Mann vom Nebenschalter ein. Er hatte ebenfalls eine Uniform an, die ihn als Angestellten der interstellaren Transferstation auswies. »Also, letztes Jahr war ich zu einem Lehrgang auf Imperia. Ich kann Ihnen sagen, da wäre so etwas garantiert nicht passiert. Die haben da eine perfekte Organisation.«

»Hm, Imperia hin oder her, was machen wir denn jetzt«, murrte der ältere Uniformierte ärgerlich.

»Also, ich kann hier nicht ewig warten, nur weil wieder irgendjemand etwas verschlampt hat«, zeterte die Betreuerin.

»Aber wir haben das mit dem Chip doch nicht richtig verstanden«, jammerte Kim mit weinerlicher Stimme dazwischen. Lucy hielt sich am Geländer vor dem Schalter fest. Sie hatte nun endgültig das Gefühl, dass ihre Knie nachgaben.

»Jetzt rede doch nicht dazwischen, Kind. Darum geht's hier doch jetzt gar nicht«, stutzte die Betreuerin Kim zurecht.

»Also, bei dem ganzen Chaos, das hier jeden Tag herrscht, kannst du die vier Landeier auch durchlassen«, meinte der jüngere Uniformierte in arrogantem Tonfall zu seinem älteren Kollegen.

»Aber das ist gegen die Vorschrift. Das könnten ja schließlich Staatsfeinde sein«, murrte der.

»Ja natürlich, so wie die vier mirandianischen Hinterwäldler da, hab ich mir schon immer die gefährlichsten Terroristen des Imperiums vorgestellt. Nun lass sie schon durch, dann können sie sich auf Imperia vielleicht mal eine vernünftige Garderobe besorgen.« Er grinste die vier abfällig an. »Außerdem sieh mal, was sich da schon für eine Schlange gebildet hat.«

Der Jüngere zeigte auf eine lange Reihe von Leuten, die sich wartend vor dem Schalter aufgebaut hatten.

»Ach dieser ganze Job macht bloß Ärger«, schimpfte der Ältere.

»Seht bloß zu, dass ihr durchkommt, bevor ich's mir anders überlege«, schnauzte er die vier an und winkte sie durch. Die Betreuerin war beruhigt und ging erhobenen Hauptes davon.

»Was meinte der mit ›Vernünftiger Garderobe‹? Ich denke, wir sind wie Imperianer angezogen?«, fragte Christoph verwirrt.

»Offensichtlich ist das, was wir anhaben, nicht mehr auf dem neusten Stand. Ich glaube, so laufen hier nur noch die vom Lande rum«, meinte Kim mit einer fast so abfälligen Stimme wie der jüngere Angestellte.

»Vor allem hatten die Hosen an!«, maulte Lars.

»Oh schön, dass ihr so ernsthafte Probleme habt«, schnaubte Lucy. Sie hatte das Gefühl jeder müsse ihr ansehen, dass sie jeden Moment vor Angst zusammenbrach.

Sie kamen in eine Kabine, in der etwa zwanzig Personen Platz hatten, und mussten warten, bis sie voll war. Dann ging alles ganz schnell. Es gab eine kurze Ansage, dass das Ziel dieses Transfers Imperia wäre und man ihnen viel Spaß bei dem Besuch wünsche. Dann spürten sie wieder diesen winzigen Moment der Übelkeit und schon waren sie da.

Ein unerwartetes Wiedersehen

Die Wände der Kabine hatten sich auf den ersten Blick nicht verändert. Erst bei genauerem Hinsehen erkannte man, dass sie von Art und Farbe zwar wie die der Station auf Mirander aussahen, tatsächlich aber alles viel neuer und frischer wirkte. Das war auch kein Wunder. Sie waren hier schließlich auf der modernsten und größten Transferstation des Imperiums.

Die Kabine wurde geöffnet und alle Insassen strömten heraus. Die meisten gingen mit schnellen zielstrebigen Schritten in verschiedene Richtungen davon. Nur wenige blieben erst einmal desorientiert stehen wie Lucy und ihre Freunde und sahen sich verwirrt um.

»Habt ihr eine Idee, wo wir hin müssen?«, fragte Lars und blickte in alle Richtungen, die zur Auswahl standen.

»Das Hauptproblem ist, dass ich noch keine Vorstellung davon habe, wo wir eigentlich hinwollen. Hat sich darüber schon mal irgendjemand von euch Gedanken gemacht?«, fragte Christoph, der versuchte, sich an den verschiedenen Wegweisern zu orientieren.

»Also so richtig habe ich darüber noch nicht nachgedacht«, gab Lucy zu. »Aber ich denke, wir sollten hier erst einmal rausgehen, bevor wir auffallen.«

»Und dann suchen wir uns einen Klamottenladen und kaufen uns erst einmal Hosen«, stimmte Lars zu und sah sehnsüchtig auf ein paar imperianische Jungen, die zwar keine Jeans aber wenigstens so eine Art Pumphose trugen.

»Shoppen gehen ist eine Superidee, finde ich.« Kim erwachte auch wieder zum Leben.

»Ja wirklich, 'ne ganz tolle Idee! Hat jemand Geld dabei oder weiß wenigstens, wie so was auf Imperia aussieht«, knurrte Christoph und warf Kim einen gereizten Blick zu. »Da lang scheint es zum Ausgang zu gehen. Lasst uns erst einmal in die Richtung laufen.«

Sie trotteten los, Richtung Ausgang. Nachdem sie ein paar Sperren passiert hatten, an denen aber nur selten ein Stationsbediensteter saß, der die vorbeilaufenden Passagiere auch nur oberflächlich und gelangweilt betrachtete, kamen sie in den Hauptbereich der Anlage. Wenn sie schon auf Mirander über die Größe und die Menschenmenge erschrocken waren, so sprengte dieser Raum wirklich alle Dimensionen.

Tausende von Menschen unterschiedlicher Spezies standen herum, guckten, suchten oder eilten zu irgendwelchen Schaltern und Durchgängen. Lucy hatte sich mittlerweile daran gewöhnt, auch die unterschiedlichen Spezies der Außerirdischen als Menschen zu betrachten. Sie unterschieden sich äußerlich ohnehin kaum von irdischen Menschen. Dass sie zu unterschiedlichen Spezies gehörten, schloss Lucy auch nur daraus, dass nicht alle so perfekt aussahen wie die Imperianer.

Überall in der riesigen Transferstation standen mehr oder minder aufgeregte Gruppen, die miteinander redeten oder irgendwelche schier unlösbaren Probleme zu klären versuchten. Es war ein Rätsel, dass alles trotzdem gedämpft klang und man sich dennoch unterhalten konnte. Dieser riesige Raum schien ein Wunderwerk akustischer Technik zu sein. Er hatte eine ovale Form und war mit einer gigantischen Kuppel als Dach überspannt. Es gab Hunderte von Schaltern, hinter denen sich Gänge befanden. An jedem Schalter stand mindestens ein Bediensteter. Es mussten hier sicher mehrere Hundert Personen arbeiten. Überall hingen elektronische Hinweistafeln, deren Anzeigen sich im Minutenrhythmus erneuerten und neue Transportzeiten zu andren Zielen anzeigten.

»Oh Gott, hier blickt ja keiner durch«, stöhnte Lars.

»Das Gute ist, dass wir hier überhaupt nicht auffallen«, stellte Lucy fest.

»Stimmt, hier gibt es sogar andere Jungs ohne Hosen«, spottete Kim in Lars' Richtung. Lucy warf ihr einen genervten Blick zu. Sie hatte jetzt keine Lust auf solche Witze.

»Wir sollten erst einmal kurz beraten, was wir jetzt machen, bevor wir ziellos weitergehen«, meinte sie.

»Also, wir sollten als Erstes sehen, dass wir uns vernünftige Sachen zum Anziehen besorgen«, versuchte Lars es noch einmal.

»Ich wusste gar nicht, dass dir Klamotten so wichtig sind«, gluckste Kim. Sie konnte kaum einen Lachanfall zurückhalten. Ganz offensichtlich genoss sie es zuzusehen, wie Lars sich vor Peinlichkeit wand.

»Könnt ihr zwei nicht mal aufhören! Wir haben wirklich andere Sorgen, verdammt«, fauchte Lucy. »Wir haben vielleicht nicht gerade die neuste Mode an, aber einen supermodernen Imperianer können wir sowieso nicht spielen. Wir brauchen einen Plan!«

»Stimmt! Ich denke, wir müssen uns überlegen, wo wir bleiben. Das heißt, wo schlafen wir heute Nacht? Wo bekommen wir etwas zu essen her und so weiter?« Christoph war in seinem Element. Er starrte gedankenverloren auf einen Punkt über einer der Anzeigetafeln und redete weiter: »Wir müssen herausfinden, ob es hier so etwas wie Hotels gibt und wie man so etwas bezahlt. Haben die Imperianer überhaupt Geld? Weiß das jemand von euch?«

Die vier Freunde sahen sich fragend an. Alle vier zuckten mit den Schultern. Keiner hatte sich um so etwas gekümmert und in ihrem Unterricht hatten sie nichts darüber gelernt.

»Dann müssen wir das als Erstes herausfinden. Das Einfachste ist sicher, wir suchen uns einen Supermarkt oder so etwas Ähnliches und beobachten einfach im Gedränge ganz unauffällig, wie die Imperianer das machen. Danach beraten wir, wie es weiter geht«, schlug Christoph vor.

»Und wo willst du einen Supermarkt finden?« Lars klang mehr als skeptisch.

»Wenn wir hier in einer der größten Städte des Imperiums sind und dies so etwas wie ein Bahnhof ist, brauchen wir nur hinauszugehen und durch die Straßen zu laufen, dann werden wir schon jede Menge solcher Läden sehen«, entgegnete Christoph.

»Falls das hier aber so etwas Ähnliches wie ein Flughafen ist, liegt er außerhalb der Stadt und draußen ist gar nichts«, murrte Lars.

»Wenn das so ist, gehen wir eben wieder hinein und suchen hier. Nun lasst uns erst einmal rausgehen. Irgendwie hab ich schon das Gefühl, dass wir beobachtet werden.«

Christoph sah sich ängstlich um.

»Jetzt werd' bloß nicht panisch. In dieser Menschenmenge beobachtet uns bestimmt keiner«, meinte Lars jovial, aber auch Lucy war der Meinung, dass sie nicht allzu lange auf einem Platz stehen und einen ratlosen Eindruck machen sollten.

Also steuerten die vier auf den Ausgang zu. Er bestand aus einer Reihe von Türöffnungen von der Art, die sie bereits kannten. Ganze Menschenmassen drängten sich durch diese Türen. Sie reihten sich in eine der Schlangen ein, die sich davor gebildet hatten, und ließen sich von dieser aus der Transferstation herausschieben.

Draußen angekommen mussten sie sich – genau wie unzählige andere Grüppchen auch – erst einmal sortieren und wieder zueinanderfinden. Lucys größte Angst war, dass einer von ihnen in diesem Gedränge abhandenkommen könnte und dann mutterseelenallein in dieser unbekannten Stadt auf diesem fremden Planeten stehen würde. Erst als alle vier wieder beieinanderstanden, fand sie Zeit aufzublicken.

Was sie sah, verschlug ihr buchstäblich den Atem. Sie war mit ihren Eltern bereits in einigen europäischen Großstädten gewesen. Sie kannte amerikanische Städte aus Spielfilmen und aus dem Fernsehen. Auch hatte sie schon einige Fantasien über zukünftige Städte in Science-Fiction Filmen kennengelernt. Wenn sie heimlich von Borek geträumt hatte, hatte sie sich natürlich auch schon selbst verschiedenste Bilder ausgemalt, wie die Hauptstadt des imperianischen Reiches wohl aussehen könnte. Das aber, was sie jetzt sah, hatte sie nicht erwartet.

Direkt vor ihnen waren mehrere Häuserreihen, die vier bis fünf Stockwerke hoch waren. Aber sie waren nicht aus Stein, Metall oder Glas, sondern scheinbar aus dem gleichen Material, mit dem die Raumschiffe ausgekleidet waren, diesem Stoff, der sie immer an Kunstleder erinnerte.

Die Häuser waren auch nicht wie irdische Bauten gerade nach oben gebaut. Sie sahen nicht einmal so aus, als wären sie aus einem Stück. Stattdessen erweckten sie den Eindruck, als ob jede Wohnung direkt auf bzw. neben eine andere gesetzt worden wäre. Sie waren nicht rechteckig wie irdische Häuser, sondern hatten runde Formen, die so aussahen, als wären sie aneinander – Lucy fiel kein besseres Wort ein – gewachsen. Sie ähnelten Pilzen, die an einem Baum wachsen und scheinbar vollständig miteinander und mit der Umgebung verschmelzen.

Dabei waren die Wände der einzelnen Wohnungen nicht gradlinig, sondern wölbten sich in Rundungen nach außen. Die unterschiedlichen Einheiten waren nicht einmal gleich groß, waren aber so gestaltet, dass sie sich perfekt an die sie umgebenden Wohnungen anpassten. Auch die Farben waren nicht identisch, sondern je nach Straßenzeile entweder in verschiedenen Grün- oder verschiedenen Rottönen gehalten.

Die ganze Stadt war aus solchen Häuserzeilen aufgebaut, die vier bis zu zwölf Stockwerke hoch waren. Aus diesen Straßenzügen ragten riesige, einzeln stehende Hochhäuser heraus, die teilweise mit mehr als zwanzig Ebenen in den Himmel wuchsen. Sie bildeten die Silhouette der Stadt. Auch sie waren aus solchen einzelnen wie zusammengeklebt aussehenden Wohneinheiten aufgebaut. Es war kaum zu glauben, dass solch gigantische Gebäude aus solchen Einzelteilen überhaupt zusammenhalten konnten.

In einigen Science-Fiction Filmen hatte Lucy Zukunftsvisionen von Städten gesehen, in denen ein reger Flugverkehr herrschte. Das war in Imperia tatsächlich so. Allerdings auch wieder ganz anders, als sie es sich vorgestellt hatte. Es waren nämlich keine supermodern aussehenden Flugzeuge, die dort in den verschiedensten Höhen durch die Schluchten der Stadt flogen, sondern gigantische Vögel oder zumindest irgendwelche Fluggeräte, die Lucy mehr oder weniger an Vögel erinnerten.

Ihre unterschiedlichen Größen reichten von Sportflugzeugen bis zu Mittelstreckenflugzeugen. Niedrig durch die Straßenschluchten flogen natürlich nur die kleineren Modelle. Die größeren schwebten oberhalb der Häuser. Wie bei irdischen Vögeln bestanden ihre Flügel aus so etwas wie Federn, die sich wie die Schwingen irdischer Vögel bewegten. Sie hatten auch Augen, Beine und Füße, soweit Lucy erkennen konnte. Allerdings war ihre Form teilweise grotesk. Sie waren für Vögel zu breit, hatten keinen richtigen Schnabel und der Kopf war viel zu klein im Verhältnis zum Körper.

»Was ist denn das? Das glaub' ich einfach nicht!«, brachte Lars als Erster hervor. Es traf so in etwa das, was auch Lucy gerade dachte. Besser gesagt, dachte sie eigentlich gar nichts, ihr Hirn war wie blockiert vor Überraschung. Sie hoffte nur, dass ihr Gesichtsausdruck nicht ganz so dämlich aussah, wie der mit dem Lars auf die Kulisse der Stadt starrte.

»Na so was? Hoher Besuch aus Terra«, ertönte da plötzlich eine Stimme hinter ihr. Reflexartig drehte sie sich um. Für einen Moment hatte sie das Gefühl, ihre Knie gäben nach.

Im ganzen Imperium existierten sicher nur drei Personen, von denen sie sich vorstellen konnte, dass sie sie wiedererkennen würden und nun stand eine von diesen Dreien hinter ihr. Das erste Gefühl war pure, nackte Angst. Es hüllte sie ein, als wäre sie in Watte gepackt. Nichts funktionierte mehr. Sie konnte sich nicht mehr bewegen. Sie konnte nicht mehr denken. Sie war völlig blockiert.

Es gab nur eine einzige Person im ganzen Imperium, von der sie sich wünschte, sie wiederzusehen. Es war vollkommen unwahrscheinlich, nein völlig unmöglich, gerade diese hier zu treffen. Und jetzt stand tatsächlich Borek direkt vor ihr. Die zweite Gefühlswelle schwappte über sie hinweg. Plötzlich war die Angst wie weggeblasen, dafür überfiel sie eine absolute Unsicherheit. Ja, es war sogar so etwas wie Scham. Als könnte dieser hübsche Junge ihre Gedanken lesen und all ihre heimlichen Sehnsüchte erkennen. Sie merkte, wie ihr das Blut ins Gesicht und bis in die Ohren strömte. Sie musste knallrot aussehen.

Borek stand vor ihr und lächelte sie liebevoll an. Er wurde von sieben anderen Jugendlichen und Kindern begleitet. Die jüngsten zwei waren sicher nicht viel älter als zehn Jahre und die beiden ältesten, Borek und eines der Mädchen, schätzte sie auf etwa zwei Jahre älter als sich selbst. Alle sahen Lucy erwartungsvoll an. Ihr hatte es im wahrsten Sinn des Wortes die Sprache verschlagen. Ihr fiel einfach nichts ein, was sie hätte sagen können und selbst wenn ihr etwas eingefallen wäre, hätte sie es nicht herausbekommen, bei dem dicken Kloß, der ihr im Hals saß.

»Mensch Lucy, wie machst du das? Wie hast du mich denn gefunden?«, platze da glücklicherweise Borek heraus. »Das ist ja mehr als unwahrscheinlich, dass wir uns gerade hier über den Weg laufen.«

»Äh, …, ja«, stotterte Lucy. Unsicherheit und Scham brannten in ihrem Gesicht.

»Was ist denn eigentlich da oben bei euch los? Seit ich wieder zurück bin, hab ich keinen Kontakt zu Srandro und den anderen gehabt. Solche Kommunikationsprobleme über einen so langen Zeitraum haben wir noch nie vorher gehabt. Ich hoffe, es ist nichts passiert. Geht es allen gut?«

»Ähm ja, allen geht's gut. Allerdings – ähm – haben wir auch kaum Kontakt gehabt. Äh – es ist ja ganz schön was passiert«, stotterte Lucy und hatte das Gefühl, zu klingen, als hätte sie nicht mehr alle Tassen im Schrank.

Lucy sah aus den Augenwinkeln, wie ihre drei Freunde mit bleichen Gesichtern und schreckgeweiteten Augen immer abwechselnd von ihr zu Borek und wieder zurücksahen. Die Armen verstanden sicher noch weniger als sie selbst. Aber auch die Begleiter von Borek sahen verständnislos zwischen den beiden Hin und Her.

»Mensch, aber ihr hättet doch wirklich Bescheid sagen können, dass ihr kommt. Dann hätten wir schon alles vorbereiten können«, plapperte Borek in leicht gekränktem Ton weiter.

»Das hatten wir ja auch vor, aber diese Kommunikationsprobleme – du weißt schon –, wegen denen hat das nicht geklappt.«

Endlich funktionierte Lucys Hirn wenigstens wieder ein bisschen.

»Woran liegt es denn?«, wollte Borek wissen.

»Um ehrlich zu sein, mit dieser Technik kenne ich mich nicht so aus«, gab Lucy zu. Sie entspannte sich zunehmend.

»Oh, Entschuldigung, ich habe euch ja noch gar nicht vorgestellt. Das sind Lucy und ihre Freunde von Terra. Ihr wisst schon die, von der ich euch erzählt habe«, sagte Borek zu seinen Begleitern.

»Das hättet ihr sehen sollen. Lucy – und ihre Freunde natürlich auch – sind mit so einem kleinen Vierpersonenshuttle losgeflogen auf dieses C-Klasse-Schiff zu, das mit PV-Bomben beladen war. Ich sag' euch, alle Typen, die ich auf diesem Schiff und in der Kadettenschule kennengelernt habe, wären schreiend vor Angst davongeflogen. Lucy und ihre Freunde fliegen aber auf das Ding zu und schießen ihre zwei popeligen Torpedos ab. Könnt ihr euch das vorstellen? Nur zwei Torpedos? Und was soll ich euch sagen, sprengen die ganze Bombe und retten den Planeten. So etwas hab' ich echt noch nicht erlebt. Das ist wirklich das Größte, was ich überhaupt von irgendeinem lebenden Wesen gehört habe.«

Borek sprühte vor Begeisterung, seine Augen glänzten und er ruderte wild mit den Armen beim Erzählen. Seine Begleiter sahen Lucy voller Bewunderung an.

»Äh, was sollten wir auch schon anderes tun? Wir hätten doch nirgendwo anders hingekonnt«, sagte Lucy leise und blickte schüchtern zu Boden. Sie war automatisch einen Schritt zurückgetreten, um nicht von Boreks wild gestikulierenden Armen getroffen zu werden.

»Na, hab ich's euch nicht gesagt? Nun spielt sie es auch noch runter«, rief Borek triumphierend seinen Begleitern zu.

Plötzlich änderte sich sein Gesichtsausdruck in Erschrecken und Furcht. Er griff Lucys Arm und zog sie unsanft zu sich heran. Sie hörte ein Donnern wie von Hufen hinter sich. Erschrocken blickte sie sich um. Auf der Straße raste mit unglaublicher Geschwindigkeit etwas heran, das wie ein großes Tier aussah.

Es hatte vier stämmige Beine, die weit ausholen und mit denen es ein extrem hohes Tempo erreichte. Der Kopf war viel zu klein für dieses gewaltige Tier. Dafür war der Körper gigantisch, etwa so groß wie ein irdischer Reisebus. Das Tier – oder was immer es auch war – bremste vor dem Eingang zu der Transferstation ab und blieb stehen. Die Beine knickten ein und es legte sich auf den Bauch.

War Lucy nach dem ersten Schreck über diesen Anblick schon verwundert, so glaubte sie im nächsten Moment, ihren Augen nicht zu trauen. An der Seite dieses Dinges, das sie für ein Tier gehalten hatte, öffnete sich plötzlich eine Tür von der ovalen Form, die sie aus den Raumschiffen und Stationen, in denen sie sich schon aufgehalten hatte, hinlänglich kannte. Aus dieser Öffnung strömten Menschen. Es mussten an die Hundert sein.

»Oh Gott, Lucy«, stöhnte Borek. »Nun kommst du den ganzen Weg bis hierher und dann fällst du fast einem Verkehrsunfall zum Opfer.«

Lucy war so durcheinander und verwirrt, dass sie noch nicht einmal wahrnahm, dass sie sich urplötzlich genau dort befand, wohin sie sich in den letzten Wochen am meisten gewünscht hatte, nämlich in den Armen von Borek.

»Sagt mal, hat man euch nicht auf eine moderne Großstadt vorbereitet? Ihr wirkt so, als seht ihr das alles hier zum ersten Mal«, schaltete sich das älteste Mädchen der Gruppe ein. Sie blickte ziemlich besorgt die vier Terraner an.

»Mensch, jetzt hab ich euch noch gar nicht vorgestellt«, lachte Borek, der Lucy wieder losgelassen hatte. »Das ist Riah. Sie studiert kulturelle Entwicklung. Die könnt ihr wirklich zu allem fragen, was für euch noch neu ist.«

Das angesprochene Mädchen, deren braune Haare wie die aller Jugendlichen zu einem kunstvollen Kurzhaarschnitt geschnitten waren, sah sich besorgt um.

»Hör mal Borek, können wir die Vorstellung nicht zu Hause machen, ich hab das Gefühl, wir werden hier schon komisch angesehen.«

»Du hast recht«, meinte Borek wieder ernst und sah sich auch um. »Lasst uns gehen, wir können uns auch unterwegs unterhalten. Ach ja und dieser grüne Streifen dort an der Seite begrenzt die Straße. Darüber solltet ihr lieber nicht treten, sonst werdet ihr noch von irgendeinem Transportroboter umgerannt.«

Der Trupp marschierte los. Unterwegs fielen Lucy jetzt jede Menge dieser Transportroboter auf. Es gab sie in den verschiedensten Größen. Von kleinen, in denen nur ein einzelner Mensch saß, über zwei- und viersitzige Exemplare bis hin zu Ausmaßen von Reisebussen. Lucy musste sich zusammenreißen, um ihr Erstaunen nicht zu offensichtlich zu zeigen. Sie machten auch so schon den Eindruck, einfach nicht hierherzugehören.

Borek erzählte unterdessen alles Mögliche über die Stadt, zeigte dabei auf bekannte historische Gebäude oder welche mit besonderen Funktionen. Da Lucy sich aber gar nicht auskannte, weder in der imperianischen Geschichte noch im Alltagsleben dieser Menschen oder gar der Politik dieses Staates, konnte sie ihm nicht folgen und vergaß auf der Stelle alles, was er ihr und ihren Freunden erklärte.

»Sag mal, hat man euch auf Terra angeworben und euch gar nicht auf das Leben hier vorbereitet?« Riah ging jetzt neben Lucy und schaute sie ernst an. »Ihr seht wirklich so aus, als würdet ihr hier rein gar nichts kennen.«

»Ähm ja, …, ich meine natürlich nein«, stotterte Lucy. Ihr musste jetzt ganz schnell etwas einfallen. Dann hatte sie spontan eine Idee. Ihr fiel das Gespräch mit Borek auf dem imperianischen Kriegsschiff wieder ein. Sie sah ihn unsicher an. Dazu brauchte sie nicht viel Theater zu spielen.

»Wissen die anderen Bescheid?«, fragte sie ihn.

»Ja natürlich wir sind alle Freunde. Hier kannst du offen reden.« Borek grinste schelmisch über das ganze Gesicht.

»Na ja, dann wisst ihr ja, dass wir auf Terra den Schlüssel stehlen wollten. Das hat aber nicht geklappt. Jetzt sind wir gekommen, um das Gleiche hier zu versuchen«, sagte Lucy. Sie klang unsicher. Es war auch nicht besonders hilfreich, dass ihre drei Freunde sie ansahen, als sei sie nun völlig übergeschnappt.

»Weißt du, die Sache mit dem Schlüssel ist ganz dringend und da war keine Zeit mehr für eine weitere Ausbildung.«

»Das sieht Srandro gar nicht ähnlich. Das ist doch völlig unverantwortlich, euch ohne Informationen über das Leben hier nach Imperia zu schicken. Ihr habt wirklich mehr Glück als Verstand, uns getroffen zu haben.« Riah sah Lucy noch immer ganz ernst an und schüttelte dabei ungläubig mit dem Kopf.

»Also Srandro werde ich echt die Meinung sagen, wenn ich ihn treffe!«, meinte sie und hakte dann nach. »Und ihr wollt wirklich den Schlüssel rauben? Du meinst doch den Schirmschlüssel? Das ist wirklich verrückt. So etwas hat bisher noch keiner versucht, jedenfalls keiner von uns. Aber ich dachte, ihr hättet schon den Schlüssel aus der terranischen Station.«

»Nein, leider nicht, der ist uns verloren gegangen. Ich weiß auch nicht, was da passiert ist. Der hat sich einfach in Luft aufgelöst.« Endlich brauchte Lucy einmal nicht zu lügen. Sie wurde wieder sicherer beim Sprechen.

»Dann war das also doch die Wahrheit, die du Borek erzählt hast – zumindest in diesem Punkt. Wir haben das auch für einen deiner Tricks gehalten und uns schon gefragt, wie du den Schlüssel wohl versteckt hast. Es war ja mehr als unwahrscheinlich, dass er bei den Untersuchungen auf dem Schiff nicht gefunden worden ist.«

»Nee, das war leider kein Trick«, stöhnte Lucy und das Bedauern musste sie nicht einmal spielen.

»Und dann schickt Srandro euch ausgerechnet hierher, um ihn hier zu stehlen? Und wir sollen euch auch noch dabei helfen? Und uns sagt er noch nicht einmal Bescheid? Das kann ja wirklich heiter werden«, stöhnte Riah gereizt. Als sie Lucys erschrockenen Blick sah, lächelte sie allerdings wieder freundlich und meinte: »Entschuldige, natürlich werden wir euch helfen, gar keine Frage. Aber wenn man eine quasi aussichtslose Aktion durchführt und dabei wahrscheinlich sein Leben oder mindestens die Freiheit verliert, könnte einem der große Meister doch wenigstens einmal Bescheid sagen oder noch besser, wenigstens einmal höflich fragen, ob das in Ordnung ist.«

Riah nahm sie freundschaftlich in den Arm. Lucy merkte, wie verspannt sie war. Sie hasste es, so nette, freundliche Menschen anlügen zu müssen. Sie wusste auch noch nicht, ob es nun gut oder eher hinderlich war, hier Verbündete zu haben. Auf jeden Fall würde sie diese Menschen erst ausnutzen und sich dann verdrücken müssen. Sie hasste das wirklich. Das war wirklich das Allerletzte. So ging sie normalerweise mit niemandem um.

In der Zwischenzeit hatten sich zumindest Kim und Christoph so weit von dem ersten Schock erholt, dass sie munter mit Borek plauderten und versuchten, möglichst intelligent klingende Fragen zu seinen Erzählungen zu stellen.

Lucy gab sich Mühe, sich zu entspannen. Sie beobachtete die einzelnen Personen aus dieser Gruppe von Kindern und Jugendlichen. Borek und Riah waren die beiden Ältesten. Sie waren mindestens zwei Jahre älter als sie selbst. Dann war da ein besonders nett aussehender Junge, der nicht sehr viel älter als sie selbst sein konnte. Er hieß Tomid, wie Lucy auf dem Weg erfuhr. Er sah zwar nett aus, schien aber ziemlich schüchtern zu sein. Jedenfalls redete er nicht viel. Dann war da ein weiterer Junge, der sie und ihre Freunde besonders kritisch betrachtete. Lucy hatte das Gefühl, dass er sich ihnen einerseits in der typischen imperianischen Manier überlegen fühlte und andererseits auch nicht besonders glücklich war, sie überhaupt getroffen zu haben. Er hieß Belian.

Alle Mitglieder dieses kleinen Trupps von Imperianern waren besonders hübsch, als wären sie alle Models für irgendwelche Modezeitschriften. Auch wenn sie alle dem gleichen Schönheitsideal zu entsprechen schienen und zum Beispiel sehr ebenmäßige, makellos geschnittene Gesichter hatten, so sahen sie doch alle sehr verschieden aus. Alle auch auf der Erde vertretenen Haarfarben waren unter den Jugendlichen vorhanden. Ihre Augen hatten verschiedene Formen und Farben und auch die Hautfarben variierten von Blass-Weiß über Braun und Oliv bis zu Schwarz.

Das Mädchen, das Lucy persönlich am hübschesten fand, hatte schwarze Haut und große, freundliche, dunkelbraune, fast schwarze Augen. Ihr Name war Kara und sie schien immer zu einem Spaß aufgelegt, insbesondere wenn sie damit einen anderen der Gruppe necken konnte.

Nachdem sie etwa zwanzig Minuten zu Fuß zurückgelegt hatten, kamen sie in eine Gegend, in der die Häuser nicht mehr ganz so hoch waren. Borek ging scheinbar der Gesprächsstoff aus, vielleicht waren aber auch einfach keine interessanten Bauten mehr in diesem Stadtteil, die er den Vieren zeigen konnte. Es entstand eine Pause, in der sie still weitergingen, bis Kim in ihrem üblichen Plauderton fragte:

»Wo gehen wir eigentlich hin? Ich meine, wo wohnt ihr? Hast du schon eine eigene Wohnung oder lebst du noch bei deinen Eltern? Ich meine, wir können ja wohl schlecht hier mit vier Leuten bei deinen Eltern auftauchen, und da für ein paar Tage untertauchen.«

Urplötzlich waren alle Imperianer noch stiller. Sie sahen auf ihre Füße, die den Weg fortsetzten. Lucy nahm wahr, dass alle leicht erröteten. Bis auf Kara, aber der sah man es bei ihrer schwarzen Haut wahrscheinlich einfach nicht an. Sie war es dann auch, die in die Stille mit gepresster Stimme und ohne aufzublicken, antwortete:

»Gibt es nicht.«

»Wie ›gibt es nicht‹? Ihr müsst doch eine Wohnung haben!«, platzte Kim heraus, die offensichtlich die Reaktionen der imperianischen Jugendlichen übersehen hatte.

»Klar haben wir 'ne Wohnung! Das andere gibt's nicht«, presste Kara zwischen den Zähnen hervor.

Kim sah verwirrt zwischen Lucy, Kara und den anderen Hin und Her. Dann schien sie zu verstehen.

»Oh, ihr habt keine Eltern, ihr seid Waisenkinder. Das tut mir leid.«

Mitleid schwang in Kims Stimme mit.

»Nein, es gibt so etwas bei uns nicht.« Karas Stimme klang immer gepresster und leiser.

»Was gibt es nicht? Eltern?«, fragte Kim und ihr Gesichtsausdruck spiegelte ihre völlige Verwirrung wider.

»Ja«, knurrte Kara.

»Quatsch, jeder hat Eltern! Irgendjemand muss euch doch schließlich geboren haben!«, rief Kim aus.

Die beiden Jüngsten der Gruppe begannen verschämt zu kichern und stießen sich gegenseitig mit den Armen an. Es waren ein Junge namens Daro und ein Mädchen namens Nuri. Beide waren etwa zehn Jahre alt. Ein weiteres hellblondes Mädchen mit besonders heller Haut, das vielleicht ein Jahr jünger als Lucy war, hatte eine Gesichtsfarbe, die noch stärker an eine Tomate erinnerte, als Lucys bei ihrem Wiedersehen mit Borek. Sie hieß Luwa, wie die vier Terraner ein wenig später erfahren sollte.

»Lauft schon mal vor ihr drei und deckt den Tisch«, kommandierte Riah freundlich aber bestimmt. Die drei rannten los. Sie waren offensichtlich froh, aus der Situation herausgekommen zu sein.

Riah legte Belian die Hand beruhigend auf den Arm, der nicht nur rot angelaufen, sondern scheinbar auch wütend war.

»Sie haben sie völlig unvorbereitet hierher geschickt«, sagte sie zu ihm.

»Vor den Kindern, verdammt!«, murrte er.

»Sie können nichts dafür, sie wissen von nichts«, redete Riah beruhigend auf ihn ein. Belian beschleunigte seinen Schritt und murmelte etwas vor sich hin. Lucy glaubte das Wort ›Primitive‹, verstanden zu haben.

An Kim gewandt meinte Riah: »Wir sollten das – äh – Thema hier auf der Straße lassen. Ich erzähle euch gleich ein paar Dinge, die ihr noch nicht wisst, aber dazu muss ich ein wenig länger ausholen. Lasst uns in unsere Wohnung gehen, da können wir erst einmal etwas essen und danach setzen Borek und ich uns mit euch zusammen.«

»Und was ist mit mir?«, quasselte Kara dazwischen. »Darf ich vielleicht auch dabei sein?«

Dabei warf sie Lars einen interessierten Blick zu, der Lucy schon mehrfach in den letzten zwanzig Minuten aufgefallen war.

»Vorm Essen solltet ihr euch aber umziehen. Auf eurem Planeten seid ihr ja furchtbar hinter der Mode zurück«, grinste sie Lars an und sah demonstrativ auf seine nackten Beine.

»Auf unserem Planeten?«, platzte Lars heraus. Er war im Gegensatz zu den anderen drei Terranern merkwürdig still gewesen. Jetzt war klar, dass es seine fehlenden Hosen waren, die ihn so unsicher machten. »Auf unserem Planeten hätte ich so einen Quatsch nie angezogen. Das haben wir doch nur gemacht, weil wir dachten, ihr lauft hier so dämlich herum.«

Kara hielt sich den Mund und bog sich vor Lachen.

»Klar«, prustete sie. »Vor zehn oder zwanzig Jahren war das mal ganz große Mode. Heute läuft man so nur noch in der tiefsten Provinz herum.«

Lars warf Kim und Lucy abwechselnd einen bitterbösen Blick zu. Lucy konnte sich auch nicht mehr zusammenreißen und musste von Kara angesteckt auch kichern, obwohl sie selbst genauso veraltete Klamotten trug. Imperianer machten ja zwischen der Kleidung von Männern und Frauen keine Unterschiede. Nur Kim schien tief in Gedanken versunken. Selbst ihr Lieblingsthema ließ sie diesmal völlig kalt. Sie sah tief besorgt aus.

Einige Minuten später kamen sie an der Wohnung an, in der Borek und seine Freunde wohnten. Sie lag im ersten Stock eines vierstöckigen Hauses. Sie erreichten das Stockwerk über eine Treppe. Das Treppenhaus war ähnlich wie alle imperianischen Räume, die Lucy bisher gesehen hatte, weder rechtwinklig noch mit vollkommen geraden Wänden. Auch die Treppenstufen waren nicht völlig identisch. Dennoch schien viel Wert darauf gelegt worden zu sein, dass man sie bequem begehen konnte.

Aufklärung

Als sie in die Wohnung kamen, war der Tisch schon gedeckt und die Jüngeren, die vorgelaufen waren, saßen schon auf Stühlen um ihn herum und warteten auf die anderen. Lucy hatte zwar schon Bekanntschaft mit diesen lustigen, laufenden Sitzgelegenheiten gemacht, trotzdem erschrak sie, als plötzlich einer ohne Aufforderung hinter ihr stand und sie selbstständig in eine bequeme Stellung vor den Tisch brachte, nachdem sie sich gesetzt hatte.

Das Abendessen verlief eher ruhig. Lucy musste sich zwingen, überhaupt etwas zu sich zu nehmen. Am liebsten wäre sie jetzt mit Borek allein gewesen, obwohl sie sich gerade davor auch fürchtete. Sie unterhielten sich vor allem über das Essen, das aus Zutaten bestand, die die vier natürlich nicht kannten. Dazu war es fremdartig gewürzt.

Lucy empfand den Geschmack als etwas gewöhnungsbedürftig. Trotzdem gelang es ihr, wenigstens einen Anstandshappen hinunterzubringen. Während des ganzen Abendessens sahen insbesondere die beiden Jüngsten die vier Freunde scheu aber neugierig an. Lucy fragte sich, was Kim wohl falsch gemacht hatte und was Riah den beiden erzählt haben mochte.

Nach dem Essen wurden die beiden Kinder, Nuri und Daro, hinausgeschickt, was natürlich nicht ohne Protest der beiden ablief. Die anderen imperianischen Jugendlichen blieben zusammen mit den vier Freunden am Tisch sitzen.

»Also vielleicht sollte ich mal anfangen euch ein wenig von unserem Leben hier auf Imperia zu berichten«, begann Riah. »Ich bin mir zwar sicher, Borek brennt darauf, Lucy alles selbst zu erzählen, leider hat er sich aber noch nie so richtig für kulturelle Entwicklung interessiert. Obwohl er schon auf mehr Planeten war, als wir anderen hier zusammen, hat er sich noch keinen wirklich genau angesehen.«

Riah lächelte Borek neckisch an, der ebenso frech zurückgrinste und bedauernd die Hände hob.

»Das Hauptproblem ist, fürchte ich, dass wir nicht so genau überblicken, was ihr noch nicht wisst und was bei euch anders ist. So gut kenne ich mich mit Terra leider auch nicht aus, aber wahrscheinlich schon ein bisschen besser als die anderen hier.« Riah lächelte Lucy, Kim und die beiden Jungs freundlich an. Lucy fiel auf, dass sie wunderschöne warm-braune Augen in dem ebenmäßigen Gesicht hatte. Unterstrichen wurden diese noch durch fast schwarze Brauen und Wimpern, die ein ganzes Stück dunkler als die braunen Haare waren, sodass sie sich schon fragte, inwieweit auch Imperianer ihrem Aussehen kosmetisch nachhalfen.

»Ich glaube, ich beginne damit, euch ein paar Hintergründe zu erzählen, von denen ich meine, dass ihr sie nicht kennt, aber sie verstehen müsst, wenn ihr hier mit dem Leben zurechtkommen wollt. Die anderen hier können im Übrigen dabei vielleicht auch ein wenig mehr über andere Spezies und unsere eigene Entwicklung lernen.«

Riah lächelte die vier wieder herzlich an. Lucy vermutete, dass sie sich große Mühe gab, nett zu ihnen zu sein und nicht den Eindruck von üblicher imperianischer Arroganz zu vermitteln.

»Der Hauptunterschied zwischen unseren beiden Kulturen ist, dass ihr noch im Metallzeitalter lebt, während wir uns entwicklungsgeschichtlich bereits im Biologiezeitalter befinden«, begann sie, wurde aber sofort von Lars unterbrochen. Er hatte sein Selbstbewusstsein wieder gefunden, nachdem die vier Freunde neue Kleidung bekommen hatten, zu der diesmal auch die von ihm vermissten Hosen gehörten.

»Also das ist nicht richtig. Wir haben sowohl die Bronze- als auch die Eisenzeit hinter uns und leben jetzt in der Neuzeit«, verkündete er stolz. Immerhin hatte er tatsächlich etwas aus dem Geschichtsunterricht behalten und wollte sich auf keinen Fall als irgend so einen Primitivling hinstellen lassen. Lucy fiel auf, dass Kara ihn interessiert beobachtete und, als Lars sich erregte, belustigt lächelte.

»Natürlich habt ihr eigene Unterrubriken für die geschichtliche Entwicklung gebildet. Das gibt es bei uns auch, die sind aber für das, was ich euch jetzt erklären will, nicht so wichtig. Entschuldigt bitte, ich möchte jetzt nicht arrogant oder überlegen klingen, aber wenn ihr bestimmte Dinge auf diesem Planeten und von unserer Gesellschaft verstehen wollt, müssen wir vorab über ein paar Tatsachen reden.«

Riah schenkte Lars ein bezauberndes Lächeln, was ihn tatsächlich so weit dahinschmelzen ließ, dass er sich etwas entspannte und bereit war, weiter zuzuhören. Riah lächelte auch die anderen drei an. Auf Christoph wirkte es genauso wie auf Lucy, die Riah – neben Borek natürlich – am sympathischsten von seinen Freunden fand. Bei Kim schienen das Lächeln und die vorsichtige Art überhaupt nicht anzukommen. Sie behielt ihre feindselige und abweisende Haltung bei. Riah erzählte unbeeindruckt weiter:

»Also unsere Wissenschaft unterscheidet drei Hauptphasen der kulturellen Entwicklung. Die Steinzeit ist die bisher längste Phase. Der moderne Mensch ist auf unserem Planeten – genauso wie auf eurem im Übrigen – etwas mehr als hunderttausend Jahre alt. Die meiste Zeit davon hat er in der Steinzeit verbracht. Er hat seine Werkzeuge nur aus Stein und zumindest in der Endphase auch aus anderen ›gewachsenen‹ Materialien wie Holz, Knochen oder anderen Pflanzen- oder Tierteilen hergestellt.

Dann kam das, was wir das Metallzeitalter nennen. In dieser Zeit wurden auch andere Stoffe als Werkzeuge verwand, zu deren Herstellung schon ausgereiftere Techniken benötigt wurden.«

»Aber wir benutzen schon sehr viele andere Materialien, nicht nur Metall, sondern auch Glas, Kunststoff, Silizium und alles Mögliche.« Lars meinte, sich und den Rest der irdischen Menschheit doch noch einmal verteidigen zu müssen. Kara grinste noch breiter. Sie schien es ungeheuer lustig zu finden, wie Lars sich ereiferte. Riah warf Kara einen warnenden Blick zu und fuhr dann geduldig fort zu erklären:

»Metallzeitalter ist ja auch nur so ein Name. Es soll einfach ausdrücken, dass schon wesentlich anspruchsvollere Materialien genutzt werden als in der Steinzeit, aber eben nur tote Materie.

In der Biologiezeit werden diese Werkstoffe nur noch ganz selten und fast ausschließlich aus künstlerischen oder gestalterischen Gründen benutzt. Wir stellen unsere Gebrauchsgegenstände sozusagen nicht mehr her, sondern wir manipulieren entsprechende Chromosomen und Gene und lassen sie dann wachsen. Zum Beispiel diese Stühle, auf denen ihr sitzt. Wie ihr sicher gemerkt habt, sind das keine statischen Gegenstände aus toter Materie, sondern Roboter auf biologischer Grundlage. Sie sind nach den Vorgaben der Ingenieure gewachsen.«

»Wie? Dann habt ihr die nicht gebaut? Aber wie funktioniert denn so was?«, fragte Christoph nach. Lucy hatte schon während des ganzen Gesprächs beobachtet, wie er immer interessierter zugehört hatte. Das war natürlich exakt sein Metier.

»Also ganz genau kann ich dir das auch nicht sagen. Ich bin schließlich keine Maschinenbauingenieurin, aber es wird eine Zelle mit speziellen Genen, Chromosomen, Zellkern und so weiter hergestellt. Diese bildet dann so etwas Ähnliches wie ein Ei, das sich dann wiederum in bestimmten, dafür konstruierten Robotern weiterentwickelt, bis es dann selbstständig wachsen kann, wie zum Beispiel eine Pflanze oder ein Tier. Wenn es dann ausgewachsen ist, kann es eingesetzt werden wie diese Stühle hier.«

»Iih, dann ist das ja ein Tier«, schrie Kim entsetzt und sprang auf. Der Stuhlroboter flog ein Stück nach hinten, rappelte sich wieder auf und trippelte brav hinter Kims Hintern, die sich erschrocken nach diesem Ding umsah. Neben Kara saß Luwa, die Jüngste in dem Raum. Sie konnte sich nicht mehr zurückhalten. Mit der einer Hand hielt sie sich an der ebenfalls leise glucksenden Kara fest, die andere presste sie an den Mund und gackerte los. Unter Tränen prustete sie: »Das ist doch nur ein Roboter – ein Stuhl!«

Riah sah die beiden bitterböse an und schnauzte:

»Habt ihr mich nicht verstanden, die vier kennen keine Roboter. Sie sind nicht an Maschinen auf biologischer Basis gewöhnt. Wir sind hier, um ihnen das verständlich zu machen und nicht, um wie Kleinkinder herumzukichern.«

Das blonde Mädchen wurde knallrot und sah betroffen zu Boden. Kara grinste dagegen Riah frech an und hob entschuldigend die Hände.

»Mensch Riah, nun sei doch nicht immer so ernst. Wir sind doch hier nicht in einem deiner Seminare. Wir sind unter Freunden und können doch wohl auch mal einen Scherz machen. Ich bin mir sicher, auch auf Terra versteht man Spaß«, sagte sie entschuldigend und grinste noch einmal frech in die Runde. Die beiden Jungen nickten begeistert und auch Lucy lächelte zurück.

Als sie allerdings Kims bösen Blick sah, war ihr klar, dass es keineswegs sicher war, dass wirklich alle Spaß verstanden. Das würde schon allein deshalb nicht der Fall sein, weil Christoph ganz begeistert in Karas Richtung blickte.

»Zurück zu unserem Thema«, machte Riah weiter. »Das ist genau das, was für euch jetzt etwas schwierig sein wird zu verstehen. So ziemlich alles, was ihr hier seht und mit dem ihr hier umgeht, ist auf biologischer Grundlage entstanden. Auch wenn die beiden Mädels sich wie kleinmädchenhafte Kichererbsen benehmen, so haben sie im Grunde recht. Diese Dinge sind keine Tiere und auch keine Pflanzen, es sind Roboter, auch wenn sie einen biologischen Ursprung haben, der bis zu einem gewissen Grad vielleicht eher an den eines Tieres, einer Pflanze oder eines Pilzes erinnert.«

Sie unterbrach sich und sagte an Kim gerichtet, das erste Mal mit einem leicht ungeduldigen Unterton in der Stimme: »Und nun setz dich endlich wieder hin! Der tut nichts. Der wurde konstruiert, um darauf zu sitzen!«

Ganz vorsichtig setzte Kim sich wieder auf den Stuhl. Ein bisschen mehr Mühe könnte sie sich wirklich geben, nicht völlig primitiv zu wirken, fand Lucy. Aber das war jetzt wahrscheinlich so oder so zu spät.

»Roboter ist bei uns ein ziemlich weit gefasster Begriff«, erzählte Riah weiter. »Wir nennen heute eigentlich alle Maschinen so, weil diese fast alle auch eine eigenständige künstliche Intelligenz haben, also die Fähigkeit, gewisse vorgegebene Dinge selbständig zu erledigen. Euch ist sicher schon bei diesen Stühlen aufgefallen, dass sie optische Sensoren, also so etwas wie einfache Augen haben, die Bewegungen von Menschen wahrnehmen. Sie haben auch akustische Detektoren, also so etwas wie einfache Ohren, mit denen sie menschliche Geräusche, ja sogar Sprache erfassen können. Sie besitzen auch eine zentrale Verarbeitungseinheit, so etwas Ähnliches wie das Gehirn eines niederen Tieres, das nur darauf spezialisiert ist, aus den unterschiedlichen Sensoren zu erkennen, ob ein Mensch sich setzen möchte. Dann kommt der Roboter sofort angelaufen und stellt sich bereit.«

Wie auf Kommando betrat ein Haushaltsroboter das Zimmer und begann, den Tisch abzuräumen. Er sah ganz ähnlich aus, wie die Bedienung, die Lucy in dem Aufenthaltsraum in der unterirdischen Station der Imperianer auf Imperia kennengelernt hatte. Auch er ging im Prinzip wie ein Mensch und bewegte sich auch ansonsten so. Aber er hatte keinen menschlich aussehenden Kopf, keine Gesichtszüge und keine Haare, Wimpern oder Ähnliches. Seine Augen erinnerten eher an moderne Kameras, auch wenn sie primitive Lider hatten, die sich öffnen und schließen ließen. Die Ohren waren nur angedeutet.

Lucy war so in die Betrachtung der biologischen Maschine versunken, dass sie fast nicht mitbekommen hätte, dass Christoph weitere Fragen stellte.

»Gut, das mit den Robotern ist klar«, sagte er gerade. »Du hast gesagt, fast alle Maschinen sind so konstruiert. Aber was ist mit euren Häusern, die sehen auch so komisch aus, woraus bestehen die denn?«

»Hm, jetzt hab ich ganz vergessen, dass bei euch Wohnungen etwas Statisches sind«, antwortete Riah nachdenklich. »Ihr unterscheidet nach Häusern und den Geräten darin. Bei uns sind viele Dinge gemeinsam gewachsen und nicht zu trennen. Unsere Häuser sind Maschinen, also Roboter. In die Wohneinheiten sind Heizung und Klimaanlage integriert. Sie sind aufgebaut wie eine Pflanze mit Anteilen von Pilzen und Tieren. Es gibt zum Beispiel Stellen im Haus – ihr würdet das wohl einen Herd nennen – die werden so heiß, dass die Haushaltsroboter darauf Essen kochen können. Ansonsten fließen durch die Wände Säfte, die die Wohnung das ganze Jahr über auf etwa der gleichen Temperatur halten.«

»Wie ihr das in euren primitiven Höhlen den Winter über aushaltet, verstehe ich sowieso nicht«, warf Belian ein. Er mochte etwa ein Jahr älter sein als Lucy und war körperlich sicher der hübscheste der imperianischen Jungs in der Clique. Allerdings fand Lucy seine hochmütige Art absolut abstoßend. Er kam innerhalb der Gruppe dem Vorurteil des arroganten Imperianers am nächsten.

»Wir leben nicht in Höhlen, sondern in Häusern«, polterte Lars sofort los. Offensichtlich war Lucy mit ihrer Abneigung gegen Belian nicht allein.

»Also das, was ihr Häuser nennt, ist doch auch nichts großartig anderes als eine Höhle, die man selbst aus Steinen und ein paar anderen primitiven Materialien zusammengebastelt hat«, antwortete Belian ungerührt. Er handelte sich damit allerdings einen tadelnden Blick von Riah ein, die schnippisch erwiderte:

»Wenn du schon nicht im Geschichtsunterricht aufgepasst hast, hättest du wenigstens mir eben zuhören können. Terra befindet sich im Metallzeitalter und nicht in der Steinzeit. Ich finde, es zeugt nicht gerade von einem besonderen Niveau, wenn man solch entscheidende Unterschiede übersieht.«

Belian zuckte nur gelangweilt mit den Schultern und lümmelte sich betont lässig in seinen Stuhl. Es war klar, dass sicher nicht alle der am Tisch sitzenden Jugendlichen Freunde werden würden.

Christoph rutschte schon ungeduldig auf seinem Stuhl herum. Er hatte keine Lust auf diese kleinlichen Streitereien. Er brannte vor Neugier und wollte seine Fragen loswerden.

»Heißt das, dass auch die Raumschiffe auf biologischer Basis arbeiten?«, fragte er dann auch sofort, nachdem Riah ihren strafenden Blick von Belian abgewandt hatte.

»Ja klar!«, platzte Borek dazwischen. Seine Augen leuchteten stolz. Dies war anscheinend eines seiner Themen.

»Das sind absolute Hightech-Kunstwerke. Wie ihr euch denken könnt, können weder Pflanzen noch Pilze und schon gar keine Tiere, die auf irgendeinem Planeten existieren, über längere Zeit im Weltraum überleben. Für die Entwicklung von Raumschiffen konnte man deshalb nicht einfach irgendwelche in der Natur vorhandenen biologischen Teile nehmen und sie anders zusammenwürfeln, wie das bei den meisten Robotern der Fall ist, sondern man musste ganz neuartige Wege gehen.

Die Haut eines Raumfahrzeugs hat ganz andere Eigenschaften als die eines Tieres oder anderen Lebewesens. Hier hat man ganz neue Dinge erforscht und in die üblichen, biologischen Prozesse eingebaut. Es hat mehrere Hundert Jahre Forschung gebraucht, bis man das erste weltraumtüchtige Schiff auf biologischer Basis konstruiert hatte.«

Begeistert sah er in die Runde Christoph schaute anerkennend zurück, während Lucys Gehirn völlig blockiert war. Sie wusste, dass sie Borek wie ein naives Honigkuchenpferd angrinste, aber sie konnte absolut nichts dagegen machen. Kim schien das Gesagte gar nicht zu gefallen und auch Lars sah plötzlich so aus, als sei er mit seinen Gedanken ganz woanders.

»Also, was ich mich gerade frage ist, ob das nicht wahnsinnig riskant ist, wenn man mit biologischem Erbgut herumspielt. Bei uns auf der Erde – ich meine natürlich: Terra – gibt es viele Leute, die das für extrem gefährlich halten und dagegen protestieren«, warf er ein.

»Nicht, wenn man weiß, was man tut. In so unterentwickelten Kulturen wie eurer ist das natürlich extrem gefährlich«, warf Belian wieder in dem arrogantesten Tonfall ein, den Lucy jemals gehört hatte. Sie hatte nicht schlecht Lust, diesen eingebildeten Idioten vom Stuhl zu schubsen. Es war ein Wunder, dass Lars so ruhig blieb. Aber das lag vielleicht auch einfach daran, dass Kara während Belians Kommentar die Augen verdreht und Lars augenzwinkernd zugelächelt hatte. Er hatte sich offensichtlich auf die Taktik verlegt, diesen Idioten zu ignorieren und sah stattdessen betont ruhig Riah an. Riah überging ebenfalls Belians Einwurf.

»Ihr seid in der Tat an einem ganz gefährlichen Punkt eurer Entwicklung angekommen«, sagte sie. »Ihr steht kulturell gesehen am Ende des Metallzeitalters.«

»Woran erkennt man das eigentlich?«, fragte Christoph nach. »Ich meine, wie Lars schon sagte, die ersten Biotechnologien gibt es bei uns doch auch schon.«

»Die Übergänge zwischen den Epochen sind natürlich nicht völlig klar abgegrenzt.« Riah wand sich ein wenig und fuhr sich unsicher durch die Haare. »Also man kann nicht sagen, wenn die ersten biologischen Technologien erfunden sind, ist das Metallzeitalter vorbei und das Biologiezeitalter beginnt. Tatsache ist, dass bei euch noch fast alle Dinge aus toten Materialien hergestellt werden, darum kann man eure Kultur schon recht eindeutig dem Metallzeitalter zuordnen. Allerdings geht ihr gerade in die Übergangszeit zwischen den beiden Epochen.«

»Ich weiß gar nicht, warum man das alles braucht«, platzte Kim dazwischen. »Warum müsst ihr denn irgendwelche netten Tiere in so ekelige Roboter umprogrammieren? Ich sitze viel lieber auf einem bequemen Holzstuhl als auf diesen komischen Maschinen, von denen man nie weiß, ob sie einen nicht fallen lassen. Und meinen Stuhl kann ich auch allein an einen Tisch ziehen. Der muss nun wirklich nicht selbst dahin laufen.«

Lars und Lucy vor allem aber Christoph sahen Kim verwirrt und leicht verärgert an. Alle drei fanden diese neue, ungewohnte Welt faszinierend und wollten gerne mehr darüber erfahren. Keiner von ihnen konnte nachvollziehen, warum Kim ständig etwas auszusetzen hatte. Nur Riah reagierte verständnisvoll. Freundlich, ja fast schon liebevoll, lächelte sie Kim an und redete weiter.

»Ich weiß, für euch ist das hier völlig neu und auch ein bisschen erschreckend, aber es gibt dafür Gründe. Natürlich hat man keine biologischen Roboter erfunden, weil man laufende Stühle haben wollte. Das hat sich erst später so aus Bequemlichkeit ergeben. Ein paar Jahrhunderte lang waren diese Stühle zwar auf biologischer Grundlage gewachsen aber statisch. Man musste sie genauso wie eure Holzstühle selbst hin und her schieben. Wenn du erst mal eine Weile hier warst, wirst du sehen, wie bequem es ist, dass der Stuhl das für dich selbstständig erledigt.

Ekelig sind sie auch nicht und es sind keine Tiere. Es sind Roboter. Sie werden programmiert. Sie wachsen auf und erfüllen dann ihren Zweck. Sie können nur in der von Menschen vorgegebenen Umgebung existieren. Wenn ihre Zeit abgelaufen ist, stellen sie ihre Funktion ein und werden der Wiederverwertung zugeführt. Ein Tier lebt selbstständig, vermehrt sich und kann zumindest in bestimmten Grenzen auch seinen Lebensraum wechseln und seine Nahrung selbst suchen. Biologische Maschinen sind darauf angewiesen, dass letztendlich Menschen ihnen ihre Energie zukommen lassen. So nennen wir das, obwohl es zumindest bei tierähnlichen Robotern an das Füttern von Tieren erinnert.

Aber zurück zu deiner Frage. Biotechnologie ist einfach die fortgeschrittenste aller Technik, die man im bekannten Teil der Galaxis kennt. Sie hat gegenüber allen anderen Technologien einen gewaltigen Vorteil, nämlich, dass man mit ihr einen großen geschlossenen Kreislauf aufbaut.

Gerade in eurem Metallzeitalter produziert ihr jede Menge Müll. Darunter extrem lebensfeindliche Materialien, die ihr einfach irgendwohin kippt oder unter die Erde buddelt oder noch schlimmer in eure Meere schüttet. Ihr blast Gase in die Luft, die die Grundlage eures gesamten biologischen Kreislaufs verändern und ihr wisst dabei noch nicht einmal, wie die Auswirkungen davon tatsächlich sind. Kurz gesagt: Ihr macht euren ganzen Planeten kaputt.

Um das zu verhindern, muss jede menschliche Kultur einen Weg zu einem geschlossenen, biologischen Kreislauf finden. Dafür gibt es aber nur zwei Möglichkeiten. Die erste ist, ihr geht zurück in die Steinzeit und passt euch wie die Tiere den vorgegebenen natürlichen Bedingungen an. Das halte ich persönlich aber weder für durchführbar noch für erstrebenswert. Die zweite Möglichkeit ist, ihr erforscht biologische Vorgänge und macht euch diese zunutze und stellt alles, was ihr an Technologie braucht oder haben wollt, auf biologische Prozesse um. Dann seid ihr im Biologiezeitalter angekommen.«

Nachdem der Haushaltsroboter seine Arbeiten erledigt hatte, kam plötzlich eine zweite biologische Maschine auf vier Beinen herein, die Lucy irgendwie an einen kleinen Elefanten erinnerte. Das lag vor allem daran, dass der schmale, nicht sehr ausgeprägten Kopf in einen langen Rüssel überging. Allerdings hatte der Rüssel aber wenig mit dem eines Elefanten zu tun. Er war keine verlängerte Nase, sondern ein verlängerter Mund mit Zunge und kleinen Zähnen.

Dieses Gerät war ein biologischer Staubsauger, ein Roboter, der extra zur Reinigung von Böden, Wänden und anderen Flächen konstruiert war. Er lief auf seinen kurzen stämmigen Beinen durch die ganze Wohnung und fraß alles, was auf dem Boden und dem Tisch gelandet war oder was sich als Staub an den Wänden oder anderen Abstellflächen abgelagert hatte. Er nahm alles über seinen Rüssel auf und schluckte es in den tonnenförmigen Bauch hinein.

Wieder war Lucy abgelenkt durch die Betrachtung dieses grotesk aussehenden Roboters. So einen hätte sie sich für ihr Zimmer zu Hause auf Terra gewünscht. Fast hätte sie Lars' besorgte Frage nicht mitbekommen.

»Aber kann das Experimentieren mit biologischem Erbgut nicht fürchterlich leicht außer Kontrolle geraten? Können dabei nicht neue Viren und Bakterien entstehen, die unbekannte, vielleicht sogar tödliche Krankheiten verursachen?«

»Genau das ist der Punkt. Gerade die Übergangszeit ist extrem gefährlich. Eigentlich gilt das für alle Übergangszeiten. Immer wenn man sich mit irgendetwas nicht auskennt und drauflos forscht und entwickelt, können gefährliche Dinge dabei herauskommen. Nehmt zum Beispiel die Kernenergie. Durch die Spaltung von in der Umwelt existierenden Atomkernen entstehen radioaktive Stoffe, die auf eurem Planeten schon lange zerfallen waren. Sie waren also nicht mehr vorhanden, bevor es überhaupt Leben dort gab. Wenn die jetzt in eure Umwelt gelangen, werden sie großen Schaden für Tiere, Pflanzen und vor allem für Menschen bringen.

Bei biologischen Prozessen ist das natürlich noch viel gefährlicher. Wenn man solche Abläufe beeinflusst, kann es passieren, dass sie sich verselbstständigen. Neue Bakterien oder Viren können sich vermehren und unkontrolliert ausbreiten. Daher ist es absolut wichtig zu wissen, was man tut. Biologische Maschinen müssen zum Beispiel so konstruiert sein, dass sie sich auf gar keinen Fall fortpflanzen können. Von Viren oder Bakterien lässt man am besten ganz die Finger und so weiter.«

»Aber das ist doch in der Übergangszeit gar nicht möglich«, warf Christoph ein. »Wie soll man denn etwas erforschen, wenn man gar nichts verändern darf?«

»Das ist genau das Problem. In fast allen Kulturen, die bisher bekannt sind, wurde zwar grundsätzlich die Gefahr erkannt, es wurde aber trotzdem weiter geforscht und entwickelt. Diese Übergangszeit ist für alle Völker, die sie ungestört durchlaufen haben, eine Zeit der großen Katastrophen und Leiden gewesen. Unsere Kultur ist damals fast ausgerottet worden. Achtzig Prozent aller Imperianer sind in der größten Krise gestorben und das war nur die größte von mehr als einem Dutzend großer Krisen. Immer ist irgendein biologisch veränderter Organismus in das Lebensumfeld geraten und hat unglaublichen Schaden angerichtet.

Ja und das ist zumindest der offizielle Grund, weswegen unsere Regierung beschlossen hat, euren Planeten zu übernehmen. Man befürchtet, dass ihr in den nächsten Jahrzehnten in eine schwere Krise aufgrund eurer biologischen Forschungen geraten werdet.«

»Und was ist der wahre Grund?«, fragte Kim nach, die sich plötzlich für das Gespräch zu interessieren begann.

»Das ist eine komplizierte Sache, die von uns keiner so richtig versteht. Es gibt das Gerücht, dass der Krieg zwischen den Aranaern und dem Imperium eskaliert und man euren Planeten sichern will.«

»Du meinst, einkassieren will«, knurrte Kim.

»Na ja, du willst ihn ja wohl nicht den Aranaern überlassen?«, antwortet Riah und lächelte sie vielsagend an. Lucy warf Kim einen warnenden Blick zu, die dann auch zähneknirschend schwieg.

»Wie dem auch sei«, redete Riah weiter, »bisher gibt es keine andere Idee, Kulturen, die in die Übergangszeit kommen, vor diesen Katastrophen zu schützen. Zur technischen Weiterentwicklung in Richtung biologischer Technik gibt es langfristig keine Alternative. Die bisherigen Erfahrungen zeigen, dass selbst Kulturen, die eine Zeit lang darauf verzichtet haben, irgendwann die Forschung und Entwicklung wieder aufnehmen, mit allen Konsequenzen und natürlich auch allen Katastrophen, die dadurch ausgelöst werden. Also egal, was die tatsächlichen Hintergründe sind, es ist nur eine Frage von ein paar Jahrzehnten früher oder später, dass die Invasion stattfindet und sie hat ja auch große Vorteile für euch.«

Jetzt konnte Kim sich nicht mehr zurückhalten.

»Für ein paar technische und andere materielle Vorteile kann man doch nicht einen ganzen Planeten versklaven«, platzte sie heraus.

»Was heißt denn hier versklaven?«, mischte sich wieder Belian ein. »Dass man eurem durch und durch korrupten Planeten mal eine vernünftige Regierung vorsetzt, ist doch nun wirklich mehr als erstrebenswert.«

»Eine Regierung, bei der wir noch nicht einmal mitreden dürfen«, konterte Kim. Angriffslustig hatte sie ihr Kinn in Belians Richtung vorgestreckt. »Was ist denn mit Mitbestimmung und Freiheit. Oder sind solche Werte für Primitive nicht gültig?«

»Freiheit! Dass ich nicht lache! Frag doch mal die Menschen, die auf eurem Planeten verhungern oder die Kinder, die von euren Waffen zerrissen werden, ob sie das mitbestimmt haben und ob ihnen diese Form von Freiheit wirklich gefällt. Ihr aus den reichen und sicheren Regionen eures Planeten habt da gut reden.«

Belian hatte sich jetzt richtig in Rage geredet. Er wirkte plötzlich nicht einmal mehr halb so arrogant wie vorher. Seine Augen blitzten vor Überzeugung.

»Trotzdem kann man Menschen nicht einfach versklaven. Egal was ihr mir hier erzählt, dagegen werde ich immer kämpfen«, erwiderte Kim trotzig.

»Hat Srandro euch versprochen, dass wir euch gegen die Invasion helfen?«, fragte Belian ungläubig. »Riah, du musst unbedingt mal mit ihm reden! Der kann so etwas doch nicht einfach versprechen!«

Lucy sah, wie Kim nickte. Oh Gott, das Eis wurde jetzt wirklich dünn. Sie musste reagieren. Das Blut stieg ihr in die Wangen, als sie schnell dazwischen ging, bevor Kim irgendetwas Anderes, katastrophales daherreden konnte.

»Er hat gesagt, dass wir eine Lösung finden werden oder so ähnlich«, fantasierte sie und wurde dabei knallrot. Sie konnte einfach nicht lügen, auch wenn es, wie in diesem Fall, notwendig war. Glücklicherweise schienen die anderen nichts zu bemerken.

»Ihr solltet euch da nicht zu viele Hoffnungen machen«, setzte Belian nach. »Auch wenn wir alle nicht gerade Freunde der Politik unserer Regierung sind, so wirst du kaum einen Rebellen finden, der der Meinung ist, dass man einen Planeten einfach seinem Schicksal überlassen sollte.«

Bevor die Diskussion noch weiter eskalieren konnte, griff Riah ein.

»Ich glaube, wir sollten das Thema jetzt beenden«, sagte sie scharf in Richtung Belian. Dann wandte sie sich an die anderen: »Wenn Srandro das gesagt hat, dann wird er sich schon etwas dabei gedacht haben und wir können das später alle zusammen mit ihm besprechen.«

Belian sah nicht überzeugt aus und Lucy dachte schon, er würde etwas dagegen setzen, als Kim abrupt das Thema wechselte.

»Also ihr habt uns jetzt lang und breit erklärt, wie viel fortgeschrittener eure Kultur ist und wie viel besser eure Technik ist und so. Aber das erklärt noch immer nicht, warum ihr keine Eltern habt und darüber nicht sprechen wollt«, sagte sie in schnippischem Tonfall und sah dabei provozierend in die Runde.

Plötzlich war es mucksmäuschenstill im Raum. Luwa wurde knallrot und blickte verschämt zu Boden. Belian und Tomid, der sympathisch aussehende Junge, der bisher noch kein Wort gesagt hatte, waren fast genauso rot und sahen auch auf ihre Füße. Selbst Kara war plötzlich ruhig, pulte nervös an ihren Fingern und ihre Haut hatte einen noch dunkleren Schimmer bekommen. Borek gab sich zwar große Mühe cool zu wirken, sah aber weder Lucy noch ihre Freunde direkt an. Nur Riah schien einigermaßen gefasst.

»Äh ja, das ergibt sich eigentlich aus dem, was ich vorher erzählt habe.« Sie räusperte sich. Es war klar, dass auch sie sich schwer bemühen musste, sachlich zu bleiben. »Im Biologiezeitalter gibt es natürlich keine Notwendigkeit mehr, sich auf tierische Vermehrungsfunktionen zu verlassen. Wir haben viel effizientere und sichere Methoden, Menschen zu zeugen und in die Welt zu setzen.«

Das klang jetzt irgendwie geschwollen. Hilflos blickte Lucy ihre Freunde an, die ebenso ratlose Gesichter machten, wie sie selbst. Natürlich war es Christoph, der als Erster verstand, was Riah da gesagt hatte.

»Du meinst, ihr seid künstlich gezeugt, eure Gene wurden exakt ausgesucht oder sogar programmiert und dann seid ihr künstlich geboren worden?«, fragte er.

»Ja, so ähnlich kann man es ausdrücken«, antwortete Riah und klang seltsam schüchtern und leise. »Es gibt extra ganz spezielle Roboter, die die ideale Umgebung für einen menschlichen Embryo bieten. In denen wächst er heran.«

»Was?«, rief Kim und sprang auf. Endlich war die Erkenntnis auch bei ihr angekommen. »Dann seid ihr alle künstlich? Dann seid ihr geklont worden? Dann seid ihr gar nicht richtig geboren worden?«

Sie fuchtelte wild mit den Armen und schrie die Sätze fast hysterisch mit weit aufgerissenen Augen heraus.

»Wir sind doch keine Tiere«, brummte Belian, allerdings mehr zu seinen Schuhen.

»Tiere?«, brüllte Kim. »Richtige Menschen haben Mutter und Vater und sind geboren worden. Ihr seid doch alle künstlich, Monster, Ungeheuer, Roboter!«

»Kim bitte beruhige dich doch!« Christoph versuchte, sie zu beschwichtigen und auf ihren Stuhl zu zerren. Sie riss sich aber los und schüttelte seine Hände ab.

»Ich habe mir schon gedacht, dass dies ein schwieriger Punkt für euch wird«, lenkte Riah ein. Sie sprach ganz ruhig und versuchte sogar ein Lächeln, das aber zu einer starren Maske misslang. »Seht mal, die technische Methode hat jede Menge Vorteile. Es gibt keine Erbkrankheiten mehr. Alle Menschen haben die optimalen Gene. Keiner ist benachteiligt, weil er das Pech hatte, Anlagen zu erben, die ihn daran hindern, die Dinge zu machen, die er gerne möchte.«

»Aber selbst, wenn ihr das Erbgut manipuliert, warum lasst ihr denn dann nicht die Mütter die Kinder austragen.«

»Weil wir keine Tiere sind«, wiederholte Belian und es klang fast wie ein Knurren.

»Weil das ekelig ist«, flüsterte Luwa. Ihre Stimme klang wie ein Piepsen. »Wenn ich mir vorstelle, da lebt was in meinem Bauch …«

Luwa schüttelte sich.

»Aber das stimmt nicht!« Kim klang jetzt fast verzweifelt. »Das ist wunderschön. Ich meine, das sagen zumindest alle Frauen, die ein Kind bekommen haben.«

Lucy verstand nicht, warum Kim das so wichtig war. Sie hatten weiß Gott andere Probleme, als sich übers Kinderkriegen zu streiten. Vor allem konnten sie es sich wirklich nicht leisten, es sich mit Borek und seinen Freunden zu verscherzen. Einmal ganz davon abgesehen, dass Lucy das sowieso nicht wollte.

Es war wieder Riah, die versuchte, etwas Sachlichkeit in das Gespräch zu bringen.

»Seht mal«, begann sie freundlich. »Wenn in der Steinzeit oder im Metallzeitalter Frauen Kinder bekamen, dann hing das Wohl des Kindes ganz davon ab, ob die Frau gesund war und wie sie sich ernährt und verhalten hat. Denkt doch mal an die vielen armen Kinder, die eine Schädigung bekommen haben, weil irgendwas während der Schwangerschaft schiefgelaufen ist. So etwas will heute keiner mehr verantworten. Unsere Geburtsroboter sind absolut optimal. Alles, was ein Embryo benötigt, um zum Kind heranzuwachsen, wird geliefert. Es wird zum Beispiel genau mit den richtigen Glückshormonen versorgt, die es braucht, um eine gesunde Psyche auszubilden. Es wird ihnen sogar auf Embryos optimierte Musik vorgespielt.«

»Klar, alles, damit es so perfekte Typen werden wie ihr und nicht so Barbaren wie wir«, sagte Kim verbittert aber immerhin wesentlich leiser. Sie schüttelte noch einmal ärgerlich Christophs Arm ab, der versuchte sie zu beruhigen, setzte sich aber wieder auf ihren Stuhl.

»Nun wisst ihr, wie wir gezeugt und geboren werden«, redete Riah lächelnd weiter, wurde dann aber plötzlich ganz unsicher und suchte verzweifelnd nach Worten. »Äh, wie soll ich das jetzt sagen? Wir reden daher nicht im Zusammenhang mit Menschen von Eltern oder Schwangerschaft.«

Bei den letzten Worten bekamen ihre Wangen einen roten Hauch und die anderen Imperianer schauten wieder unsicher auf ihre Füße.

»Tiere haben Elterntiere und tragen ihre Jungen aus. Als moderne Menschen haben wir uns über dieses Stadium hinausentwickelt. Wir sind definitiv auf einer höheren Stufe. Jeder Mensch bestimmt nicht nur sein Leben selbstständig, sondern die Gesellschaft an sich bestimmt auch die Entwicklung schon vor der Geburt, also selbst den Zeugungsakt.«

Sie sah noch einmal freundlich in die Runde, dann wurde ihr Gesicht ganz ernst. Es strahlte plötzlich die Autorität der Ältesten in der Gruppe aus. Sie sagte:

»Daher ist das Reden in der Öffentlichkeit, das heißt außerhalb wissenschaftlicher Seminare, über vergangene oder fremde Kulturen, nicht nur unhöflich, sondern auch ernstlich anstößig.

Ich möchte euch bitten, darüber nicht mehr zu sprechen, schon gar nicht, wenn die Kinder dabei sind.«

Jetzt fühlte Lucy sich verlegen. Sie hatte doch niemanden vor den Kopf stoßen wollen. Auch Christoph sah etwas verschämt zu Boden. Selbst Lars schaute verlegen auf einen Punkt irgendwo vor seinen Füßen. Nur Kim hatte eine ungewohnt arrogante Miene aufgelegt und zuckte nur mit den Schultern.

»Oje, das sollte eigentlich nicht nach einer Moralpredigt klingen«, lachte Riah. »Es ist doch klar, dass ihr das nicht wissen konntet. Es geht doch nur darum, dass ihr bei eurem Aufenthalt hier nicht aneckt.«

Bevor es noch peinlicher werden konnte, öffnete sich plötzlich die Tür auf und ein Mädchenkopf sah ins Zimmer. Nuri hatte fast schwarze Haare, die für eine Imperianerin schon erstaunlich lang waren und immer ein wenig vom Kopf abstanden, so als würde sie ständig ungekämmt herumlaufen.

»Seid ihr jetzt fertig mit eurer Besprechung? Dürfen wir jetzt wieder reinkommen?«, fragte die Kleine.

»Ja, ich denke, wir sind fertig«, meinte Riah und sah noch einmal in die Runde. Alle nickten mehr oder weniger intensiv mit den Köpfen. Selbst Kim schien von dem Thema genug zu haben. »Ihr könnt reinkommen.«

Die beiden Kinder sprangen ins Zimmer. Nuri, das Mädchen, setzte sich gleich auf Boreks Schoß und Daro, der Junge, auf den von Kara. Voller Bewunderung beobachtete Lucy, wie Borek dem Mädchen zärtlich über das Haar strich. Ihr gefiel, wie fürsorglich er sich gegenüber der Kleinen benahm. Auch wenn sich in ihrem Hinterkopf ein ganz kleines Gefühl von Eifersucht einschlich. Sie hätte sich zu gerne genauso intensiv an ihn gekuschelt wie dieses kleine Mädchen.

»Ähm, und die beiden Kinder leben hier bei euch?«, fragte sie.

»Ja, bei uns wachsen Kinder in Gruppen auf. Wenn in der Gruppe nur Kinder sind, gibt es erwachsene Betreuer. Die beiden hier sind etwas später dazugekommen. Seitdem die Mehrheit von uns alt genug ist, um allein zu leben, haben sich die Erzieher verabschiedet. Die beiden Kleinen können wir die letzten Jahre schon mit großziehen.«

Lucy bekam große Augen. Sie stellte es sich superlocker vor, in so einer Wohngemeinschaft zu leben und dort sogar groß zu werden. Allerdings war sie so überwältigt von dem, was sie gerade alles erfahren hatte, dass ihr nichts mehr zu fragen einfiel. Den anderen schien es auch so zu gehen. Ein paar Minuten sagte keiner ein Wort.

»Gut dann sollten wir uns mal um eure Unterbringung kümmern«, meinte Borek und erhob sich. »Möchtet ihr lieber alle in einem Zimmer schlafen oder zu zweit oder lieber jeder für sich?«

Borek grinste die vier frech an. Lucy fragte sich, was dieses Grinsen wohl im Zusammenhang mit seiner Frage zu bedeuten hatte.

»Also, wenn wir es uns aussuchen können, möchten Christoph und ich zusammen ein Zimmer haben«, sagte Kim als Erste.

»Platz ist kein Problem. Diese Wohnung ist eigentlich zu groß für uns. Aber mehr enge Freunde haben wir bisher noch nicht gefunden«, antwortete Borek und lächelte Lucy so unergründlich an, dass sie ihre ganze Kraft darauf verwenden musste, nicht wieder rot anzulaufen. Aber sie hatte plötzlich eine Idee, was hinter der Frage stecken könnte.

»Ich hätte am liebsten ein Einzelzimmer«, antwortete sie schnell, bevor Lars etwas anderes sagen konnte, und ergänzte dann entschuldigend: »Manchmal bin ich ganz gerne allein.«

»Klar, kein Problem.« Borek grinste sie an. »Für Lars haben wir dann auch noch ein Zimmer. Ich hoffe, es macht euch nichts aus, dass die Gästezimmer alle ein Stockwerk höher liegen. Leider seid ihr dann ein wenig weit von uns entfernt. Aber zum Alleinsein ist das natürlich ideal.«

Jetzt wurde Lucy doch ein wenig rot. Schnell wandte sie sich ab und betrachtete so etwas wie ein dreidimensionales Bild, das sich an der Borek gegenüberliegenden Wand befand.

Traumprinz

Nachdem Borek die vier Freunde in den Gästezimmern abgeliefert hatte und sich mit den Worten, sie sollen es sich schon mal ein wenig bequem machen, vorläufig verabschiedet hatte, platzte Lars heraus:

»Sag mal Kim, bist du jetzt eigentlich völlig durchgeknallt? Was sollte die Nummer denn da eben? Verdammt, die bieten uns ihre Hilfe an und du benimmst dich wirklich wie die letzte Barbarin. Willst du unsere ganze Mission gefährden, oder was?«

»Nur weil ihr euch bei denen von vorn bis hinten einschleimt, kann ich doch wohl zu meiner Meinung stehen, oder was?«, schnauzte Kim zurück. »Ihr seid mit diesen Typen ja schon ganz dick Freund. Habt ihr bereits vergessen, was das für Leute sind? Auf welcher Seite die stehen?«

»Das sind Jugendliche, die sich gegen ihr Regime auflehnen. Hast du das nicht mitgekriegt oder geht das nicht in dein Spatzenhirn hinein?«, fauchte Lars zurück.

»Also Lars jetzt gehst du etwas zu weit!« Christoph machte einen halbherzigen Versuch, Kim zu verteidigen. Die hatte seine Unterstützung aber gar nicht nötig.

»Nur weil dich so eine künstlich geklonte Schönheit anlächelt, vergisst du, worum es eigentlich geht. Vielleicht habe ich ja nur ein Spatzenhirn, aber das funktioniert wenigstens noch. Bei dir schaltet sich doch alles aus, nur weil dich so 'ne Tussi angrinst«, keifte sie.

»Hört mal, müsst ihr euch jetzt wegen so einem Stuss streiten?«, flüsterte Lucy genervt. »Hier kann jeden Moment einer von der WG reinkommen. Oder wollt ihr jetzt lieber auf der Stelle die ganze Sache abblasen und euch ergeben?«

Wie auf ein Stichwort öffnete sich die Tür und Borek kam herein. Die vier starrten ihn erschrocken an.

»Oh, komme ich ungelegen?«, fragte er und sah in die verlegenen Gesichter. »Ach, ich kann mir schon denken, worüber ihr gerade geredet habt. Es tut mir wirklich leid, aber Belian ist eigentlich ein echt netter Kerl. Er ist manchmal etwas fantasielos und kann sich einfach nicht vorstellen, dass es auf anderen Planeten anders ist als bei uns. Das macht ihm scheinbar Angst, denke ich. Jedenfalls reagiert er dann so wie vorhin. Am besten ignoriert ihr ihn einfach. Wenn ihr euch erst mal besser kennengelernt habt, werdet ihr euch schon anfreunden.«

»Kein Bedarf«, knurrte Kim.

Lucy stieß ihr derart heftig den Ellenbogen in die Seite, dass Kim vor Schmerz laut aufschrie. Bitterböse sah sie Lucy an und rieb sich die Rippen. Lucy hatte kein bisschen schlechtes Gewissen. Es reichte einfach. Sie hatte auf diese ewig nörgelnde Kim wirklich keine Lust mehr.

Borek sah zwischen Lucy und Kim hin und her. Ihm war es offensichtlich unheimlich, dass sich seine terranischen Freunde stritten.

»Ähm, Lucy, ich wollte dich fragen, ob du nicht Lust hast, einen Spaziergang mit mir zu machen?«, wechselte er schnell das Thema und zauberte sein übliches, freches Lächeln aufs Gesicht.

Nichts wollte Lucy lieber, als mit Borek allein sein. Schließlich hatte sie monatelang davon geträumt. Allerdings befiel sie plötzlich eine unbeschreibliche Panik.

»Ich … ich … weiß nicht«, stotterte sie und merkte, wie ihre Wangen wieder zu glühen begannen. »Vielleicht sollte ich hier noch etwas helfen.«

Sie sah sich Hilfe suchend nach ihren Freunden um. Lars blickte betont cool zur Seite. Christoph schüttelte den Kopf und Kim sagte in gehässigem Tonfall:

»Nein, nein geht ruhig. Wir kommen hier schon allein zurecht.«

»Na prima, dann lass uns rausgehen. Das Wetter ist schön warm und fast wolkenlos. Die Sonne geht gerade unter. Das wird ein ganz besonders schöner Abend«, schwärmte Borek, nahm einfach Lucys Hand und zog sie mit sich aus dem Haus.

»Da hinten ist ein Park, lass uns da ein wenig spazieren gehen«, sagte er und dirigierte sie in die beschriebene Richtung. Dabei hielt er die ganze Zeit ihre Hand. Lucy hatte sich so häufig ausgemalt, wie sie mit ihm Hand in Hand gehen würde, dass sie nun so nervös und unsicher war, dass sie zu schwitzen begann. Ihre Handfläche wurde ganz feucht, was sie noch unsicherer machte. Verzweifelt versuchte sie, sich zu entspannen. Ihr Kopf war leer. Sie musste doch irgendetwas sagen, etwas, das nicht völlig blöd klang. Sonst funktionierte ihr Hirn doch auch. Warum denn ausgerechnet jetzt nicht?

»Sieh mal, ist das nicht schön?« Borek zeigte auf die Pflanzen im Park. Für Lucy sahen sie nicht viel anders aus als Parkpflanzen auf der Erde. Sie erkannte zwar keine einzige wieder, was allerdings kein großes Wunder war, da sie sich auch auf der Erde nicht großartig für Pflanzen interessiert hatte. Immerhin fiel ihr jetzt an den Bäumen auf, dass es keine der Gewächse waren, die sie kannte oder die sie einmal im Fernsehen gesehen hatte. Auch wenn sie grundsätzlich ähnliche Formen wie irdische Bäume hatten, so waren die Blätter doch immer ein klein wenig anders geformt als diejenigen, die sie kannte. Außerdem stimmte etwas an dem Gesamteindruck nicht.

»Das sieht alles irgendwie so unwirklich aus, irgendwie so künstlich«, rutschte es ihr heraus. Das war zwar nicht der besonders intelligent klingende Kommentar, den sie eigentlich gerne gesagt hätte, entsprach aber ihrem Eindruck. Borek sah sie verständnislos an.

»Das ist aber die reinste imperianische Natur und die bei einem der romantischsten Sonnenuntergänge, die ich seit Langem erlebt habe«, meinte er schwärmerisch.

»Aber irgendwas ist doch komisch«, beharrte Lucy. Sie wollte jetzt auch nicht wie ein plapperndes Dummerchen dastehen. »Es sieht alles ein bisschen wie eine Filmkulisse aus.«

Borek blickte sich jetzt stirnrunzelnd um. Der schwärmerische Gesichtsausdruck war verschwunden.

»Irgendwas stimmt mit den Farben nicht«, versuchte Lucy ihre Eindrücke genauer zu fassen. Plötzlich wusste sie, warum die Umgebung so unnatürlich wirkte. »So, als ob die Szene beleuchtet wäre. Ja genau, das Licht ist so künstlich.«

Borek betrachtete nachdenklich die Umgebung.

»Also, das sieht so aus wie immer«, meinte er. »Jetzt in der Dämmerung wirken vielleicht einige Farben etwas intensiver, besonders die Blautöne.«

Plötzlich hellte sich seine Miene auf. Er strahlte übers ganze Gesicht und schlug sich mit der flachen Hand an die Stirn.

»Natürlich, klar!«, rief er aus. »Terra kreist ja um einen gelben Zwerg.«

Lucy sah ihn verständnislos an.

»Euer Stern ist ein sogenannter gelber Zwerg«, begann er zu erklären. »Er gibt Licht in einem Farbspektrum ab, das einen besonders hohen Anteil Gelb hat. Du bist da aufgewachsen, daher ist für dich alles natürlich, was von Licht in diesem gelb dominierten Spektrum beschienen ist.«

Als er Lucys fragendes Gesicht sah, erklärte er eifrig: »Bei euch sind die Farben um das Gelb besonders hervorgehoben, weil eure Sonne besonders viel gelbes Licht produziert. Euch fehlen vor allem die blauen Anteile.

Unsere Sonne ist etwas größer und damit auch heißer als eure. Sie ist das, was ihr einen weißgelben Zwerg nennt. Unsere Sonne hat viel mehr Blauanteile in ihrem Licht als eure. Daher sieht für dich jetzt alles so unwirklich aus. Die blauen Farben und auch die blauen Anteile in den Mischfarben leuchten intensiver als bei euch. Darum denkst du, es wäre Kunstlicht. Aber glaub' mir, was du siehst, ist das ganz natürliche Licht unserer Sonne. Schau mal, wie wunderschön diese Blumen dort sind.«

Borek zeigte auf ein Beet, in dem Pflanzen mit großen violetten Blüten wuchsen, die in der Abenddämmerung in einer Intensität leuchteten, wie Lucy es auf der Erde noch nicht erlebt hatte. Es sah wunderhübsch aus.

»Die sind wirklich schön«, schwärmte sie. In ihrem Hinterkopf hatte sich aber eine andere Frage eingenistet. »Wieso ist das Wetter eigentlich so ähnlich wie bei uns, wenn eure Sonne größer und heißer ist?«

»Unser Planet umkreist unsere Sonne einfach in einem größeren Abstand als eurer. Weißt du, die Sterne, um die sich die Planeten bewegen, sind schon sehr unterschiedlich. Leben wie unseres, wir nennen es imperianisches Leben, obwohl es natürlich auch andere vergleichbare Spezies, wie zum Beispiel Terraner umfasst«, er lächelte Lucy zärtlich an, »kann nur auf Himmelskörpern existieren, die ein gleichartiges Klima, also eine bestimmte Sonneneinstrahlung, eine ähnliche Schwerkraft und ein paar chemische Bedingungen, wie Sauerstoff in der Atmosphäre, ausreichend Wasser und so weiter besitzen. In dem derzeit bekannten Teil der Galaxis gibt es etwa dreihundert solcher Planeten, von denen sechzig Prozent zum Imperium gehören.«

Die beiden waren an einer Bank angekommen, auf die sie sich setzten. Borek hielt noch immer Lucys Hand in seiner. Ihre Gefühle schlugen Purzelbäume. Sie sehnte sich so sehr danach, in seinen Armen zu liegen, hatte aber gleichzeitig auch Angst davor. Sie wusste noch nicht einmal, ob Imperianer genauso fühlten wie sie selbst. Das Kribbeln im Bauch tat schon fast weh. Scheu streichelte Lucy mit ihrem Daumen über Boreks Handrücken. Sie würde einfach abwarten, was er machen würde, hatte sie beschlossen.

»Ihr kommt doch gerade von Mirander. Ich war auch einmal für zwei Tage dort. Das Licht auf dem Planeten finde ich total romantisch. Deren Sonne ist schon fast ein roter Zwerg. Alles ist in einen rötlichen Schimmer getaucht – fantastisch. Findest du nicht auch?«

»Ich war nur in der Transferstation, nach draußen bin ich gar nicht gekommen«, erwiderte Lucy wahrheitsgemäß.

»Da hast du wirklich was verpasst! Weißt du was? Wir beide fahren dort mal für einen Urlaub hin.« Boreks Augen leuchteten vor Begeisterung, dann schlich sich aber etwas unendlich Trauriges in seinen Blick.

»Ich meine, wenn das hier alles vorbei ist«, ergänzte er müde. »Also richtig vorbei, meine ich. Wenn wir es wirklich jemals schaffen sollten, die Sache zu regeln und diesen ganzen Wahnsinn zu beenden.«

Lucy wartete darauf, dass er noch etwas sagen würde, erklären würde, worum es eigentlich ging. Sie konnte ja schlecht nachfragen, welchen »Wahnsinn« er meinte. Sie durfte doch nicht verraten, dass sie gar nicht wusste, was diese Rebellen wollten. Schlagartig wurde ihr bewusst, dass sie hier mit jemandem saß, dem sie etwas vorspielte, jemanden, den sie belog, betrog und ausnutzte.

Ihr Magen, der bisher vor glücklicher Erwartung geflattert hatte, begann plötzlich zu schmerzen. Sie konnte sich doch jetzt nicht in jemanden verlieben, den sie im nächsten Moment auf die gemeinste Weise hintergehen würde. Nein, so etwas würde sie nicht machen. Und wenn es noch so wehtun würde, sie würde ihm nicht – und auch sich selbst nicht – die große Liebe vorspielen und, nachdem sie all seine Hilfe in Anspruch genommen hatte, davonfliegen. Nein sie würde hart bleiben – hart vor allem gegen sich selbst. Vorsichtig entzog sie ihm die Hand und schlang die Arme um ihren Oberkörper.

»Was ist Lucy? Frierst du? Das kann doch gar nicht sein, es ist doch so ein schöner, warmer Abend.« Borek sah ihr tief in die Augen.

»Komm, denk nicht an morgen!« Er nahm sie in den Arm und zeigte mit der freien Hand in den Himmel. »Sieh mal Lucy. Beide Monde sind aufgegangen und beide sind voll. Du bist wirklich ein Glückskind! Das kommt ganz selten vor und du siehst es gleich am ersten Tag, an dem du hier bist. Wenn das kein gutes Zeichen ist, weiß ich nicht, wie ein gutes Zeichen aussehen soll.«

Lucy spürte Boreks Wärme. Alle Vorsätze schmolzen dahin. Sie wünschte sich jetzt nichts mehr, als sich einfach fallen zu lassen. Ihr Blick folgte Boreks Arm. Tatsächlich gab es zwei Monde. Der eine hatte viel Ähnlichkeit mit dem irdischen Trabanten. Groß und rund stand er ein Stück weit über dem Horizont und strahlte sein gelblich weißes Licht auf Imperia.

Der Zweite sah sehr klein aus. Er leuchtete wie ein riesiger heller Stern am Himmel. Er überstrahlte mit seinem weißen Licht die anderen Sterne, die in viel größerer Anzahl als auf Terra zu sehen waren. Lucy erinnerte sich, dass Imperia viel näher am Zentrum der Galaxie lag als ihr Heimatplanet und sich daher auch wesentlich mehr Sterne in seiner Nachbarschaft befanden.

»Ist der kleine Mond wirklich so viel kleiner als der andere oder ist er einfach nur weiter weg.«

Lucy war ganz stolz darauf, dass ihr endlich mal eine halbwegs intelligente Frage eingefallen war. Unauffällig kuschelte sie sich etwas näher an Borek.

»Beides, Luno ist weiter weg und auch nicht einmal halb so groß wie Luna«, antwortete Borek. Er streichelte vorsichtig Lucys Schulter.

»Unsere Vorfahren haben die beiden Monde so genannt«, erzählte er. »In den alten Legenden war Luna die Gebärende und Luno der Zeugende. Du kannst dir vielleicht vorstellen, dass die noch aus der Übergangszeit zwischen Steinzeit und Metallzeitalter entstanden sein müssen. Jedenfalls hat das etwas richtig Romantisches, finde ich.«

»Ich auch«, flüsterte Lucy und sah Borek tief in die Augen. Jetzt war es egal. Borek hatte recht. Die Gedanken, wie sie aus dieser und allen anderen Sachen wieder herauskam, musste sie auf morgen verschieben.

»Darf ich dein Haar öffnen?«, fragte Borek. Lucy hatte – genau wie Kim – ihr Haar zu einem Zopf gebunden. Auch wenn sie mit ihren Haaren Mirandianerinnen vom Lande spielen konnten, so war es doch unauffälliger, wenigstens die Ohren freizuhaben. Außerdem war es bei ihren Aktionen bisher praktischer gewesen.

Lucy nickte stumm. Vorsichtig nahm Borek ihr das Zopfgummi ab und verteilte zärtlich ihre Haare um den Kopf, wobei seine Daumen wie zufällig sanft ihre Wangen streiften. Lucy saß nur passiv da. Ihr fiel nichts ein, was sie hätte tun sollen. Sie wusste nur, dass sie noch diesen Abend den Kuss haben wollte, um den sie damals in diesem imperianischen Raumschiff betrogen worden war. Sie merkte gar nicht, wie ihr Kopf immer weiter an Boreks heranrückte, dass ihr Gesicht seinem schon ganz nah war. Sie öffnete die Lippen.

Borek sah sich plötzlich ängstlich um. Lucy erwachte schlagartig aus ihrer Trance. Eine eiskalte Hand legte sich um ihren Magen, nein eigentlich war es eher ihr Herz. Sie hatte für den

Bruchteil einer Sekunde das Gefühl, keine Luft mehr zubekommen. Das Erste, das ihr einfiel, war Riah. Sie hatte schon die ganze Zeit in der Wohnung das Gefühl gehabt, dass zwischen den beiden etwas lief. Wahrscheinlich war sie seine Freundin und er war einfach nett zu ihr gewesen, weil sie angeblich die große terranische Heldin war. Jetzt würde er die Sache klarstellen. Sie durfte sich jetzt bloß nicht ihre Enttäuschung anmerken lassen, auch wenn sie kaum noch atmen konnte.

»Hör mal Lucy, ich muss dir noch etwas sagen. Etwas, was du noch nicht weißt über uns hier«, stammelte Borek. Lucy nickte stumm, sie war innerlich gerüstet, gerüstet für den alle Gefühle vernichtenden Schlag. »Weißt du, bei uns auf Imperia macht man keine Liebe im Freien.«

Gut, man konnte schließlich nicht gegen alle Schläge gerüstet sein. Lucy stieg wieder zum falschesten Zeitpunkt das Blut in die Wangen, ja selbst die Ohren glühten.

»Nein, ähm, natürlich nicht«, stammelte sie.

»Ich meinte ja nur, weil ich dachte, du wolltest mich jetzt hier küssen«, erwiderte Borek grinsend. Lucy bekam den Eindruck, er wollte sich lustig über sie machen.

»Aber das ist doch etwas anderes«, meinte sie und konnte nur mühsam die langsam aufsteigende Wut unterdrücken. »Das ist doch noch kein, ähm, Liebe machen.«

»Da macht ihr einen Unterschied?«, fragte Borek und sah sie ungläubig an. »Bei uns gehört das aber dazu.«

»Äh, bei uns gehört das ja auch dazu«, stotterte Lucy. Warum musste Borek sich aber auch gerade jetzt über dieses Thema unterhalten. Er machte alles kaputt. »Aber Küssen darf man bei uns in der Öffentlichkeit. Aber, äh, mehr nicht.«

Lucy fühlte sich unsicher. Die Ohren glühten. Sie wollte das Thema möglichst schnell beenden.

»Das ist wirklich eine komische Trennung. Aber wenn das bei euch so ist«, meinte Borek achselzuckend. »Bei uns ist das anstößig. Wir gehen dafür ins Freundschaftshaus.«

»Ins was?«

»Ins Freundschaftshaus. Da trifft man sich mit einem oder mehreren Freunden, führt tiefsinnige und intime Gespräche, kuschelt, küsst sich, macht Liebe, alles, was man gerade miteinander anstellen möchte.«

»Dafür habt ihr einen extra Ort?«

Lucy konnte es nicht glauben.

»Klar! Ihr nicht? Wir haben eigentlich für alle wichtigen Dinge einen eigenen Ort. Essen zum Beispiel. Wenn wir mit Freunden essen wollen und das – aus welchen Gründen auch immer – nicht zu Hause, dann gehen wir in ein Restaurant.«

»Ja, so etwas haben wir natürlich auch.«

»Und für Liebemachen nicht? Wo geht ihr denn mit euren Freunden hin, wenn ihr es nicht zu Hause machen wollt?«

»Äh«, Lucy stieg erneut das Blut in den Kopf. »Da gibt es keinen richtigen Ort. Da muss man sich dann einen verborgenen Platz suchen«, stotterte sie.

»Na ja, wenn man fern von jeglicher Zivilisation ist, in den Bergen oder in einem der großen Naturreservate, muss man so etwas natürlich bei uns auch. Aber hier in der Stadt und dann in dem Zentralpark, das geht wirklich nicht. Im Moment läuft hier zwar kaum jemand herum, aber es wäre echt peinlich, wenn uns jemand erwischen würde. Ganz davon abgesehen, dass irgendwelche Spießer sogar wegen Erregung öffentlichen Ärgernisses die Polizei rufen könnten.«

»Nur wegen eines Kusses?«, fragte Lucy, die es noch immer nicht glauben konnte. Borek nickte. Langsam verstand Lucy, warum sich die junge Soldatin in der Bodenstation so lange geziert hatte. Die wilde Knutscherei der zwei in diesem verlassenen Gang war offensichtlich ein Spiel mit dem Feuer gewesen.

»Würdest du denn mit mir in das Freundschaftshaus gehen«, riss Borek sie aus ihren Gedanken. Jetzt war der Zeitpunkt gekommen, die Notleine zu ziehen. Es war unmöglich. Sie durfte es nicht. Sie spielte hier doch nur ein Spiel. Sie war eine Spionin. Sie würde jetzt ›nein‹ sagen.

Erst als Borek ihre Hand nahm und sie sanft mit sich zog, wurde ihr bewusst, dass ihr Körper ihr nicht gehorcht hatte. Schüchtern lächelnd hatte sie genickt.

Schlimmes Erwachen

Sie sagten kein Wort, bis sie an dem Gebäude ankamen. Es war viel größer, als Lucy es sich vorgestellt hatte. Das Gebäude umfasste fünf Etagen, von denen jede mindestens zehn Räume aufwies. Die meisten Türen zu den Zimmern waren geschlossen, aber einige standen offen. In den Räumen saßen oder lagen Mädchen, Jungen, Frauen und Männer jeglichen Alters zu zweit oder auch zu mehreren. Die meisten unterhielten sich. Einige waren innig am Kuscheln, Knutschen oder scheinbar schon einen Schritt weiter. Lucy war geschockt, dass es diesen Menschen nichts auszumachen schien, dass diejenigen, die den Flur entlang gingen, ihnen zusehen konnten.

In ihr stieg Panik auf. Wo war sie hier hingeraten? War sie einfach zu naiv, wie ihre Mutter über alle Mädchen ihres Alters immer urteilte und auf einen perversen Typen hereingefallen, der ihre Unkenntnis über die hiesigen Gepflogenheiten ausnutzte? Lucy blieb stehen und zwang Borek sie anzusehen.

»Was ist das hier?«, stotterte sie. »Warum stehen die Türen hier alle offen.«

Borek sah sie einen Moment verwirrt an. Dann schlich die Erkenntnis in sein Gesicht und er lächelte.

»Oh mein süßes, terranisches Mädchen, erst willst du mich in aller Öffentlichkeit küssen und jetzt ist es dir peinlich, dass hier in diesem Haus die Türen offen stehen. Wie du siehst, sind die meisten geschlossen. Keine Angst, wir machen unsere auch zu.«

»Und warum sind in einigen Zimmern gleich mehrere Menschen?«, fragte Lucy ängstlich weiter. »Ist das hier so üblich, dass jeder mit jedem?«

»Oh Lucy«, stöhnte Borek. »Erstens macht es hier nicht ›jeder mit jedem‹ und zweitens befindest du dich auf Imperia. Ich verspreche dir, hier wird dir niemand Gewalt antun. Du kannst jederzeit gehen. Du kannst zu jedem Zeitpunkt ›nein‹ sagen und niemand – auch ich nicht – wird irgendetwas machen, was du nicht willst. Wir suchen uns jetzt ein Zimmer, in dem wir allein sind, und schließen dann die Tür. In Ordnung?«

Lucy nickte. Sie hatte Angst, wollte aber dennoch mit dem Helden ihrer Träume zusammen sein. Und sie konnte schließlich gehen, wann sie wollte und jederzeit ›nein‹ sagen. Wenn sie es denn wollte.

Im ersten Stock fanden sie ein unbenutztes Zimmer. Es war romantisch eingerichtet. Es gab dort etwa zehn flauschig aussehende Sitzkissen, die um einen niedrigen Tisch gruppiert waren. Auf ihm und an den Wänden brannte etwas, das wie neumodisch gestylte Kerzen aussah. Erst auf den zweiten Blick erkannte Lucy, dass es offensichtlich irgendwelche Lampen waren, die einen täuschend echten Naturlichteffekt erzeugten. Solche Kerzen hingen auch an den Wänden und tauchten das ganze Zimmer in ein warmes, schummriges Licht, das leicht flackernde Schatten warf. Am stärksten zog aber ein überdimensionales Bett Lucys Aufmerksamkeit auf sich. Es sah aus, als hätte man ein altmodisches Himmelbett als Vorlage genommen und daraus ein Bett in einem neuen futuristischen Stil entworfen.

»Ein bisschen kitschig das Ganze«, meinte Borek lächelnd. »Aber man gewöhnt sich dran.«

Weil sie nicht wusste, was sie machen sollte, setzte sich Lucy auf die Bettkante und wippte ein wenig, um die Matratze zu testen. Sie war weder besonders hart noch zu weich. Auch dieses Möbelstück schien hoch optimiert zu sein.

Borek setzte sich neben sie. Lucy hatte noch tausend Fragen. Eigentlich wollte sie doch noch klären, was es mit diesem Haus und dem merkwürdigen Verhalten seiner Besucher auf sich hatte. Als sie aber in diese wunderschönen braunen Augen sah, wollte sie plötzlich nichts mehr wissen. Nichts, was diese Stimmung und den herrlichen Abend zerstören könnte.

Borek legte seinen Arm um ihre Schulter. Seine Augen waren ganz nah. Sie schienen plötzlich das ganze Gesichtsfeld einzunehmen. Dann spürte sie seine Lippen. Sie öffnete ihre. Sie spürte seine Zunge. Sie schloss die Augen und wollte nur noch diesen Kuss genießen. Nur noch das Gefühl spüren, das sich von ihrem Mund in den ganzen Körper ausbreitete.

Sie hatte ja gewusst, dass ihr erster Versuch mit diesem Heini aus ihrer Schule ein Irrtum war, aber selbst in ihren schönsten Tagträumen war sie nicht auf die Idee gekommen, dass ein Kuss so wundervoll sein konnte. Es war besser als alles, was ihr in ihrem bisherigen Leben widerfahren war.

Jetzt wollte sie nur noch fallen. Es war alles egal. Boreks Hand war plötzlich an einer Stelle, wo sie eigentlich nicht hätte sein sollen, jedenfalls noch nicht an diesem ersten Abend. Es war der Punkt ›nein‹ zu sagen, aber sie wollte den Kuss nicht unterbrechen. Sie wollte nicht mehr nachdenken, sich nicht mehr taktisch verhalten, nicht ihrer Angst nachgeben, sondern nur noch ihren Gefühlen, jetzt und hier. Kurz, für den Bruchteil einer Sekunde, ging ihr der Gedanke an Verhütung durch den Kopf, aber Borek war ein Imperianer und sie Terranerin. Sie waren unterschiedliche Spezies, nicht kompatibel. Über Verhütung brauchte sie sich wirklich keine Gedanken zu machen.

Es war noch nicht zu spät. Sie konnte noch ›nein‹ sagen. Aber sie wollte nicht. Es würde die schönste Nacht ihres Lebens werden. Und wenn es die letzte Nacht wäre, sie wollte es, jetzt und hier. Sie würde nicht ›nein‹ sagen. Sie wollte mit Borek zusammen sein und wenn sie die ganze Mission damit gefährden würde. Nein, ihre Liebe würde keine Bedrohung für ihre Aufgabe sein. Alles würde in Erfüllung gehen, wie sie es sich erträumt hatte. Sie beide würden gemeinsam den Feind in die Flucht schlagen. Sie würden alles schaffen, allein aufgrund ihrer Liebe. Sie ließ sich fallen.

»Ach hier seid ihr«, hörte sie Riahs Stimme. Lucy schreckte hoch, raus aus Boreks Armen und ordnete automatisch ihre verrutschte Kleidung.

Verdammt, sie hatte fragen wollen. Klar, Riah war Boreks Freundin und sie hatte hier mit ihm herumgeknutscht. Oh Gott, was sollte sie denn jetzt sagen? Sie wappnete sich innerlich für eine schreckliche Szene. Sie riss sich zusammen, um nicht vor Angst zu zittern.

Riah ging aber mit dem bezauberndsten Lächeln der Welt auf die beiden zu.

»Da seid ihr euch aber schnell näher gekommen«, strahlte sie und nahm Borek in den Arm.

Plötzlich blieb die Welt stehen oder lief wenigstens in einer unendlich langsamen Zeitlupe ab. Lucys Hirn zog sich zusammen. Es weigerte sich die Eindrücke, die es bekam, zu verarbeiten. Lucy war gelähmt, konnte sich nicht rühren.

Riah gab Borek einen Kuss, aber es war nicht der freundschaftliche Kuss auf die Wange oder vielleicht sogar auf die Lippen gehaucht, den Lucy erwartet hatte. Nein, es war ein Kuss, der genauso intensiv war, wie der, den sie selbst eben mit Borek getauscht hatte.

Es musste ein Albtraum sein. Das konnte nicht wahr sein. Sie war eben noch buchstäblich im siebten Himmel gewesen. Am Ziel aller Wünsche und Träume, und nun das. Eine eiskalte Hand drückte ihren Magen zusammen, zerdrückte alle Schmetterlinge, die eben noch wild in ihm geflattert hatten. Eine zweite eiskalte Hand – oder war es die gleiche? – krallte sich um ihr Herz. Sie wollte schreien, aber sie konnte nicht einmal mehr atmen.

Plötzlich waren Riahs Augen ganz dicht vor ihrem Gesicht. Diese liebevollen, wunderschön lächelnden Augen. Sie spürte ihre Lippen auf ihren.

Erst als sich Riahs Zunge zwischen ihre Lippen schob, erwachte sie schlagartig aus der Erstarrung. Lucy trat schnell einen Schritt zurück, entzog sich Riahs Armen und fummelte nutzlos an ihrer etwas derangierten Kleidung.

»Ich muss mal los«, stotterte sie. »Die anderen wissen ja gar nicht, wo ich bin. Tut mir leid. Ich wünsche euch noch einen schönen Abend.«

Dann stürmte sie aus dem Zimmer. Sie kämpfte gegen die Tränen. »Jetzt bloß nicht auch noch heulen«, dachte sie. Sie nickte Kara, Luwa und Tomid, die ihr entgegenkamen, nur kurz und stumm zu und stürmte aus dem Haus.

Als sie wieder draußen auf der Straße ankam, rannte sie los, in den Park. Dabei wäre sie fast von einem kleineren Laufroboter überrannt worden, als sie panisch den Verkehrsweg überquerte.

Er hatte nur ein merkwürdig klingendes Geräusch ausgestoßen und eine Notbremsung und einen Schlenker gemacht.

Lucy irrte durch den Park. Sie wollte nicht an den gleichen Platz, an dem sie mit Borek gesessen hatte. Sie suchte sich einen einsam wirkenden Ort, an dem eine Bank stand. Die Blumen und blühenden Büsche wirkten hier viel weniger spektakulär als an der Stelle, an der sie sich mit Borek zusammen die Monde angesehen hatte.

Sie sah zu ihnen hinauf. Der große Mond, Luna, stand jetzt nur noch kurz über dem Horizont. Er wirkte riesig und war von einem intensiven Rot. Lucy kam er plötzlich kalt und blutbefleckt vor. Luno stand noch immer in der Höhe und strahlte sein weißes Licht aus. Lucy fröstelte bei dem kalten Weiß. Wenn sie ein Glückskind war, wie sollte es dann den weniger vom Glück gesegneten Kindern gehen, fragte sie sich.

Schon immer hatte sie gewusst, dass diese Welt grausam war, aber dass sie so grauenhaft sein konnte, hatte selbst sie nicht erwartet. Ihr Leben war zerstört. Was sollte das jetzt alles noch? Wie sollte sie sich bloß Borek gegenüber verhalten? Gar nicht, sie wollte ihn nie wieder sehen. Niemand hatte ihr bisher so wehgetan. Sie wusste schon, warum sie früher am liebsten allein geblieben war. Menschen taten einem doch nur weh. Und am schlimmsten waren die, die sich zu allem Überfluss auch noch Freunde nannten.

Die Welt verschwamm hinter einem nassen Schleier. Endlich konnte sie weinen. Sie saß mutterseelenallein auf dieser Bank in einem fremden Park, in einer fremden Stadt, auf einem fremden Planeten. Tränen liefen ihr aus den Augen, die Wangen hinunter und ihr Körper schüttelte sich bei jedem Schluchzer, der aus den Tiefen ihres Körpers, nein besser aus den Abgründen ihrer Seele, bis in ihren Hals aufstieg.

Sie hatte das Gefühl, schon stundenlang auf dieser Bank zu sitzen und zu weinen. Es wunderte sie, dass sie überhaupt noch Flüssigkeit für Tränen im Körper hatte, aber sie liefen noch immer unaufhaltsam die Wangen hinab. Der Hals tat schon von den unterdrückten Schluchzern weh und trotzdem konnte sie nicht aufhören. Da legte sich plötzlich ganz sanft ein Arm um ihre Schulter.

Lucy konnte nicht aufsehen, sie konnte auch nicht das Weinen und Schluchzen abstellen. Normalerweise wäre das zwar mehr als peinlich gewesen, aber in diesem Moment war alles egal. Sie blickte nicht auf zu der Person, der der Arm gehörte. Vielleicht war da ein ganz kleiner Schimmer Hoffnung, dass es Borek sein könnte, dass er gekommen war und einen schrecklichen Irrtum aufklären würde.

»Lucy, es tut mir ja so leid«, flüsterte eine leise, traurige Stimme. Es war Riahs Stimme. »Ich hätte es wissen müssen, aber ich habe einfach nicht daran gedacht. Borek kann nichts dafür. Er kommt zwar ziemlich viel herum, aber es ist fast nie Zeit – und er hatte bisher wohl auch nicht das größte Interesse, sich mit anderen Kulturen auseinanderzusetzen. Aber ich hätte daran denken müssen!«

Lucy verstand gar nichts. Eigentlich hätte sie sich doch entschuldigen müssen. Schließlich hatte sie mit Riahs Freund herumgeknutscht und hätte noch ganz andere Dinge gemacht, wenn sie nicht dazwischen gekommen wäre.

»Es tut mir leid«, schniefte Lucy. »Ich wusste doch nicht, dass Borek dein Freund ist. Ich wollte doch nicht zwischen euch treten.«

»Ach Lucy, du verstehst wirklich nichts. Wie solltest du auch.« Zärtlich streichelte Riah über die Wange. »Kommst du mit ins Freundschaftshaus, da können wir ungestört reden.«

»Nein! Da geh' ich nicht hin! Nie wieder!«, schniefte Lucy trotzig. »Ich bleibe hier sitzen. Wenn du mit mir reden willst, dann hier!«

»Eigentlich ist es nicht gut, wenn wir hier so sitzen, das fällt auf, aber heute Nacht wird hoffentlich keiner hier vorbeikommen.« Riah sah sich ängstlich um.

»Also, ich hab dir doch erzählt, dass wir selbst keine Kinder mehr in die Welt setzen und auch die Aufzucht, die Erziehung wird von der Gesellschaft geregelt. Wir brauchen daher auch keine Paarbeziehungen mehr. Du musst verstehen, dass die sich in eurer Kultur durchgesetzt hat, weil es die ideale Konstellation ist, Kinder aufzuziehen. Bei uns gibt es das schon seit fast dreitausend Jahren nicht mehr. Daher haben sich auch unsere zwischenmenschlichen Kontakte vollkommen geändert. Wir haben keine ausschließlichen Partner mehr.«

Sie sah Lucy tief in die geröteten Augen. Immerhin war der Tränenfluss versiegt. Nur noch ihr Körper schüttelte sich hin und wieder unter einem lautlosen Schluchzer.

»Natürlich haben wir trotzdem das Bedürfnis nach Geborgenheit und Zärtlichkeit«, redete Riah weiter. »Wir leben deshalb in Gruppen zusammen. Gemeinschaften von Menschen, die sich besonders gut verstehen. Wir teilen alles miteinander. Wir reden über alles, wir schmusen miteinander, küssen uns, ja und lieben uns. Keiner ist verpflichtet, aber alle sind immer füreinander da.«

»Aber ... aber« Lucy geriet ins Stottern. »Verliebt ihr euch nicht ineinander? Ich meine so, dass ihr nur füreinander da sein wollt und mit keinem anderen zusammen sein wollt?«

»Ähm ...« Riah wand sich. »Weißt du, Verlieben, ist bei uns eine Krankheit.«

»Aber Verliebtsein ist doch das Schönste, was es gibt«, protestierte Lucy.

»Also ich weiß nicht. Leute, die sich verlieben, sind doch meistens fürchterlich eifersüchtig. Dann darf niemand anderer mit dem Partner zusammen sein. Ich meine so richtig zärtlich und so. Früher, als das auf unserem Planeten noch üblich war, sollen sich Menschen wegen so etwas sogar umgebracht haben. Das ist doch völlig verrückt. Stattdessen könnte man doch zusammen glücklich sein.«

Lucy schüttelte nur betrübt den Kopf und sah auf den Boden. Sie konnte sich nicht vorstellen, wie so etwas funktionieren sollte. Plötzlich verdunkelte sich Riahs Miene. Sie faste Lucy am Kinn und zwang sie, ihr in die Augen zu sehen.

»Du bist in Borek verliebt, stimmt's?« In ihren Augen machte sich Entsetzen breit. »Und du bist auf mich eifersüchtig, richtig?«

Lucy traten erneut Tränen in die Augen. Sie wollte es doch nicht.

»Ich weiß doch auch nicht«, flüsterte sie. »Ich kann doch nichts für meine Gefühle. Ich wusste doch nicht, dass ihr zusammen seid.«

»Oh, arme Lucy.« Riah nahm sie in den Arm. »Dein ›Verliebtsein‹ muss ja wirklich ein ganz tolles Gefühl sein, so wie du aussiehst. Ehrlich, am liebsten würde ich dir eine gute Freundin von mir empfehlen. Sie ist Psychologin, bestimmt schon doppelt so alt wie ich und hat viel Erfahrung. Sie hat sich auf ›Verliebtsein‹ spezialisiert und soll ganz tolle Erfolge haben. Aber als Terranerin kann ich dich da wohl kaum hinschicken. Das muss warten, bis wir mit dieser ganzen Aktion durch sind.«

Lucy hielt sich an Riah fest. Widerwillen mochte sie dieses Mädchen. Sie war die Einzige, mit der sie reden konnte. Mit Kim konnte sie nicht über großartige Empfindungen Imperianern gegenüber sprechen, und wenn sie das mit Christoph versuchen würde, würde Kim ihr wahrscheinlich die Augen auskratzen. Und Lars mochte sie nun wirklich nicht mit ihren Gefühlen einem anderen Jungen gegenüber belasten.

»Ich habe eine Idee«, flüsterte Riah ihr zärtlich ins Ohr. »Ich halte mich einfach eine Zeit lang von Borek fern und sage den anderen auch Bescheid. Dann hast du ihn ganz für dich allein. Ich glaube, Borek würde dabei auch mitmachen. Wenn es um dich geht, wird er sich sicherlich eine Zeit lang uns gegenüber zurückhalten können.«

Lucy sah sie an. Riah lächelte sie wirklich ganz liebevoll an. Das war sicher ein ganz lieb gemeintes Angebot. Aber ganz offensichtlich verstand ihre neue Freundin wirklich überhaupt nichts von den Gefühlen, die in ihr tobten. Riah schien ihr ratloses Gesicht dann auch völlig falsch zu interpretieren.

»Wenn du erst mal lieber mit mir zusammen sein möchtest, können wir es auch so herum machen.« Sie strahlte Lucy hoffnungsfroh an.

In Lucys Körper breitete sich Panik aus. Es wurde immer komplizierter, immer verfahrener.

»Hör mal Riah«, stotterte sie. »Ich mag dich wirklich gern, aber ich stehe nicht auf Mädchen.«

»Nur auf Jungs, verstehst du?«, fügte sie hinzu, als sie Riahs völlig verständnisloses Gesicht sah. Sie meinte schon, dass irgendwie das Übersetzungsprogramm versagt hätte, solange dauerte es, bis Riah endlich begriffen zu haben schien, was Lucy gesagt hatte.

»Daran habe ich ja bisher noch gar nicht gedacht.« Riah schlug sich mit der Hand an die Stirn. »Zu eurer Paarbeziehung gehören ja immer zwei Geschlechter. Sonst könntet ihr ja keine Kinder zeugen.«

Na ja, daran hatte Lucy eigentlich noch nicht gedacht, dass ihre Gefühle mit der Möglichkeit zusammenhängen könnten, Nachwuchs in die Welt zu setzen.

»Aber dann seid ihr nur zum Kinderkriegen zusammen? Seid ihr denn nicht manchmal einfach zusammen, weil ihr euch lieb habt, oder einfach, weil ihr ein bisschen Spaß miteinander haben wollt? Ich meine, was willst du denn eigentlich von Borek. Er ist ein Imperianer. Kinder könnt ihr zusammen sowieso nicht bekommen. Da ist es völlig egal, ob er ein Junge oder ein Mädchen ist.«

Riah sah frustriert aus und klang fast ein wenig beleidigt. Jetzt war es an Lucy, ihr sanft über den Arm zu streicheln. In möglichst liebevollen Ton sagte sie:

»So ist das doch auch wieder nicht. Wir überlegen uns doch nicht: Oh, das ist aber ein netter Junge. Mit dem will ich jetzt sofort ganz viele Kinder kriegen. Es ist viel komplizierter.«

Lucy dachte nach. Wie sollte sie das bloß erklären? Viel schlimmer noch, sie wusste selbst nicht so recht, wie es eigentlich funktionierte. Schließlich begann sie einfach:

»Eigentlich ist es so, dass man einen Jungen kennenlernt und ihn sehr nett findet und auch körperlich attraktiv. Ja und dann verliebt man sich eben. Also das heißt, man möchte genau mit ihm zusammen sein. Ich habe mir eigentlich noch nie Gedanken darüber gemacht, ob es dann wirklich der Einzige sein muss, der, mit dem man für immer zusammen ist und irgendwann auch Kinder hat.

Wenn ich es recht überlege, muss das gar nicht sein. Aber für die Zeit, die man zusammen ist, muss man das Gefühl haben, dass es genau der sein könnte. Verstehst du das?«

Lucy sah Riah erwartungsvoll an. Die starrte aber nur mit großen Augen zurück und schüttelte den Kopf.

»Ich glaube, so ganz, also ich meine, so vom Gefühl her, verstehe ich dich nicht, aber ich denke, ich weiß, was du mir sagen willst. Bei euch gibt es also immer nur Paare, und zwar immer einen Mann und eine Frau. Selbst wenn sie nicht sofort Kinder haben wollen, so ist das nur für eine Übergangszeit und dann setzen sie Kinder in die Welt.«

»So wie du das sagst, hört sich das wie eine Vorschrift an. So ist das nun auch wieder nicht. Es gibt Leute, die nie Kinder haben wollen und es gibt auch Menschen, die gleichgeschlechtliche Beziehungen haben. Aber ich glaube, alle suchen nach dem Menschen, mit dem sie den Rest ihres Lebens zusammenbleiben wollen.«

»Siehst du, das kann man jetzt doch viel besser verstehen. Das ist ja fast wie bei uns, nur dass wir uns eben nicht auf einen Menschen beschränken, sondern gleich mehrere einzelne lieb haben, und dass das Geschlecht egal ist.«

»Ist das bei allen so?«

»Ich weiß das nicht ganz genau, aber ich glaube schon, zumindest bei denen, die nicht krank sind.«

»Für Borek ist das Geschlecht also auch egal?«

Diese Frage war Lucy einfach so herausgerutscht. Bis jetzt war sie der Meinung gewesen, dass sie völlig tolerant war und gegen Homosexuelle keine Vorurteile hatte. Jetzt merkte sie aber, dass es doch etwas ganz anderes war, wenn es ausgerechnet um den Jungen ihrer Träume ging.

Riah lachte. »Natürlich, was glaubst du, wie das sonst gehen sollte, dass wir alle so gute Freunde sind. Das heißt doch auch, dass sich die Jungs untereinander lieb haben und die Mädchen selbstverständlich auch. Ich hab dir doch erzählt, dass Tomid

Borek gerade tröstet. Ich denke, über das Reden werden die beiden mittlerweile hinaus sein. Hey, Lucy, nun guck doch nicht so entsetzt. Das ist bei uns normal. So sind wir alle auf diesem Planeten!«

Riah nahm Lucy noch einmal ganz fest in den Arm.

»Willst du nicht heute Nacht bei mir bleiben? Ich verspreche auch, dass ich nichts mache, was du nicht willst«, flüsterte sie ihr zärtlich ins Ohr.

Jetzt bei einer guten Freundin im Bett zu liegen, einfach quatschen und sich vielleicht sogar in den Arm nehmen, hätte Lucy wirklich gefallen. Riah war sicher im Moment der Mensch, mit dem sie am ehesten über die Dinge reden konnte, die ihr gerade wirklich wichtig waren. Aber sie hatte einfach Angst, dass Riah sich nicht an ihr Versprechen halten könnte und noch mehr davor, dass sie – aus welchen Gründen auch immer – nicht rechtzeitig ›nein‹ sagen würde.

»Du, ich glaube, ich möchte heute Abend lieber allein sein«, antwortete Lucy deshalb. »Das hat wirklich nichts mit dir zu tun. Ich mag dich wirklich gern. Nur heute Abend muss ich erst einmal mit alledem hier zurechtkommen.«

»Das ist völlig in Ordnung«, erwiderte Riah und lächelte sie verständnisvoll an.

»Du bist mir doch nicht böse, oder?«

»Hör mal Lucy, hier auf Imperia ist das Wichtigste im Zusammenleben der Menschen, dass man den Anderen respektiert. Ein ›Nein‹ ist ein ›Nein‹. Keiner tut hier einem Anderen Gewalt an, schon gar nicht, wenn es um zärtliche Gefühle geht. Ich würde mich zwar riesig freuen, wenn du irgendwann einmal zu mir kommen würdest, einfach so als gute Freundin, und wir dann reden oder sogar etwas mehr machen können, aber das musst du wollen. Weder ich noch irgendjemand von den Freunden wird dich dazu zwingen oder überreden.«

Als Riah Lucys zweifelndes Gesicht sah, ergänzte sie grinsend: »Wir werden höchstens versuchen dich ganz sanft zu überzeugen.«

Lucy war von der Bank aufgestanden und wollte gerade gehen, als Riah sie noch einmal ansprach:

»Lucy, du musst mir aber eines versprechen. Wenn du Lust hast mich zu sehen, zum Reden oder wofür auch immer, sprichst du mich einfach an. In Ordnung?«

Lucy nickte nur stumm, dann eilte sie schnell nach Hause, das heißt, in die Wohnung von Borek und seinen Freunden. Darüber, wohin Riah ging, wollte sie lieber nicht nachdenken.

Vorbereitungen

Am nächsten Morgen fühlte Lucy sich alles andere als ausgeschlafen. Sie hatte sich am Abend vorher zwar vorgenommen, nicht mehr über Borek und Riah und deren imperianischen Freunde nachzudenken, aber das hatte selbstverständlich nicht funktioniert. Es hatte ewig gedauert, bis sie einschlafen konnte, und dann war sie einen Traum gfallen, in dem Borek und Riah die Hauptrollen spielten und natürlich sie selbst. Über das, was in diesem Traum geschehen war, würde sie auf keinen Fall irgendjemanden auch nur das Geringste erzählen. Es war einfach peinlich, insbesondere, weil sie morgens auch noch mit einem wohligen Gefühl aufgewacht war und sich minutenlang dagegen gesträubt hatte, in die bittere Realität zurückzukehren.

Nachdem sie ihre Morgentoilette verrichtet und sich angezogen hatte, fand sie ihre Freunde in einer Art Gemeinschaftsraum, der sich in dem Stockwerk befand, in dem sie untergebracht waren. Die eigentlichen Aufenthaltsräume lagen in der darunter liegenden Etage.

»Das war wohl 'ne lange Nacht«, grinste Lars.

»Na, hast du dich prima amüsiert mit deinen neuen Freunden?« Kims Tonfall war mehr als schneidend. Lucy ignorierte sie.

»Ich habe mir überlegt, wir sollten gleich heute mit den Erkundigungen nach dem Schlüssel beginnen. Umso schneller wir hier wieder weg sind, umso besser«, erwiderte sie.

»Das ist der beste Satz, den bisher einer von euch Dreien gesagt hat«, stimmte Kim zu und ihr Gesicht hellte sich zum ersten Mal an diesem Morgen auf.

»Mir geht das langsam auf die Nerven, dass du immer so tust, als wollten wir alle hier bleiben und Ferien machen«, giftete Lars sie an.

»Wer hat denn eben noch von den tollen Mädchen hier geschwärmt. Gerade du scheinst dich doch bestens zu amüsieren!« Kims Stimme wurde schrill.

»Nur weil man ein paar Mädchen toll findet, will man doch nicht gleich hier bleiben.« Lars schüttelte genervt den Kopf.

»Hast du eben gesagt ›Hier kann ich es aushalten‹ oder nicht?« Kims Stimme überschlug sich fast.

»Mensch Kim, keiner will hier bleiben. Uns ist der Auftrag genauso wichtig wie dir.« Christoph legte ihr versöhnlich den Arm um die Schulter.

»Lass das!« Sie schubste Christophs Arm weg. »Glaubst du, ich habe nicht gesehen, wie du diese beiden albernen Gänse angesehen hast? Außerdem habe ich noch immer im Ohr, wie du ›endlich wieder unterwegs‹ gesagt hast, als wir losgeflogen sind. Für euch ist das doch alles nur ein Abenteuer, und wenn es euch hier besser gefällt, bleibt ihr eben. Ich sehe doch an euren Gesichtern, wie begeistert ihr von dieser Welt seid.«

»Könnt ihr vielleicht ein bisschen leiser reden! Keine Ahnung, wie gut die Türen hier den Schall isolieren«, mischte sich Lucy ein.

Wie auf Kommando öffnete sich die Tür und Borek kam herein. Er strahlte in die Runde.

»Hier seid ihr ja. Habt ihr gut geschlafen? Wollt ihr nicht runter zum Frühstücken kommen? Die anderen sitzen schon am Tisch.«

Christoph nickte beklommen. Kim sagte nichts und rauschte aus der Tür, die Treppe hinunter. Lars stieß ein gequält locker klingendes ›Das ist eine gute Idee‹ heraus und Lucy stand da und hatte plötzlich nicht mehr die Luft zum Antworten. Ein dicker Kloß hatte sich in ihrem Hals gebildet. Sie brachte kein Wort heraus und nickte nur stumm.

»Schade, dass du gestern Abend nicht noch geblieben bist«, sagte Borek zu ihr, als sie gemeinsam die Treppe hinuntergingen. »Es war noch echt lustig.«

»Das glaub' ich«, erwiderte Lucy und schluckte dabei einen riesigen Kloß – was auch immer – herunter.

»Ich denke, wir reden lieber später darüber.« Borek sah sie besorgt an und tätschelte ihr schüchtern den Arm.

Wie sie befürchtet hatte, bekam Lucy beim Frühstück kaum einen Bissen herunter. Ihre Blicke wanderten zwischen den Jugendlichen hin und her. Jetzt fiel ihr auf, dass Tomid in der Tat Borek mindestens ebenso liebevoll ansah wie Riah. Es war ja schon schlimm genug, dass ihr Traumprinz ein anderes Mädchen hatte, aber an die Vorstellung, dass er gleichzeitig auch mit einem Jungen zusammen war, konnte Lucy sich nicht gewöhnen. Das Schlimmste war, dass sich dieses Gedankenkarussell in ihrem Kopf drehte und sie es nicht anhalten konnte. Sie musste auf andere Gedanken kommen. Deshalb sprach sie das Gleiche an, über das sie schon mit ihren Freunden geredet hatte.

»Ich denke, wir sollten schon heute einen Plan machen«, begann sie und beim Sprechen löste sich langsam der Kloß in ihrem Hals auf. »Wir müssen als Erstes herausfinden, wo der Schlüssel ist, worum es sich dabei überhaupt handelt und wie er gesichert ist. Dann können wir im nächsten Schritt einen Plan ausarbeiten, wie wir die Sicherheitsanlagen umgehen können.«

»Wo bekommen wir denn hier Informationen über so etwas her?«, fragte Christoph gleich nach. Er hatte seinen Mund noch voll und musste sich beim Sprechen unterbrechen, um zu schlucken, strotzte aber ganz offensichtlich so vor Tatendrang, dass er sich nicht mehr zurückhalten konnte.

»Diese Informationen sind zu sensibel, als dass man sie im normalen Netz findet«, dachte Riah laut. »Im Zentrum gibt es eine wissenschaftliche Bibliothek. Da kann man sich hineinsetzen und recherchieren.«

»An die geheimen Informationen kommt man da aber auch nicht so einfach ran«, mischte sich Belian in seinem typisch arroganten Tonfall ein. »Für die Verschlusssachen braucht man eine Sondergenehmigung von der Uni, die einen als Forscher für eines dieser speziellen Themen ausweist.«

»Es wird schon schwer sein, an die allgemein zugänglichen Informationen zu kommen, dazu müsstest du wenigstens an der Uni eingeschrieben sein.« Tomid, der das erste Mal etwas sagte, während Lucy dabei war, sah ziemlich zweifelnd aus.

»Also das ist bei unseren zuvorkommenden und überaus motivierten Damen der Bibliothek kein Problem«, grinste Riah ironisch. »Die werden einem Studenten des mirandianischen Austauschprogramms zur Förderung der imperianischen Provinzen sicher behilflich sein.«

»Was für ein Programm?«, fragte Belian und zog die Stirn kraus.

»Hast du doch gerade gehört«, grinste Kara breit.

»Von so einem Programm hab ich noch nie gehört!«

»Kannst du auch nicht! Das hat Riah doch gerade eben erst ins Leben gerufen, du Genie!« Kara grinste Belian noch frecher an, als sie das schon normalerweise tat. Belian schien den Witz überhaupt nicht lustig zu finden. Er sah ziemlich gekränkt aus.

»Gut, bleibt das Problem mit den geheimen Informationen.« Tomid lenkte das Gespräch sachlich wieder auf das eigentliche Thema.

»Wie ist das, kommt man denn von den allgemeinen Terminals auch auf die geheimen Server?«, fragte Christoph.

»Klar, aber die sind natürlich irre gesichert.«

»Hm, bisher bin ich noch überall reingekommen, wo ich reinwollte. Das krieg' ich schon hin.«

»Da kommt man nicht so leicht rein, wie bei eurer Hinterwaldtechnik«, musste Belian jetzt noch einmal einen draufsetzen.

Den anderen stockte der Atem. Lucy wäre am liebsten aufgestanden und hätte diesen blöden, arroganten Kerl rausgeschmissen. Sie konnte sich gerade noch zurückhalten und wunderte sich, dass Lars und Kim sich ganz offensichtlich auch unter Kontrolle hatten. Die Situation rettete Christoph. Er grinste noch breiter und sah ungewöhnlich munter und begeistert aus.

»Gut Alter«, sagte er jovial zu Belian. »Um was wetten wir, dass ich euer tolles Sicherheitssystem knacke?«

»Da brauchen wir nicht wetten. Das schaffst du sowieso nicht!«

»Dann brauchst du ja keine Angst haben und kannst beruhigt eine Wette abschließen.« Christoph sah Belian herausfordernd an. Der blickte mit dem überheblichsten Gesichtsausdruck zurück, zu dem er fähig war.

»Und was stellst du dir vor, worum du wetten möchtest?«

»Ganz einfach, wenn ich gewinne, gibst du hier offen vor allen zu, dass du uns Terraner unterschätzt hast und wir doch so weit entwickelt sind, eure tollen Sicherheitssysteme zu knacken. Falls du gewinnst, gebe ich zu, dass unsere primitiven Kenntnisse doch nicht ausreichend sind.«

»Das brauchst du nicht, dass weiß ich sowieso«, antwortete Belian und sah dabei womöglich noch ein Stück arroganter aus.

»Wie du willst. Also gilt die Wette nun?« Christoph hielt Belian die Hand hin. Der schlug missmutig ein.

»Das ist doch reine Zeitverschwendung«, murmelte er. »Lasst uns lieber an einem Alternativplan arbeiten.«

»In Ordnung«, mischte sich Borek ein. »Christoph und Riah werden in die Bibliothek gehen und versuchen, Christoph Zugang zu den nötigen Informationen zu verschaffen. Belian und Tomid werden versuchen, einen alternativen Zugang aufzutun. Kara und Luwa könnten parallel versuchen, eine dritte Möglichkeit zu finden.«

»Oh nö«, unterbrach ihn Luwa schmollend. »Du weißt genau, dass ich es hasse, in so einer Bibliothek zu sitzen und zu recherchieren. Können wir nicht was anderes machen, etwas mehr Praktisches?«

Borek sah ziemlich genervt aus.

»Ihr beide könntet euch wirklich auch mal geistig ein wenig fortbilden«, meinte er.

»Die Gerüchte besagen, dass sich der Schlüssel im Imperiumsturm befindet. Wie wäre es, wenn ihr schon mal die Umgebung erkundet?«, lenkte Riah ein.

»Ja, ich denke, vor allem unsere terranischen Freunde sollten die Stadt kennenlernen, insbesondere das Gebiet um den Turm.« Borek war sofort einverstanden. »Ich schlage vor, wir bilden drei Zweiergruppen. Jeder Terraner erhält sozusagen einen Fremdenführer und dann machen wir uns getrennt auf den Weg. So lernt jeder etwas aus einer anderen Perspektive kennen. Das kann im Notfall entscheidend sein.«

»Oh ja, ich nehme dann Lars«, rief Kara begeistert aus. Der brauchte gar nicht zu antworten. An seinen begeisterten Augen erkannte man auch ohne Worte, dass er einverstanden war.

Luwa sah einmal direkt Borek an und sagte dann: »Gut, ich nehme Kim.«

Lucy hoffte, dass ihre Freundin irgendetwas einzuwenden hätte, aber ihr schien alles egal zu sein. Jedenfalls gab sie sich große Mühe, diesen Eindruck nach außen zu vermitteln.

Bevor Lucy selbst noch etwas einwenden konnte, sagte Borek: »Gut dann ist das so abgemacht. Ich gehe also mit Lucy.«

»Treffen wir uns dann in einer halben Stunde?«, fragte er sie.

Eine halbe Stunde später trafen sie sich an der Treppe. Borek war voller Tatendrang. »Komm«, rief er Lucy zu und stürmte die Treppe hinunter. Vor dem Hauseingang blieb er stehen und zeigte auf ein Ding, das auf den ersten Blick wie ein grob verunstaltetes, unbekanntes Tier aussah. Es hatte vier Beine, weder Fell noch Hals und einen extrem kleinen flachen Kopf. Die Haut sah aus wie trockenes Leder von dunkler, eher grauer Farbe. Das Ding hatte sich hingekniet. Was allerdings den Eindruck zerstörte, dass es sich um ein Tier handeln könnte, war eine ovale Öffnung, die sich in der Seite zwischen den Vorder- und Hinterbeinen gebildet hatte. Durch sie sah man auf zwei Sitzreihen, die wie Ledersofas aussahen.

»Ich hab einen Laufroboter bestellt. Mit dem können wir ein bisschen die Stadt erkunden«. Er winkte Lucy zu dem Gefährt. »Komm, setz' dich in die erste Reihe, da sieht man am besten.«

Zögerlich stieg Lucy ein. Borek setzte sich schwungvoll neben sie. Lucy fühlte sich unwohl. Sie hatte noch nie vorher ein Fortbewegungsmittel gesehen, das diesem auch nur im Entferntesten ähnelte. Sie hatte noch nicht einmal in ihrer Fantasie, einem Film oder einem Buch von so etwas gehört und nun saß sie in diesem Ding und wusste nicht, was passieren würde. Hinzu kam, dass sie ganz dicht ausgerechnet neben dem Jungen saß, dem ihr

Körper am liebsten gleich um den Hals gefallen wäre, zu dem ihr Kopf aber gerne mindestens hundert Kilometer Abstand gehabt hätte.

Bevor Lucy weiter darüber nachdenken konnte, hatte sich das Eingangsoval geschlossen, der Roboter sich langsam und sanft erhoben und war losgerannt. Von den Schritten war kaum eine Erschütterung zu spüren. Lucy hatte das Gefühl zu gleiten und das mit einer atemberaubenden Geschwindigkeit. Jetzt fiel ihr auf, dass sie aus dem Gefährt heraussehen konnte, und zwar rundherum.

»Ich hab' beim Einsteigen gar keine Fenster gesehen«, dachte Lucy laut und blickte sich erstaunt um.

»Das sind Monitore. Außen sind Sensoren angebracht. Das ist ganz praktisch, dann sind die Reisenden drinnen etwas ungestörter. In einige Modelle kann man von außen hineinsehen. Es gibt sogar Typen ohne Dach. Die sind ein bisschen schneller und sehen etwas schicker aus, aber ich wusste nicht, ob sich das Wetter heute hält, darum hab ich dieses Modell geordert. Außerdem ist die Phase vorbei, in der ich den ganzen Tag mit diesen Angeberteilen herumrennen musste. Wenn du dich mal umsiehst, sind das meistens jüngere Typen, die in solchen Kisten sitzen.«

Das klang gerade von Borek nun wirklich ziemlich arrogant, fand Lucy. Die ›jüngeren Typen‹, von denen er sprach, waren genau in seinem und ihrem Alter. Und das galt auch nicht für alle dachlosen Laufroboter, die ihnen begegneten.

»Oder es sind Leute, die auf jünger machen«, schränkte Borek auch direkt ein, als sie eine dieser offenen Maschinen mit zwei lachenden Damen im Alter von Lucys Mutter überholte.

»Funktionieren die völlig selbstständig oder kann man sie auch selbst steuern?«, fragte Lucy. Sie beobachtete fasziniert, wie sich diese Laufroboter mit großer Geschwindigkeit gegenseitig auswichen. Obwohl der gesamte Verkehr nach einem totalen Chaos aussah, rannten die Maschinen ohne irgendwelche Zusammenstöße mit hohen Geschwindigkeiten auf ihr jeweiliges Ziel zu.

»Man kann die auch selbst steuern«, beantwortete Borek ihre Frage. »Aber das macht man eigentlich nur im Notfall. Wie dir vielleicht aufgefallen ist, gibt es vorne eine Steuereinheit mit optischen und akustischen Sensoren. Die funktionieren grob wie Augen und Ohren. Außerdem gibt es dort einen Zentralrechner, der die Informationen koordiniert und die Beine und den Rest steuert.«

»Also funktioniert so ein Roboter ähnlich wie ein Tier.«

»Na ja, nicht ganz so. Ein Tier ist darauf angepasst, eigenständig zu leben, sich selbst zu ernähren, sich fortzupflanzen und so weiter. Dieser Roboter ist darauf optimiert, uns an unser Ziel zu bringen, und zwar so sicher wie irgend möglich. Das stellt er über alle anderen Dinge. Seine Energie erhält er wie Tiere oder Menschen über pflanzliche oder auch tierische Nahrung. Wenn er welche benötigt, wird das angezeigt, und bevor es zu ernsthaften Beeinträchtigungen kommt, wird er natürlich gefüttert. Aber im Ernstfall, zum Beispiel bei einer Flucht, könnte man ihn auch rennen lassen, bis er buchstäblich tot umfällt. Auch wenn dieses Gerät auf der gleichen biologischen Grundlage wie Tiere oder gar Menschen arbeitet, es ist ein Roboter und kein autarkes Lebewesen oder gar ein Mensch.«

»Gut, das ist also so etwas wie bei uns ein Auto, sozusagen auf biologischer Grundlage. Warum hat es eigentlich keine Räder, sondern läuft auf vier Beinen?«

»Das ist wirklich ein interessantes Kapitel der Menschheitsgeschichte. Da hat man Räder erfunden, sie ein paar Tausend Jahre benutzt und sie dann wieder ad acta gelegt. Wie du weißt, bin ich dafür eigentlich nicht der große Spezialist. Eigentlich müsstest du zu so etwas Riah befragen. Aber ich versuche es mal.

Ist dir noch nie aufgefallen, dass es in der Natur keine Räder gibt? Das liegt vor allem daran, dass ein Rad immer getrennt vom Rest des Gerätes ist. Wenn wir heute so etwas konstruieren wollten, müssten wir also für jedes Rad einen eigenen Roboter wachsen lassen, den man dann mit dem anderen Teil von vornherein verzahnt.

So etwas kann natürlich sehr mühsam sein. Wenn ein Teil nicht mehr funktioniert, ist der ganze Roboter kaputt. Bei einem Schaden müsste sich jedes Teil selbst reparieren. Diese Roboter haben natürlich die gleichen Reparaturmechanismen wie Tiere, also bis zu einem gewissen Grad heilen Wunden oder Brüche wieder. Also kurz gesagt wären Räder viel zu aufwendig für uns, genauso wie für die Natur.

Außerdem müssten dann die Straßen ganz anders gebaut werden. Wie du bestimmt gemerkt hast, kann man auf unseren Straßen ganz gut gehen als Mensch, als Tier und auch als Laufroboter. Wenn man allerdings Maschinen mit Rädern hätte, müssten sie viel gleichmäßiger sein. Auch das wäre viel aufwendiger. Ja und mit Rädern könnte man dann auch nur auf Straßen fahren und nicht durchs Gelände laufen wie dieser Roboter. Kurz gesagt, Beine bringen gegenüber Rädern einfach jede Menge Vorteile. Deshalb haben wir Roboter mit Beinen und nicht mit Rädern.«

Lucy sah fasziniert nach draußen. Ihr fielen immer mehr Einzelheiten in dieser völlig andersartigen Stadt auf. Borek sah sie schweigend an. Es gab so viel Unausgesprochenes zwischen ihnen, aber Lucy wollte nicht darüber reden, jedenfalls jetzt noch nicht. Schnell stellte sie die nächste Frage, die ihr einfiel.

»Wie ist das eigentlich? Du hast gesagt, dass du den Roboter bestellt hast. Wem gehört der eigentlich? Ist das ein Taxi? Kostet dieser Ausflug viel? Habt ihr genug Geld für solche Unternehmungen?«

Borek wirkte einen Moment lang verwirrt und blickte Lucy stirnrunzelnd an. Dann hellte sich sein Gesichtsausdruck auf.

»Oh, da hab' ich aber einen Moment gebraucht, um zu verstehen, was du meinst. Klar bei euch gibt es ja Geld. Das hatte ich ganz vergessen. Bei uns gibt es so etwas nicht mehr. Es ist genug von allem da. Unsere Wirtschaft produziert mehr, als wir verbrauchen könnten, sonst wäre übrigens solch eine Raumflotte, wie die imperianische gar nicht denkbar.

Selbst wenn ihr auf Terra alle Pläne und alle Technologie für den Bau von imperianischen Raumschiffen hättet, könntet ihr nicht ein einziges Mutterschiff der A-Klasse in zehn Jahren bauen, ohne dass eure gesamte irdische Bevölkerung verhungern würde. So aufwendig ist die Produktion dieser Schiffe.

Also jeder Planet im Imperium, das heißt zumindest jeder vollwertige Planet des Imperiums, hat einen Überschuss, der es nicht nur erlaubt solche Schiffe zu bauen, sondern jedem Bürger alles an materiellen Gütern bereitzustellen, was er sich wünscht. Daher brauchen wir kein Geld.«

»Aber, ... äh«, stotterte Lucy. Sie konnte sich das noch nicht vorstellen und wusste auch nicht so recht, wie sie ihre Frage formulieren sollte. »Aber, wem gehört dann zum Beispiel dieser Laufroboter?«

»Wie gehören? Der gehört natürlich allen oder keinem, wie du es sehen möchtest.«

»Aber zum Beispiel eure Wohnung, wenn die nun allen gehört, kann es dann sein, dass heute Abend jemand anders in meinem Bett liegt?«

»Nein, natürlich nicht!« Borek lachte. »Wie soll ich das erklären. Die Wohnung gehört zwar nicht uns – wir können sie weder kaufen noch verkaufen; es gibt ja kein Geld – aber wenn wir sie in Besitz genommen haben, leben wir darin, bis wir wieder ausziehen. Bis dahin wird niemand auf die Idee kommen, in unsere Wohnung zu ziehen.

Wenn jemand eine Unterkunft braucht, sucht er natürlich nur in den frei stehenden Wohnungen. Es wird ja auch niemand auf die Idee kommen, uns jetzt hier aus unserem Laufroboter zu zerren, weil er gerade diesen haben will. Aber wenn wir an unserem Ziel angekommen sind, schicke ich ihn natürlich zurück und der Nächste, der ihn braucht, wird ihn bestellen.«

»Und wenn einfach zu wenige da sind und man zu lange warten muss?«

»Dann beschwert man sich und es werden Zusätzliche produziert. Es kommt natürlich immer mal in Übergangszeiten vor, dass auch mal irgendetwas zu wenig da ist, aber diese Probleme sind immer nur von kurzer Dauer. Ich meine, wie ist es denn bei euch, wenn mehrere Leute das Gleiche kaufen wollen und es ist nicht genug da?«

»Dann müssen wir es auch vorbestellen und warten, bis es neu produziert oder von einem anderen Ort herangebracht worden ist.«

Lucy dachte nach. Irgendetwas stimmte noch nicht, irgendetwas war komisch, aber was? Plötzlich wusste sie es.

»Aber wenn ihr kein Geld habt und alles im Überfluss da ist, dann gibt es doch gar keinen Anreiz zu arbeiten, aber irgendjemand muss das alles hier doch produzieren.«

»Darüber habe ich noch gar nicht nachgedacht.« Borek kratzte sich unter dem Kinn und sah gedankenverloren aus dem Fenster, beziehungsweise auf den Monitor, auf dem die Kulisse der Stadt vorbeizog.

»Es ist so, dass jeder von uns in der festen Vorstellung aufwächst, sich einen bestimmten Platz auch in der Arbeitswelt zu suchen. Jeder möchte sich doch irgendwie selbst verwirklichen oder wenigstens irgendetwas Nützliches in seinem Leben tun. Wir gehen erst zur Schule. Die meisten gehen dann noch auf eine Hochschule und lernen so viel sie können. Dann suchen wir uns eine Aufgabe, für die wir uns geeignet halten und von der wir meinen, dass sie uns Spaß bringt.«

»Ja und was passiert mit denen, die das nicht machen?«, bohrte Lucy weiter.

»Also ehrlich gesagt bin ich noch gar nicht auf so eine Idee gekommen. Jemand, der nicht ein Minimum an Arbeit für die Gemeinschaft leistet, gilt bei uns als krank.«

»Was heißt denn Minimum?« Jetzt wollte Lucy es genau wissen.

»Also man kann natürlich so lang arbeiten, wie man will, aber eigentlich sind so im Schnitt vier Stunden pro Tag das Minimum. Die Meisten haben aber so viel Lust auf ihre Arbeit, dass sie auf wesentlich mehr kommen. Bei einigen Jobs ist es auch wichtig, dass bestimmte Zeiten eingehalten werden. Das muss man sich natürlich vorher überlegen, wenn man sich für so eine Tätigkeit entscheidet.«

»Und was passiert mit denen, die krank sind und gar nicht arbeiten wollen?«

»Die kommen natürlich, wie alle geistig Kranken, in Psychotherapie.«

»Ach so setzt ihr also die Leute unter Druck. Wenn jemand sich verweigert, kommt er in die Klapse!« Endlich meinte Lucy, den Schwachpunkt in diesem System gefunden zu haben.

»Ich weiß nicht, so habe ich das noch nie gesehen. Ich meine, ich finde Leute ganz ehrlich krank, die ihr ganzes Leben nichts Richtiges machen wollen. Auch wenn du natürlich recht hast, man kann das Ganze aus einer anderen Warte auch als Drohung sehen.«

Borek wirkte jetzt ebenfalls nachdenklich.

»Und was ist mit den Jobs, die keiner machen will?«, hakte Lucy noch einmal nach.

»Die werden heute, soweit ich weiß, alle von Robotern erledigt.«

Lucy sah wieder gedankenverloren aus dem Fenster. Eigentlich hörte sich dieses System wirklich gut an. Allerdings hatte sie bisher noch immer den Eindruck gehabt, dass an jedem System irgendetwas faul war, auch wenn das nur so ein Gefühl in ihrem Bauch war. Eine weitere Frage oder eine Anmerkung fiel ihr gerade nicht ein.

Plötzlich legte Borek seinen Arm um ihre Schulter und sah sie an. Lucy schrak zusammen. Automatisch verschränkte sie die Arme vor der Brust und verkrampfte sich.

»Du Lucy, wir müssen unbedingt reden«, sagte er und sah ihr dabei flehentlich in die Augen. »Komm heute Abend in das Freundschaftshaus, bitte!«

»Da gehe ich nicht wieder hin«, sagte Lucy entschlossener, als sie sich fühlte. Ein Teil ihres Körpers hätte sich am liebsten Borek in die Arme geworfen.

»Es ist wichtig. Ich verspreche dir auch: Nur reden. Wenn dir das lieber ist, können auch andere dazukommen. Keiner fasst dich an oder tut irgendwas, das du nicht willst. Das macht man hier auf Imperia nicht. Ehrlich nicht! Bitte, bitte komm doch!«

Borek klang so flehend, dass es Lucy schon fast wehtat. Bevor ihr Kopf eine Chance hatte, alle Konsequenzen zu durchdenken und eine Entscheidung zu treffen, hatte sie schon genickt.

»Oh prima!« Borek strahlte. Er drückte kurz ihre Schulter. »Möchtest du, dass jemand anderes dabei ist, Riah zum Beispiel?«

Lucy stellte fest, dass ihr Kopf ein »Nein« schüttelte. Was tat sie da um Gottes willen? Selbst wenn Borek sich an die Spielregeln hielt, was sie für wahrscheinlich hielt, war überhaupt nicht klar, dass sie – oder besser ein scheinbar unkontrollierbarer Teil ihres Körpers – sich an die Abmachung halten würde.

»Gut, du kannst es dir natürlich noch bis heute Abend anders überlegen und Riah einladen.«

Borek hatte seinen Arm wieder von Lucys Schulter genommen und sah jetzt angestrengt nach vorn.

»Du weißt ja, wir Imperianer trennen gerne die privaten und die dienstlichen Dinge. Jetzt musst du sowieso aufpassen. Da vorn ist der Imperiumsturm, das Wahrzeichen von Imperia Stadt und eigentlich auch das Wahrzeichen des ganzen Imperiums.«

Lucy war schon bei ihrer Ankunft der Turm als höchste Erhebung der Silhouette der Stadt aufgefallen. Aber ihr war nicht klar gewesen, wie groß dieses Gebäude und wie hoch das Gebäude wirklich war. Die Fläche, auf der er stand, musste wohl die Größe eines halben Stadtviertels einnehmen.

Dabei wirkte er wie aus einzelnen, in unterschiedlichen Grüntönen gehaltenen Bestandteilen zusammengesetzt. Jede Wohnung, Büro oder, was sonst noch in diesem Gebäude untergebracht war, schien wie an einem Baum angewachsene Pilze aus dem darunter- und danebenliegenden herauszuquellen und von den darüberliegenden überwuchert zu werden.

So baute sich der Turm Stockwerk für Stockwerk auf. Nach jeweils mehreren Etagen gab es Plattformen, auf denen wiederum ein schmalerer Turm aufgesetzt war. Die unterste dieser Plattformen hatte sogar fünf kleinere Nebentürme, die nicht ganz regelmäßig um den großen mittleren verteilt waren.

Auf diese Weise verdichtete sich der gesamte Turm stetig zu der schmalsten Plattform, auf deren Mitte eine letzte Kuppel untergebracht war. Sie schien an die unterste Schicht der Wolken heranzuragen. Lucy war sich sicher, dass es auf ganz Terra nicht ein einziges Gebäude gab, das auch nur annähernd so hoch war.

Auf allen Plattformen, bis hin zu der in schwindelerregender Höhe liegenden, liefen Menschen und betrachteten begeistert von dort die Stadt. Zumindest ging Lucy davon aus, dass die Bewegungen, die sie auf den oberen Plattformen gerade noch erkennen konnte, ebenfalls von staunenden Menschen stammten.

»Ja dieses Gebäude muss man als Tourist unbedingt besucht und erstiegen haben«, grinste Borek. »Wenn unsere Bibliothekswürmer herausbekommen sollten, dass der Schlüssel tatsächlich in dem Turm ist, werden wir wohl auch eine große Führung durch ihn machen müssen und ihn mal von allen Seiten betrachten.«

»Ich hoffe nur, da gibt es einen Fahrstuhl«, stöhnte Lucy.

»Mensch Lucy, ich dachte, wir machen einen Wettlauf bis an die Spitze.« Borek lachte. »Im Ernst, einmal im Jahr gibt es eine Sportveranstaltung, die daraus besteht, dass etwa tausend Leute zu Fuß den Turm hinauf- und wieder hinunterrennen. Das sind mehrere Zehntausend Stufen. Das ist eines der Volksfeste hier.«

»Ich hoffe, du hast nicht vor, uns dazu anzumelden«, meinte Lucy und grinste ihn an.

Sie ließen ihren Roboter einmal langsam um den gesamten Turm traben. Dann hielten sie an, stiegen aus und gingen in die Eingangshalle, die aus dem größten Raum bestand, den Lucy jemals gesehen hatte und in dem sich noch mehr Leute befanden, als in der Transferstation.

»Also mit heimlich hineinschleichen ist da wohl nichts«, bemerkte sie. Borek nickte nur mit zerknirschtem Gesichtsausdruck.

»Was ist eigentlich in diesem Turm untergebracht?«, fragte Lucy nach.

»Hier gibt es wirklich alles Mögliche. Die verschiedensten Unternehmen haben hier Büros. Es gibt Läden, Cafés und Restaurants für die Touristen. Das Wichtigste ist aber, dass irgendwo in der Mitte das Parlament tagt und weiter oben der halbe Regierungsapparat sitzt. Ja und in diesem riesigen Durcheinander von Büros und so weiter sollen angeblich auch die geheimsten Dinge des Imperiums versteckt sein, wie zum Beispiel unser berühmter Schlüssel. Da das Ganze aber unter Verschluss ist, ist das natürlich nur ein Gerücht. Ich könnte mir genauso gut vorstellen, dass es von unserem Geheimdienst selbst in die Welt gesetzt worden ist, um vom tatsächlichen Standort abzulenken.« Borek grinste Lucy von der Seite an.

Die beiden beschlossen, dass sie vorerst genug von dem Turm gesehen hatten. Sie gingen zurück zu ihrem Roboter, setzten sich wieder in ihn hinein und steuerten ihn kreuz und quer durch die Stadt. Borek erzählte Lucy alles Mögliche über die Straßen, Plätze und Häuser, an denen sie vorbeikamen. Sie versuchte, sich die wichtigsten Dinge von dieser riesigen Menge an Informationen zu merken.

Als sie am späten Nachmittag wieder zu Hause waren, hatte Lucy das Gefühl, auch nicht mehr eine einzige zusätzliche Information aufnehmen zu können. Sie musste dringend ein wenig allein sein und so war sie froh, dass ihre Freunde, die alten genauso wie die neuen, sie bis zum Abendessen in Ruhe ließen.

Zum Abendessen waren auch die anderen von ihren Expeditionen zurück. Riah erzählte begeistert von Christophs und ihren Erlebnissen in der Bibliothek.

»Das mit dem Ausweis für Christoph hat geklappt«, berichtete sie. »Ihr hättet mal die Damen am Tresen sehen sollen. Sie haben den Studenten aus Mirander von oben bis unten betrachtet. Ich dachte schon die ziehen ihn mit Blicken aus. Und dann hättet ihr sie reden hören sollen: ›Man muss ja so junge, engagierte Leute aus den Provinzen unterstützen. Schließlich wollen die ja auch richtige Mitglieder unsere Gesellschaft werden.‹ Ich dachte schon, wir kommen da nie wieder weg.«

»Danach waren sie auch ganz hilfsbereit«, ergänzte Christoph und grinste dabei schelmisch über beide Ohren. »Sie haben mir mindestens dreimal den gesamten Rechner erklärt. Nicht dass so ein Barbar wie ich, so ein Hightech-Gerät kaputtmacht. Wer weiß, vielleicht schlagen wir ja noch mit Keulen auf solche Teile ein.«

Die beiden gaben noch ein paar weitere Anekdoten von ihrem Besuch zum Besten. Dabei spielten sie sich nicht nur ganz selbstverständlich die Bälle zu, sondern grinsten sich auch derart vertraut an, dass man den Eindruck bekommen konnte, dass sie schon seit Jahren die engsten Freunde wären. Als Lucy zu Kim hinübersah, wurde ihr angst und bange. Christoph war zusammen mit Riah als Letzter in den Gemeinschaftsraum gestürmt. Vor Begeisterung hatte er seine Freundin kaum beachtet. Nun sah Kim Riah an, als wolle sie ihr jeden Moment an die Gurgel springen.

Glücklicherweise ging das Abendessen dann aber doch ohne Zwischenfall zu Ende. Allerdings war Lucy klar, dass die Chance auf eine Freundschaft zwischen Kim und Riah – und sei es auch nur eine ganz oberflächliche – wohl endgültig zerstört war.

Aussprache

Der Abend war angebrochen. Lucy hatte beschlossen, sich mit Borek allein zu treffen und zu zweit über ihre Beziehung zueinander zu reden. Oder besser gesagt darüber, dass es kein Liebesverhältnis zwischen ihnen geben konnte. Vor dem Essen war dieses Treffen Lucy noch ganz einfach vorgekommen. Warum sollten sich zwei intelligente Menschen nicht auch über so ein Thema ganz sachlich unterhalten können? Plötzlich war sie aber gar nicht mehr so sicher, dass ihre Hormone noch genug von ihrer Intelligenz übrig lassen würden für dieses Gespräch.

So ging sie also allein zu dem Freundschaftshaus und fand auch schneller als befürchtet das Zimmer, in dem Borek schon auf sie wartete. Sie schloss die Tür und begrüßte ihn gleich mit den Worten:

»Du hast gesagt, du machst nichts, was ich nicht ausdrücklich will. Ich hoffe, du stehst zu deinem Wort. Ich möchte nicht, dass du mich berührst. Den ganzen Abend nicht! Nicht, solange wir noch in diesem Zimmer oder überhaupt in diesem Haus sind.«

»Darf ich wenigstens deine Hand halten. Ich kann so schlecht über persönliche Dinge reden, wenn ich nicht wenigstens deine Hand halten darf«, bettelte Borek. Lucy beschloss, dass das ein anzunehmender Kompromiss sei. So hielt Borek also ihre Hand, als er weiter sprach:

»Riah hat mir erzählt, warum du gestern Abend weggelaufen bist. Sie hat mir erklärt, dass bei euch auf Terra alles anders ist. Bevor du aber jetzt etwas sagst, muss ich dir noch etwas erzählen, etwas sehr Wichtiges. Du musst wissen, ich hab dich sehr lieb. Obwohl wir uns erst kurz kennen, ist es jetzt schon so, dass ich mit dir über mehr Dinge reden kann und zu dir eine tiefere Freundschaft empfinde, als zum Beispiel zu Kara. Ich könnte mir vorstellen, dass wir, wenn wir uns erst einmal besser kennen, zusammen mit Riah ein ganz besonderes Dreieck in unserem Freundeskreis bilden. Deshalb war ich schrecklich traurig, dass du mich nicht mehr sehen wolltest.«

Diesmal war Lucy wesentlich besser vorbereitet. Trotzdem brauchte sie nun doch ein wenig mehr Abstand. Sie entzog ihm ihre Hand und erzählte ihm die ganzen Unterschiede zwischen terranischen und imperianischen Gefühlswelten und Sexualverhalten, also alles, was sie auch schon Riah erklärt hatte. Borek wurde mit jedem Satz nachdenklicher. Zwischen seinen Augenbrauen hatte sich eine steile Falte gebildet.

»Also habe ich dich richtig verstanden?«, fragte er, nachdem Lucy ihren kleinen Vortrag beendet hatte. »Du kannst nicht mit mir zusammen sein, weil du mich ganz besonders lieb hast?«

Lucy nickte.

»Nee, das verstehe ich nicht. Das ist doch unlogisch«, meinte er und schüttelte den Kopf.

»Das ist gar nicht unlogisch. Bei uns möchte ein Mädchen so stark geliebt werden, dass der Junge dafür auf alle anderen verzichtet. Also auf uns beide bezogen heißt das: Ich könnte nur mit dir zusammen sein, also als Liebespaar meine ich, wenn du auf alle anderen Mädchen verzichten würdest.«

»Und auf die Jungen selbstverständlich auch«, fügte sie etwas leiser hinzu und blickte dabei zu Boden. Dann sah sie wieder in sein ungläubiges Gesicht und ergänzte: »Natürlich könntet ihr alle Freunde bleiben, also wie Terraner Freunde sind, meine ich. Das heißt, miteinander reden, vielleicht euch in den Arm nehmen, aber keine ... keine ›Liebe machen‹ eben.«

»Auf alle verzichten? Auch auf Riah?« Borek schien die Welt nicht mehr zu verstehen.

»Gerade auf Riah«, flüsterte Lucy und sah wieder zu Boden. Sie fühlte sich mies.

»Aber Lucy!« Borek sah ihr verzweifelt in die Augen. »Das mit Riah und mir ist etwas ganz Besonderes. Wir leben am längsten zusammen von allen in unserem Freundeskreis. Wir kennen uns schon, seitdem wir Kinder sind. Wir haben damals schon immer zusammen gespielt und wussten, dass wir einmal die besten Freunde sein werden.

Als Riah dann zur Jugendlichen wurde – das ist bei uns mit der Geschlechtsreife – hat sie extra auf mich mit ihrer ersten Erfahrung gewartet. – Weißt du, bei Jungs ist das bei uns immer etwas später als bei Mädchen. – Über ein Jahr hat sie alle Neugierde zurückgesteckt, bis ich auch soweit war und dann haben wir unsere ersten Erfahrungen gemeinsam gesammelt. Erst danach haben wir dann von Jugendlichen mit mehr Erfahrung gelernt. Wir reden über alles. Wir haben absolut keine Geheimnisse voreinander. Ohne sie könnte ich einfach nicht leben!«

»Weißt du Borek …« Lucy musste einen dicken Kloß herunterschlucken, bevor sie weiter reden konnte. Ihre Stimme war nur ein Flüstern. »Wenn auf Terra ein Junge so über ein Mädchen redet, wie du über Riah, dann verletzt er damit ein Mädchen ganz schrecklich, das so verliebt in ihn ist, wie ich in dich.«

»Aber Lucy, ich wollte dich doch nicht verletzen. Ich wollte dir doch nur erklären …«

Verzweifelt hatte Borek wieder Lucys Hand ergriffen. Sie spürte, dass er sie in den Arm nehmen wollte, sich aber wegen seines Versprechens nicht traute. Sie wollte jetzt nichts mehr hören. Es war jetzt so oder so egal und sie hatten alles gesagt. Sie fasste schnell seine andere Hand, zog ihn zu sich heran und verschloss ihm mit einem Kuss den Mund.

Borek war so überrascht, dass es eine ganze Weile dauerte, bis er ihn erwiderte. Lucy kostete diesen Kuss endlos aus. Dabei hielt sie seine Hände fest. Sie wollte nicht von ihm berührt werden. Sie wollte nur diesen einen Kuss. Nach einer halben Ewigkeit schob sie ihn wieder von sich weg und hielt ihn mit ausgestreckten Armen auf Abstand.

»Das war mein Abschiedskuss«, sagte sie.

»Aber Lucy«, stammelte Borek. »Du kannst doch jetzt nicht gehen. Ich möchte doch dein Freund sein.«

»Klar werden wir Freunde bleiben, terranische Freunde versteht sich!« Lucy legte so viel Gleichmut in ihre Stimme, wie es ihr möglich war. »Aber ab heute reden wir nur noch miteinander. Vielleicht darfst du ja mal meine Hand halten oder mich auch mal kurz in den Arm nehmen, aber mehr gibt es nicht!«

Borek erstarrte vollkommen und sah Lucy schockiert an. Sie drehte sich auf dem Absatz um und ging mit schnellen energischen Schritten aus dem Zimmer und aus dem Haus.

Sie war mit sich zufrieden. Sie konnte aufrecht gehen. Sie hatte nicht geheult. Es war doch gar nicht so schlimm. Was war schon passiert? Sie hatte einen Jungen kennengelernt – gut. Sie hatte sich in ihn verliebt – auch gut. Sie hatte mit ihm rumgeknutscht – noch besser. Es war wirklich schön gewesen – was soll's! Er hatte eine Freundin – da kann man nichts machen. Sie hatte mit ihm Schluss gemacht – gut. Nun war sie wieder einsam, aber frei – auch gut.

Als sie dann abends allein in ihrem Bett lag, fühlte sie sich zwar schon nicht mehr ganz so optimistisch, aber es reichte, um einigermaßen schnell einzuschlafen.

Schlüsselerkenntnisse

Den nächsten Tag verbrachten Borek und Lucy wieder mit Erkundigungen. Allerdings stellten sich diese für ihr Problem als nicht sonderlich brauchbar heraus. Glücklicherweise trennten Imperianer die privaten und gefühlsmäßigen Dinge von den restlichen Aktivitäten. Borek schien nach dem vergangenen Abend auch nicht sonderlich erpicht darauf, noch einmal mit Lucy über ihr Verhältnis zueinander zu reden. So konnten sie sich ganz auf die eigentlichen Probleme konzentrieren.

Sie waren schon recht früh wieder zurück in der Wohnung. Lucy war unruhig und hielt es in ihrem Zimmer nicht aus. Ihre drei terranischen Freunde waren von ihren Erkundungstouren noch nicht zurück. Sie schlenderte deshalb hinunter in den ersten Stock zu den Gemeinschaftsräumen.

Es gab drei solcher Aufenthaltsräume. Das Esszimmer, in dem sie sich gemeinsam zu den Mahlzeiten einfanden, war leer. Auch in dem Zimmer, das Lucy ›Wohnzimmer‹ getauft hatte und in dem man sich vor allem zum Reden traf, war niemand. Der dritte Gemeinschaftsraum war das Medienzimmer. Auf der Erde, also Terra, hätte man ihn wohl Fernsehzimmer genannt. In diesem Raum traf Lucy die beiden Kinder, die sich ein Kinderprogramm ansahen.

Lucy hatte dieses Zimmer bisher noch nicht betreten und war daher neugierig, wie wohl imperianisches Fernsehen aussehen würde. Bevor sie sich aber umsehen konnte, wurde ihre Aufmerksamkeit von etwas ganz anderem abgelenkt. Die freche, kleine Nuri schmuste mit etwas, das wie ein Teddybär aussah. Als dieses vermeintliche Kuscheltier anfing zu laufen, glaubte Lucy, es handele sich um ein Tier.

»Was ist das denn? Hast du ein Haustier?«, fragte sie die Kleine.

»Das ist doch kein Tier. Das ist Teddy, mein Spielroboter. Eigentlich bin ich für so ein Spielzeug ja schon zu groß«, vertraute Nuri Lucy mit Verschwörermiene an. »Aber ich hab' ihn immer noch lieb. Er ist zwar schon alt, aber er funktioniert immer noch. Und ich will nicht, dass er abgeschaltet und auf den Müll geschmissen wird.«

»Sonst sieht das aber nicht unbedingt so aus«, redete plötzlich Riah dazwischen. Sie war gerade nach Hause gekommen und warf einen Blick in das Medienzimmer. »Dieses Viech ist ziemlich nervig. Dauernd rennt es hinter mir her und schreit ›Hunger, Hunger‹. Wenn ich es nicht füttern würde, hätte es sich schon längst selbst abgeschaltet. Eigentlich ist unsere ›große‹ Nuri für ihr Spielzeug selbst verantwortlich.«

»Das ist gar nicht wahr, meistens füttere ich ihn schon«, maulte Nuri. »Es kann höchstens sein, dass ich es manchmal vergesse.«

»Der Roboter kann sprechen?«, fragte Lucy ungläubig. Nuri nickte stolz, aber Riah erklärte schmunzelnd:

»Natürlich nicht richtig, so wie ein Mensch. Aber er hat ein Sprachmodul eingebaut, das auf verschiedene Dinge reagiert. Er sagt ›Hunger‹, wenn er zu wenig Energie hat. Er sagt ›schmusen‹, wenn er menschliche Wärme spürt und so weiter. Aber wirklich reden oder gar verstehen kann er natürlich nicht. Es ist eben nur ein Kinderspielzeug.«

Nuri sah Riah ärgerlich an und schmuste demonstrativ mit ihrem lebendigen Teddybären.

»Ooch, das ist jetzt aber doof«, maulte Daro plötzlich. Der imperianische Fernseher schaltete sich aus. Eine Stimme verkündete, dass die maximale Fernsehzeit für die anwesenden Kinder abgelaufen sei.

»Ist das bei euch auf Terra auch so fies, dass die Fernsehroboter einfach den Kindern das Programm abschalten, nur weil sie meinen, man hat genug geguckt?«, fragte Nuri böse.

»Nein, Fernsehroboter gibt es bei uns nicht«, erwiderte Lucy lachend. »Bei uns sorgen die El..« Lucy schluckte schnell den Rest des Wortes hinunter. Jetzt hätte sie fast vergessen, dass es vor den Kindern verboten war, über Eltern zu sprechen.

»Ich meine«, stammelte sie. »Bei uns ist das auch verboten, dass Kinder zu viel fernsehen und dann wird das Gerät ausgeschaltet.«

»Zu Kindern ist man überall gleich fies«, maulte Nuri und Daro nickte zustimmend mit dem Kopf.

Riah und Lucy grinsten sich an.

»Nun mal raus mit euch. Wir wollen die Nachrichten sehen«, verscheuchte Riah die beiden Kinder.

Lucy war erstaunt, dass es auch auf Imperia so etwas wie Nachrichten gab. Allerdings sollte Lucy im nächsten Moment feststellen, dass sie sich doch in einigem unterschieden. Es fing schon mit dem Fernsehen an. Natürlich war ein Fernseher kein Apparat, wie Lucy ihn von Terra kannte. Vielmehr war es ein freier Platz, der etwa ein Drittel des Zimmers einnahm.

Die Bilder waren nicht zweidimensional wie auf einem üblichen irdischen Fernsehschirm, sondern auf diesen freien Platz wurden dreidimensionale Aufnahmen projiziert. Es sah so aus, als würden die Menschen und Gegenstände tatsächlich real vor dem Zuschauer stehen.

Die Personen wurden in ihrer Originalgröße dargestellt. Landschaften oder große Räume wurden so geschickt projiziert, dass man die hintere Wand nicht mehr sah und die Szene sich scheinbar endlos ausdehnte. Anders als in dem Kino in dem aranaischen Raumschiff konnte man diese Bilder aber nur von vorn betrachten.

»Ein richtiges Kino, wo man um die ganze Szene drum herum oder sogar hineingehen kann, haben wir leider nicht«, erklärte Riah bedauernd. Lucy fand dieses Fernsehen aber auch so schon mehr als beeindruckend.

»Oh eure Mikrofone sehen ja aus wie unsere«, wunderte sich Lucy. Der Reporter im Fernsehen stellte einem Politiker Fragen und hielt ihm dabei ein Gerät vor den Mund, das in etwa wie ein irdisches Mikrofon aussah.

»Ähm, ich bin mir zwar nicht sicher, aber ich glaube nicht, dass ihr solche Aufnahmeroboter besitzt«, entgegnete Riah leicht verlegen. »Gerade diese Roboter, die im Fernsehen verwendet werden, sind schon ziemlich ausgefeilt. Sie haben zwei Audiosensoren, also so etwas Ähnliches wie Ohren. Mit denen nehmen sie die Geräusche wahr und speichern sie. Allerdings unterscheiden diese Roboter die Töne ähnlich wie ein tierisches oder menschliches Hirn. Wir filtern aus allen Geräuschen, die wir hören, ja auch die heraus, um die es gerade geht, und schalten die Geräuschkulisse dabei sozusagen weg. Genau das macht auch dieser Aufnahmeroboter. Daher kann man die beiden Gesprächspartner auch so gut ohne Nebengeräusche verstehen.«

Lucy nickte nur. Natürlich, warum sollten solche Kleinigkeiten nicht auch wesentlich weiterentwickelt worden sein.

»Etwas ganz anderes«, wechselte sie das Thema. »Mir ist aufgefallen, dass es eine ganz krumme Uhrzeit ist. Fangen bei euch die Nachrichtensendungen immer zu so einer Uhrzeit an? Bei uns kommen solche Sendungen immer zu ganzen, halben oder viertel Stunden.«

Riah sah einen Moment überrascht aus. Dann hatte sie offensichtlich verstanden, was Lucy meinte.

»Nein, bei uns gibt es für Sendungen keine festen Zeiten. Du kannst zu jeder Uhrzeit eine Sendung einschalten und sie beginnt dann immer von vorn. Nachrichten werden immer alle halbe Stunde aktualisiert.«

»Und habt ihr verschiedene Programme?«, fragte Lucy weiter.

»Was meinst du mit ›verschiedenen Programmen‹?« Riah wusste offensichtlich jetzt wirklich nicht mehr, wovon Lucy sprach.

»Na ja, bei uns gibt es verschiedene Sender, die unterschiedliche Programme senden. Manche bringen zum Beispiel auch nur Nachrichten oder nur Musik. Die meisten senden eine bunte Mischung aus allem«, erklärte Lucy.

»Ach so meinst du das! Bei uns gibt es so etwas im Prinzip auch. Du kannst dir zum Beispiel Nachrichten ansehen, Filme oder Fernsehserien. Du hast ja schon gesehen, dass es für Kinder ein Kinderprogramm gibt. Du kannst dir alles selbst zusammenstellen, ganz nach deinem Geschmack oder Interesse zum Beispiel nur Wissenschaftssendungen oder nur Filme und so weiter. Du kannst aber auch ein fertig zusammengestelltes Angebot abrufen. Ganz wie du möchtest.«

»Die einzige Einschränkung ist, dass sie dich immer zwingen, mindestens jede Stunde einmal Nachrichten zu sehen und jeden Tag eine Sendung aus Politik, Geschichte oder Wissenschaft«, stellte Luwa in resigniertem Tonfall fest. Sie stand plötzlich in der Tür, ohne dass Lucy sie gehört hatte.

»Und das ist auch wichtig und richtig so!«, kommentierte Riah. Sie war nicht nur einige Jahre älter als Kara und Luwa, sie verhielt sich auch eher wie eine mütterliche Freundin ihnen gegenüber als wie eine gleichberechtigte Jugendliche.

»Wenn man euch einfach nur das sehen lassen würde, was ihr euch immer aussucht, würde nur noch Blödsinn in eurem Kopf ankommen und ihr würdet gar nichts Sinnvolles mehr mitbekommen«, redete Riah spöttisch lächelnd weiter. »Damit jeder Einwohner des Imperiums wenigstens ein Minimum an Bildung über die Medien bekommt, sind die Geräte so konstruiert, dass man beim Fernsehen immer ein minimales Angebot an lehrreichen Sendungen mit ansehen muss.«

»Das finde ich gut«, sagte Lucy und hatte schon ein wenig Angst, dass das jetzt anschleimend ihrer imperianischen Freundin gegenüber wirkte. Aber sie hatte sich schon so oft über ihre hirnlosen Schulkameradinnen auf der Erde geärgert, die sich außer für ihr Aussehen scheinbar nur für die primitivsten Seifenopern und sogenannte Reality-Shows interessierten.

»Aber kann man dann nicht einfach für die Zeit rausgehen«, fiel ihr dann doch noch ein Schlupfloch in der Regelung auf.

»Nein«, stöhnte Luwa und zeigte frustriert auf einen kleinen schwarzen Kasten, der offensichtlich die Steuerung des Fernsehens war. »Der passt auf. Wenn man rausgeht und wieder hereinkommt, läuft der Bericht an der Stelle weiter, an der man den Raum verlassen hat. Da hat man keine Chance. Man kann erst wieder das sehen, was man eigentlich will, wenn man das andere überstanden hat.«

»Du tust mir wirklich leid«, lachte Riah.

Bevor die drei weiter über die imperianischen Regelungen zum Fernsehen diskutieren konnten, kam ein Bericht über Terra in den Nachrichten. Alle drei schwiegen schlagartig und hörten dem Kommentator zu:

»Die Opposition hat heute den angekündigten Eilantrag beim Obersten Gerichtshof eingereicht. Mit ihm soll die Invasion Terras in letzter Minute gestoppt werden. Die Antragsteller führen die zu erwartenden Verluste an Menschenleben und die hohen Kosten als Gründe an. Außerdem sei das Parlament bei der Entscheidungsfindung nicht ausreichend beteiligt worden.

Die Regierung weist die Vorwürfe zurück. Aufgrund des Kriegsrechts in den Außenbezirken des Imperiums und der konkreten Bedrohung durch die Aranaer sei eine Beteiligung des Parlaments an dieser Entscheidung nicht notwendig. Die Annahme des Antrags durch den Obersten Gerichtshof hat aufschiebende Wirkung. Die Vorbereitungen für die Invasion müssen daher bis zur Entscheidung des Gerichts eingestellt werden.«

»Heißt das, die Invasion findet jetzt doch nicht statt?«, fragte Lucy hoffnungsvoll.

»Theoretisch kann das Gericht die Invasion verbieten oder eine Entscheidung des Parlaments verlangen. Aber mach' dir keine großen Hoffnungen, die Militärs kriegen letztendlich ja doch alles durch, was sie wollen.« Luwa klang schon fast ein wenig altklug, als sie das sagte. Anschließend sah sie Riah unsicher an. Die lächelte schon fast mütterlich stolz zurück und meinte:

»Da siehst du mal, wie gut es ist, dass du zwischen dem ganzen Quatsch, den ihr euch normalerweise anschaut, auch noch etwas Sinnvolles mitbekommst.«

Riah hatte sich während des Gesprächs auf einen Sitzroboter gesetzt, der an ein kleineres Sofa erinnerte. Luwa setzte sich neben sie und legte ihre Wange an Riahs Schulter. Riah streichelte ihr gedankenverloren durch die kurzen, blonden Haare. Obwohl Luwa nur etwa ein Jahr jünger als Lucy war, machte sie in diesem Moment einen kindlichen, zerbrechlichen Eindruck und Riah wirkte fast wie ihre Mutter.

Lucy saß auf einem der Roboter, der wie ein Sessel aussah. Im Raum standen zwei solcher biologischen Maschinen, die Sofas ähnelten. Der Rest der Sitzgelegenheiten sah ähnlich wie Sessel aus. Alle Sitzroboter waren sehr bequem und bestens geeignet, entspannt vor diesem dreidimensionalen Fernseher zu sitzen.

Die Hoffnung, die einen Moment lang über Lucy hinweg geschwappt war, verließ sie schlagartig und machte einer bleiernen Traurigkeit Platz. Für einen Augenblick hatte sie gedacht, dass alles gut werden könnte, dass die Invasion gestoppt wäre und sie ihren Plan aufgeben könnten. Sie hatte gehofft, dass sie mit ihren imperianischen Freunden reden und ihnen erklären könnte, wer sie wirklich waren. Sie hätten dann wirklich richtige Freunde werden können ohne Geheimnisse und Betrug. Aber es sah doch nicht danach aus, dass dieser Wunsch in Erfüllung gehen könnte.

Lucy gab sich große Mühe, ihre Enttäuschung nicht zu zeigen. Riah schien sie aber doch gespürt zu haben. In einem etwas zu lockeren Ton erklärte sie Lucy anschließend noch, wie sie über den Medienroboter – wie dieser Fernseher eigentlich hieß – auch Zeitungen lesen konnte. Lucy war ein wenig erstaunt, dass es so etwas wie Zeitungen überhaupt noch gab, wo man doch so fantastische Möglichkeiten hatte, sich dreidimensionale Filme anzusehen. Riah erklärte ihr aber, dass es häufig viel einfacher war, sich schnell einzelne Nachrichten lesend aufzunehmen. Dadurch konnte man sich gezielter die Dinge aussuchen, die einen wirklich interessierten und über weniger interessante Absätze hinweglesen.

Zeitungen waren natürlich keine Seiten aus Papier mehr. Es waren Dokumente, die man sich an verschiedene Stellen des Hauses oder auch in kleine mobile Geräte projizieren lassen konnte. Von einzelnen Artikeln konnte man direkt zu anderen Dokumenten mit Hintergrundinformationen, zu Bildern oder zu ganzen Filmen verzweigen. Man konnte natürlich auch in so einer Zeitung die Informationen zusammenstellen, die einen interessierten.

»Dann kann man also auch Zeitungen bekommen, in denen nichts über Sport steht? Bei uns ist immer ein Drittel der Zeitung mit Sportberichten ausgefüllt«, murrte Lucy, die sich noch nie für Sportereignisse interessiert hatte.

»Klar kannst du das. Du kannst dir die Rubriken, die dich interessieren, selbst zusammenstellen. Aber warum denn kein Sport? Das ist doch eines der spannendsten Themen!«, antwortete Luwa und Riah grinste die beiden wieder nur mütterlich an.

Interessant fand Lucy bei diesen ganzen Formen von Nachrichten, dass die Imperianer das gleiche Grundprinzip wie auf Terra beibehalten hatten. Auch hier wurden die Informationen von Menschen recherchiert und aufbereitet und dann als Film oder Text zur Verfügung gestellt. Auch wenn auf Imperia alles technisch etwas fortschrittlicher war.

Riah zog sich vor dem Abendessen noch ein wenig zurück.

»Nun zeig' ich dir mal die wirklich interessanten Sachen.« Luwa grinste Lucy schelmisch an und schaltete eine ihrer Lieblingsfernsehserien ein.

Lucy war enttäuscht. Irgendwie hatte sie geglaubt, dass mit fortgeschrittener Technik auch die Inhalte der Sendungen fortgeschritten wären. Luwas Lieblingsserie war aber genauso banal wie die Seifenopern, die am Nachmittag im irdischen Fernsehen gesendet werden. Es ging um Intrigen und Liebesgeschichten. Alles machte einen völlig unrealistischen Eindruck.

Noch schlimmer wurde es dadurch, dass die Sendung scheinbar auf Terra oder zumindest in der Provinz des Imperiums spielen sollte. Nichts passte zusammen. Da kamen Autos vor, wie sie vor mehr als 50 Jahren benutzt wurden, die neben anderen auf der Straße fuhren, die Eigenschaften besaßen, die auf Terra noch gar nicht erfunden worden waren. Da gab es ständig Eifersuchtsdramen, obwohl die Figuren des Stückes wie Imperianer und nicht wie Terraner zusammenlebten.

Lucy versuchte Luwa zu erklären, warum sie die ganze Serie für Blödsinn hielt. Als sie aber in das enttäuschte Gesicht des Mädchens blickte, ließ sie es dabei bewenden und sah sich den Rest der Folge bis zum Ende an, allerdings nur Luwa zuliebe.

Nach dem Abendessen verabredete Lucy sich mit Riah. Sie fand es wichtig, auch mit ihr noch einmal über ihr Verhältnis zu Borek zu sprechen. Lucy hatte ein schlechtes Gewissen, weil sie versucht hatte, Borek zu überreden, sich von seiner Freundin zu trennen. Riah schien ihr das aber nicht übelzunehmen und es schien sie auch nicht zu beunruhigen. Lucy dachte, dass sie im umgekehrten Fall einer Konkurrentin wohl die Augen ausgekratzt hätte. Dagegen schien Riah schrecklich unglücklich über dieses, aus ihrer Sicht schier unlösbare Problem. So lagen die beiden Mädchen sich tränenreich eine Zeit lang in den Armen und beschlossen dann das Thema vorerst auf sich beruhen zu lassen.

***

Auch am folgenden Tag durchstreifte Lucy gemeinsam mit Borek wieder in dem Laufroboter die Stadt. Am spannendsten fand sie die Besichtigung einer Baustelle. Auch hier waren Roboter am Werk. Einige sahen wie riesige Käfer aus. Diese Roboter liefen auf sechs Beinen. Ihr Rücken war eingebuchtet und bildete eine große Ladefläche. Vorne waren zwei riesige Greifer, die wie mit Krallen bewaffnete Hände aussahen. Mit ihnen packte sie die Dinge an, die abtransportiert werden sollten und luden sie auf die Ladefläche, bevor sie dann zu dem Bestimmungsort liefen.

Andere Maschinen waren hoch wie Kräne. Auch sie liefen auf vier Beinen, hatten einen äußerst schmalen und langen Körper, an dem zwei Hände an extrem langen Armen baumelten, die große Lasten in riesige Höhen heben konnten.

Auf der Baustelle wimmelte es auch von einer Menge kleinerer Roboter, die Steine bewegten, den Boden aufwühlten und andere Dinge verrichteten, von denen Lucy keine rechte Vorstellung hatte, wofür sie wohl gut sein könnten. Sie war so in Betrachtung des ganzen organisierten Durcheinanders versunken, dass sie aufschreckte, als die Erde zu beben begann. Selbst in ihrem Laufroboter, der einen Großteil der Bewegungen abfederte, wurden Borek und Lucy durchgeschüttelt.

»Um Gotteswillen, gibt es hier Erdbeben?«, fragte sie entsetzt. Als Nordeuropäerin war sie so etwas nicht gewohnt. Sie bekam trotzdem allein bei der Vorstellung Panik, dass der feste Boden plötzlich wackeln und nachgeben könnte.

Borek stand für einen Moment ebenfalls die Panik ins Gesicht geschrieben. Dann entspannte er sich.

»Nein«, sagte er. »Erdbeben gibt es hier nicht. Ich hatte ganz das Schild dort übersehen. Es werden gerade Tiefbauarbeiten durchgeführt. Da drüben entsteht ein neuer vierspuriger Tunnel für Laufroboter, um den Verkehr von dem westlichen Stadtteil zum Zentrum zu beschleunigen. Schau mal dahinten genau hin. Da siehst du gleich etwas, das man auch auf Imperia nicht jeden Tag erlebt.«

Der Boden begann noch etwas stärker zu vibrieren und zu wackeln. Dann entstand ein kleiner Hügel an der Stelle, auf die Borek gezeigt hatte. Der Hügel wurde schnell größer, bis eine blass-orange Spitze aus ihm hervorbrach. Aus dem Boden kam ein gigantischer Wurm, der irdischen Regenwürmern nicht unähnlich sah. Er war allerdings so groß, dass sein Umfang dem eines vierspurigen Tunnels entsprach.

»Du siehst einfach zu süß aus, wenn du etwas Neues entdeckst«, schwärmte Borek und sah sie verträumt an.

Lucy bemerkte, dass sie mit weit aufgerissenen Augen und offenem Mund dem Schauspiel zugesehen hatte. Schnell schloss sie die Lippen und bemühte sich um einen coolen Gesichtsausdruck.

»Du meinst, ich sehe ziemlich naiv und blöd aus, weil ich diese ganzen Dinge nicht kenne«, bemerkte sie gereizt.

»Mensch Lucy, du musst doch nicht immer alles ins Negative ziehen. Ich meine es genauso, wie ich es gesagt habe.« Borek klang ziemlich frustriert.

***

Das Abendessen verlief weitgehend ruhig. Alle schienen mit ihren eigenen Gedanken beschäftigt zu sein. Außer den üblichen oberflächlichen Neckereien zwischen Kara und Luwa sagte keiner ein Wort. Lucy kam das etwas seltsam vor. Normalerweise erzählte wenigstens Christoph immer von seinen Fortschritten bei seinen Untersuchungen. Plötzlich wurde Lucy bewusst, dass er sie jedes Mal mit Verschwörermiene ansah, wenn sie zu ihm hinüberblickte. Als das Essen beendet war und die Imperianer sich ziemlich schnell zurückgezogen hatten, sagte Christoph:

»Psst! Seid morgen pünktlich beim Abendessen! Dann könnt ihr mal einen Imperianer staunen sehen.«

»Wieso? Gibt es etwas Neues?«, fragte Lars sofort.

»Das wird noch nicht verraten. Wartet bis morgen.« Christoph grinste die drei voller Vorfreude an. Lucy und Lars sahen sich fragend an. Nur Kim setzte ein demonstrativ desinteressiertes Gesicht auf.

***

Der nächste Tag schien sich endlos hinzuziehen. Lucy hatte den Eindruck, dass ihre Ausflüge nunmehr zu reiner Beschäftigungstherapie gerieten. Irgendetwas musste einfach geschehen. Sie mussten endlich mit einem echten Plan beginnen. Umso gespannter war sie auf den Abend und darauf, was Christoph den anderen mitzuteilen hatte.

Als sie abends zusammensaßen, musste sie dann auch nicht lange warten. Christoph platzte fast vor Vorfreude auf seine Ankündigung. Er zog ein kleines Gerät aus der Tasche, auf das man seine Informationen speichern und von dem man sie lesen konnte, und schob es über den Tisch zu Belian.

»Das sind die Dokumente aus dem Zentralserver für militärische Forschung. Da steht alles über den Schlüssel drin. Zumindest über seinen Aufenthaltsort, Zugang und so weiter. Na bin ich nun ein genialer Terraner, oder nicht?«

Belian wurde kreidebleich und sah auf das Gerät, als wäre es etwas ganz Gefährliches. Vorsichtig nahm er es in die Hand und hantierte daran herum.

In der Zwischenzeit redete Christoph voller Stolz weiter: »Ihr werdet es nicht glauben, wo sich der Schlüssel befindet. Ja, genau da, wo ihn alle vermuten, nämlich in dem Imperiumsturm, direkt in der obersten Kuppel, um genau zu sein. Total irre was?«

»Das glaub' ich nicht! Wo hast du die her? Die sind doch nicht echt!«, meldete sich Belian zu Wort, der blass und ungläubig auf den kleinen Bildschirm des Handgeräts starrte.

»Klar sind die echt. Das sind Kopien der Originale. Sieh mal unten auf das Siegel.«

Diese elektronischen Dokumente hatten ein Siegel, das für die Echtheit garantierte. Anders als bei digitalen irdischen Unterlagen war diese Form von imperianischen Dokumenten geschützt. Man konnte sie nicht verändern, sondern nur kopieren. Wobei auch das an dem Siegel angezeigt wurde. Belian war daher klar, dass er tatsächlich eine Kopie eines echten militärischen Dokuments in den Händen hielt.

Nun beugte sich auch Tomid über das kleine Gerät. Er war nicht nur der Zurückhaltendste aus dem imperianischen Freundeskreis, sondern auch immer besonders liebenswürdig und nett zu den vier terranischen Freunden. Wie Lucy schon bei anderen Gelegenheiten festgestellt hatte, schien er ein besonderes Faible für alles zu haben, was mit Datenverarbeitung zu tun hatte.

»Ich meine, für mich warst du schon immer der ›geniale Terraner‹«, sagte er anerkennend. »Aber sag mal ehrlich, wie hast du das gemacht? Dieses Verschlüsselungssystem gilt seit, was weiß ich wie vielen Jahrhunderten, als absolut einbruchssicher. Wie hast du das geknackt?«

»Wisst ihr, ihr Imperianer macht einen entscheidenden Fehler. Ihr verlasst euch zu sehr auf eure Technik. Bei Sicherheitssystemen gibt es aber noch ganz andere, entscheidende Faktoren«, dozierte Christoph.

»Ich glaube, ich verstehe gerade nicht, worüber du redest«, unterbrach ihn Riah.

»Ganz einfach, von Menschen! Gestern hatte die eine von den beiden Bibliothekarinnen allein Dienst. Du weißt schon die, die sich besonders für jüngere Männer zu interessieren scheint.«

»Du meinst die, die am ersten Tag schon so aussah, als wollte sie dich am liebsten auf der Stelle vernaschen?«, fragte Riah mit amüsiertem Gesicht zurück.

»Genau die! Sie schien jedenfalls gestern ein anderes Opfer gefunden zu haben. Auf jeden Fall hatte sie es verdammt eilig. Ich habe sie bekniet, mir doch zu ermöglichen, noch ein wenig weiterzuarbeiten. Und du weißt ja: ›Man muss der Jugend aus der Provinz die Möglichkeit geben, sich weiterzubilden und ein gutes Mitglied der imperianischen Gemeinschaft zu werden‹.

Nachdem ich ihr versprochen habe, es niemandem weiterzusagen und nichts kaputtzumachen, hat sie mir ihr Systempasswort gegeben, damit ich dann hinterher alles ausmachen und abschließen kann. Das hab ich natürlich auch brav zum Schluss gemacht. Vorher habe ich aber ihre Dateien durchstöbert und bin auf die mit den Zugangscodes zu allen Systemen gestoßen.«

»Und die lag da einfach ungesichert herum?«, empörte sich Belian.

»Na ja, das nicht. Aber ich habe mir gedacht, so oberflächlich wie die gute Frau drauf ist, hat sie bestimmt ein sehr ähnliches Passwort auch für die Datei genommen. Ich hatte mir schon ein paar Varianten überlegt. Aber was soll ich euch sagen? Das war schon wieder viel zu weit und kompliziert gedacht. Es war einfach exakt das Gleiche wie das, das sie mir gegeben hatte.«

»Das kann doch wohl nicht wahr sein. So eine Schlamperei! Da kann ja jeder Terrorist kommen und einfach die gefährlichsten Informationen klauen!« Belian war außer sich.

»Stimmt, zum Beispiel so gefährliche Terroristen wie wir«, merkte Kara todernst an. Dann sah sie eine Sekunde Luwa an. Die beiden fielen fast von ihren Stühlen, so einen Lachanfall bekamen sie. Belian fand das allerdings gar nicht witzig. Beleidigt verließ er die Runde.

»So ein Spielverderber«, beschwerte sich Luwa mit noch immer vom Lachen tränenden Augen.

»Gut, dann wissen wir jetzt, wo der Schlüssel ist«, sagte Riah ernst. »Jetzt kommt die eigentliche, komplizierte Aufgabe, einen Plan zu entwickeln, wie wir an ihn herankommen. Ich werde mich mit Christoph zusammen um die Bibliotheksrecherche kümmern. Lucy und Borek werden sich die Kuppel mal von außen ansehen. Borek, am besten besorgst du einen Flugroboter. Kara und Lars, ihr untersucht das Innere des Turms. Kim und Luwa, ihr werdet euch alle Zugänge von außen ansehen. Jeder von uns denkt darüber nach, wie wir in diesen verdammten Raum mit dem Schlüssel gelangen können.«

»Schön wäre, wenn wir auch eine Idee hätten, wie wir da wieder heil herauskommen«, ergänzte Lars. Alle nicken.

»Aber bevor wir uns an die speziellen Aufgaben machen, besichtigen wir morgen alle zusammen den Turm. Schließlich muss unser mirandianischer Besuch doch mal das touristische Highlight Imperias gesehen haben. Da gönnen wir uns morgen doch mal eine große Führung durch den Turm.« Riah grinste.

Die Idee fanden alle gut, wenn man einmal davon absah, dass Belian nicht anwesend war und Kim eher so aussah, als überlege sie, wie sie Riah zum nächsten Frühstück verspeisen könnte. Aber die beiden Miesepeter wurden mittlerweile vom Rest der Gruppe ohnehin bei wichtigen Angelegenheiten ignoriert.

Der Imperiumsturm

Am nächsten Morgen brachen sie nach dem Frühstück auf zu ihrer touristischen Führung durch den Imperiumsturm. Sie durchwanderten alle Stockwerke und lernten die verschiedenen Funktionen des Turms kennen. In den unteren zehn Etagen lagen die touristischen Bereiche. In ihnen waren die Restaurants, Bars und Einkaufshallen untergebracht. Wobei ›Einkaufshalle‹ eine etwas merkwürdige Übersetzung für das war, was hier tatsächlich passierte. Es wurde schließlich nichts gekauft, sondern die Menschen nahmen sich die Güter, die sie brauchten. Allein ein Drittel der Flächen war für das Zurückbringen nicht mehr benötigter Ware reserviert. Lucy konnte sich nicht vorstellen, dass so etwas auf Terra funktionieren würde.

»Wieso?«, meinte Borek, den sie darauf angesprochen hatte. »Was soll man mit den ganzen Sachen machen, die man nicht mehr benötigt? Stell dir vor, du brauchst zum Beispiel eine neue Küchenmaschine, weil du jetzt mit mehr Leuten zusammenwohnst. Dann gehst du hin und holst dir ein passendes Exemplar. Aber was machst du dann mit der alten? Du kannst doch nicht alle Sachen, die du irgendwann einmal benutzt hast, zu Hause stehen lassen. Also gehst du hin und gibst die alte Maschine ab. Die wird überholt und wiederverwendet.«

Die darüber gelegenen Ebenen waren für das Parlament reserviert. Auch das funktionierte anders, als Lucy dies von den verschiedenen Staaten auf Terra kannte. Leider bekam sie nicht einmal die Hälfte von dem mit, was erzählt wurde. Das galt auch für den Aufbau der Regierung, die ihren Sitz in den Ebenen über dem Parlament hatte. Lucy nahm sich vor, diese Dinge zu einem späteren Zeitpunkt einmal nachzulesen.

Sie war an diesem Tag durch Boreks Nähe völlig abgelenkt und konnte sich nicht richtig konzentrieren. Vielleicht lag es daran, dass sie sich in der vergangenen Nacht so einsam gefühlt hatte. Sie war durch die halbe Galaxie gereist, um ihren Traumprinzen zu treffen und nun war er noch weiter entfernt als auf der Erde. Nicht einmal träumen konnte sie mehr von ihm. Er war unerreichbar. Sie fühlte sich noch einsamer als vor ihrer Reise und hier hatte sie nicht einmal ihre Musik, mit der sie sich zu Hause auf Terra immer getröstet hatte.

Die oberen Stockwerke waren insofern eine große Enttäuschung, als man sie nicht betreten durfte. Sie bekamen nur die Auskunft, dass es sich um geheime militärische Dinge handelte, die in diesen Etagen untergebracht waren. Das war zwar nicht unerwartet, aber doch enttäuschend. Insgeheim hatten sie alle gehofft, wenigstens ein paar Informationen zu erhalten, wie es in diesen Etagen aussah. Sie durften lediglich eine Treppe hinaufsteigen, um die oberste Aussichtsplattform zu besichtigen. Der Ausblick von dort auf die riesige Stadt war dann allerdings tatsächlich atemberaubend.

Sie waren alle schon völlig erschöpft und von Informationen übersättigt, als ihr begeistert erzählender Touristenführer sie fragte, ob sie sich auch noch die unterirdischen Geschosse ansehen wollten. Lucy hatte wie der größere Teil der Gruppe eigentlich keine Lust darauf. Die unermüdliche Riah ließ ihnen aber keine Wahl.

»Na klar, wir wollen doch den ganzen Turm kennenlernen«, sagte sie aufmunternd zu dem Führer.

»Die meisten sind mit dem oberen Teil schon zufrieden, obwohl wir in den Untergeschossen auch etwas durchaus Sehenswertes zu bieten haben«, erwiderte dieser und machte sich mit der Gruppe auf den Weg in den Keller.

Es stellte sich heraus, dass in den Untergeschossen spezielle Technologie für interstellare Flüge gefertigt wurde. Ihnen wurden die Fabrikationshallen gezeigt, die mit Hightech vollgestopft waren.

Im untersten Kellergeschoss wurden sie durch eine Halle geführt, in der unzählige Menschen an Arbeitsplätzen saßen. Zumindest dachte Lucy zuerst, dass es sich bei diesen Wesen um Menschen handeln würde. Auf den zweiten Blick wurde ihr bewusst, dass die Gruppe von Arbeitenden ausschließlich aus Mädchen beziehungsweise jungen Frauen bestand. Als sie genauer hinsah, erkannte sie, dass es keine Imperianerinnen waren. Dazu sahen sie einfach nicht perfekt genug aus.

Bevor Lucy fragen konnte, erläuterte ihr Fremdenführer auch schon, dass es sich bei diesen Wesen keineswegs um Menschen handele, sondern um eine ganz besondere Form von Robotern. Sie wurden gebraucht für einen speziellen Prozess der Fertigung, der nur von diesen Spezialrobotern erledigt werden konnte. Um was es dabei im Einzelnen ging, hatte Lucy zwar nicht verstanden, aber das würde sie sicher abends Christoph fragen können. Voller Stolz erzählte der Führer, dass diese Roboter die kompliziertesten und am weitesten entwickelten Maschinen des ganzen Imperiums seien, ausgenommen die interstellaren Raumschiffe selbst.

Lars hatte nicht besonders aufmerksam zugehört. Er hatte für den Tag genug von den Erklärungen des Touristenführers und schlenderte ein wenig abseits der Gruppe am Rand der Arbeitstische entlang und sah verträumt den wie Mädchen oder junge Frauen aussehenden Robotern zu. Die meisten saßen an ihren Plätzen, einige standen aber auch kurz auf, gingen eilig an einen anderen Ort, holten dort irgendetwas ab, um dann sofort an ihren Arbeitsplatz zurückzukehren und weiterzuarbeiten.

Eines dieser Robotermädchen kam gerade mit schnellen Schritten von so einem Gang zurück. Es warf kurz einen Blick auf den kleinen Trupp, den die Freunde bildeten. Dabei übersah sie Lars, der gerade interessiert in eine andere Richtung schaute. Die beiden stießen zusammen. Eines dieser typischen handgroßen, schwarzen, imperianischen Geräte, von denen Lucy nie wusste, wozu sie eigentlich dienten, fiel dem Robotermädchen aus der Hand und rutschte unter einen Arbeitsplatz.

»Oh, entschuldigen Sie vielmals«, flüsterte es und blickte Lars kurz in die Augen.

»Ich muss mich entschuldigen. Ich hab wirklich nicht aufgepasst«, antwortete Lars und strahlte sie mit seinem unwiderstehlichen Lausbubenlächeln an.

Er bückte sich schnell, um das Gerät aufzuheben. Das Robotermädchen hatte automatisch das Gleiche getan. Beide stießen ein weiteres Mal aneinander, diesmal mit den Köpfen. Lars ließ sich nicht irritieren und hob schnell das Gerät auf.

»Entschuldigen Sie vielmals«, wiederholte das Robotermädchen und klang jetzt richtig ängstlich. »Das hab ich wirklich nicht gewollt.«

»Ach, das war doch meine Schuld«, lachte Lars. »Außerdem ist mein Kopf nicht so zerbrechlich. Ich hoffe, ich hab' dir nicht wehgetan.«

Er lächelte sie noch herzlicher an und drückte ihr das Gerät in die Hand. Das Robotermädchen sah ihm einen Moment zu lang in die Augen, wie Lucy fand. Ein winziges Lächeln huschte um den Mund des Mädchens, das ansonsten ein ernstes, ausdrucksloses Gesicht zur Schau stellte. Dann sah es zu Boden und ging schnell zu ihrem Platz und machte mit der Arbeit weiter.

»Hast du gesehen, wie das Mädchen mich angeschaut hat?«, fragte Lars Christoph und fügte mit verträumtem Gesichtsausdruck hinzu. »Die hat die blausten Augen, die ich jemals gesehen hab.«

Lucy war nur die rote Mähne aufgefallen, die lieblos nach hinten zu einem Zopf zusammengebunden war. Die Robotermädchen trugen natürlich keine kunstvollen Kurzhaarschnitte, sondern hatten lange Haare, die scheinbar hin und wieder einfach unten abgeschnitten wurden.

»Du meinst, die hat eine besonders große Oberweite«, grinste Christoph, der das Ganze offensichtlich für einen Witz hielt.

»Nein, ich meine, die hat die schönsten, großen, blauen Augen und die niedlichste Stupsnase, die ich bisher gesehen habe«, gab Lars leicht genervt zurück.

Borek legte Lars freundschaftlich die Hand auf den Arm.

»Das sind Roboter, keine Menschen, auch wenn sie so aussehen«, sagte er ernst.

»Aber hast du nicht gesehen, wie die mich angeschaut hat. So guckt doch kein Roboter! Also hör mal!«, verteidigte sich Lars.

»Das ist ja ekelig.« Belian bedachte Lars mit einem angewiderten Blick.

Ebenso angewidert sah ihn Kim an. Hochmütig meinte sie: »Vielleicht sind dir diese lebenden Puppen ja lieber als echte Frauen. Die machen dann, was du willst und widersprechen nicht. Vielleicht kommst du damit ja besser klar.«

Einen kurzen Moment glaubte Lucy, er würde auf ihre Freundin losgehen. Dann atmete er einmal lautstark durch die Nase, ignorierte Kim und wandte sich Lucy zu: »Hast du nicht gesehen, wie die mich angesehen hat. Das ist ein Mädchen, sag' ich dir!«

Lars sah sich immer wieder nach diesem stupsnasigen, rothaarigen Robotermädchen um. Tatsächlich war es der einzige Roboter, der immer wieder von seiner Arbeit aufblickte und schüchtern zu ihm hinüberblickte. Lucy nahm ihn beim Arm und zog ihn weiter.

»Komm, lass gut sein!«, meinte sie. Es fehlte jetzt noch, dass ihre imperianischen Freunde sie für so primitiv hielten, dass sie eine biologische Maschine nicht von einem Menschen unterscheiden konnten, oder schlimmer noch, dass sie dachten, Terraner würden sich mit Robotern einlassen. Das imperianische Liebesleben war auch so schon schwierig genug.

***

Am Abend verstärkte sich Lucys Einsamkeit noch. Von ihrem Optimismus, dass sie mit ihren Gefühlen klarkommen würde, war nicht mehr viel vorhanden. Lucy fühlte sich so traurig, dass es schon wehtat. Es war so schlimm, dass sie sogar auf die Idee kam, mit Kim zu reden. Die war aber nicht da, genauso wenig wie Christoph. Hoffentlich gönnten die beiden sich gemeinsam einen schönen Abend, dachte Lucy. In letzter Zeit machten die beiden wirklich gar keinen guten Eindruck zusammen.

So stand sie letztendlich vor Lars' Tür. Er hatte, als die vier Terraner nach dem Abendessen noch kurz zusammengesessen hatten wieder von dem Robotermädchen angefangen. Eigentlich hätte Lucy jetzt gern mit ihm geredet, aber für diesen Blödsinn mit den Robotern hatte sie wirklich gar keinen Platz mehr in ihrem Kopf und außerdem wusste sie immer noch nicht, ob sie ihn auf ihre Gefühle für Borek ansprechen durfte.

Sie wendete sich von der Tür ab und ging zu dem einzigen Menschen, der noch blieb, zu Riah. Die war mittlerweile zu ihrer besten Freundin geworden. Sie würde sich wieder einmal Lucys Herzensleid anhören müssen, auch wenn sie eigentlich beschlossen hatten, über dieses Thema nicht mehr zu reden.

So belegte Lucy an diesem Abend Lars nicht mit Beschlag. Eigentlich hätte sie wissen müssen, dass er nicht der Typ war, der eine Sache, die ihn wirklich beschäftigte, einfach auf sich beruhen ließ. Wäre sie zu ihm gegangen, hätte sich wahrscheinlich einiges an dem weiteren Verlauf der Ereignisse verändert. So nahm das Schicksal seinen Lauf.

Einbruch in den Turm

Lars saß in seinem Zimmer. Er hielt es nicht mehr aus. Er musste raus. Die konnten alle sagen, was sie wollten. Dieses Mädchen war kein Roboter. Auf diese Weise sah einen nur ein Mensch an. Nein richtiger, so sah einen nur ein Mädchen an, das an einem interessiert war.

Er musste herausfinden, was es mit diesen Mädchen auf sich hatte, die alle für Roboter hielten. Er kramte in der Kommode mit der Kleidung. Verdammt, hier gab es wirklich auch gar nichts Verwendbares. Er hatte beim Hinausgehen aus dem Turm genau auf die Sicherungsanlagen geachtet und die Beobachtungskameras gesehen.

Schließlich fand er so eine Art kleinen Sack, der gerade über den Kopf passte. Er schnitt Löcher für Augen und Mund hinein, zog den kleinen Sack über den Kopf und sah in den Spiegel. Eine Sturmhaube wäre wirklich besser gewesen. Hoffentlich verrutschte das Ding nicht, wenn es darauf ankam. Schnell zog er den Sack wieder vom Kopf und stopfte ihn in eine der vielen Taschen seiner Hose.

Er verließ das Haus und schritt in Richtung des Turmes. Es war besser zu gehen, als einen Laufroboter zu nehmen. Womöglich würden die Dinger überwacht und es würde auffallen, dass er sich um diese Uhrzeit zu dem Turm kutschieren ließ. Außerdem tat so ein langer Spaziergang nach diesem stressigen Tag gut und er hatte ja sowieso nichts anderes zu tun.

Schade war, dass er mit seinen Freunden über die ganze Sache nicht reden konnte. Am liebsten hätte er sich Lucy anvertraut. Sie war schließlich die, die er trotz allem noch immer am liebsten mochte. Sie war diejenige, auf die er sich noch am ehesten verlassen konnte. Aber sie war bei diesem Thema so abweisend gewesen.

Überhaupt hatten sie so lange nicht mehr richtig miteinander geredet, jedenfalls nicht mehr so wie wirklich gute Freunde. Es war wirklich ein Fehler gewesen, sich in sie zu verlieben. Sie war seine beste Freundin, mehr war einfach nicht und wahrscheinlich war das eine Beziehung, die länger hielt als alle Affären zusammen, die er in seinem Leben haben würde. Zumindest hoffte er das.

Schade war, dass Lucy sich nicht traute, mit ihm über ihre Probleme mit Borek zu reden. Wahrscheinlich hatte sie noch immer Angst, dass er eifersüchtig wäre. Dabei war das gelaufen. Er hatte seine Lektion gelernt und er war von allen hier auf diesem Planeten höchstwahrscheinlich der Einzige, der die arme Lucy wenigstens bis zu einem gewissen Grad verstehen konnte. Er musste dringend mal mit ihr reden, aber jetzt gab es etwas Wichtigeres.

Wem hätte er sich sonst anvertrauen können? Kim ganz bestimmt nicht. Zu ihr hatte er noch nie ein besonders freundschaftliches Verhältnis gehabt und seit ihrem Abflug benahm sie wirklich vollkommen unmöglich. Schade, dass man sie nicht einfach aus dem Team schmeißen konnte. Hätte er vorher gewusst, wie die drauf kommen würde, hätte er alles dafür getan, dass sie erst gar nicht mitgekommen wäre.

Ja und Christoph, der war zwar ein echt netter Kumpel, aber den hätte er auch schlecht einweihen können. Der wäre ihm wieder völlig naturwissenschaftlich gekommen, hätte versucht, ihm den Unterschied zwischen Menschen und Robotern auf biologischer Basis zu erklären. Dabei ging es hier um etwas ganz anderes. Es ging um einen Blick. Von so was hatte Christoph nun wirklich keine Ahnung. Dieser Blick war menschlich, allzu menschlich, und er würde dieser Sache jetzt auf die Spur gehen. Koste es, was es wolle.

Dann blieb eigentlich nur noch Kara. Auch das war so ein abgeschlossenes Kapitel. Gut, sie wollten Freunde bleiben. Er nahm ihr sogar ab, dass sie das ernst meinte. Es war wohl eher sein Problem, dass der Abstand so groß war. Eigentlich hatte er sich schon in sie verliebt, als er sie das erste Mal gesehen hatte oder zumindest am gleichen Tag noch. Sie hatte wirklich das herrlichste Lachen der Welt nicht nur mit dem Mund, sondern vor allem mit den Augen.

Er war völlig ›hin und weg‹ gewesen, als sie ihn gleich am zweiten Abend gefragt hatte, ob er mit ihr und ein paar anderen zum Tanzen gehen wollte. Gut diese imperianischen Discos waren nicht so das Wahre für ihn, aber auch auf Terra hatte er normalerweise nicht getanzt. Das Entscheidende war aber der Rest des Abends gewesen. Es war, als wären die schönsten Träume in dieser Nacht wahr geworden.

Leider hatten diese Träume nur bis zum nächsten Abend angehalten. Plötzlich war Luwa da gewesen, Karas beste Freundin. Er hatte bis dahin ja nicht gewusst, was ›beste Freundin‹ bei Imperianern heißt. Klar, zu Hause auf Terra durfte er das den Jungs nicht erzählen. Die würden Stielaugen bekommen und ihn für verrückt erklären, dass er damit nicht klargekommen war. Natürlich war das so ein Jungentraum mit zwei hübschen Mädchen gleichzeitig herumzuschmusen und so. Aber diese Idioten hatten ja auch keine Ahnung.

Als Luwa da war, war Kara ganz anders gewesen. Die beiden waren so vertraut. Die brauchten sich nur ansehen und wussten Bescheid. Er hatte sich an diesem Abend wie das dritte Rad am Fahrrad gefühlt. Die beiden waren zwar echt lieb gewesen und hatten sich richtig Mühe gegeben, ihn nicht merken zu lassen, dass er keine Ahnung hatte. Aber es war trotzdem vollkommen deprimierend gewesen. Er hätte vorher nie gedacht, dass er auf ein Mädchen eifersüchtig sein könnte. Aber er war es gewesen und es hatte furchtbar wehgetan.

Der größte Hammer kam dann aber einen Abend später. Kara hatte ihn vollkommen falsch verstanden. Damit er nicht so allein als Junge mit den zwei Mädchen war, hatte sie Tomid dazu geladen. Man stelle sich vor, er, Lars, mit einem Jungen! Eine Gänsehaut lief ihm über den Rücken.

Dabei hatten die beiden Mädchen es nur lieb gemeint, das wusste er. Gut, für Mädchen war das vielleicht nicht so schlimm. Die hielten doch sowieso dauernd Händchen, nahmen einander in den Arm und küssten sich sogar auf den Mund. Da war ein Schritt weiter ja nicht so weit. Gut, das sollte er besser nicht zu Lucy oder gar Kim sagen, die würden ihn lynchen. Aber für ihn war es nun einmal schlimmer. Gut, es war zwar auch schon ganz schön, mal einen guten Freund in den Arm zu nehmen. Aber ihn auf den Mund küssen, wie das die Mädchen miteinander taten? Lars schüttelte sich.

Also was soll's? Er hatte den ganzen Abend lange nachgedacht und war zu der Überzeugung gelangt, dass er keine Liebesbeziehung zu einer Imperianerin haben könnte. Jedenfalls nicht, solange sie noch so ein Verhältnis zu einem anderen Menschen hatte, egal ob es Junge oder ein Mädchen war. Jetzt konnte er Lucy verstehen. Er musste wirklich dringend einmal mit ihr reden.

Na ja, als er dann Kara mitgeteilt hatte, dass er nicht mit ihr zusammen sein konnte, da hatte sie gesagt, dass sie Freunde bleiben sollten. Er glaubte ihr das sogar. Sie war ja nicht diejenige, die eifersüchtig war. Deshalb hätte er sicher auch mit ihr über alles Mögliche reden können. Sie war sicher auch zu viel mehr Abenteuern bereit als Christoph zum Beispiel, aber wie würde eine Imperianerin auf sein Vorhaben reagieren. Die stellten doch am allerwenigsten infrage, dass es sich bei diesen Mädchen um Roboter handelte. Wie er es drehte und wendete, durch diese Sache musste er allein durch, zumindest vorerst.

Der riesige Turm kam in Reichweite und durchbrach damit Lars' Gedankengänge. Jetzt musste er handeln, vorsichtig vorgehen. Durch den Besuch wusste er, dass nur die oberen Stockwerke, in denen das Parlament und die Regierung saßen, stark bewacht wurden. Die unteren Etagen, in denen Sehenswürdigkeiten und Läden untergebracht waren, wurden nur durch Überwachungskameras gesichert.

Er schlenderte wie ein einsamer Nachtwanderer zum Turm, umrundete ihn und ging zu einem der kleineren Nebeneingänge. Dort unterlief er geschickt die Überwachungskamera. Aus einer seiner vielen Hosentaschen holte er das aranaische Werkzeug, das ihnen beim Öffnen von Türen schon in der Vergangenheit wertvolle Dienste geleistet hatte. Zu dumm war allerdings, dass er nicht gerade der Spezialist im Umgang mit diesem Gerät war. Nun wäre es doch gut gewesen, Kim dabei zu haben oder wenigstens Lucy. Es dauerte viel länger, als er gedacht hatte, bis er endlich den Code geknackt hatte und sich die Tür öffnete. Schnell schlüpfte er in das riesige finstere Bauwerk.

Glücklicherweise war das Gebäude nicht vollständig dunkel, sondern es brannte eine Notbeleuchtung. Lars zog sich die notdürftig konstruierte Sturmhaube über den Kopf. Sollte er eine Kamera übersehen, so würden sie ihn wenigstens nicht gleich auf den Überwachungsvideos erkennen.

Im Dunkeln war es viel schwerer, sich zurechtzufinden. Als er die Aktion geplant und mindestens dreimal durchdacht hatte, war ihm der Weg in den Keller immer als geringstes Problem erschienen. So einfach war es aber nicht. Die Aufzüge, mit denen sie am Tage in den Keller gefahren waren, sahen tot aus. Lars wollte in diesem unheimlich leeren und stillen Gebäude auch nicht riskieren, dass jemand über Bewegungen des Fahrstuhls auf ihn aufmerksam werden würde.

Wahrscheinlich hätte Christoph gewusst, wie diese imperianischen Dinger funktionierten, ob sie Geräusche machten oder ob man den Betrieb nachvollziehen konnte. Hätte er seinen Kumpel gefragt, hätte er ihm erzählt, dass diese ›Fahrstühle‹ in Wirklichkeit kleine Transferstationen waren und sich im Grunde genommen überhaupt nicht bewegten. Allerdings hatte Lars mit seiner Befürchtung recht, dass man tatsächlich jede Benutzung von der zentralen Überwachungsstation nachvollziehen konnte.

Diese Feinheiten der imperianischen Technik spielten aber in diesem Moment keine Rolle. Sein Gefühl sagte ihm, dass er nur heute diese eine Möglichkeit hatte, dieses Mädchen wiederzusehen und dass er diese Chance nicht durch solch unvorsichtige Aktionen gefährden durfte. Also suchte er eine Treppe.

Das war leichter gedacht als getan. Es stellte sich heraus, dass es keine Treppen parallel zu den Fahrstühlen gab. Sie wurden offensichtlich nur selten genutzt, lagen versteckt und waren im Verhältnis relativ schmal. Die Stufen waren gerade so breit, dass man sich bei Gegenverkehr aneinander vorbei drängeln konnte. Im Gegensatz dazu konnten die Aufzüge gleich zig Personen auf einmal befördern. Es dauerte ewig, bis Lars eine dieser Treppen gefunden hatte. Er hatte schon fast verzweifelt aufgegeben, als er die Tür zum Abgang entdeckte.

Als er sie hinunterschritt, schlug ihm das Herz bis zum Hals. Das Treppenhaus war unbeleuchtet. Nur an den Türen zu den einzelnen Stockwerken war eine bläuliche Notbeleuchtung angebracht, die die Stufen gespenstisch schwach beleuchtete. Lars blieb immer wieder stehen und lauschte in die Dunkelheit. Waren da Schritte gewesen? Er wusste, wenn ihm auf dieser Treppe jemand begegnete, war es aus. Es gab keine Möglichkeit sich zu verstecken oder wegzulaufen und er hatte wirklich keine Erklärung, was er hier unten wollte, mit dieser improvisierten Sturmhaube auf dem Kopf.

Im dritten Kellergeschoss hielt er zum ersten Mal an. Er war der Meinung, dies müsse das richtige Stockwerk sein, aber hinter der Tür befand sich nur eine Halle, in der imperianische Maschinen automatisch irgendwelche Arbeiten verrichten, ohne dass ein Mensch zugegen war. Lars schlich zurück zur Treppe und ging eine Ebene tiefer. Schon als die Tür sich öffnete, hörte er leise Stimmen. Hier war er richtig.

Er schlich den Gang von der Treppentür entlang. Auch hier gab es keine Möglichkeit sich zu verstecken. Aus einem Raum, der von dem Gang abging, hörte er derbes Lachen und barsche Worte. Er war aber zu weit entfernt, um verstehen zu können, worum es ging. Er schlich sich bis an den Eingang zu dem Raum, aus dem die Geräusche kamen. Sein Herz hämmerte. Er hatte keine Deckung, keine Bewaffnung und er hatte seine Freunde nicht dabei. Er hatte mehr Angst als damals in der Höhle. Verzweifelt versuchte er ruhig zu atmen und die aufsteigende Panik zurückzukämpfen.

Das Lachen wurde lauter und unangenehmer. Es war nicht das freudige Lachen über einen guten Witz oder weil man mit lieben Freunden zusammen ist. Es klang irgendwie gemein. Da war noch ein anderes Geräusch. Lars konnte es nicht einordnen. Es klang gedämpft. Es konnte irgendein Tier sein. Jetzt hörte er weitere Stimmen. Sie kamen von der anderen Seite des Ganges. Auch von dort hörte er herbes Lachen. Er musste hier weg, raus

aus diesem Flur. Hinter der offenstehenden Tür, schräg auf der anderen Seite des Ganges, stand ein weiterer Eingang offen. In diesem Raum war es ruhig. Da musste er hinein, auch wenn er nicht wusste, ob dort wirklich niemand war. Das war seine einzige Chance.

Noch einmal atmete er tief ein, hielt die Luft an und sprang mit einem Satz an der geöffneten Tür vorbei. Im Sprung sah er den Rücken zweier Männer in den blauen Uniformen der Aufseher, die ihm schon am Tag aufgefallen waren. Die beiden Männer waren bewaffnet. Sie beschäftigten sich mit irgendetwas, das er in dem kurzen Moment des Sprungs nicht erkennen konnte. Gott sei Dank, sie hatten nicht in seine Richtung gesehen. Die imperianischen Schuhe, die er anhatte, hatten eine derart weiche Sohle, dass sie kein Geräusch verursachten, als er auf dem Boden landete.

Er hastete den Gang entlang den lauter werdenden Stimmen entgegen und drückte sich in die nächste Tür. Keinen Moment zu früh, wie sich herausstellte. Zwei weitere Männer kamen gerade um die Biegung des Ganges. Ebenfalls laut und derb scherzend. Sie waren auf dem Weg zu ihren Kollegen in dem anderen Raum. Offensichtlich so beschäftigt mit anderen Dingen, dass sie nicht in die Kammer sahen, die eigentlich viel zu klein war, um sich wirklich in ihr verstecken zu können. Wenigstens war niemand anderes dort.

Als die Männer vorbeigingen, sah Lars zwei Dinge. Das Erste waren die Gesichter dieser beiden Wachleute. Sie waren genauso eben geschnitten, wie die aller Imperianer, die er bisher kennengelernt hatte. Aber im Gegensatz zu den anderen hatten sie etwas, das Lars gar nicht gefiel. Ihm fiel kein geeigneter Begriff für den Gesichtsausdruck ein, am ehesten traf wohl das Wort ›fies‹ zu.

Das Zweite, das Lars auffiel, war etwas, das ihn weitaus mehr als die Gesichter schockierte. Die beiden trugen Waffen. Das hatte Lars natürlich erwartet. Aber diese Waffen waren auf den dritten Modus, den Tötungsmodus gestellt. Bei ihrer Ausbildung hatten sie gelernt, dass man seine Strahlenwaffe immer wieder auf den Betäubungsmodus zurückstellt und den Tötungs- oder Zerstörungsmodus nur im äußersten Notfall benutzen durfte.

Bei ihrem Aufenthalt in der terranischen Höhle der Imperianer und auf dem imperianischen Kriegsschiff hatte er festgestellt, dass diese Regel offensichtlich für alle Imperianer galt. Warum um alles in der Welt hatten diese Typen ihre Waffen auf den Tötungsmodus eingestellt? Auch wenn Lars nicht wusste, was hier unten vor sich ging, war auf jeden Fall eines klar: Diese Aufseher fand er ausgesprochen unsympathisch.

Er wartete, bis die zwei Männer in dem Raum verschwunden waren, in dem sich schon ihre Kollegen befanden. Sein Herz schlug ihm bis zum Hals. Das war von Anfang an kein Spiel gewesen. Er hatte nicht großartig darüber nachgedacht, was passieren würde, wenn man ihn erwischen würde. Er war einfach davon ausgegangen, dass er unbewaffnet war und auch sonst nichts wirklich Kriminelles tun würde. Eins dieser Mädchen zu besuchen, konnte ja wohl kaum ein ernsthaftes Verbrechen sein, hatte er sich gedacht. Jetzt hatte sich die Situation verändert. Er musste davon ausgehen, dass man ihn erschossen haben würde, bevor er seine friedlichen Absichten erklären konnte.

Es dauerte eine ganze Weile, bis Lars' Herzschlag sich einigermaßen beruhigt hatte und er den Mut fand, aus seinem ohnehin nicht sonderlich guten Versteck herauszukommen. Für einen Moment hätte er die Sache am liebsten abgeblasen, aber sich jetzt an der Tür mit diesen fies aussehenden Aufsehern vorbeizuschleichen, traute er sich nicht. Außerdem tauchte das Bild dieses Mädchens wieder vor seinen Augen auf. Er wollte sie wiedersehen und er musste vor allem herausfinden, was es mit ihr auf sich hatte. Er war sich einfach sicher, dass sie kein Roboter sein konnte und er auf einer ganz heißen Spur war.

Also schlich er weiter. Das Licht wurde immer schlechter. Die ohnehin kargen Wände wirkten immer ungepflegter. Es war kühl. Ganz gedämpft drangen merkwürdige Geräusche an sein Ohr. Da war ganz leise raues Lachen. Das musste von hinten kommen. War das nicht ein leises Wimmern? Hörte es sich nicht nach Angst und Schmerzen an? Kam das von hinten oder von vorne?

Lars drückte sich an die Wand und versuchte ruhig zu atmen. Verdammt, er hatte sich übernommen. So ganz allein in diesem Keller, ohne seine Freunde. Plötzlich schoss ihm durch den Kopf, dass ihn niemand finden würde. Keiner wusste, wo er war.

»Jetzt krieg bloß keine Panik, Alter«, redete er sich ein. Er versuchte, sich wieder das Bild des Mädchens in den Kopf zu zaubern. Er musste weiter. Endlich kam er um eine letzte Biegung und dort endete der Gang an einer Tür.

Natürlich war sie verschlossen und gesichert. Lars hatte auch nichts anderes erwartet. Er holte das aranaische Wunderwerk der Technik hervor. Es war eines der wenigen Hightech-Geräte, die sie auf ihrer Reise nach Imperia nicht auf dem Schiff gelassen hatten. Mit diesem Gerät hatten sie schon ganz andere Türen aufbekommen, damals in der imperianischen Station auf der Erde.

Leider hatte damals Kim fast alle Eingänge mit diesem Teil geöffnet. Es war gar nicht so leicht und Lars war derjenige von den Vieren, der am schlechtesten mit dem Gerät umgehen konnte.

Hoffentlich würde dieses Mädchen zu schätzen wissen, was er für sie tat. Es dauerte ewig. Lars lief der Schweiß das Gesicht herunter. Es war anstrengend, man musste sich vollkommen auf die kleinsten Veränderungen in diesem Gerät konzentrieren und die Angst, dass jeden Moment einer dieser fies aussehenden Aufseher mit entsicherter Waffe hinter ihm auftauchen könnte, förderte nicht gerade die Konzentration.

Kurz bevor er aufgeben wollte, öffnete sich endlich die Tür. Lars huschte schnell in einen kleinen Raum. Sofort schloss sich die Tür hinter ihm. Der Raum war etwas besser beleuchtet als der Flur. Ein Blick zur Decke sagte ihm auch warum. Dort hing eine Kamera, die auf die Tür auf der anderen Seite des Raumes gerichtet war.

Dieser Raum war offensichtlich eine Schleuse. Eine Schleuse, die von einer Kamera überwacht wurde. Die Ausrichtung der Kamera zeigte eindeutig, was beobachtet wurde. Es war keine Sicherung gegenüber einem Eindringen von außen, sondern hier wurde das Ausbrechen von innen überwacht.

»Also haben die Angst, dass die ›Roboter‹ ausbrechen«, dachte Lars und fühlte sich noch ein wenig bestätigter darin, dass es sich bei diesen ›Robotern‹ um mehr, als Maschinen handelte.

Allerdings hatte er jetzt ein Problem. Wie sollte er diese Überwachung umgehen? Ihm fiel nichts anderes ein, als hinter der Kamera stehend nach oben zu springen und sie dabei so zu verdrehen, dass die Linse nach oben zeigte. Nun würde man in dem – wo auch immer befindlichen – Kontrollraum nur die Decke sehen. Er hoffte, dass es bisher so wenige Vorfälle gegeben hatte, dass keiner sonderlich auf den Schirm achten und man von einem Defekt der Kamera ausgehen würde.

Es dauerte wieder lange, bis er auch die zweite Tür mit seinem Gerät geöffnet hatte. Immerhin hatte er jetzt ein bisschen mehr Übung, sodass er nicht völlig verzweifelte. Später in umgekehrte Richtung würde es bestimmt schneller gehen, redete er sich ein.

Die Tür schwang auf und vor ihm tat sich wieder ein Gang auf. Als er hineingetreten war und der Eingang sich hinter ihm schloss, wurde es plötzlich gespenstisch dunkel. Die Beleuchtung war hier noch schlechter als im Gang vor der Schleuse. Es war ein schwaches weiß-bläuliches Licht. Hinzu kam, dass die Lampen defekt sein mussten. Die vielen Dellen in den schmutzig grauen Wänden warfen Schatten, die ein Eigenleben zu entfalten schienen. Stimmen kamen vom anderen Ende des Ganges. Sie wurden von den kahlen Wänden reflektiert und bildeten einen düster dumpfen Geräuschhintergrund. Dunkle Stimmen, leises hallendes Gelächter, wie aus den Tiefen einer Gruft.

Robotermädchen

Lars' ohnehin pochendes Herz schien aus der Brust springen zu wollen. Vorsichtig schlich er weiter. Er war so angespannt, dass er über jede Bodenunebenheit stolperte. Jeder Muskel war gespannt, um sich zur Not wehren, ja zuschlagen, zu können. Er schlich ganz langsam, ganz vorsichtig voran.

Umso weiter er kam, umso freundlicher hörten sich die Stimmen an. Es waren eindeutig Stimmen von Mädchen. Das von den kahlen, kühlen Wänden verzerrte Gelächter war in Wirklichkeit ausgelassenes aber leises Lachen und Kichern heller Mädchenstimmen.

Vorsichtig sah Lars am Ende des Ganges, an dem sich keine Tür befand, in einen Raum, in dem sich fast zweihundert Robotermädchen aufhielten.

Er hatte diese Mädchen in Gedanken so getauft, nicht weil sie für ihn Roboter waren, sondern weil er sie tatsächlich für richtige Menschen hielt, die aber als Maschinen bezeichnet wurden.

Fasziniert sah Lars dem Treiben dieser Mädchen zu. Sie hatten die kalte, bläuliche Beleuchtung mit einfachen Tüchern abgehängt, die dem Raum ein warmes Licht gaben. Ein Mädchen holte aus einem versteckten Winkel einen schlichten Karton, den sie vorsichtig wie eine Schatztruhe vor sich hertrug. Sie stellte ihn auf einem wie alle Einrichtungsgegenstände abgenutzt aussehenden Tisch ab und öffnete behutsam den Deckel. In dem Karton waren einfache, verschiedenfarbige Bänder, die Lars an irdisches Geschenkband erinnerten. Die Mädchen banden sie sich gegenseitig ins Haar, flochten Zöpfe damit und kreierten eigene Haarmoden.

Diese Bänder sahen aus, als hätten die Mädchen Reststücke von irgendwelchen bunten Verpackungsmaterialien gesammelt, die sie jetzt wie einen Schatz hegten. Lars wurde klar, dass man diesen ›Robotern‹ natürlich nur die Dinge zustand, die sie brauchten, um ihre Funktion zu erhalten. Also die einfachste Form von Kleidung und die billigste Art von Nahrung.

Er musste daran denken, wie er drei Tage vorher mit Kara und Luwa abends tanzen gegangen war. Die beiden Mädchen hatten sich für den Abend hübsch gemacht. Lars hatte im ersten Moment gedacht, es hätten sich zig Schmetterlinge in das Haar der beiden Mädchen gesetzt. Kara hatte ihm dann lachend erklärt, dass es sich um die neuste Mode von Haarspangen handelte. Sie sahen in der Tat aus wie bunte exotische Schmetterlinge, die sich aber automatisch um einzelne Haarsträhnen klammerten und so den Mädchen unzählige kleinere Zöpfe bescherten, von denen jeder durch einen lustig flatternden Schmetterling gehalten wurde. Kara hatte wirklich hübsch ausgesehen mit diesen in hellen Farben gehaltenen Hightech Haarspangen. Luwa hatte für ihre blonden Haare vor allem kräftige und dunklere Farben benutzt.

Die Haare dieser Robotermädchen waren natürlich nicht so raffiniert geschnitten wie die einer durchschnittlichen Imperianerin. Sie waren einfach etwas unterhalb der Schultern gerade abgeschnitten. Bei dem einen Mädchen waren sie vielleicht etwas länger als bei dem anderen. Wenn man genau hinsah, konnte man erkennen, dass dieses Abschneiden nicht sonderlich professionell durchgeführt worden war. Der Schnitt war nicht gerade und wies ungewollte Zacken auf.

Auch mit der gestylten Haarmode, die Lars von Kara, Luwa und den anderen Imperianerinnen kannte, hatte die einfache Art des Schmückens der Haare der Robotermädchen nun wirklich gar nichts zu tun. Aber es war gerade das, was ihn besonders berührte. Das, was ihm den Glanz in die Augen trieb, war eine Mischung aus Mitleid und der Faszination darüber, dass diese jungen Frauen es trotz ihres Schicksals schafften, sich dieses primitive Stück Luxus zu gönnen, und dass sie darüber mindestens genauso begeistert waren wie alle Mädchen, die er kannte, wenn sie die Gelegenheit hatten, sich schönzumachen.

Besonders gefiel ihm natürlich das rothaarige Mädchen mit der Stupsnase. Sie hatte tatsächlich die leuchtendsten Augen von allen und schien im Mittelpunkt ihrer Freundinnen zu stehen, die glücklicherweise nicht mehr ganz so stumpf aussahen, wie er sie aus der Werkhalle in Erinnerung hatte. Etwas abseits stand eine Frau, die etwas älter war als alle anderen. Etwas älter war allerdings in diesem Fall ziemlich relativ. Die Mädchen beziehungsweise jungen Frauen waren nach Lars' Schätzung zwischen fünfzehn und höchstens fünfundzwanzig Jahre alt. Diese Frau durfte nach Lars' Meinung schon über dreißig sein. Auch sie hatte leuchtendere Augen als die anderen und sie betrachtete das rothaarige Mädchen leicht belustigt aber mit liebevollem Blick.

Lars war so in die Betrachtung dieser Mädchen versunken und besonders in die des einen, das sein Herz höher schlagen ließ, dass er nicht bemerkt hatte, dass er sich immer weiter aus seiner Deckung herausbewegt hatte. Plötzlich erstarrte eines der Mädchen und blickte mit entsetzten Augen und immer blasser werdendem Gesicht in seine Richtung. Innerhalb einer Sekunde war das gesamte freudige Treiben beendet. Alle starrten ihn mit wachsendem Entsetzen an.

Gut, er war hier eingedrungen und hatte die Mädchen erschreckt, aber warum sie ihn derart entsetzt ansahen, wusste er wirklich nicht. Seine improvisierte Sturmhaube hatte er glücklicherweise vorher vom Kopf gezogen und knüllte sie gedankenverloren in seinen Händen. Er starrte zurück und wusste nicht, was er sagen sollte.

Nach der ersten Schrecksekunde kamen zwei Mädchen auf ihn zu. Es waren die beiden, die den Imperianerinnen am ähnlichsten sahen. Sie hatten fast so gleichmäßig geschnittene Gesichter wie die seiner imperianischen Freundinnen und einen eher durchtrainierten flachen Körper. Lars wusste, dass sein Geschmack nicht ganz der Mode entsprach. Ihn interessierten eigentlich mehr Mädchen mit runderen weiblicheren Formen.

Sehnsüchtig versuchte er einen Blick auf das rothaarige Mädchen zu erlangen, aber alle anderen Mädchen hatten sich vor sie gestellt. Langsam bewegten sie sich auf ihn zu. Die Szene wurde zunehmend gespenstisch. Keines dieser Wesen sagte ein Wort. Was aber Lars einen kalten Schauer über den Rücken jagte, waren ihre Augen. Sie sahen völlig leer aus, bar jeder Hoffnung.

Diese Mädchen, oder was immer sie für Wesen sein mochten, wirkten wie lebende Tote aus. Nicht wie diese künstlichen Wesen aus billigen Horrorfilmen, sondern wie Menschen, die derart schreckliche Dinge gesehen oder auch getan hatten, dass aller Lebensmut, alle Freude und alle Hoffnung auf eine bessere Zukunft unwiederbringlich aus ihren Gesichtern und ganz besonders aus ihren Augen gewichen war.

Auffällig dabei war, dass die Mädchen mit den leblosesten Blicken am weitesten vorne standen. Zentimeter für Zentimeter bewegten sie sich auf Lars zu. Er musste etwas sagen. Die eben noch so nett aussehenden Mädchen würden ihm doch wohl nichts antun? Er war zwar gut trainiert und kannte Kampftechniken, aufgrund derer er es sicher gleich mit mehreren dieser Mädchen aufgenommen hätte, aber er war allein und es kamen ungefähr hundert von ihnen auf ihn zu. Was sollte er bloß sagen? Sein Herz raste. Er bekam kein Wort heraus.

Da öffnete plötzlich eines der am weitesten vorne stehenden Mädchen den Mund und sagte mit tonloser Stimme, die glanzlosen Augen direkt auf ihn gerichtet: »Das war meine Schuld. Ich habe die anderen verführt. Die anderen haben nur gemacht, was ich vorgegeben habe. Ich hatte die Fehlfunktion. Ich bitte sie, mich umzuprogrammieren.«

Nun bekam Lars erst recht keinen Ton mehr heraus. Was um Himmelswillen sollte denn das bedeuten?

Als er nichts antwortete, begann die Zweite mit genauso tonloser Stimme und einem genauso hoffnungslosen Blick: »Auch ich habe die anderen beeinflusst. Wir beide müssen umprogrammiert werden, wenn das möglich ist.«

»Aber, aber ich finde das doch gut«, stotterte Lars. Wenigstens funktionierte seine Stimme wieder. »Das sieht gut aus. Bitte lasst doch die Bänder im Haar.«

Die anderen weiter hinten stehenden Mädchen versuchten, sich möglichst unauffällig den Schmuck aus den Haaren zu ziehen. Aus den Augenwinkeln hatte er ein noch recht junges Mädchen gesehen, wie es schnell den Karton versteckt hatte.

»Also Mädchen«, begann Lars und setzte sein Lächeln auf, von dem Lucy einmal behauptet hatte, dass er damit jede potenzielle Schwiegermutter um den Finger wickeln könne. »Es tut mir ja leid, wenn ich euch erschreckt habe, aber ich wollte euch nur mal besuchen und sehen, wie ihr so lebt. Ihr könnt doch hier ruhig weiter feiern und euch schön machen. Mir gefällt das.«

Er zeigte auf ein Mädchen, das ihr ganzes Haar zu vielen kleinen Zöpfen mit bunten Bändern gebunden hatte. »Das sieht wirklich toll aus. Die würde ich drin lassen.«

Als keines der Mädchen sich rührte, geschweige denn etwas sagte, wurde er langsam nervös. »Um ehrlich zu sein, wollte ich eigentlich mal das nette Mädchen dahinten sprechen. Ist das wohl möglich?«

Wieder keine Reaktion. Das Mädchen stand hinter einer Mauer anderer, die ihn still und ängstlich ansahen. Lars nahm sich ein Herz. Er ging einfach an den vorne stehenden Mädchen vorbei. Die hinteren Reihen hatten wenigstens nicht ganz so trübsinnige, fast tote Augen wie die vorderen.

»Wer ist hier denn der Chef? Äh, die Chefin meine ich natürlich.«

»Wir sind Roboter. Wir haben keinen Chef. Wir machen, was die Menschen uns befehlen.« Die Älteste der Frauen war hinter der letzten Reihe hervorgetreten. Es war die, die ihm vorher schon wegen ihrer recht leuchtenden Augen aufgefallen war. Sie musste neben dem rothaarigen Mädchen gestanden haben.

»Aber auf Sie scheinen die anderen zu hören«, erwiderte Lars und ein wenig Hoffnung breitet sich in ihm aus.

»Junger Herr, ich bin ein einfacher Roboter. Wir werden von Menschen geduzt.«

»Klar können wir uns duzen. Ich bin Lars.« Er hielt ihr die Hand hin.

»Junger Herr, ich bin kein Mensch. Ich darf keinen Menschen duzen.«

»Auch gut! Siezen wir uns eben.« Lars war frustriert. Das konnte ja heiter werden. »Also ich wollte mal fragen, ob das

Mädchen dahinten, das ich heute auf dieser Führung gesehen habe, also ob das wohl Lust hätte, mal mit mir zu reden.«

Irgendwie kam er sich blöd vor. Das war jetzt wohl die dümmste Anmache, die man sich vorstellen konnte, aber in die Disco konnte er sie ja wohl schlecht einladen.

»Sie hat mit diesen Spielereien nichts zu tun«, sagte die Frau schnell. »Sie ist nur ein junger, dummer Roboter. Ich habe die Mädchen zu diesem Unsinn überredet. Nehmen sie mich.«

»Verdammt, was ist hier eigentlich los«, rutschte es Lars heraus. Ihm wurde es zu bunt. »Ich will hier niemandem etwas tun. Ich will doch nur mit ihr reden und auch das nur, wenn sie es will.«

»Junger Herr, wir sind Roboter. Wir müssen machen, was die Menschen befehlen. Wenn Sie wünschen, dass ein Roboter mit ihnen geht, dann wird er es natürlich tun.« Im Gegensatz zu den Stimmen der beiden Mädchen, mit denen Lars anfangs gesprochen hatte, war die Stimme dieser Frau keineswegs emotionslos, auch wenn sie versuchte, ihre Gefühle zu verstecken. Als sie die letzten Sätze sagte, klang eine Mischung aus Verzweiflung und Angst mit.

Lars schob einfach zwei Mädchen sanft, aber bestimmt zur Seite. Das rothaarige Mädchen und er sahen sich den Bruchteil einer Sekunde in die Augen. Dann schaute sie schüchtern zu Boden.

»Kommst du mit, ein bisschen reden?«, fragte er sie. Das Mädchen nickte nur, ohne aufzublicken.

»Dann komm!«, meinte Lars fröhlich und reichte ihr die Hand.

Sie trat an den anderen Mädchen vorbei, den Blick immer noch auf den Boden gerichtet. Lars freute sich, dass er wenigstens so weit gekommen war. Sie würde schon merken, dass er nichts Böses vorhatte und seine Intuition sagte ihm, dass sie seine Gefühle erwidern würde. Die kurze Hochstimmung verflog allerdings, als er die Mienen der anderen drumherum stehenden Mädchen sah.

Schon vorher hatten sie ängstlich ausgesehen. Jetzt war die schiere Panik in ihren Gesichtern zu lesen. Ein noch recht junges Mädchen, das sich offensichtlich schlechter als die anderen im Griff hatte, begann sogar zu zittern. Die ältere Frau sah aus, als würde sie gleich in Tränen ausbrechen. Auch sie starrte angstvoll auf die beiden.

Resigniert sah Lars auf die anderen fast zweihundert Mädchen. »Ich tue ihr nichts. Das verspreche ich! Ich will doch nur mit ihr reden.«

Er bekam keine Antwort. Voller böser Vorahnungen ging er mit dem rothaarigen Mädchen in einen kalten weiß-bläulich beleuchteten Flur.

»Gibt es hier einen Raum, in den man sich setzen und sich ungestört unterhalten kann?«, fragte er sie.

»Da vorn, da kann man sogar die Tür schließen, da hört mich keiner«, antwortete das Mädchen mit Zittern in der Stimme.

Trixi

Lars führte sie noch immer an der Hand in den Raum und verschloss die Tür.

Das Mädchen stand unschlüssig und ängstlich inmitten dieses kleinen schmuddeligen Lagerraums. Lars hatte ihre Hand losgelassen. Für ihn war es eine ganz merkwürdige Situation. Er wusste nicht, was sie von ihm erwartete, hatte aber das Gefühl, dass es nichts Gutes war. Er setzte sich betont locker auf eine Art Kiste. Sie war hart. Es gab keine Rückenlehne, um sich wirklich bequem hinzusetzen. Der ganze Raum war alles andere, als ansprechend und vertrauenerweckend. Die Wände waren kahl und schmutzig grau. Das Licht war schwach, aber auf eine kalte Weise. Der ganze Raum machte einen unbenutzten, verstaubten Eindruck.

»Wie ich schon sagte, ich heiße Lars und wie heißt du?« Lars lächelte sein freundlichstes Lächeln und versuchte seine Stimme so vertrauenswürdig wie möglich klingen zu lassen.

»Roboter haben keinen Namen, nur Nummern«, flüsterte das Mädchen zu dem Fußboden vor ihren Füßen.

»Und wie ist dann deine Nummer?« Das konnte ja heiter werden.

»TRX734«

»Nennt ihr euch immer bei dieser Nummer, wenn ihr miteinander sprecht?«

»Nur mit den Buchstaben. Die Zahlen geben die Serie an. Die ist bei allen Robotern meiner Art gleich.«

Lars meinte, noch nie ein Mädchen so schüchtern sprechen gehört zu haben. Ihr Flüstern wurde immer leiser und sie sah dabei nur auf den Fußboden vor ihren Füßen.

»Also nennen dich alle TRX, richtig?«

»Ja«

Jetzt musste er sich wirklich etwas einfallen lassen. Das war ja nicht zum Aushalten. Um ein paar einsilbige Antworten zu bekommen, hatte er nun wirklich nicht diesen ganzen Weg auf sich genommen.

»Setz dich doch«, sagte er.

Im ganzen Raum gab es keine andere Möglichkeit, als auf dieser alten Kiste – oder was immer es sein mochte – Platz zu nehmen. Das Mädchen blickte sich hilflos um und setzte sich dann schüchtern neben Lars, bemüht, so viel Abstand wie möglich zwischen ihnen zu schaffen. Sie hatte die Hände gefaltet und sah weiterhin starr vor sich auf den Boden.

»Du findest mich ziemlich hässlich, nicht?«, fragte Lars.

»Wieso?« Das Mädchen blickte das erste Mal auf und sah ihm direkt ins Gesicht.

Ihre extrem blauen Augen bildeten einen merkwürdigen Kontrast zu ihrem roten Haar und ihrer blassen Gesichtsfarbe. Die Arme war bis jetzt ja noch nie aus diesem Keller herausgekommen. Ihre Stupsnase war mit kleinen Sommersprossen gesprenkelt. Lars' Herz schlug höher. Genau dieser Blick war es, warum er hier war.

»Weil du mich nicht ansiehst«, sagte Lars grinsend.

»Ich … ich finde dich nicht hässlich«, stotterte sie. »Ich weiß doch nur nicht, ob du willst, dass ich dich ansehe.«

»Und was möchtest du?«, fragte Lars nun etwas belustigt über so viel Schüchternheit.

»Roboter haben keinen eigenen Willen. Wir müssen machen, was die Menschen wollen.«

»Du bist zwar kein Roboter, sondern ein Mädchen, aber wenn du unbedingt willst, dann sage ich dir jetzt, dass du mich die ganze Zeit ansehen sollst.« Lars grinste sie frech an.

Das Mädchen verzog keine Miene und blickte ihn unverwandt an.

»Weißt du, dass du wunderschöne Augen hast, die schönsten, die ich je gesehen habe«, schwärmte Lars. Seine Augen bekamen einen ganz verträumten Ausdruck. »Ich weiß ja, dass man hier auf Imperia auf einen anderen Typ Mädchen steht, aber ich finde gerade deine Stupsnase und die Sommersprossen so hübsch und dein wildes Haar.«

Vorsichtig nahm er eine Strähne ihres krausen, roten Haares, zwischen zwei Finger und ließ sie hindurchgleiten. Das Mädchen schaute ihm noch immer direkt in die Augen und sagte kein Wort. Immerhin hatte er das Gefühl, dass ihre Augen jetzt ganz besonders leuchteten, auf jeden Fall stärker, als er es bei irgendeinem der anderen Robotermädchen gesehen hatte.

»Sagst du eigentlich nie etwas?«, fragte er nach einer Weile, in der beide geschwiegen und sich nur angesehen hatten.

»Ich weiß doch nicht, was du möchtest, dass ich es sage«, flüsterte das Mädchen, ohne die Augen von ihm abzuwenden.

»Machst du eigentlich immer alles, was jemand anders sagt?«

»Ein Roboter muss alles tun, was ein Mensch von ihm will.«

Die Versuchung war einfach zu groß. Es wäre etwas anderes gewesen, wenn das Mädchen so tonlos gesprochen hätte, wie die Robotermädchen, die ihn anfangs in der Halle angesprochen hatten. Es wäre auch etwas anderes gewesen, wenn sie ihn mit so gebrochenen, ja fast toten Augen angesehen hätte. Aber in ihrem Blick lag etwas Warmes, irgendetwas, das ihm signalisierte, dass sie hier nicht nur mit ihm zusammensaß, weil er es angeordnet hatte. So konnte Lars der Versuchung nicht widerstehen.

»Wenn du also alles machst, was ich möchte«, sagte er zärtlich schmunzelnd. »Dann möchte ich, dass du mich jetzt küsst.«

Das Mädchen zuckte mit keiner Wimper. Ihm noch immer in die Augen sehend, öffnete sie ganz leicht die Lippen und bewegte ihren Mund ganz langsam auf Lars zu. Kurz bevor sich ihre Lippen trafen, flüsterte er: »Du darfst jetzt die Augen schließen.« Das war wirklich ein spannendes Spiel, fand er.

Der Kuss war anfangs sehr scheu, fast mechanisch. Er war überhaupt nicht mit Karas Küssen vergleichbar. Klar, dieses Mädchen hatte ganz im Gegensatz zu den imperianischen Mädchen der Clique ja auch keine Erfahrung mit so etwas. Aber gerade das fand Lars so reizvoll. Für dieses Mädchen war Küssen keine Sache, die sie ständig machte, die sie perfektioniert hatte. Sie war vorsichtig, ja fast ängstlich dabei.

Dann kam der Moment, der Lars endgültig davon überzeugte, dass er recht hatte. Während des Kusses hatte er das Mädchen an sich gedrückt und ihr zärtlich den Rücken gestreichelt. Sie wirkte irgendwie ein wenig verkrampft. Da war ein Abstand zwischen ihnen. Als der Kuss intensiver wurde, entspannte sie sich vollständig. Sie war plötzlich ganz leicht in seinem Arm. Ihr Körper schmiegte sich an seinen. Es gab keine Zurückhaltung mehr. In diesem Moment wusste er, dass sie wirklich ein Mädchen war, das bei ihm sein, ihn küssen und mit ihm schmusen wollte. Auf keinen Fall war das ein Roboter, der einfach nur Befehle ausführte.

Lars' Herz schäumte über vor Glück. Es hatte sich gelohnt. Allein für dieser eine Kuss war es wert, alle Gefahren auf sich zu nehmen, die Angst auszuhalten und sich hier einzuschleichen. Lars war im siebten Himmel.

Gerade in diesem Moment sprang das Mädchen auf. Das Leuchten war aus ihren Augen verschwunden. Stattdessen stand in ihnen Panik geschrieben. Lars meinte, noch nie solch eine große Furcht in den Augen von irgendjemandem gesehen zu haben.

Er blickte sich verwirrt um. Da war niemand und nichts. Was hatte sie so sehr in Panik versetzt? Bevor er fragen oder etwas sagen konnte, begann das Mädchen zu flehen:

»Bitte, bitte, ich wollte das nicht. Das war nur eine leichte Fehlfunktion. Ich kann noch umprogrammiert werden. Bitte, bitte, nicht abschalten.«

Lars war wie vor den Kopf gestoßen. Was hatte er falsch gemacht? Er hatte doch ganz genau gespürt, dass es dem Mädchen auch Spaß gemacht hatte. Was hieß hier überhaupt Spaß? Hier ging es um ganz andere Gefühle und die hatte er doch auch bei ihr gespürt.

»Was ist denn? Was hab ich denn gemacht?«, stotterte er. »Du wolltest das doch auch. Dir hat es doch auch gefallen.«

»Nein, nein!« Ihre Stimme war vor Panik fast eine Oktave höher. »Ich bin ein guter Roboter. Ich habe nur Befehle ausgeführt. Bitte, bitte, nicht abschalten!«

Lars war völlig vor den Kopf gestoßen. Wie immer, wenn er verwirrt war, konnte er nicht richtig denken. Sein Kopf war plötzlich leer. Was um alles in der Welt war schiefgelaufen? Was konnte er bloß tun, damit TRX sich beruhigte? Was konnte er tun, damit sie ihm vertraute? Wenn er doch nur so schnell wie Christoph denken könnte, aber ihm fiel wieder einmal gar nichts ein.

»Bitte, bitte, was ist denn los. Ich will dir doch nichts tun. Nun beruhig dich doch erst mal«, stotterte er, ohne nachzudenken.

Das Mädchen stand regungslos da und sah ihn mit großen angsterfüllten Augen an. Sie war jetzt noch blasser, als sie es ohnehin als Kellerbewohnerin war. Ihre Lippen bebten leicht und Lars hatte das Gefühl, dass sie immer wieder lautlos das Wort ›Bitte‹ flüsterte.

»Komm, nun setz dich doch erst mal wieder zu mir.«

Sofort setzte sie sich, ohne ihre Augen von seinen abzuwenden. Mit Schrecken wurde Lars klar, dass sie exakt seine Befehle befolgte, eben wie ein folgsamer Roboter. Sie sah ihn nicht an, weil sie ihm so gerne in die Augen schauen wollte, sondern weil er ihr vorher befohlen hatte, dass sie das tun sollte.

»Jetzt mach doch nicht alles genau so, wie ich es sage. Ich möchte, dass du das tust, was du willst!« Er klang ärgerlicher, als er wollte, aber er konnte sich langsam nicht mehr zurückhalten.

»Aber ich bin doch kein Mensch«, flüsterte sie und blickte auf ihre Fußspitzen. Immerhin sah sie ihm nicht mehr krampfhaft ins Gesicht.

»Doch, du bist ein Mensch. Ich weiß das. Ich weiß zwar nicht, wovor du solch eine Angst hast, aber du bist ein Mensch!«

Sie schüttelte den Kopf und sah ihn wieder ganz panisch an.

»Nun hör mal TRX …« Lars unterbrach sich und schüttelte energisch den Kopf. Ärgerlich sagte er:

»Ach was ›TRX‹, das ist doch gar kein richtiger Name.«

»Das ist eine Nummer, Roboter haben keine Namen.« Sie klang so schüchtern, so furchtbar hilflos.

»Weißt du was? Ich gebe dir jetzt einen Namen, einen richtigen.« Lars klang jetzt entschlossen. Er hatte die Nase gestrichen voll. »Ab jetzt heißt du ähm, …, TRX, ähm …, nein … ähm, ja genau: Trixi.«

Das passte. Das klang gut. Trixi. Er meinte diesen Namen irgendwann schon einmal gehört zu haben, wo und wann genau, wusste er nicht, aber auf diesem Planeten hatten sowieso alle merkwürdige Namen. Das passte schon.

»Aber ...«

»Was aber? Gefällt dir der Name nicht?«

Lars klang jetzt schon fast streng. Eigentlich hatte er gar nicht so forsch nachfragen wollen, aber es war einfach schwierig, auf Dauer mit einem so schüchternen Wesen zu reden.

Das Mädchen, Trixi, wie es ab jetzt hieß, sah ihm nun doch direkt ins Gesicht und flüsterte: »Doch der Name gefällt mir, aber Roboter haben keine Namen und Roboter dürfen nicht wie Menschen sein wollen.«

Dann blickte sie wieder zu Boden. Ihre Angst war fast greifbar.

»Trixi, ich bin keiner von den Aufsehern. Ich bin nicht hierhergekommen, weil ich dich aushorchen will oder weil ich dir oder einem von den anderen Mädchen etwas tun möchte. Ich bin nur hierhergekommen, weil ich dich wiedersehen musste.«

Vorsichtig nahm er wieder ihre Hand. Sie war eiskalt und zitterte leicht. Trixi sah noch immer nicht auf.

»Wie kann ich dir bloß beweisen, dass du mir vertrauen kannst?« Jetzt klang auch Lars ziemlich hoffnungslos. Plötzlich hatte er eine Idee. Es war gewagt. Lucy und seine anderen Freunde würden ihn lynchen, aber er musste es versuchen.

»Ich werde dir eine Geschichte erzählen, eine wahre Geschichte. Eine Geschichte, die geheim ist und die nur ganz wenige Menschen hier kennen. Hörst du gerne Geschichten, Trixi?«

Sie blickte auf und sah plötzlich ganz neugierig und wach aus. Ihre Augen leuchteten.

»Ja«, flüsterte sie fasziniert. Im nächsten Moment weiteten sich ihre Augen wieder in Panik. Sie hielt sich die Faust vor den Mund und biss sich in ihren Handrücken. Mit weit aufgerissenen Augen schüttelte sie den Kopf.

»Nun hab doch nicht gleich wieder Angst«, sagte Lars mit so liebevoller Stimme, wie es ihm möglich war. »Hör doch erstmal meine Geschichte an. Dann weißt du, dass du vor mir keine Angst zu haben brauchst.«

Er zog ihr sanft die Hand aus ihrem Mund und nahm sie in seine.

»Weißt du, ich komme nicht von hier. Ich bin kein Imperianer, so wie du sie kennst. Du denkst wahrscheinlich, ich komme aus einer der Provinzen des Imperiums, richtig?«

Sie sah ihn zwar neugierig aber verständnislos an. Wahrscheinlich wusste sie gar nichts über Provinzen. Wie sollte sie auch, hier in diesem Kellerloch? Immerhin sah sie neugierig und nicht mehr panisch aus. Das war doch schon mal ein Anfang.

»Also, ich komme nicht einmal aus einer Provinz, sondern von einem Planeten, der fast eine halbe Galaxie von hier entfernt ist. Weißt du, was eine Galaxie ist, Trixi?«

Sie sah ihn mit großen neugierigen Augen an und schüttelte den Kopf.

»Also das sind eine gigantische Menge Sterne, die sich um ein schwarzes Loch drehen. Na ja, ich kann dir das jetzt auch nicht so genau erklären. Das weiß Christoph alles viel besser. Das ist einer meiner Freunde, die mit von meinem Planeten hierhergekommen sind. Der weiß all solche Dinge. Der ist fast schon ein Genie. Na ja, das erzähl' ich dir später noch genauer.«

Er hatte jetzt vollständig Trixis Aufmerksamkeit. Sie schien jedes Wort aufzusaugen.

»Weißt du, unseren Planeten wollen sie auch in das Imperium eingliedern, einfach so, ohne uns auf der Erde, also Terra, wie man unseren Planeten hier nennt, zu fragen. Deshalb sind meine Freunde und ich hierhergekommen, um etwas zu besorgen, was wir brauchen, um uns gegen diese Übernahme zu wehren. Dir das jetzt zu erklären, ist zu kompliziert. Das habe ich ja selbst nicht richtig begriffen.«

Trixi sagte noch immer kein Wort, sondern hörte ihm zu.

»Also unser Planet ist der schönste, den du dir vorstellen kannst. Vom Weltall aus sieht er blau mit weißen Wolken aus. Er kreist um eine kleine gelbe Sonne. Nicht so wie Imperia, der hier um eine weiße Sonne kreist. Hast du überhaupt schon einmal die Sonne gesehen, Trixi?«

»Nein«, flüsterte sie und schüttelte verträumt den Kopf. »Aber in unseren Geschichten ist sie eine wunderschöne große Lampe, die an einem ganz, ganz hohen Gewölbe hängt.«

Ihre Augen füllten sich wieder mit Panik. Sie entzog Lars ihre Hand und biss sich wieder in den Handrücken. Sie schüttelte wieder den Kopf und wimmerte: »Nein, nein, das wollte ich nicht.«

Lars nahm sie mit sanfter Gewalt in seinen Arm. Er streichelte ihr zärtlich durchs Haar. Ihre Verkrampfung löste sich aber nicht.

»Es ist doch schön, wenn ihr euch Geschichten erzählt. Du brauchst keine Angst zu haben, dass ich das weiß. Hast du nicht verstanden, was ich erzählt habe? Mich dürfen sie genauso wenig erwischen wie dich und deine Freundinnen.«

Immerhin beruhigte und entspannte Trixi sich ein bisschen. Lars erzählte weiter, sie immer noch im Arm haltend.

»Wir haben diesen Turm über unseren Köpfen besucht, um herauszufinden, wo dieses Ding ist, das wir brauchen und stehlen wollen. Dabei sind wir dann hier unten zu euch gekommen. Ja und dann habe ich dich gesehen.«

Den letzten Satz sagte er ganz zärtlich. Er konnte nicht widerstehen, hob ihr Kinn sanft mit einer Hand an, sodass sie ihn ansehen musste, und drückte ihr einen kurzen, zarten Kuss auf die Lippen.

»Alle haben gesagt, du seist nur ein Roboter. Aber ich hab deinen Blick gesehen. Ich habe gleich gewusst, dass du ein Mensch bist. Ich musste dich einfach wiedersehen. Ich musste dich kennenlernen. Ja und dann bin ich hier hereingeschlichen. Das war vielleicht schwierig, aber ich musste unbedingt zu dir.«

Diesmal erwiderte Trixi seinen Kuss. Er war nur kurz, aber Lars' Herz begann erneut zu pochen.

»Ja und jetzt sitzen wir hier. Weißt du, ich hole dich hier heraus. Du bist ein Mensch, egal was die anderen sagen. Wir werden es denen schon zeigen.«

»Das geht nicht«, flüsterte Trixi. Sie sah so traurig aus.

»Klar geht das! Du wirst sehen. Ich finde einen Weg. Alle haben ja auch gedacht, ich komme hier erst gar nicht hinein. Außerdem hab ich Freunde. Die helfen mir.«

Trixi sah ihn mit einer Mischung aus Angst und Hoffnung an.

»Warum willst du das tun?«, hauchte sie. Ihr Gesicht war seinem ganz nah. Erst nach einem längeren Kuss konnte er antworten.

»Weil ich mich in dich verliebt habe und dein Freund sein möchte. Aber nur, wenn du das auch willst.«

»Aber Ro..«

»Trixi!« Lars klang jetzt wirklich streng. Er hob den Finger wie die Karikatur eines Lehrers.

Trixi schaute beschämt zu Boden. Dann umarmte sie ihn plötzlich stürmisch und klammerte sich ängstlich wie eine Ertrinkende an ihn.

»Und du willst mich wirklich nicht programmieren? Und du schaltest mich ganz bestimmt nicht ab?«, flüsterte sie ängstlich in sein Ohr.

Lars lief es kalt den Rücken herunter. Irgend so etwas hatte sie doch auch schon vorher gesagt. Er hatte es einfach verdrängt. Hatte er doch einen Fehler gemacht? War sie doch nur eine Maschine?

Er schob sie ein wenig von sich, sah ihr in die Augen und fragte jetzt selbst mit ängstlicher Stimme:

»Was meinst du mit ›abschalten‹? Hast du einen Schalter, mit dem man dich an- und abschalten kann?«

Sie sah ihn einen Moment verdutzt an. Dann wanderte ihre Faust wieder vor ihren Mund, allerdings diesmal nur um ein Kichern zu unterdrücken. Im nächsten Moment wurde sie ernst, todernst.

»Natürlich haben wir keinen Schalter«, sagte sie mit ruhiger Stimme. »Wenn ein Roboter eine schwerwiegende Funktionsstörung hat, eine, die man nicht mehr umprogrammieren kann, dann wird ihm eine Flüssigkeit in den Arm gespritzt, die bewirkt, dass alle Körperfunktionen eingestellt werden. Wieder anschalten kann man so einen Roboter natürlich nicht mehr, der wird dann entsorgt.«

Lars saß einen Moment einfach ganz still. Sein Hirn weigerte sich, die eben erhaltene Information zu verarbeiten. Dann dämmerte ihm langsam, wovon Trixi gesprochen hatte. Mit einer Hand stützte er sich an der Kiste ab, auf der er saß. Er musste einfach sichergehen, dass der Boden unter ihm nicht nachgab. Ihm war schlecht.

»Du meinst, sie geben euch eine Giftspritze. Sie bringen euch einfach um?«

»Bei Robotern nennt man das abschalten«, sagte Trixi ganz leise.

Lars starrte vor sich. Er musste diese Information erst verdauen. Soweit hatte er bisher noch nicht gedacht. Von der nächsten Frage wusste er eigentlich schon vorher die Antwort, aber irgendetwas zwang ihn, sie dennoch zu stellen.

»Und was ist so eine Fehlfunktion, für die sie euch abschalten?«

»Das ist zum Beispiel, wenn ein Roboter ein Mensch sein will.« Trixis Stimme klang tonlos. »Wenn sich ein Roboter zum Beispiel in einen Menschen verliebt, wenn er Spaß beim Küssen empfindet, ...«

»Bitte Trixi, bitte rede nicht weiter. Ich hole dich hier heraus. Ich schwöre es.«

Er nahm sie in den Arm. Sie zitterte leicht. Er fühlte sich schwer wie Blei. Nach einer Weile stellt er die nächste Frage, von der er nicht wusste, ob er die Antwort überhaupt hören wollte:

»Und Programmieren, wie funktioniert das?«

Trixi begann, stärker zu zittern.

»Es tut schrecklich weh«, flüsterte sie in seinem Arm.

»Ja, aber wie funktioniert das? Was machen sie?«

»Sie sagen einem, was man machen muss, dann tun sie einem weh, solange bis man automatisch alles macht, was sie einem befehlen.«

»Und wie tun sie euch weh? Schlagen sie euch?« Nicht nur Lars' Stimme zitterte, sondern sein ganzer Körper. Doch bei ihm war es keine Angst wie bei Trixi, sondern Wut. Blanke Wut, die er kaum noch unter Kontrolle hatte. Zum Teufel noch mal mit allen Imperianern. Die sollten ihm noch einmal etwas über Barbarei und Primitive erzählen. Allen voran dieser Belian. Das nächste Mal würde er denen etwas um die Ohren hauen. Das hier war schlimmstes Mittelalter und das mitten in der Hauptstadt dieser angeblich so fortgeschrittenen Kultur.

»Nein, sie schlagen uns nicht. Das würde ja Spuren hinterlassen und wir könnten vielleicht nicht mehr Arbeiten. Sie haben die Programmiergeräte. Die kann man so einstellen, dass sie wehtun, so als ob man geschlagen wird oder als ob sie einen damit verbrennen, aber in Wirklichkeit passiert nichts. Es tut einfach nur weh.«

»Das ist Folter«, keuchte Lars. Er hatte das Gefühl nicht mehr atmen zu können. Es war nicht mehr klar, ob er Trixi festhielt oder sich an ihr. Nachdem sie sich eine Zeit lang einfach im Arm gehalten hatten, fragte er: »Und du? Haben sie dich auch schon gefoltert?«

»Jeder Roboter wird programmiert, schon als Kind. Ich natürlich auch. Aber andere haben es viel schwerer gehabt als ich, vor allem die Mädchen, die besonders gut aussehen. Die werden besonders gerne programmiert.«

»Du siehst doch am besten aus von allen«, flüsterte Lars und küsste sie ganz vorsichtig aufs Ohr.

»Gut, dass das die Aufseher nicht wissen.« Trixi lächelte ihn sogar einen kleinen Moment an, bevor sie wieder in trauriges Schweigen versank.

Sie schnappte einmal nach Luft und ein Zittern durchlief ihren Körper. Lars war zum Heulen zumute. Er wunderte sich, dass Trixi nicht weinte. Wahrscheinlich war dieser Horror für sie aber so alltäglich, dass sie dafür keine Tränen mehr übrig hatte.

Eine ganze Zeit lang saßen Sie da und hielten sich einfach nur im Arm. Dann schmusten sie ein wenig und küssten sich mehrmals. Immer wenn die Küsse richtig intensiv wurden, brach Trixi sie allerdings ab. Sie hatte noch immer Angst, sich zu sehr ihren Gefühlen hinzugeben. Immerhin sprang sie jetzt nicht mehr panisch auf, sondern drückte sich ängstlich an Lars. Das war immerhin schon ein guter Anfang, fand er.

»Du, ich muss jetzt wieder los. Die Aufseher sollen mich ja nicht finden, wenn morgen eure Schicht wieder losgeht.«

Lars hatte kurz auf seinen Zeitmesser geschaut, der in einem kleinen Multifunktionsgerät an seinem Handgelenk integriert war. Beide waren aufgestanden. Trixi sah ihn traurig an. Sie senkte ihren Blick und fragte ihre Fußspitzen heiser: »Kommst du wieder?«

»Klar komme ich wieder, schon morgen Abend. Ich komme jetzt jeden Tag, bis ich dich und deine Freundinnen hier raushole. Das ist versprochen.«

Lars wollte sie in den Arm nehmen, aber sie wich einen kleinen Schritt zurück. Sie sah einem kleinen Kiesel zu, den sie mit ihrer Fußspitze hin und her schob, als sie leise, ohne ihn anzusehen, die nächste Frage stellte.

»Warum machst du das?«

»Aber das hab ich dir doch schon gesagt.«

»Sag es noch mal! So, …, so wie du es fühlst.«

»Trixi, ich will dich wiedersehen. Ich mag dich. Ich glaub', …, ich glaub', ich hab mich in dich verliebt.«

»Glaubst du nur oder weißt du es?«

Oje, Lars hasste diese Art von Gesprächen mit Mädchen, aber in diesem Fall war es doch besser, frei heraus das zu sagen, was er gerade empfand.

»Ich weiß es«, antwortete er.

Trixi sah auf und ihm direkt in die Augen. Er hatte das Gefühl in diesen extrem blauen Augen zu versinken.

»Bist du Jurik?«, fragte sie.

»Wie bitte?« Dieser ganze Abend war wohl verwirrender als alles, was Lars bisher erlebt hatte. Jetzt verstand er wirklich gar nichts mehr.

»Aber Trixi, du weißt doch, dass ich Lars heiße.«

»Wir haben eine Geschichte. Nein, es ist keine Geschichte, sondern eine Prophezeiung. In der wird von einem Jungen, einem Menschen, erzählt. Der heißt Jurik. Er verliebt sich in ein Robotermädchen. Als er es küsst, wird es zu einem Menschen. Dann befreit er sie und alle anderen Robotermädchen und die beiden werden ein Paar.«

Was sollte er dazu jetzt sagen?

»Das ist eine schöne Geschichte«, meinte er.

Trixi sah ihn eine Weile versonnen an, dann sagte sie:

»Diese Geschichten sind nicht genau. In der Geschichte wird nirgends erzählt, dass das Mädchen einen Namen bekommt, so wie du mir einen gegeben hast. Aber das ist logisch. Wenn ein Robotermädchen ein Mensch wird, muss es auch einen Namen haben. Also ist die Geschichte nicht genau. Dann kann es aber sein, dass Jurik in Wirklichkeit Lars heißt.«

Er musste grinsen. Das war wirklich die niedlichste logische Ableitung, von der er bisher gehört hatte. Und so wie Trixi sie erzählt hatte, mit dieser Begeisterung und den leuchtenden blauen Augen in dem Gesicht mit dieser Stupsnase und den Sommersprossen, hätte er sie am liebsten in den Arm genommen und auf der Stelle entführt. Aber das wollte gut geplant sein. Es ging schließlich nicht nur darum, sie aus diesem Gebäude zu bekommen.

»Ist es nicht egal, ob ich Jurik oder einfach nur Lars bin? Wichtig ist doch nur, dass ich dich lieb habe und dass ich dich rette.«

»Nein, da gibt es einen ganz erheblichen Unterschied. Das ist nicht nur eine Geschichte. Das ist eine Prophezeiung. Wenn du Jurik bist, dann schaffst du die Befreiung.«

Trixi sah ihn todernst an. Lars fand die Geschichte, und dass Trixi sich so darauf berief, einfach unheimlich niedlich. Er bemühte sich aber, ganz ernst zu bleiben, als er sagte:

»Gut, wenn der Erfolg davon abhängt, dann bin ich Jurik.«

Jetzt ging Trixi einen Schritt auf ihn zu und nahm ihn in den Arm. Sie küssten sich einmal kurz.

»Sie macht große Fortschritte«, dachte Lars. »Sie handelt schon wie ein richtiges Mädchen. Sie ist ein Mensch. Ich wusste es.«

»Wir müssen zu EVA und ihr erzählen, wer du bist.« Trixis Augen sprühten vor Begeisterung. Sie zog Lars zur Tür.

»Nun warte doch mal. Ist EVA eure Chefin? Das ist doch die älteste Frau hier, stimmt's?«

»Nein, eine Chefin ist sie nicht. Roboter haben keine Chefs. Das weißt du doch. Aber sie ist unsere Erzählerin.«

»Eure was?«

»Unsere Erzählerin. Wir Roboter, das heißt, ich glaube, das gibt es nur bei der 734-Serie, haben eine Person, die eine besondere Funktion hat. Das ist die Erzählerin. Sie kennt alle alten Geschichten und Prophezeiungen, die es bei uns gibt. Bei uns ist das EVA.«

»Und wie wird man eine Erzählerin?«

»Jede Erzählerin sucht sich eine Nachfolgerin aus. Meistens sogar zwei unterschiedlich alte, falls einer etwas passiert. Die Erzählerin und ihre Nachfolgerinnen werden von den anderen geschützt, weil sie ja die Geschichten weitergeben müssen.«

»Hm, darf ich mal raten, wer die Nachfolgerinnen von EVA sind? Das bist du und da war noch so ein kleines Mädchen.«

»Ja, das stimmt, LRA und ich. Woher weißt du das?«, fragte Trixi vollkommen erstaunt.

»Weil ihr drei noch nicht so – wie soll ich sagen – kaputt oder besser gebrochen ausseht.«

Trixi wurde wieder traurig und blickte verschämt auf ihren Schuh, mit dem sie wieder einen Kiesel über den Boden schob.

»Wie schon gesagt, sie schützen uns. Sie werden viel häufiger programmiert. Sie sind viel früher kaputt und werden abgeschaltet. Deswegen ist EVA die Älteste von uns.«

Trixi sah noch ein paar Minuten traurig auf ihren Schuh. Dann blickte sie wieder zu Lars auf, lächelte, nahm ihn erneut bei der Hand und zog ihn zur Tür.

»Komm, ich muss EVA sagen, dass du Jurik bist.«

Alte Geschichten

Das komische Gefühl, das Lars bei der Vorstellung als Sagengestalt einer alten Geschichte angekündigt zu werden beschlichen hatte, bestätigt sich auch prompt. Als sie zurück in den Raum mit den Mädchen kamen, war nur noch EVA wach, alle anderen schliefen bereits. Lars und Trixi hatten mittlerweile schon mehrere Stunden mit Reden und Schmusen zugebracht.

Die Frau, die offensichtlich wach in ihrem Bett gelegen hatte, stand auf und kam mit besorgtem Gesicht auf die beiden zu. Das heißt, ihr Blick drückte schon mehr als Besorgnis aus. Er erinnerte Lars an den Gesichtsausdruck der Mutter einer Freundin, mit der er nur kurzzeitig zusammen gewesen war.

Eigentlich war damals zwischen diesem Mädchen und ihm noch gar nichts Richtiges passiert. Trotzdem wollte sie ihn gleich ihrer Mutter vorstellen, als er sie das erste Mal besuchte. Dummerweise war das gerade nach der Geschichte mit dem Auto gewesen, also mit seinem Unfall mit diesem geklauten Auto. Danach war er natürlich der verrufenste Junge der ganzen Schule gewesen. Jedenfalls keiner, von dem eine Mutter wünschte, dass er der Freund ihrer Tochter wäre.

So hatte die Mutter ihn auch unter einem Vorwand mehr oder weniger rausgeschmissen. Das Mädchen war es sowieso nicht wert gewesen. Sie hatte gegenüber ihren Eltern gekuscht und gleich am nächsten Tag die Sache als beendet erklärt. Egal, alte Geschichten.

Nun stand er also vor dieser Frau und sie sah ihn mit einem Blick an, als habe er Trixi etwas Schreckliches angetan. Trixi hingegen sprudelte fast über vor Begeisterung. Sie erzählte der Frau die ganze Geschichte.

»Er ist Jurik. Er hat mir einen Namen gegeben, einen menschlichen Namen. Er wird uns alle befreien und uns hier herausführen«, endete sie und strahlte ihre Lehrerin an.

Die wurde aschfahl. Panisches Entsetzen trat in ihr Gesicht. Sie sah plötzlich aus, wie eine alte Frau. Schwerfällig setzte sie sich auf die nächste primitive Sitzgelegenheit.

»TRX, was hast du gemacht? Was hast du erzählt?«, stammelte sie und an Lars gewandt. »Junger Herr, sie ist ein guter Roboter. Eine kleine Programmierung wird das wieder richten. Ich bin schuld. Ich habe ihr diese Flausen in den Kopf gesetzt.«

»Aber das ist Jurik!«, versuchte es Trixi noch einmal.

»Verdammt TRX, das sind Geschichten. Hier sind wir im richtigen Leben.«

»Aber du hast gesagt, die Geschichten sind Prophezeiungen!«

»Ja, als ich so jung war wie du, habe ich das auch noch geglaubt. Aber das Leben ist anders. Es ist viel härter und diese ganzen Geschichten haben nur den Zweck, ein bisschen Hoffnung zu machen. Es geht nur darum zu überleben, und wenigstens für ein paar Stunden einen Traum zu haben. Mehr ist da nicht.«

Trixi sah aus, als hätte man ihr den Boden unter den Füßen weggezogen. Sie tat Lars unendlich leid. Eben war sie noch so voller Begeisterung gewesen und nun sah sie aus wie ein Häufchen Elend. Aus ihrem Blick war jeder Funke Hoffnung verschwunden. Es wurde Zeit, dass Lars eingriff.

»Also Frau EVA, …, hm, so kann man nicht vernünftig miteinander reden. Sie bekommen jetzt auch einen richtigen Namen. Ja, das ist einfach«, überlegte Lars. »Sie heißen einfach Eva.«

Als die gute Frau ihn wie vom Donner gerührt ansah, fügte er voller Überzeugung hinzu: »Das ist ein guter alter terranischer Name. So heißen bei uns viele Frauen.«

»Was ich sagen wollte, Frau Eva. Hm, ich glaube, wir duzen uns lieber. Also Eva, was ich sagen wollte ist, dass Trixi mir alles erzählt hat. Ich weiß, dass ihr euch Geschichten erzählt. Ich habe gesehen, wie ihr euch hier miteinander amüsiert habt. Ich weiß, dass ihr Gefühle habt. Kurz gesagt, ich weiß, dass ihr Menschen seid. Ich finde das gut so und ich werde euch hier herausholen.«

»Junger Herr …«

»Ich möchte, dass wir uns duzen und du mich Lars nennst«, sagte Lars fest. Es reichte ihm langsam und außerdem hatte er nicht ewig Zeit. Zudem musste er zurück.

»Ich habe ja wohl keine andere Wahl. Außerdem ist jetzt sowieso alles zu spät.« Eva klang resigniert. »Also, …, Lars, warum tust du das?«

Die Frage hatte er ja schon Trixi beantwortet. Er hatte jetzt keine Lust mehr darum herumzureden.

»Weil ich sie lieb habe. Weil ich mich in sie verliebt habe.«

»Gut.« Eva nickte müde mit dem Kopf. »Ich gehe davon aus, dass das so ist, sonst ist sowieso alles verloren. Bist du bereit, wirklich etwas für sie zu tun?«

»Aber klar, ich würde alles tun!«

»Dann geh' bitte! Vergiss alles, was du heute Abend gesehen hast. Vergiss alles, was du gehört hast und komme nie wieder!« Eva hatte mit so einem Nachdruck gesprochen, dass Lars richtig erschrocken war.

»Aber das kann ich nicht. Ich komme wieder. Ich hole euch hier heraus!« Lars ruderte mit den Armen. Das konnte diese Frau doch wohl nicht ernst meinen.

»Weißt du, wie wir leben?«, fragte sie und sah ihn herausfordernd an. Dieser Blick hatte mit dem eines unterwürfigen Roboters wirklich nichts mehr zu tun.

»Nur das, was Trixi mir erzählt hat«, gab Lars missmutig zu.

»Sie hat dir nur einen Teil erzählt. Ich erzähle dir jetzt einen anderen Teil. Während wir uns hier amüsieren, ist dort draußen« – Eva zeigte in Richtung Tür – »ein Roboter – ach nein du möchtest ja, dass ich Mädchen sage – in einem anderen Raum. Meistens sind dort etwa vier von unseren Aufsehern. Das Mädchen wird vor Schmerz schreien. Sie sind dabei, sie zu programmieren. In Wirklichkeit ist das aber nur ein Vorwand. Diese Aufseher lieben es einfach zuzusehen, wie ein Mädchen vor Schmerz schreit und bettelt. Vielleicht ist sie mittlerweile aber auch schon so weit, dass sie teilabgeschaltet ist. Bei Menschen nennt man das wohl Bewusstlosigkeit. Dann warten sie, bis sie wieder voll funktionsfähig ist, und machen danach weiter.

Du musst wissen, bei uns hier unten gibt es immer ein Mädchen mehr, als in den Büchern aufgeführt wird. Weißt du, keinen Menschen interessiert, ob ein Roboter mehr oder weniger existiert. Keinen interessieren die einzelnen Nummern dieser Roboter. Morgens, wenn wir zur Arbeit müssen, wird das Mädchen hier hereingeschleppt werden. Sie darf sich ausruhen. Das ist auch notwendig. Zu einer sinnvollen Arbeit ist sie sowieso nicht mehr fähig. Aber das macht ja auch nichts. Es sind ja genauso viele Roboter an den Arbeitsplätzen, wie es in den Büchern steht.«

Lars schwieg. Ihm war schlecht.

»Kannst du dich an die zwei Mädchen erinnern, die dich als Erste von uns gegrüßt haben?«, redete Eva weiter. »Das sind Abgänger. Du weißt sicher nicht, was dieser Begriff bedeutet. Ich werde es dir erzählen. Es sind Roboter, die so oft programmiert wurden, dass sie es nicht mehr aushalten. Sie halten dieses Leben nicht mehr aus. Wenn man so oft programmiert wurde, ist man aber nicht mehr in der Lage etwas zu tun, was gegen die Regeln verstößt. Sie können sich nicht selbst abschalten. Das ist einem Roboter natürlich verboten, auch wenn es hin und wieder bei jüngeren von ihnen vorkommt.«

»Es gibt Roboter, die sich das Leben nehmen?«, fragte Lars fassungslos.

»Wie gesagt, das kommt nur bei jüngeren vor, bei welchen, die noch nicht abgängig sind. Wie würdet ihr bei Menschen sagen: gebrochen? Du hast die Augen dieser Mädchen gesehen, ihre Blicke. Irgendetwas in ihnen ist kaputt. Sie wünschen sich nichts mehr als das Ende dieses Lebens. Sie sind aber nicht einmal mehr in der Lage, es selbst zu beenden. Deswegen drängeln sie sich vor. Sie melden sich freiwillig, programmiert zu werden. Es kommt nämlich immer wieder vor, dass die Aufseher erst mit ihren Spielen aufhören, wenn ein Roboter abgeschaltet ist. Das wird dann langsame Abschaltung genannt, im Gegensatz zur normalen, schnellen Abschaltung.«

»Sie foltern sie zu Tode«, flüsterte Lars automatisch. Wenn er hier nicht gleich rauskam, würde er sich übergeben müssen.

»Ja, so würdet ihr das bei Menschen nennen. Es sind im Übrigen meistens die hübschesten Mädchen, die besonders gern und oft von den Aufsehern geholt werden. Diese Roboter melden sich freiwillig, weil sie in dieser langsamen Abschaltung den einzigen Weg aus ihrem Martyrium sehen. Für die, die nicht ausgewählt werden, ist die Spanne, die eine von uns leidet, die einzige Zeit in der wir anderen ein bisschen leben können. Die Zeit zwischen Arbeit, Schlaf und eventuell der Programmierung am folgenden Tag. Wir haben nur diese Zeit zum Leben und wir müssen sie jeden Tag wieder nutzen, so gut wir können.«

»Aber ich verstehe nicht, warum ich euch dann nicht helfen soll«, stammelte Lars. Er sah auf Trixi, die traurig vor sich auf den Boden starrte. Bei ihrem Anblick schluckte er seine Verwirrung und das Entsetzen, das ihm die Kehle zuschnürte, hinunter und redete kämpferisch weiter.

»Gerade was du mir erzählst, zeigt mir nur, dass ich euch helfen muss. Ihr seid Menschen, das weiß ich jetzt und ich hole euch hier heraus! Es ist mir auch vollkommen egal, ob ich euer Jurik bin oder einfach nur Lars, ob es eine Prophezeiung gibt oder nicht. Ich werde euch hier herausholen, koste es, was es wolle. Ich werde mich von niemandem aufhalten lassen, auch von dir nicht!«

Das ganze Gespräch war im Flüsterton gehalten worden. Selbst als Lars lauter wurde, hatte er nur lauter geflüstert. Die anderen Robotermädchen schliefen ja schon in dem großen Raum auf ihren primitiven Pritschen. Die kleine zweite Nachfolgerin von Eva war aufgewacht. Unbemerkt hatte sie sich zu der kleinen Gruppe gestellt und zugehört.

»Bist du Jurik?«, fragte sie Lars und sah ihn mit großen Augen an.

Als keiner antwortete, sah sie Trixi an und fragte sie: »Ist das Jurik?« Trixi nickte mechanisch mit dem Kopf. Lars fand, dass sie nicht mehr so überzeugt wirkte wie vorher.

»Jurik heißt in Wirklichkeit Lars«, sagte er. »Und wie heißt du?«

»Roboter haben keine Namen, sondern Nummern«, antwortete die Kleine recht altklug für ein Roboterkind, fand Lars. Er konnte diesen Spruch langsam nicht mehr hören. Bevor er aber etwas sagen konnte, redete das Mädchen weiter. »Ich bin LRA.«

»Stimmt, das hat Trixi mir ja schon erzählt. Du brauchst auch einen richtigen Namen. Lass mich überlegen: LRA, ja, du heißt ab jetzt Lara. Das ist ein schöner terranischer Name.«

Die Kleine bekam noch größere Augen und sah Lars an wie das siebte Weltwunder.

»Nun verdreh' doch nicht auch noch dem Kind den Kopf«, schalt Eva. Sie benahm sich immer mehr wie eine Mutter, fand Lars. Mit einem Roboter hatte das nicht mehr viel zu tun. »Du hast überhaupt nicht verstanden, was ich dir sagen wollte. Wir sind den Menschen, ganz besonders den Aufsehern hier, vollkommen ausgeliefert. Wir haben hier zwar kein besonders schönes Leben, aber wir haben wenigstens diese paar Stunden pro Tag, in denen wir es uns nett machen können. Wenn wir versuchen hier auszubrechen, werden wir alle sterben. Du kannst sicher sein, dass alle, die nicht sofort erschossen werden, einen langsamen, besonders qualvollen Tod sterben müssen.«

Sie sah Lars herausfordernd an.

»Aber es wird nichts schiefgehen. Dafür werde ich sorgen.« Er versuchte, so überzeugend wie möglich zu klingen.

»Ach ja, und wie willst du das machen?«, fragte Eva und klang jetzt sogar sarkastisch. »Hab ich es richtig verstanden? Du kommst von einem Planeten, den ihr vielleicht mit Müh und Not vor den Imperianern retten könnt. Wie hast du dir das gedacht? Möchtest du hier mit uns durch die Straßen ziehen und die Imperianer, gegen die du kämpfen willst, bitten, zu uns ab jetzt ganz nett zu sein? Zu uns, die sie bisher gequält haben, die sie ausgenutzt haben, weil sie unsere Arbeit brauchten? Oder hast du vor, uns mit auf deinen Planeten zu nehmen? Hast du ein Raumschiff, das genug Platz für uns alle hat? Und was sollen wir dann dort machen? Gegen die Imperianer kämpfen oder was stellst du dir vor?«

Lars war einen Moment wie vor den Kopf gestoßen. Er hatte sich als großer Befreier gefühlt, als Held. Damit, dass er von einem Roboter verspottet werden würde, hatte er nicht gerechnet. Dieser Roboter war ein Mensch, und zwar eine Frau, die fast doppelt so alt war wie er und die ganz offensichtlich schon ein ganzes Stück weiter gedacht hatte als er. So weit war er mit seinen Überlegungen noch gar nicht gekommen. Er nahm sein ganzes Selbstbewusstsein und die gesamte Überzeugungskraft, zu der er fähig war, zusammen.

»Der Plan steht noch nicht fest. Ich habe Freunde, wirklich gute Freunde. Wir machen unsere Pläne immer zusammen. Christoph ist genial, dem wird garantiert eine Lösung einfallen. Und dann gibt es noch Lucy. Sie ist wahnsinnig mutig. Sie hat schon einen Schlüssel geklaut, was alle für absolut unmöglich gehalten haben. Sie hat unseren Planeten gerettet, als alle anderen das für aussichtslos gehalten haben. Und dann gibt es da noch Kim und mich, die die beiden bei allem unterstützen. Ihr glaubt doch nicht, dass für Leute wie uns, die gegen das gesamte Imperium kämpfen und einen ganzen Planeten retten, die Befreiung von ein paar Menschen ein Problem ist, die als Roboter gehalten werden?«

Das war eine so glühende Rede, dass er zumindest sich selbst von der Sache überzeugt hatte. Eva sah noch immer skeptisch aus. Trixis Augen leuchteten wieder und das war schließlich das Wichtigste. Die kleine Lara hatte sich in der Zwischenzeit von den Diskutierenden entfernt. Sie hatte angefangen, die anderen Mädchen zu wecken. Erst jetzt sah Lars, dass er aus fast zweihundert Augenpaaren angestarrt wurde. Er hörte, wie Lara den anderen stolz erzählte:

»Das ist Jurik. Jurik heißt in Wirklichkeit Lars. Er hat mir einen Namen gegeben. Ich heiße jetzt Lara. Trixi und Eva hat er auch Namen gegeben. Er wird uns alle befreien und Trixi hat er auch schon geküsst.«

Die Mädchen starrten ihn an. Lars sah wie in den Augen, die ihn noch vor ein paar Stunden leer angesehen hatten, Hoffnung glomm. Es waren tatsächlich nur ein paar Mädchen, die noch immer wie lebende Tote aussahen. Unter ihnen waren die beiden Mädchen, die ihn als Erste angesprochen hatten. Abgänger, wie Eva sie genannt hatte. Zombies, wie Lars sie insgeheim nannte. Das war natürlich kein korrekter Ausdruck. Er würde sich hüten, den jemand anderem gegenüber zu gebrauchen.

»Ich hoffe, du weißt, was du für eine Verantwortung übernommen hast«, sagte Eva ernst. »Für dich ist das vielleicht nur ein Abenteuer. Soweit ich weiß, werdet ihr Menschen nur umerzogen, wenn ihr etwas Verbotenes macht oder im schlimmsten Fall auf einen Gefängnisplaneten verbannt. Wir Roboter werden abgeschaltet, wie du weißt. Und wenn wir Pech haben, schalten sie uns langsam ab. Wenn der Plan, den ihr entwerfen wollt, nicht funktioniert, hast du uns alle hier auf dem Gewissen.«

Gut, dass Lars schon in der Schule auf der Erde trainiert hatte, auch in ausweglosen Situationen cool auszusehen. Wenn er jetzt gezeigt hätte, wie er sich wirklich fühlte, hätte er die Sache gleich vergessen können. So locker und selbstverständlich, wie er tat, war er keineswegs. Schließlich hatte er tatsächlich noch keine Idee, wie er die Mädchen aus diesem Kellerloch herausholen sollte. Er verließ sich in der Tat auf seine Freunde, das heißt, auf seine terranischen Freunde oder besser noch auf Lucy und Christoph. Dass Kim ihn in irgendeiner Hinsicht unterstützen würde, konnte er sich beim besten Willen nicht vorstellen.

»Ganz so ungefährlich ist das auch für uns nicht«, sagte er selbstsicher. »Für das, was wir vorhaben, können auch wir erschossen werden. Im besten Fall verfrachten sie uns gleich auf diesen Gefängnisplaneten. Im Übrigen habe ich gehört, dass es da auch nicht besser ist als hier unten.«

Damit hatte er auch die letzten Mädchen überzeugt. Eva war die Einzige, die ihn weiterhin kritisch ansah, aber immerhin nicht mehr dagegen redete. Es hätte ohnehin keinen Sinn gehabt. Die anderen Mädchen wollten einfach glauben, dass die Befreiung klappen würde. Die einzigen Ausnahmen waren die Zombies. Lars war sich nicht sicher, ob sie überhaupt verstanden, was um sie herum vor sich ging. An ihren Gesichtsausdrücken war jedenfalls nicht zu erkennen, was sie dachten oder fühlten. Sie sahen Lars und die anderen ausdruckslos an, wie Zombies eben.

Lars verabschiedete sich von allen. Trixi brachte ihn noch zur Tür.

»Das war doch kein Spaß eben, oder?«, fragte sie schüchtern. »Du kommst doch wirklich wieder, oder?«

»Möchtest du das denn?« Lars griente schelmisch.

»Ja natürlich, bitte komm wieder, so schnell du kannst«, bettelte sie und sah ihn mit ihren strahlend blauen Augen an.

Der Abschiedskuss, der dann folgte, war der schönste Kuss an dem ganzen Abend. Trixi wirkte so gelöst und schmiegte sich so herrlich an ihn, dass er sie gar nicht mehr loslassen wollte. Der Kuss dauerte so lange, dass plötzlich Eva hinter ihnen auftauchte.

»Lars, du musst wirklich los«, sagte sie ernst. »Manchmal kommen die Aufseher und bringen das Mädchen noch vor Beginn der Schicht zurück.«

Es fiel ihm zwar schwer zu gehen, aber Eva hatte recht. Glücklicherweise war es auf dem Rückweg viel einfacher, die Türen zu öffnen. Das Gerät, das Lars gebrauchte, hatte sich den geknackten Zugangscode gemerkt. So konnte er es jetzt einfach wie einen Schlüssel benutzen.

Sein Herz schlug ihm wieder bis zum Hals, als sich die Tür öffnete. Den Aufsehern war offensichtlich nicht aufgefallen, dass die Kamera, die Lars verstellt hatte, nur noch die Decke zeigte. So sah niemand ihn durch die Tür in die Sicherheitsschleuse treten. Als sich die zweite Tür der Schleuse öffnete, pochte sein Herz noch stärker. Innerlich hatte er sich darauf vorbereitet, dass auf der anderen Seite zwei Aufseher stehen würden. Er war bereit sofort jemanden mit einem Tritt oder einem Schlag zu entwaffnen. Das war natürlich ziemlich gefährlich, wenn er sich nur auf seine Kampftechniken verlassen musste, während der Gegner nicht nur bewaffnet, sondern auch noch zu zweit war.

Aber der Gang war leer. Er rannte, so schnell er konnte. Dabei versuchte er, möglichst keinen Lärm zu verursachen. Vor der nächsten Biegung blieb er stehen, atmete mehrfach kräftig durch und sammelte neuen Mut. Dann sprang er um die Ecke, wieder bereit sofort anzugreifen. Aber auch dieser Abschnitt des Ganges war leer.

So hangelte er sich vorwärts, bis er in der Nische ankam, in der er sich schon auf dem Hinweg versteckt hatte. Hier ruhte er sich wieder zwei Minuten aus. Er war jetzt kurz vor dem Raum, in dem die Wärter verschwunden waren und in dem die schrecklichen Dinge vor sich gingen, die bei ihm, wenn er nur daran dachte, einen Brechreiz auslösten.

Er nahm noch einmal seinen ganzen Mut zusammen und stürmte bis zu der Tür, hinter der er die Aufseher vermutete. Sie war geschlossen. Kein Laut war aus dem Raum zu vernehmen. Lars fragte sich, ob das arme Mädchen ohnmächtig war, oder ob er einfach nur deswegen nichts hörte, weil die Tür gut schallisoliert war.

»Halt noch durch Mädchen«, sagte er leise zur geschlossenen Tür. »Noch ein paar Tage und ich hole dich hier raus.«

Dann ballte er die Fäuste. Seine Flüsterstimme wurde zu einem Zischen vor unterdrückter Wut:

»Und euch Arschlöcher kriege ich. Ihr entkommt mir nicht. Ihr werdet dafür bezahlen und wenn es das Letzte ist, was ich tue.«

Dann wandte er sich ab und ging vor Wut kochend zum Ende des Ganges. Auch diese Tür war mit dem gespeicherten Schlüssel kein Problem. Er schlich zurück durch das fast unbeleuchtete Treppenhaus. Die vielen Stufen fand er auf dem Rückweg viel mühseliger als auf dem Hinweg. Es kam ihm wie eine Ewigkeit vor, bis er endlich wieder im Erdgeschoss ankam.

Er schlich sich aus dem riesigen Turmgebäude. Als er draußen war, nahm er seine primitive, selbst konstruierte Sturmhaube ab.

Lars war müde, eigentlich viel zu müde für einen Spaziergang um diese Zeit. Trotzdem tat die Bewegung in der Kühle der Nacht gut. Der Himmel war klar und voller Sterne. Der große Mond hing hell und dick am Firmament. Auch wenn der kleinere nicht zu sehen war, so war die Nacht romantisch. Wenn er doch erst Trixi aus diesem Kellerloch befreit hätte. Er würde ihr diese wunderschöne Nacht zeigen. Sie würden Arm in Arm durch den Park gehen, sich ein stilles, romantisches Plätzchen suchen und kein Mensch der Welt würde sie daran hindern können, dort all das zu machen, was sie beide miteinander machen wollten.

Lars träumte vor sich hin und war ganz erstaunt, wie schnell die Zeit dabei verging und wie kurz der Weg eigentlich war, als er plötzlich vor der Tür des Hauses der imperianischen Freunde stand.

Er schlich sich in sein Zimmer. Als er in seinem Bett lag, konnte er es gar nicht erwarten, seinen Freunden von dem Erlebnis dieser Nacht zu erzählen. Er hatte recht gehabt. Es waren Mädchen, keine Roboter. Er stellte sich vor, wie Lucy vor Wut kochen würde, wenn sie von diesen Ungeheuerlichkeiten hören würde, wie Christoph ganz geschockt mit wissenschaftlicher Präzision einen Plan entwerfen würde. Selbst Kim würde aus ihrer Lethargie erwachen. Es ging schließlich um unterdrückte Mädchen. Wenn es ein Thema gab, dass sie auf die Barrikaden brachte, dann das. Sie würden zusammen einen Schlachtplan entwerfen. Vielleicht würden sie morgen Abend schon gemeinsam losziehen. Er konnte es gar nicht erwarten, mit ihnen zu reden. Bis nach dem Frühstück würde er noch warten müssen. Besser war es, vorher noch ein bisschen Schlaf zu bekommen.

Das war leichter gedacht als getan. Alles drehte sich in seinem Kopf. Er dachte an Trixi. Wie gern hätte er sie jetzt in seinem Arm. Sie bräuchte auch gar nichts machen, nur hier ganz nah bei ihm sein. Er wollte nur ihren Körper spüren. Mit der Vorstellung, wie es wohl wäre, wenn sie jetzt neben ihm liegen würde, und dem wohligen Gefühl, das dieser Traum auslöste, schlief er endlich ein. Das erste Morgenlicht zeigte sich schon am Horizont, als er endlich eingeschlafen war. Es waren nur noch wenige Stunden, bis er von seinen Freunden zum Frühstück geweckt werden und ein neuer Tag beginnen würde, der ganz anders verlaufen sollte, als Lars es sich erträumte.

Höhenflüge

Am Morgen des nächsten Tages war Lucy gut gelaunt. Sie hatte wider Erwarten tief und fest geschlafen. Schon morgens hatte sie eine folgenschwere Entscheidung getroffen. Ab sofort würde sie das Verhältnis zwischen Borek und Riah wie eine terranische Beziehung werten und dieses ganze komplizierte imperianische Beziehungsgeflecht ignorieren. Borek wäre also ab sofort der feste Freund ihrer besten Freundin und damit tabu und basta. Sie konnte ihn ja immer noch toll finden und ein wenig traurig sein, dass nicht sie ihn zum Freund hatte. Vielleicht konnte sie auch ein bisschen heimlich träumen, aber damit hörte es dann auf und fertig.

Zufrieden mit dieser Entscheidung, mit sich und der Welt saß sie zusammen mit den anderen beim Frühstück, als Lars herein geschlurft kam. Um Gotteswillen, wie sah der denn aus? So als hätte er die Nacht kaum oder gar nicht geschlafen.

»Wir müssen unbedingt miteinander sprechen, wir und die anderen beiden«, flüsterte er ihr zu.

Lucy war zwar ein wenig neugierig, aber dass es sich um etwas Wichtiges handeln könnte, konnte sie sich wirklich nicht vorstellen. Endlich ging es los. Sie würden heute wieder ein wenig das Zielgebiet erkunden. Christoph, dieses unermüdliche Maultier, würde sich wieder in die Bibliothek begeben und auf seinen verschlungenen, geheimen, digitalen Pfaden das Innere des Zielobjektes erforschen. Sie würden abends die Ergebnisse zusammentragen und vielleicht schon die ersten Ansätze eines Plans entwickeln. Es musste jetzt einfach endlich losgehen.

Außerdem freute sie sich schon darauf, ihre Erkundigungen mit Borek zusammen zu machen. Er war ja jetzt einfach Riahs Freund und sie würde nur seine angenehme Gesellschaft genießen, ohne jegliche Hintergedanken natürlich.

Am Tisch fehlte noch Luwa. Sie kam in den Raum gestürmt, als Lars sich schon gesetzt hatte und Lucy mit seinen Blicken versteckte Zeichen zu geben versuchte. Zeichen, die sie absolut nicht deuten konnte.

»Habt ihr gehört? Es geht los!« Luwa hatte vor Aufregung leicht gerötete Wangen. Sie setzte sich hektisch an den Tisch, begann den üblichen morgendlichen Brei, den Lucy imperianisches Müsli getauft hatte, in sich hineinzuschaufeln und redete immer zwischen zwei Löffeln weiter. »Sie haben es gerade in den Nachrichten erzählt … In einer Woche wollen sie die Vorbereitungen fertig haben … sagt mal, was habt ihr denn da rein gemischt? Das schmeckt ja furchtbar! Egal … Übermorgen geht's dann los … erst wird die gesamte militärische Infrastruktur lahmgelegt … Dann wird Terra übernommen.«

»Das wird aber auch Zeit«, murmelte Belian, ohne einen von den am Tisch sitzenden Terranern anzusehen und erntete dafür einen bitterbösen Blick von Riah.

Kim fiel der Löffel aus der Hand. Sie sah aus, als würde sie jeden Moment in Tränen ausbrechen.

»Ich dachte, die Opposition hätte noch einen Eilantrag beim Obersten Gerichtshof eingebracht, um die Invasion zu stoppen. Ist darüber denn schon entschieden?«, fragte Tomid Luwa.

Riah, die scheinbar etwas genauer informiert war, übernahm die Erklärung: »Darum ging es ja gerade in der Meldung. Sie hatten die Vorbereitungen wegen dieses Antrags gestoppt oder wenigstens runtergefahren. Heute Morgen ist die Eingabe abgelehnt worden. Jetzt werden die Vorbereitungen unter Hochdruck zu Ende gebracht.«

»Das war doch sowieso alles Schwachsinn! Diese Heuchler!«, knurrte Belian. Entweder hatte er Riahs scharfen Blick nicht gesehen oder er ignorierte ihn. »Man kann doch diese armen Menschen auf diesem Planeten nicht krepieren lassen, nur weil es Primitive sind. Man kann doch den gesamten Planeten nicht den Bach runtergehen lassen, nur weil sich hier die Leute zu schade sind, einzugreifen und diesen oppositionellen Spießern die ganze Angelegenheit zu teuer wird.«

»Aber deswegen kann man doch nicht einfach einen ganzen Planeten überrennen. Eine Spezies kann einer anderen doch nicht ungefragt ihren Willen aufdrängen. Vielleicht wollen wir ja gar nicht von euch gerettet werden. Euch hat ja schließlich keiner um Hilfe gebeten«, schluchzte Kim. Sie kämpfte mit den Tränen.

»Weißt du, was passieren wird, wenn wir erst da sind?«, fragte Belian grimmig zurück. »Sie werden uns zujubeln. Vielleicht werden in den ersten Tagen einige geschockt sein und Angst haben, dass irgendetwas Schreckliches mit ihnen passiert. Aber nach einem halben Jahr wird die große Mehrheit von euch Terranern sich freuen, dass wir da sind und endlich das von euch geschaffene Elend vorbei ist. Ihr werdet uns zujubeln, sag' ich dir!«

»Das ist trotzdem nicht richtig«, schluchzte Kim. »Es muss doch eine Möglichkeit geben, die Sache zu verbessern, ohne gleich die ganze Menschheit auf der Erde zu unterdrücken.«

»So, jetzt ist Schluss mit dieser Diskussion!« Riah klang wie eine Lehrerin. »Wir haben uns für heute schließlich noch wichtige Dinge vorgenommen. Ihr macht euch jetzt alle fertig und in einer halben Stunde ist hier unten Abflug.«

Als Lucy aufstand, kam Lars auf sie zu. Bevor er aber etwas sagen konnte, tauchte Riah hinter ihr auf und legte ihr den Arm um die Schulter.

»Du Lucy«, flüsterte sie ihr ins Ohr. »Ich weiß ja, dass du mit Kim in letzter Zeit nicht so gut klarkommst. Aber sieh mal, deine Freundin braucht dich jetzt. Kannst du nicht mal kurz mit ihr reden, bevor wir hier losgehen? Zur Not müssen Borek und Luwa ein wenig warten. Ich glaube, es ist wirklich wichtig.«

Die beiden Freundinnen drückten sich kurz, dann ging Riah. Sie hatte natürlich recht. Lucy wollte sich gerade auf den Weg zu Kims und Christophs Zimmer machen, in dem Kim mittlerweile verschwunden war, als Lars, der schon nervös darauf gewartet hatte, sie allein zu sprechen, auf sie zugeschossen kam.

»Lucy ich muss dich unbedingt mit dir reden, das heißt, eigentlich mit euch allen Dreien. Es ist echt wichtig!«

»Lars, ich glaube, ich muss erstmal mit Kim reden. Das ist im Moment wichtiger. Hast du gesehen, wie sie die Nachricht mitgenommen hat? Können wir nicht heute Abend reden?«

»Heute Abend erst? Na gut, wenn's sein muss. Aber wir müssen uns noch vor dem Abendessen treffen. Es ist wirklich super wichtig.«

»Gut, wenn wir vor dem Abendessen zurück sind, setzen wir uns vorher zusammen, sonst gleich danach«, stöhnte Lucy. Was konnte schon so wichtig sein, wie die Invasion der Erde oder besser dies zu verhindern. Lucy hoffte für Lars, dass es nichts mit diesem vollbusigen Robotermädchen zu tun hatte. Für solche Spielchen hatte sie jetzt wirklich keinen Platz in ihrem Kopf.

Sie ging schnell zu dem Doppelzimmer ihrer beiden Freunde.

»Können wir darüber nicht in Ruhe heute Abend reden? Riah wartet schon. Und wenn ich ehrlich bin, kann man in deinem jetzigen Zustand sowieso nicht mit dir reden«, hörte sie Christophs Stimme.

»Klar! Geh doch zu deiner tollen Riah. Mit der kannst du sicher über wichtigere Dinge reden, als über die Invasion unserer Erde«, keifte Kim zurück.

»Du, auf diese Sprüche habe ich echt keine Lust mehr. Such dir doch jemanden anderen zum Ankeifen. Vielleicht rettest du ja deinen Planeten, indem du deine Freunde anmachst, statt auch mal was zu dem Plan beizusteuern.«

Christoph kam aus dem Zimmer gestürzt. So wütend hatte Lucy ihn überhaupt noch nicht gesehen. So einen Wutausbruch hatte sie ihm gar nicht zugetraut.

»Vielleicht kannst du ja mit der Ziege reden«, schnauzte er Lucy an. »Ich hab da jedenfalls echt keinen Bock mehr drauf!«

Mit wütenden Schritten lief er zum Treppenaufgang.

Lucy ging durch die offene Tür. Kim saß resigniert auf ihrem Bett. Das Gesicht voller Tränen, die ihr weiterhin aus den Augen rannen.

»Na, kommst du, um mich jetzt auch noch zusammenzufalten?«, begrüßte sie Lucy schluchzend. »War ich mal wieder politisch nicht korrekt genug oder zu naiv? Hätte ich nichts sagen dürfen?«

»Kim bitte, so ist das doch nicht«, erwiderte Lucy hilflos.

»Ich versteh' einfach nicht, wie ihr alle so ruhig bleiben könnt!«, schluchzte Kim. »Ist es euch denn mittlerweile ganz egal, was mit unserem Planeten passiert? Sind euch eure neuen Freunde wichtiger als unsere Mission?«

Kim wandte den tränenverschleierten Blick von Lucy ab und sah auf den Boden. Eine neue Welle von Schluchzern schüttelte ihren Körper. Lucy setzte sich zu ihr und nahm sie vorsichtig in den Arm. Sie hatte mit Widerstand gerechnet und sich innerlich schon dagegen gewappnet, aber erstaunlicherweise ließ Kim sich diese Geste gefallen. Sie ließ ihren stillen Tränen weiter freien Lauf und ergab sich wehrlos in die Umarmung.

»Es ist wirklich nicht so!«, versuchte Lucy es noch einmal. »Mir – und ich bin fest überzeugt – auch Christoph und Lars ist die ganze Sache genauso wichtig wie dir.«

»Aber dann verstehe ich nicht, dass keiner von euch dazu etwas sagt, dass keiner mir mal hilft. Wenn dieser Imperianer von Primitiven redet, dann bin nicht nur ich gemeint. Dann meint er euch genauso. Das wisst ihr doch hoffentlich?«

»Klar weiß ich das. Nur, es ist so schwer, etwas dagegen zu sagen. Mit vielen Dingen hat er ja recht.« Lucy sah auf ihre Füße. Es machte sie verlegen. Tatsächlich hatte Belian es geschafft, ihr Zweifel an ihrem gesamten Vorhaben einzureden. Seine Argumente ließen sich nicht so einfach wegdiskutieren. War die ganze Sache nicht doch eher eine Chance für ihren Planeten und kein Unglück?

Lucy wunderte sich, dass Kim so ruhig blieb. Auch sie starrte jetzt auf den Fußboden.

»Es kann trotzdem nicht richtig sein«, flüsterte Kim. »Wenn es nicht richtig ist, dass alles so bleibt, wie es ist, und es nicht richtig ist, dass die Imperianer einfach unsere Erde übernehmen, dann muss es eine dritte Möglichkeit geben. Eine, die richtig ist.«

»Hast du eine Idee, wie die aussehen könnte?«

Kim schüttelte den Kopf. Beide starrten wieder eine Weile vor sich auf den Boden.

»Genau, vielleicht ist das die Idee!« Lucy war ganz plötzlich ein Gedanke gekommen und er war richtig gut, fand sie. »Wir werden nicht einfach nur die Invasion verhindern. Wir werden mit der aranaischen Technologie auch alle Missstände auf unserem Planeten beseitigen. Genau, das ist es! Wir selber, also die Terraner, verändern unseren Planeten zum Guten.«

Lucy strahlte Kim an. Die sah zweifelnd zurück.

»Meinst du wirklich, das kann funktionieren?«, fragte sie.

***

Lucy eilte zu ihrer Verabredung mit Borek. Sie hatte noch minutenlang neben Kim auf dem Bett gehockt und sie tröstend im Arm gehalten. Jetzt war sie spät dran. Gut, dass Lars schon unterwegs war. Sie hatte keine Lust, sich jetzt auch noch seine Sorgen anzuhören.

Borek strahlte sie an, als sie in den Gemeinschaftsraum kam, in dem er schon auf sie wartete. Er erwähnte Kim mit keinem Wort.

»Komm, heute hab ich eine Überraschung für dich. Das wird dir gefallen.« Er zog Lucy am Arm in das Treppenhaus und lief immer zwei Stufen auf einmal nehmend die Treppen vor ihr hinauf. Lucy war ganz außer Atem, als sie oben ankamen. Das Treppenhaus endete auf dem Dach des Hauses. Hier gab es eine Art Terrasse. Das heißt, das Dach bestand aus einer umzäunten Plattform, auf der sich nur an einer Seite der Ausstieg des Treppenhauses befand. Es erübrigt sich zu sagen, dass es natürlich auch hier keine Ecken gab, die Fläche nicht wirklich rechtwinklig war und der Boden nicht völlig eben.

Diese Kleinigkeiten, die alles so andersartig machten wie die Gebäude auf Terra, fielen Lucy mittlerweile kaum noch auf. In Erstaunen versetzte sie das, was auf dieser Ebene stand. Es war etwas, das ein wenig an einen Vogel erinnerte. Wie ein Vogel stand es auf zwei Beinen und hatte Flügel. Allerdings hörte damit die Ähnlichkeit auch schon auf. Es hatte zum Beispiel keinen Schnabel und war breiter als ein Vogel. Zudem war der Kopf klein und sah aus, als wäre er in den Körper integriert.

Lucy wunderte sich mittlerweile auch nicht mehr darüber, dass sich dieses Gebilde hinhockte, als die beiden Menschen auf es zugingen, und dass sich eine ovale Türöffnung in seiner Seite öffnete.

»Heute machen wir einen Rundflug. Wie findest du den Flugroboter, den ich uns bestellt habe?«, fragte Borek und lächelte Lucy stolz an. »Es gibt zwar noch größere, aber dieser ist echt schnittig. Außerdem können größere Modelle hier oben sowieso nicht landen.«

Lucy war unschlüssig, was sie davon halten sollte. Einerseits flog sie wirklich gern, vor allem selber. Andererseits war dieser Flugroboter ihr irgendwie unheimlich. Sich so einem Ding anvertrauen zu müssen, machte sie doch ein wenig nervös.

Sie stand noch vor der Maschine und betrachtete sie in ihre Gedanken oder besser in ihre Gefühle versunken, da war Borek schon eingestiegen.

»Komm schon, steig ein! Keine Angst, der Vogel fliegt nicht nur, er ist auch sicherer als alles, mit dem du bisher geflogen bist.«

»Wie kommst du darauf, dass ich Angst habe?«, gab Lucy angriffslustig zurück. »Da bin ich schon ganz andere Dinge geflogen!«

»Das glaube ich gern«, lachte Borek. »Wenn ich mir vorstelle, dass ihr Terraner euch in so Metallkisten setzt und darauf vertraut, dass eure primitiven Motoren nicht ausfallen.«

Borek schüttelte sich, als würde er frieren.

»Na, so oft passiert das ja auch nicht«, erwiderte Lucy leicht beleidigt. Sie hatte bei »Fliegen« eigentlich etwas anderes gemeint. Wehmütig musste sie an ihren schwarzen Pfeil denken.

»Klar! War doch auch nicht böse gemeint«, wiegelte Borek ab. »Lass uns starten.«

Der Roboter hob mit einigen kräftigen Flügelschlägen ab. Mit einem Flugzeug war diese Fortbewegung in der Tat nicht zu vergleichen. Mit jedem Flügelschlag wurden die Passagiere höher in die Luft getragen. Der Aufstieg erfolgte also nicht stetig, sondern in Wellenform. Dazu war fast kein Lärm zu hören, kein

Dröhnen von Flugzeugdüsen oder Brummen eines Propellers. Die einzigen Geräusche wurden vom Wind erzeugt und erst hörbar, als der Roboter eine höhere Geschwindigkeit erreicht hatte.

Lucy wurde erst bei diesem Flug bewusst, wie viele dieser Maschinen ständig in der Luft kreisten. An den Tagen vorher war sie so mit dem Verdauen der vielen neuen Eindrücke auf der Planetenoberfläche beschäftigt gewesen, dass sie nur sehr oberflächlich wahrgenommen hatte, dass neben natürlichen Vögeln auch andere Dinge am Himmel flogen. Jetzt, wo sie selbst in der Luft war, merkte sie, dass es sich nur bei den ganz kleinen und sehr niedrig fliegenden Flugobjekten tatsächlich um Tiere handelte. Alles, was größer war oder auch etwas höher flog, waren Roboter.

Ihre Maschine war in der Tat ein recht kleines Gerät. In ihm hatten nur zwei Personen Platz. Der größere Teil der Maschinen waren Viersitzer. Es gab dann auch noch Roboter, die groß wie Busse oder sogar noch größer waren. Borek erzählte ihr, dass ganz oben am Himmel auch Flugroboter flogen, in denen Hunderte von Menschen Platz hatten und die den halben Planeten umkreisten.

Überall zwischen den einzelnen Hochhäusern kreisten diese Roboter, die wie riesige, merkwürdige Vögel aussahen. Als sie auf den Imperiumsturm zuflogen, wurde Lucy deutlich, wie viele Menschen, hauptsächlich wahrscheinlich Touristen, diese Möglichkeit nutzten, den Turm von oben zu betrachten. Seine Spitze und auch die tieferen Ebenen waren regelrecht umflattert von Unmengen zwei- oder viersitziger Flugroboter.

Sie drehten, wie die meisten anderen Touristen auch, Runde um Runde um den Turm, in dem sie relativ weit unten anfingen und sich mit jeder Umrundung immer höher schraubten.

Lucy kam sich wie auf einer touristischen Besichtigungstour vor. Mit staunenden Augen besah sie sich den Turm. Jede Etage, durch die sie am Tag vorher geführt worden waren, konnte sie nun von außen betrachten. Borek erzählte ihr noch einmal die Funktionen der einzelnen Ebenen.

Lucy war ganz gelöst. Seit sie ihre Entscheidung gefällt hatte, war es in Ordnung, dass sie neben ihm saß. Sie konnte sogar die Nähe in diesem engen Gerät genießen. Zwischen ihnen würde nichts laufen, das stand fest. Trotzdem und gerade deshalb war es einfach schön, neben ihm zu sitzen und seiner melodischen Stimme beim Erzählen zuzuhören. Auch wenn Lucy bisher noch nicht das Gefühl hatte, der Lösung ihres Problems mit dem Schlüssel einen entscheidenden Schritt näher gekommen zu sein, so war es ein wirklich netter Ausflug.

Kurz vor der Spitze des Turmes stellte Borek seinen Redefluss ein. Er holte ein Gerät aus einer seiner Hosentaschen, wie Lucy es noch nicht gesehen hatte. Konzentriert starrte er auf eine kleine Anzeige, während er es einmal durch den ganzen Innenraum der Maschine schwenkte.

»Das Gerät zeigt nichts an. Dann kann man ziemlich sicher sein, dass hier auch keine Abhöranlage eingebaut ist«, sagte er ernst. »Ich weiß, ich bin da etwas paranoid. Bisher ist nicht bekannt, dass es überhaupt so etwas wie einen Geheimdienst gibt. Das ist eigentlich rechtlich auch verboten bei uns, weißt du? Aber bei unserem Vorhaben sollte man doch auf Nummer sicher gehen.«

Lucy nickte stumm.

»Da ist die Kuppel und da drinnen unser Ziel«, sagte Borek, als sie an der Spitze des Turms angekommen waren. Er strahlte dabei übers ganze Gesicht:

»Leider ist mir auch heute kein Weg aufgefallen, wie wir da hineinkommen«, ergänzte er dann, weniger begeistert. »Das hatte ich auch nicht anders erwartet. Ich bin schließlich hier schon oft genug herumgeflogen.

Da gibt es nirgends einen Platz zum Landen, und selbst wenn man noch eine Idee für eine Landung hätte – einen Libellenroboter zum Beispiel, der kann punktgenau landen und könnte sich mit ein paar Modifikationen sogar am Geländer festkrallen – dann würde man nicht hineinkommen. Da ist keine Tür nach außen, nicht einmal eine verriegelte Sicherheitstür.«

Beide starrten wortlos auf die Kuppel, um die sich ein schmaler Gang wand, auf dem begeistert gestikulierende Touristen standen und sich gegenseitig auf die verschiedensten Attraktionen aufmerksam machten. Anderen Besuchern sah man selbst aus dieser Entfernung die Höhenangst an. Schließlich befand man sich auf diesem Gang in ein paar Hundert Metern Höhe, nur durch ein Geländer vom Abgrund getrennt.

»Ich glaube, es gibt keine Möglichkeit von außen hineinzukommen. Oder fällt dir noch etwas ein?« Boreks Frage war eigentlich nur rhetorisch und als abschließender Kommentar zum Verlassen des Turms gemeint, umso erstaunter sah er Lucy an, als sie fragte:

»Sag mal, wodurch ist die Kuppel eigentlich geschützt?«

»Ganz genau weiß ich das auch nicht, aber Gebäude von solch hoher militärischer Bedeutung sind meistens mit einem Schirm vor Strahlenwaffen geschützt. Sonst könnte man sich ja einfach ein Loch in die Kuppel schießen.«

»Und was passiert, wenn z. B. ein Flugroboter gegen die Kuppel fliegt?«

»Mensch Lucy, du denkst schon wieder wie eine Terranerin. Flugroboter sind absolut sicher, da gibt es keine Unfälle wie bei euch auf Terra. So etwas passiert hier einfach nicht.«

»Gut, selbst wenn das normalerweise so ist. Was würde aber passieren, wenn doch einmal so ein Unfall geschehen würde?«

»Na ja, keine Ahnung. Ich denke, der Roboter würde in der Hülle der Kuppel stecken bleiben und wäre ziemlich hinüber.«

Lucy sagte einen Moment lang nichts. Ihre Stirn war in tiefe Falten gelegt. Sie musste nachdenken.

»Und was wäre, wenn der Flugroboter verstärkt wäre, wenn er vorne ein großes, schweres Gewicht hätte, zum Beispiel eine dicke Metallplatte oder so etwas?«

Borek sah sie mit erschrockenem Gesicht an.

»Nein Lucy, du willst doch jetzt nicht auf das hinaus, was ich gerade denke, oder? Du willst doch nicht einen Flugroboter umbauen und dann mit Gewalt in diese Kuppel fliegen, oder?«

»Warum nicht? Also was passiert, wenn so ein verstärkter Roboter dagegen fliegt?«

»Ich weiß nicht genau. Da sind auch Verstärkungen in den Gebäudeteilen eingebaut, aber der normale Teil einer Wand würde das nicht aushalten. Der würde durchbrochen werden. Das heißt, wenn der Vogel genug Geschwindigkeit hat.«

Jetzt war auch Borek tief in Gedanken versunken. Dann schüttelte er den Kopf.

»Nein, das geht nicht.«

»Warum?«

»Weil das zu gefährlich ist. Wenn irgendetwas schiefläuft, werden auch die Passagiere des Flugroboters zerquetscht. Du glaubst doch nicht, dass ich zulasse, dass du dich in so eine Gefahr begibst?«

»Und du glaubst doch wohl nicht, dass ich mir von so einem arroganten Typen wie dir vorschreiben lasse, was ich tue und was nicht!« Lucy blitzte ihn böse an. »Wir fliegen jetzt los und suchen ein vernünftiges Gewicht für den Vogel. Irgendwo in dieser blöden Biologiezeitalter-Stadt wird es doch wohl eine Metallplatte oder so was Ähnliches geben!«

»Ist ja schon gut, tut mir leid, natürlich kannst du dich so oft umbringen, wie du willst. Aber meine Zustimmung hast du jedenfalls nicht.«

»Die interessiert mich auch nicht. Hilfst du mir jetzt suchen oder nicht?«

»Das dürfte echt schwer werden. Du weißt doch, bei uns arbeiten höchstens noch Künstler mit Metall oder Stein.«

»Genau das ist es! Gibt es nicht irgendeine schwere Skulptur in der Stadt?«

»Oh Lucy, du machst mich wahnsinnig! Willst du jetzt nicht nur den Turm mit brutaler Gewalt zerstören, sondern auch noch zur Kulturschänderin werden? Aber warte mal, da gibt es ein komisches Kunstwerk aus Kupfer oder so etwas Ähnlichem. Das sieht aus wie eine grob behauene dicke Steinplatte, nur eben aus Metall. Ich hab noch nie verstanden, was das Ganze soll, aber wenn du unseren Experten Belian fragst, wird er dir erzählen, dass es ein Kunstwerk von irgendeinem ganz großen Künstler ist.«

Borek grinste übers ganze Gesicht. Offensichtlich belustigte ihn die Vorstellung, Belian ihre Absichten zu berichten.

Der Vogel hatte derweilen eine abrupte Kehrtwendung gemacht und flog nun geradewegs zum Mittelpunkt eines anderen Stadtteils. Lucy kannte diesen Bereich noch nicht. Er bestand zum größten Teil aus drei- bis viergeschossigen Häusern. Im Zentrum war ein Park angelegt, in dessen Mitte eine Skulptur stand.

»Die ist aus Bronze, du Banause«, neckte Lucy. »Super, das ist genau das, was wir brauchen. Jetzt fehlt nur noch eine Idee, wie wir dieses Kunstwerk an unserem Flugroboter befestigen.«

»Das ist kein Problem. Für so was gibt es Saugroboter. Die saugen sich an allem fest. Doppel-Saugroboter saugen sich an zwei Flächen gleichzeitig fest. Damit kann man fast alles befestigen. Wenn wir ausreichend große nehmen, dann müssten vier – sagen wir mal vorsichtshalber fünf – genügen.«

»Bleibt nur noch die Frage, wie wir das Ding klauen!«

»Da mach dir mal keine Sorgen. Tomid besorgt das nötige Gerät und dann werden Belian und ich das Ding schon beiseiteschaffen.« Borek grinste so frech, als würde er sich diebisch auf diese Aktion freuen.

Dann wurde er wieder ernst: »Aber du musst mir versprechen, dass du jemanden noch mal genau nach dem Aufbau dieses Turms und insbesondere der Kuppel fragst. Du hast es zwar nicht verdient, aber ich wäre schon ziemlich traurig, wenn du in diesem blöden Vogel zerquetscht werden würdest.«

»Keine Angst, ich werde die Sache schon vernünftig vorbereiten, natürlich nur, damit du nicht heulst«, antwortete Lucy genervt. Klammheimlich freute sie sich doch, dass sich Borek um sie Sorgen machte, rein freundschaftlich versteht sich.

Lucy war in bester Laune. Sie hatte das Gefühl, schon das zweite Problem an diesem Tag gelöst zu haben.

»Können wir nicht noch einen Rundflug über die Stadt machen? Ich würde sie so gern von oben sehen?«, fragte sie und blickte Borek bittend an.

»Klar, wir haben unsere Aufgabe ja schneller erledigt, als irgendjemand das erwarten würde«, grinste er zurück. Ganz offensichtlich war auch er mit dem Tag zufrieden.

Der Vogel flog im Tiefflug über die einzelnen Stadtteile hinweg. Borek zeigte Lucy begeistert die vorhandenen Sehenswürdigkeiten. Er erzählte etwas über Architektur und historische Entwicklung einzelner Gebäude und Stadtteile. Eigentlich interessierten Lucy die Einzelheiten nicht. Es war ohnehin alles viel zu viel. Aber es war einfach schön, neben ihm zu sitzen und ihm zuzuhören. Der Vogel schwang sich wieder in größere Höhen.

»Sag mal, kann man den eigentlich nur in diesem automatischen Modus fliegen?«, fragte Lucy.

Standardmäßig flogen diese Flugroboter autonom. Sie hatten eine zentrale Steuerungseinheit, ähnlich dem Hirn eines Vogels. Allerdings konnte so ein Roboter auch Anweisungen in menschlicher Sprache verstehen, zumindest bis zu einem bestimmten Grad. Er hatte auch alle geografischen Informationen des Planeten gespeichert, einschließlich aller Straßen, Sehenswürdigkeiten und sonstiger interessanter Punkte.

Man konnte ihm also befehlen: »Flieg da oder dort hin« und er tat das. Man konnte ihm sagen, dass man ein Gebäude oder die ganze Stadt von oben betrachten wollte, dann stieg er auf. Nannte man ihm eine bestimmte Straße, die man durchqueren wollte, machte er auch das, wobei er natürlich alle vorgegebenen Sicherheitsabstände einhielt. Das war der automatische Modus, in dem man normalerweise in so einer Maschine flog.

»Nein, es gibt auch einen manuellen Betrieb«, beantwortete Borek Lucys Frage. Ergänzte dann aber: »Den nutzt man normalerweise aber nur in Notfällen. Dieser Modus ist doch viel bequemer und auch viel sicherer. Ich habe, seit ich lebe, noch nicht von einem Unfall mit so einem Flugroboter gehört.«

»Aber du könntest so ein Gerät mit der Hand steuern?« Lucy ließ nicht locker.

»Ja, aber warum sollte ich das tun. Es ist doch so viel bequemer und es geht garantiert nichts schief.«

»Lass es uns doch trotzdem einmal versuchen«, bettelte Lucy. Sie hatte plötzlich so eine Lust wieder ein Fluggerät zu steuern. »Außerdem, wenn wir unseren Plan umsetzen, muss ich das Ding doch auch per Hand bedienen. Automatisch fliegt der garantiert nicht gegen die Wand, egal was ich dem befehle.«

»Oh Lucy, du machst mich wirklich wahnsinnig«, nörgelte Borek. Ihm war anzusehen, dass er nur äußerst ungern ihrem Wunsch nachkam. Zudem spielte er schon wieder mit diesem Gerät.

»Immerhin hört uns keiner zu. Man kann nicht vorsichtig genug sein. Also ich schalte jetzt um und zeige dir, wie es geht.«

Borek wechselte tatsächlich in den manuellen Modus und flog ein wenig mit dem Gerät herum. Er absolvierte eine Linkskurve, eine Rechtskurve, nach oben und nach unten. Dabei erklärte er Lucy wortreich alle Funktionen der Maschine. Die nahm alles wissbegierig in sich auf. Sie konnte es gar nicht erwarten, endlich selbst die Steuerung zu übernehmen.

»So, jetzt versuchst du es mal, aber vorsichtig und nur einen kleinen Moment«, sagte Borek streng.

Lucy übernahm, machte ein paar behutsame Aktionen. Es war viel einfacher, als mit ihrem schwarzen Pfeil umzugehen. Die Geschwindigkeit war niedriger, es gab weniger Funktionen. Nur die Flügel zu kontrollieren, machte die Sache schwieriger. Aber auch das hatte sie schnell heraus.

»Das klappt ja schon gut. Ich glaube, wir schalten jetzt wieder auf Automatik und fliegen nach Hause«, meinte Borek nach einer kurzen Weile.

»Bitte, noch einen kleinen Augenblick. Das macht wirklich Spaß«, bettelte Lucy. Borek verdrehte die Augen, ließ sie aber gewähren.

Lucy zog den Vogel so steil nach oben, wie es ging. Dann beschleunigte sie auf Maximum, legte die Flügel an, ließ ihn um die eigene Achse drehen und fing ihn wieder sanft mit den Schwingen ab. Wow, das machte Spaß. Sie wollte gerade zu einem doppelten Looping ansetzen, als sie aus den Augenwinkeln Boreks Gesicht wahrnahm.

Er saß käsebleich und verkrampft in seinem Sitz und starrte Lucy an, als hätte sie nicht mehr alle Tassen im Schrank.

»Sag mal, spinnst du jetzt total! Wenn du dich umbringen willst, dann mach das gefälligst, wenn du allein bist und nicht wenn ich danebensitze!«, fauchte er sie an. So wütend hatte sie ihn noch nie gesehen.

»Entschuldigung«, stammelte Lucy schuldbewusst.

»Hast du mal daran gedacht, dass wir von außen beobachtet werden! Natürlich wird der Luftraum überwacht und die Sicherheit kontrolliert. Willst du mit Gewalt, dass sie uns entdecken oder was?«

Lucy wusste nicht, was sie sagen sollte. Das war wirklich kindisch gewesen, auch wenn es Spaß gemacht hatte. Borek hatte natürlich völlig recht.

Glücklicherweise meldete sich wie auf Kommando die Flugsicherung: »Hallo Insassen des Flugroboters GHJ278. Gibt es Probleme mit ihrer Maschine?«

»Nein, die Maschine ist in Ordnung. Es war ein Pilotenfehler. Ich wollte nur mal ausprobieren, ob ich so ein Ding noch per Hand fliegen kann«, wiegelte Borek ab.

»Haben Sie die Maschine denn wieder unter Kontrolle?«

»Ja, ja, ich habe schon wieder auf Automatik geschaltet.«

»Wenn Sie meine Meinung hören wollen: Lassen sie die Kiste auf Automatik. Mit Ihren Flugkünsten ist es nicht weit her. Denken Sie daran, dass solche Aktionen Sie selbst und andere gefährden können.«

»Ja natürlich, ich bleibe auf Automatik.« Der Funkkontakt wurde beendet.

Freundschaft

»Na Klasse, da hast du mich aber blamiert«, nörgelte Borek geknickt.

»Entschuldigung! Das wollte ich wirklich nicht. Es ist einfach so mit mir durchgegangen«, antwortete Lucy kleinlaut. »Ich habe mich plötzlich wie in meinem schwarzen Pfeil gefühlt.«

»Schwarzer Pfeil? Was soll das sein? Ich dachte, du hättest nur Erfahrungen mit interstellaren Raumschiffen und kleineren Raumfähren.«

»Nein, meine Lieblingsschiffe sind die Einmannjäger. Meinen habe ich ›Schwarzer Pfeil‹ getauft.«

Lucy versuchte ein schüchternes Lächeln. Borek sah plötzlich sehr ernst aus.

»Du Lucy«, sagte er mit sorgenvollem Gesicht. »Über diese Dinge solltest du mit niemandem reden. Die Jäger sind ein Geheimnis, dass auch nicht alle von uns kennen.«

»Heißt das, ihr habt Geheimnisse voreinander?«, fragte Lucy ungläubig.

»Wir leben in schwierigen Zeiten. Was wir hier machen, ist kein Scherz. Kennst du unser Rechtssystem?«

Lucy schüttelte den Kopf.

»Bei uns gibt es für größere Vergehen, wie Körperverletzung, Totschlag, Mord und so weiter das Prinzip der zweiten Chance. Du wirst natürlich erst einmal in so etwas Ähnliches wie ein Gefängnis gesperrt, wie du es von deinem Planeten kennst. Das macht man, um die Gesellschaft vor Menschen, die so etwas getan haben, zu schützen. Die Zeit, die jemand dort verbringen muss, hängt von der Schwere der Tat ab. Das ist wie bei euch. Während der Zeit musst du eine Art Erziehungsprogramm absolvieren. Da versuchen dann besonders geschulte Psychologen, dich wieder auf den rechten Weg zu bringen. Danach wirst du als geheilt entlassen. Das ist deine zweite Chance. Begehst du wieder die gleiche oder eine ähnliche Straftat, wirst du auf den Gefängnisplaneten Gorgoz verbannt.«

»Das hört sich doch eigentlich ganz gut an. Ich finde jedenfalls, jeder sollte eine zweite Chance haben, wenn er sich aber nicht bessert, muss man die anderen vor ihm schützen.«

»Du hast recht, das Prinzip ist eigentlich gar nicht schlecht. Ich wollte dir aber etwas ganz anderes erzählen. Es gibt nämlich eine Straftat, die höher bewertet wird als alle anderen und für die man sofort nach Gorgoz verbannt wird, ohne eine zweite Chance zu bekommen. Das ist die Straftat ›Hochverrat‹. Was wir hier machen, ist eine der schlimmsten Formen von Hochverrat. Sie werden nicht eine Minute zögern, uns sofort nach Gorgoz zu verfrachten, wenn sie uns erwischen.«

»Also ich finde, so schlimm hört sich das gar nicht an. Bei uns gibt es Staaten, die sich zivilisiert nennen, und die dennoch für solche Vergehen die Todesstrafe verhängen. Auf einen Planeten verbannt zu werden, hört sich dagegen doch eher harmlos an.«

Borek sah sie ernst an und schüttelte ganz leicht den Kopf. Er war ganz blass geworden. Seine Augen sahen in die Ferne, als er weiter sprach.

»Gorgoz ist ein Planet der imperianischen Kategorie B1. Kennst du dich mit unseren Kategorien von Planeten aus?«

Lucy schüttelte wieder den Kopf. Hier gab es so viel, was sie nicht wusste. Es war alles etwas schwer zu behalten in der kurzen Zeit.

»Die Hauptkategorien werden mit Buchstaben bezeichnet. A ist der Buchstabe für Planeten, die ohne Hilfsmittel bewohnt werden können. Das heißt die Gravitation und das Klima dieser Planeten liegt in dem Bereich, der im Großen und Ganzen für Menschen wie uns angenehm ist. Diese Hauptkategorie wird in Unterkategorien unterteilt, die sich eigentlich nur durch ihren Besiedlungsgrad unterscheiden. Sowohl Imperia als auch Terra gehören zu A1, das heißt, hier hat eine normale Entwicklung mit menschlichem Leben stattgefunden. Wie du siehst, spielt die kulturelle Entwicklungsstufe dabei keine Rolle.«

Borek lächelte Lucy wieder mit seinem unwiderstehlichen Lächeln an.

»A2 sind zum Beispiel Planeten, auf denen aus welchen Gründen auch immer kein menschliches Leben entstanden ist, zum Beispiel, weil sie noch so jung sind, dass sich noch keines entwickeln konnte.

A3 sind die Sanierungsfälle. Himmelskörper, die einmal eine herrliche Heimat von Menschen waren, die aber durch die entstandene Kultur so geschädigt wurden, dass man sie quasi neu aufbauen muss.

Planeten dieser beiden Kategorien dürfen übrigens frei besiedelt werden. Mit einem A1 Planeten würde keine imperianische Regierung das machen, auch unsere jetzige nicht. Du siehst also, die Befürchtungen deiner Freundin Kim sind völlig unberechtigt. Wir werden euch eure Heimat nicht wegnehmen. Euer Planet einschließlich seiner ganzen Bevölkerung – der terranischen wohlgemerkt – wird in das Imperium aufgenommen werden.«

Wieder lächelte Borek Lucy an. Allerdings konnte sie bei diesem Thema nicht unvoreingenommen zurücklächeln. An dieser Stelle unterschieden sich einfach ihre Ansichten.

»Aber was hat das nun alles mit diesem Gefängnisplaneten zu tun?«, fragte sie stattdessen.

»Ja du hast recht, jetzt bin ich vom Thema abgekommen. Die B-Kategorien bezeichnen Planeten, auf denen man als Mensch nicht einfach leben kann. Sie sind aber insofern bewohnbar, als dass man mit technischen Hilfsmitteln künstlich zumindest teilweise eine Bewohnbarkeit herstellen kann. Zum Beispiel hat die Kategorie B2 zwar eine geeignete Gravitation, aber keine ausreichende Atmosphäre. Dort kann man unter Glaskuppeln mit künstlicher Atmosphäre leben. B3 ist zu kalt. Hier kann man nur in Gebäuden mit einer externen Energiezufuhr leben. B4 ist zu heiß. Das wird schon sehr schwierig. Da braucht man sozusagen abgeschlossene Gebäude, die gekühlt werden. Bei B5 kommen zwei Probleme zusammen, das wird dann schon sehr aufwendig.«

Borek sah sie an. Lucy nickte, um ihm zu zeigen, dass sie verstanden hatte.

»Gut, bevor wir zum Punkt kommen noch kurz zu den anderen Hauptkategorien. C sind die kleinen Planeten mit nicht ausreichender Gravitation, D sind die mit einer zu hohen Gravitation, E sind die großen Gasplaneten und so weiter. Die Kategorisierung ist nicht ganz konsistent, aber grundsätzlich ist die Lebenssituation auf den Himmelskörpern umso schwieriger, umso höher der Buchstabe. Praktisch sind alle Planeten ab der Kategorie C uninteressant als Lebensraum.«

Borek machte eine Kunstpause und Lucy sah ihn fragend an. Er sollte jetzt endlich mal zum eigentlichen Thema kommen. Als Lucy nichts antwortete, redete er weiter.

»Gorgoz ist, wie ich schon sagte, ein Planet der Kategorie B1. Diese Kategorie bezeichnet Planeten, die im Prinzip Gravitation, Klima und so weiter wie die Planeten der A-Klassen haben, die aber aufgrund ihrer Umgebung extrem instabil sind.

Gorgoz ist ein Planet, der in Größe, Gravitation und Zusammensetzung der Atmosphäre in etwa Imperia oder auch Terra ähnelt. Er umkreist allerdings einen braunen Zwerg, einen winzigen Stern, der so klein ist, dass seine Energie schon erloschen ist und er kaum noch wärmende Strahlung liefert. Allerdings gehört dieser Zwergstern zu einem Doppelsternsystem. Das heißt, er umkreist einen größeren Stern, der größer als unsere Sonne ist und Licht mit einem noch höheren Blauanteil ausstrahlt. Der Zwergstern kreist in einer Entfernung um seinen größeren Bruder, dass der Abstand gerade ideal für einen Planeten der A-Klasse wäre.

Dummerweise kreist aber Gorgoz nicht direkt um ihn, sondern um den braunen Zwerg. Das heißt, dass der kalte kleine Stern den Planeten abschattet, immer wenn er zwischen dem Planeten und der hellen Sonne steht. Auf der anderen Seite wird durch die Anziehungskraft des größeren Sterns die Bahn des Planeten so abgelenkt, dass er immer dann, wenn er zwischen den beiden Sternen steht, dichter an den größeren und heißen Stern herangezogen wird.

Das Ergebnis ist, dass im Durchschnitt das Klima auf dem Planeten ähnlich wie hier ist, es aber extrem zwischen glühender

Hitze und eisiger Kälte schwankt. Hinzu kommt, dass sich durch diese beiden, sich gegenseitig beeinflussenden Gravitationsfelder der beiden Sterne die Bahn des Planeten ständig verändert. Gorgoz schlenkert ziemlich wild um diesen Zwergstern herum. Daher ist es auch extrem schwierig, Vorhersagen über das Wetter und Ähnliches zu machen. Es kann sein, dass eine Hitze herrscht, wie an den heißesten Tagen in der Wüste, und du es kaum noch aushältst. Innerhalb weniger Minuten kann dann ein Sturm aufkommen und nach weniger als einer Stunde können die Temperaturen so stark sinken, dass du erfrierst, wenn du dir nicht schnell genug spezielle Kleidung angezogen hast.

Neben den gewaltigen Wetterschwankungen werden durch diese wilde Gravitation der zwei Sterne auch noch Erdbeben und Vulkanausbrüche ausgelöst, die dir das Leben erschweren. Es gibt Wissenschaftler, die behaupten, dass in gar nicht allzu ferner Zukunft der ganze Planet zwischen den beiden Sternen zerrissen wird. Das ist aber noch nicht endgültig bewiesen.

Kurz gesagt, kein vernünftiger Mensch würde auf die Idee kommen, so einen Planeten zu besiedeln.«

Wieder machte Borek eine Pause und sah Lucy erwartungsvoll an. Sein Gesicht war noch immer blass.

»Gut«, sagte sie. »Das hört sich tatsächlich nicht einladend an. Aber ich weiß nicht, ob ich nicht doch lieber ein hartes Leben auf so einem Planeten verbringen möchte, als gleich als Verbrecherin hingerichtet zu werden oder mein ganzes Leben hinter Gittern zu verbringen.«

»Also bei deiner oder meiner Ausbildung und so fit, wie wir im Moment körperlich sind, hätten wir vielleicht sogar eine Chance ein paar Jahre dort zu überleben«, räumte Borek mit einem verkniffenen Lächeln ein. »Aber du vergisst eins: Du bist auf diesem Planeten nicht allein! Wie schon gesagt, dort landen alle, die unsere Gesellschaft als nicht besserungsfähig eingestuft hat, alle die ihre zweite Chance verpasst haben. Das sind all diejenigen Menschen, vor denen sich unsere Gesellschaft schützen will. Da findest du dann vor allem Massenmörder, Vergewaltiger, Kinderschänder und so weiter. Und bei den Bedingungen, die auf diesem Planeten herrschen, behaupten sich von denen nur die brutalsten und gemeinsten.

Wenn du also für dich einen Weg findest, auf diesem Himmelskörper das extrem harte Klima und die anderen Umweltprobleme zu überleben, musst du dich auch noch gegen diese Verbrecher verteidigen. Angeblich gibt es brutalste Banden, die jeden umbringen, der nicht mitmacht oder ihnen nicht gefällt.

Man erzählt sich die schlimmsten Geschichten über Menschen, die dort abgeliefert wurden. Du musst wissen, dass Neuankömmlinge eine kurze Frist bekommen, in der sie auf ihr zukünftiges ›Leben‹ vorbereitet werden. Man kann diese Zeit etwas verlängern durch gute Führung und dadurch, dass man ungeliebte Arbeiten übernimmt. Aber irgendwann ist Schluss, dann muss man durch das einzige Tor hinaus, das die imperianische Gefängnisstation von der Wildnis trennt. Durch diese Schleuse kann man übrigens nur hinaus. Es gibt keinen Weg zurück.

Eine der harmlosesten Geschichten, die man sich erzählt, ist, dass schon einige brutale Mörder heulend am anderen Ende der Schleuse gestanden und die Wächter angefleht haben, sie gleich zu erschießen und nicht in die Wildnis zu schicken.«

Borek sah Lucy aus seinem blassen Gesicht an. Sie merkte, dass ihr bei dem letzten Teil der Geschichte das Blut aus den Wangen gewichen war.

»Und da schicken sie uns hin, wenn sie uns erwischen?«, fragte sie nun doch, ohne die Ängstlichkeit in ihrer Stimme verbergen zu können.

»Ja, und zwar ohne uns eine zweite Chance zu geben. Wir sind Hochverräter!«

Borek sah ihr mit ernstem Blick in die Augen.

»Das ist der Grund, warum wir auch Geheimnisse voreinander haben müssen. Leider ist die Situation so, dass wir uns selbst aber auch unsere Freunde schützen müssen. Daher sollten auch nie alle alles wissen. Dass wir ein halbes Dutzend Jäger besitzen, wissen nur ganz wenige. Es sollte sich nicht herumsprechen.

Vielleicht ist es irgendwann einmal entscheidend für das Gelingen einer Aktion.«

»Und nur du weißt von diesen Jägern? Die anderen nicht?«, fragte Lucy erstaunt. Sie konnte nicht glauben, dass Borek der Einzige war, der über solche Dinge Bescheid wusste.

»Ich habe dir doch erzählt, dass Riah und ich ein ganz besonderes Verhältnis zueinander haben. Mir würde jetzt kein einziges Geheimnis einfallen, dass ich vor ihr habe.« Borek lächelte Lucy entschuldigend an. Er wusste ganz genau, dass das ein heikles Thema zwischen ihnen war, da war sie sich sicher.

»Aber schafft das nicht auch Misstrauen zwischen euch?«, fragte Lucy nach kurzem Nachdenken. Ihr war die Vorstellung, dass Freunde zusammen eine so wichtige und gefährliche Sache durchführten und dabei nicht genau wussten, was der andere für geheime Dinge kannte, nicht ganz geheuer.

»Das ist ja gerade das Besondere an unserer Freundschaft«, erwiderte Borek und strahlte sie jetzt wieder mit diesem unwiderstehlichen Lächeln an. »Wir vertrauen einander völlig. Wir sind uns sicher, jeder Einzelne von uns würde sich jederzeit für jeden anderen von uns vorbehaltlos einsetzen. Wenn jemand von uns den anderen irgendetwas, das er weiß, nicht erzählt, dann können wir uns sicher sein, dass es entweder nur zu unserem Schutz oder wichtig für das Gelingen unseres Vorhabens ist. Keiner von uns würde etwas gegen einen anderen von uns tun oder unser Ziel verraten. Dafür ist uns allen unsere Freundschaft viel zu wichtig.«

Lucy wurde ganz elend zumute. Sie hatte sich, seitdem sie auf Borek und seine imperianischen Freunde gestoßen war, nicht mehr so ausgegrenzt gefühlt. Sie gehörte ja nicht zu den Freunden, von denen Borek so schwärmte. Auf sie konnte man sich nicht uneingeschränkt verlassen. Ganz im Gegenteil, sie würde ihre imperianischen Freunde verraten. Sie würde sie ausnutzen, ihre Hilfe in Anspruch nehmen und dann einfach verschwinden.

Borek missverstand ganz offensichtlich Lucys verzweifelten Gesichtsausdruck. Er nahm ihre Hand, tätschelte sie ganz sanft und lächelte ihr wieder so unbeschreiblich zärtlich zu.

»Das gilt natürlich auch für unsere terranischen Freunde«, sagte er. »Dazu muss man nicht alle imperianischen Gepflogenheiten mitmachen.«

Lucy schluckte schwer. Sie hielt es nicht mehr aus. Jetzt war der Moment gekommen. Die anderen würden sie hassen, allen voran Kim. Aber das war nun auch egal. Borek, Riah und auch die anderen waren ihre Freunde. Sie konnte sie doch nicht einfach verraten. Sie musste ihnen die Wahrheit erzählen. Gemeinsam würden sie eine Lösung finden. Ihre jungen imperianischen Freunde waren ihr ohnehin tausendmal sympathischer als die Aranaer. Sie würde mit ihnen zusammen eine Lösung finden für ihren Planeten. Fest sah sie Borek in die Augen und nahm ihren ganzen Mut zusammen.

»Ich, …, ich muss dir was erzählen«, stammelte sie. »Es gibt da noch ein Geheimnis, das du nicht kennst. Ich kann das nicht für mich behalten. Ich muss es dir erzählen.«

Bevor sie weiter reden konnte, hatte Borek seinen Finger auf ihren Mund gelegt.

»Psst«, flüsterte er zärtlich. »Lucy, du hast mich nicht richtig verstanden. Du musst deine Geheimnisse bewahren. Du gehörst zu uns. Wir haben dich alle lieb, viel mehr als du glaubst. Auch wenn du deine terranische Art hast zu leben und es manchmal für uns schwer ist, die Grenzen zu akzeptieren, die du uns setzt, so ändert das nichts an unseren Gefühlen zu dir. Egal was für ein Geheimnis es ist, wir vertrauen dir. Du wirst es schon richtig machen.«

»Und noch etwas«, ergänzte er mit einem hintergründigen, aber zärtlichen Lächeln, das Lucy völlig verwirrte. »Ob du es willst oder nicht, wir werden dich beschützen, zur Not auch vor dir selbst.«

Lucy wollte es so gerne glauben, aber Borek wusste doch gar nicht, wovon er redete. Er wusste doch gar nicht, wer sie war, was sie tun würde. Er wusste nicht, dass sie eine fiese Verräterin war. Verzweifelt ließ sie sich in seine Arme fallen. Er umarmte sie und drückte sie fest an sich.

»Aber …«, schluchzte Lucy.

»Psst«, unterbrach er sie und flüsterte ihr ins Ohr. »Ich will dein Geheimnis jetzt nicht hören. Es kommt eine Zeit, die reif sein wird, es zu enthüllen. Dann sagst du es mir.«

Er hielt sie noch eine Weile so an sich gedrückt. Keiner der beiden sagte ein Wort, bis er sich vorsichtig aus der Umarmung löste.

»Wir sind schon spät dran. Lass uns nach Hause fliegen und den anderen unseren Plan erzählen.«

Lucy wischte sich die Feuchtigkeit aus den Augen. Es war ihr noch immer peinlich, als Heulsuse dazustehen, obwohl sie schon festgestellt hatte, dass Imperianer viel weniger Probleme mit Gefühlsausbrüchen hatten als Terraner. Insbesondere imperianische Jungs weinten viel häufiger als ihre terranischen Geschlechtsgenossen.

Auf dem Weg zu ihrer Wohnung fühlte Lucy sich schrecklich. Sie fühlte sich so schäbig, so hinterhältig. Sie war eine dreckige Verräterin, die solche Freunde einfach nicht verdient hatte. Da half es auch nichts, sich immer wieder zu sagen, dass es um die Befreiung ihres Planeten ging.

Der Plan

»Da mache ich nicht mit«, protestierte Belian wütend. Borek hatte den anderen beim Abendessen Lucys Plan zum Eindringen in die Kuppel erläutert. Besonders genüsslich hatte er dabei ausgeschmückt, wie sie dieses komische Kunstwerk für die Aktion brutal missbrauchen würden. Lucy hatte gesehen, wie Borek immer wieder zu Belian hinübergeschielt hatte, um seine Reaktion zu testen. Der war natürlich prompt auf die Provokation eingegangen.

»Das ist das primitivste Banausentum, von dem ich jemals gehört habe«, schimpfte er lautstark. »Nicht nur, dass ihr mutwillig den Turm beschädigen und einen Flugroboter zerstören wollt, nein, nun wollt ihr auch noch das größte Kunstwerk des Jahrhunderts vernichten. Das ist ein Geriuk, eine seiner letzten Arbeiten. Das Kunstwerk ist aus Bronze. Geriuk hat dafür uralte Techniken neu nachempfunden. Das ist die wichtigste Arbeit des neomodernen Klassizismus! Und das wollt ihr Barbaren einfach zerstören? Ohne mich!«

Alle hatten sich Belians lautstark vorgetragene Belehrungen ruhig mit ernsten Gesichtern angehört, während er mit beiden Armen wild in der Luft herumgefuchtelt hatte. Auch Kara und Luwa saßen noch etwa eine Minute ganz still auf ihren Stühlen. Sie sahen sich wie schon so oft ganz ernst in die Augen und explodierten dann förmlich in lautem Gelächter. Dabei rannen ihnen die Tränen aus den Augen und ihre Körper wurden so geschüttelt, dass die armen Stuhlroboter hin und her gerüttelt wurden und fast unter ihnen zusammenbrachen.

Tomid lachte wesentlich leiser hinter vorgehaltener Hand und auch die anderen imperianischen Freunde grinsten verschmitzt. Selbst Riah, die bei solchen Themen immer um Ausgleich besorgt war, konnte sich ein Schmunzeln nicht verkneifen. Nur die vier terranischen Freunde wussten nicht, ob sie lächeln durften oder ob sie sich damit als Barbaren zu erkennen geben würden.

»Das finde ich überhaupt nicht witzig«, schrie Belian, der mittlerweile einen hochroten Kopf bekommen hatte. »Nur weil ihr keinen Funken Kunstverstand habt, braucht ihr euch jetzt nicht auch noch über mich lustig zu machen.«

»Das komische Ding ist doch sowieso eine Verschandlung der Landschaft«, gluckste Kara. »Die Leute in der Stadt sind froh, wenn sie dieses neoklassische Was-Weiß-Ich endlich los sind.«

»Das ist ein neomodernes klass ... Hört endlich auf, zu lachen! Geht doch in eure bekloppte Disco, ihr doofen Hühner!« Belian war so rot angelaufen, dass man Angst bekommen konnte, sein Kopf würde gleich platzen. Wutentbrannt funkelte er Kara und Luwa an.

»So jetzt ist es gut. Jetzt haben wir alle unseren Spaß gehabt. Lasst uns wieder zurück zu unseren Problemen kommen«, holte Riah die anderen wieder auf den Boden zurück. Lucy sah aber, dass sich auch ihre sonst so vernünftige Freundin verdammt zusammenreißen musste, um ernst zu bleiben. Heimlich wischte sie sich die Lachtränen aus den Augen. »Bevor wir uns weiter über unterschiedlichen Kunstgeschmack streiten, sollten wir erst einmal klären, ob die ganze Sache überhaupt machbar ist. Kann man die Wand der Kuppel mit so einem Gewicht durchstoßen?«

»Das kommt darauf an, wo man es macht«, meldete sich Tomid zu Wort. Lucy wunderte sich, dass er der Erste war, der auf die Frage einging. Sie fand ihn zwar sehr nett, aber normalerweise war es schwierig sich mit ihm zu unterhalten, weil er viel schüchterner als die anderen imperianischen Freunde war. Wenn er redete, sprach er, wie auch jetzt, meistens mit leiser Stimme.

»Diese Kuppel ist höchstwahrscheinlich wie die Wohneinheiten in den anderen Häusern aufgebaut. Ihr wisst ja, dass sie auf der biologischen Grundlage von Pilzen wachsen. Allerdings sind sie durch Knochen und Kalkgerüste, ähnlich wie bei tierischen Lebewesen verstärkt. Das macht man, damit man so große und komplexe Gebäude wie dieses hier oder sogar den Imperiumsturm aufbauen kann.

Die eigentlichen Wände sind wie hier im Haus relativ dünn aus verschiedenen Schichten, die von Säften durchflossen werden. Die Flüssigkeiten regeln unter anderem die Temperatur und halten das ganze System am Leben. So eine Wand dürfte mit so einem riesigen Klotz, der mit dem Schwung eines Flugroboters dagegen geschleudert wird, durchbrochen werden können. Was man allerdings nicht erwischen darf, ist die Kalk- oder Knochenstruktur, die die einzelnen Elemente umgibt und hält. Bei einem Zusammenprall mit dem Gerüst wird ziemlich sicher der ganze Flugroboter von seinem eigenen Schwung zerdrückt werden und die, die darin sitzen, natürlich auch.

Ihr müsstet also genau zwischen den einzelnen Streben des Knochengerüsts in die Kuppel fliegen. Das ist echt gefährlich! Ein paar Meter daneben und die Aktion ist zu Ende und ihr seid tot.«

Riah sah gar nicht begeistert aus.

»Wie groß ist denn so eine Fläche, die man durchstoßen könnte?«, fragte sie Tomid.

»Mit dem Turm kenne ich mich nicht aus. Das muss ich nachprüfen. Aber viel Spielraum ist da nicht.«

»Also gut, Tomid, du prüfst das so schnell wie möglich nach. Bis dahin gehen wir davon aus, dass es machbar ist.«

Tomid und die anderen nickten mit ernsten, sorgenvollen Gesichtern.

»Es gibt noch einiges anderes zu organisieren, wenn der Plan funktionieren soll. Wir brauchen einen Transportroboter, der groß und stark genug ist, dieses Kunstwerk zu transportieren. Wer besorgt den?«

»Ohne mich, da mache ich nicht mit!«, rief Belian sofort dazwischen.

Die anderen beachteten ihn nicht, sondern sahen wieder auf Tomid.

»Ja, ja, das wird sich einrichten lassen. Ich kenne da jemanden, der mir so ein Gerät für einen Tag besorgen kann. Dann muss aber jemand anders, am besten Borek, mitkommen und mir helfen, das Ding, dieses ›Kunstwerk‹ – äh, wie soll ich sagen – auszuleihen.«

»Und es möglichst unauffällig zu transportieren«, ergänzte Riah mit ernster Miene.

»Vor allem muss man verhindern, dass die Anwohner Spalier stehen und Beifall klatschen, wenn das Ding abgebaut wird«, konnte Kara sich nicht verkneifen, grinsend einzuwerfen. Die Zeit der Scherze war aber vorbei. Die anderen waren mit ernsthaften Überlegungen beschäftigt und ignorierten sie.

»Wir brauchen dann einen Flugroboter, der kräftig genug ist, das Teil zu tragen. Er sollte aber nicht zu groß sein, damit er in der Kuppel landen kann. Mit wie vielen Leuten wollt ihr denn die Aktion in der Kuppel durchführen?« Riahs Frage war an Lucy gerichtet.

»Ich dachte, dass wir vier Terraner die direkte Aktion zusammen machen und ihr die Vorbereitungen leistet und uns den Rücken von unten frei haltet.«

»Dann muss es ein viersitzigen Flugroboter sein. Wir brauchen ihn schon mindestens einen Tag vor der Aktion. Belian, du hast doch da eine Quelle, wo man unauffällig so ein Ding für einen längeren Zeitraum reservieren kann.«

»Wie schon gesagt ohne mich!« Belian verschränkte die Arme und sah die anderen trotzig an.

»Belian, bitte! Du weißt doch, worum es geht.« Riah klang wieder wie eine Lehrerin.

»Also gut, aber noch einmal fürs Protokoll. Diese Aktion mit dem Kunstwerk wird ausdrücklich gegen meinen Willen durchgeführt.«

»Ist notiert«, sagte Luwa ernst, hielt die linke Hand in die Luft und tat mit der rechten so, als würde sie darauf schreiben. Kara gluckste leise in ihre vor den Mund gehaltene Faust. Belian sah aus, als würde er jeden Moment über den Tisch springen und Luwa an die Gurgel gehen.

»Dann ist das ja geklärt«, sagte Riah ernst. Sie ignorierte einfach den Streit zwischen den Dreien. »Lucy wird zusammen mit Borek das Fliegen so eines Roboters trainieren. Lucy, du hast gehört, dass es wahrscheinlich auf wenige Zentimeter ankommt. Du musst so ein Ding absolut perfekt fliegen können.«

Lucy nickte selbstbewusst. Schließlich hatte sie schon ganz andere Flugabenteuer überstanden.

»Also, dann steht der Plan für die Aktion mit der Kuppel!«

»Noch nicht ganz«, warf Christoph ein. Er sah sehr ernst und müde aus. »Das Schloss des Raums, in dem der Schlüssel ist, ist ganz anders gesichert als alle Türschlösser, die wir bisher geknackt haben. Da kommt man mit unseren Möglichkeiten von außen nicht hinein.«

»Was?«, rief Kim aus. In ihren Augen lag etwas, dass Lucy stark an Panik erinnerte.

»Tut mir leid, aber ich habe alles gecheckt. Von außen ist das nicht zu knacken.« Christoph stellte diese erschreckende Neuigkeit mit erstaunlicher Ruhe fest.

»Und was machen wir dann?«, fragte Kim ängstlich.

»Das Einzige, was mir dazu einfällt, ist, dass wir das Schloss von innen knacken müssen.«

»Klasse Idee, wenn wir gar nicht in den Raum hinein können!«, warf Belian in sarkastischem Tonfall ein. Es war klar, dass er diese ›Provinzler‹ für zu blöd für so eine schwierige Aufgabe hielt.

»Mit von innen, habe ich auch nicht den Raum, sondern das System gemeint.« Christoph verfiel wieder in seinen Dozententonfall. Wie immer, wenn er etwas erzählte, was er gerade gelernt oder sich erarbeitet hatte, begannen seine müden Augen zu leuchten. »Ich rede von dem Rechnersystem, mit dem auch dieser Raum verbunden ist. Wenn man diesen Code knackt, kann man die Tür von innen entriegeln. Danach können Lucy und die anderen einfach von außen hineinmarschieren.«

Die anderen saßen still auf ihren Stühlen und starrten ihn ehrfurchtsvoll an. Nach einer kurzen, andächtigen Pause, traute Riah sich als Erste etwas zu fragen:

»Und hast du den Code geknackt?«

»Also äh …« Christoph versuchte wieder nervös, seine nicht vorhandene Brille auf der Nase zurechtzuschieben. »Sagen wir mal so: Ich bin dran.«

»Und wie lange wird es noch dauern?«

»Ähm, ja, ganz so einfach ist das natürlich nicht. Ich denke, eine Woche wird es wohl noch dauern.«

Jetzt sahen alle enttäuscht aus. Alles tuschelte durcheinander. Riah hob gebieterisch die Hand und alle verstummten.

»Gut, eine Woche, schließlich müssen auch die anderen noch ihre Aufgaben vorbereiten. Wir gehen also davon aus, dass wir drei Tage nach dem Zeitpunkt zuschlagen, an dem Christoph fertig ist. Noch etwas Christoph: Wie willst du eigentlich an den militärischen Zentralcomputer kommen?«

»Ja, das ist ein weiteres Problem. Ich habe da inzwischen so eine spezielle Verbindung, die ist aber ziemlich unsicher und fällt zwischendurch immer wieder aus. Wir müssen unbedingt an einen Computer im Turm und von da muss ich den Raum mit dem Schlüssel öffnen.«

»Wie, dann kannst du nicht mit uns kommen?«, fragte Kim erschrocken.

»Nein, das wird nicht gehen. Wenn ihr in den Raum eindringt, muss ich an einem Computerterminal sitzen und euch die Tür aufmachen.«

»Und wenn wir den Schlüssel haben, kommst du dann nicht mit?« Kim sah ihn mit großen, fragenden Augen an. Lucy fragte sich besorgt, wie es um die Liebesbeziehung der beiden stand.

»Natürlich, sofort nach der Aktion treffen wir uns an einer Transferstation und fliehen gemeinsam. Da wird dann hier in der Stadt schon die Hölle los sein.«

»Das ist dann schon der nächste Punkt«, schaltete sich Riah ein. »Vorher sollten wir kurz besprechen, wie wir das mit dem Computerraum machen. Ich dachte, Christoph und ich übernehmen das. Wir suchen einen Raum und beschaffen uns einen Zugang. Das müssen wir aber auch schon vorher machen und üben, wie wir dort am schnellsten hineinkommen.«

Riah sah in die Runde. Alle nickten. Christoph strahlte sie an. Nur Kim blickte düster und wortlos auf die Tischplatte vor sich.

»Gut, dann kommen wir zu unserer Flucht«, machte Riah weiter. »Ich finde Christophs Plan gut. Die vier Terraner fliehen zusammen und nehmen am besten die Route, die sie gekommen sind. Ihr habt euch ja sicher schon vorher einen Weg zurück überlegt.«

Lucy nickte entschlossen. Tatsächlich versetzte es ihr einen Stich. Sie hatte den Abflug von hier ignoriert und alle vier hatten bisher noch nicht darüber geredet, wie sie eigentlich konkret wieder zurück zu ihrem Schiff kommen würden.

»Wir übrigen teilen uns in zwei Gruppen. Ich denke Borek, Belian und ich bilden einen Trupp, Kara, Luwa und Tomid den anderen. Vielleicht ergibt sich durch die Planung aber auch noch eine andere Zusammenstellung. Wir haben zwei Schiffe. Sobald eine Gruppe bei der Aktion nicht mehr gebraucht wird, flieht sie auf eines unserer Schiffe und fliegt los. Keiner darf Zeit verlieren. Jede Gruppe handelt unabhängig von der anderen.«

»Was ist mit den Kindern?«, fragte Borek.

Die beiden Kleinen waren bei diesem Abendessen, bei dem ganz gegen die Gewohnheit viel mehr geredet als gegessen und getrunken wurde, nicht anwesend. Wahrscheinlich hatte irgendjemand von den imperianischen Freunden die beiden vorsorglich woanders untergebracht, damit sie von der Besprechung nichts mitbekamen.

»Du weißt doch, die können wir nicht mitnehmen. Wir werden womöglich für Jahre auf Raumschiffen leben müssen. Das ist gesundheitsschädlich für Kinder, die noch im Wachstum sind.«

»Wieso ist das schädlich?«, fragte Kim und sah Riah ängstlich an.

»Ganz genau bewiesen ist es zwar nicht, man will mit Kindern schließlich keine Experimente machen, aber in künstlicher Schwerkraft aufzuwachsen, halten die meisten Wissenschaftler für extrem ungesund. Sie meinen, das kann zu Missbildungen führen. Künstliche Schwerkraft ist zwar so ähnlich wie natürliche, aber nicht genauso. Man lässt Kinder lieber auf dem Planeten aufwachsen, auf dem sie geboren sind. Dazu kommt auch noch, dass wir ständig Transfersprünge durchführen. Das sollte man mit Kindern auch nicht machen. Nun sieh mich nicht so ängstlich an Kim. Für Erwachsene ist das völlig unbedenklich.«

Riah lächelte Kim mitleidig an. Die sah alles andere als überzeugt aus.

Die Besprechung war beendet. Die imperianischen Freunde gingen auf ihre Zimmer, um sich für die Abendaktivitäten fertigzumachen. Lucy war auch schon von ihrem Stuhl aufgestanden, als ihr Blick auf Lars fiel, der sie aus fiebrigen Augen ansah.

Sie hatte ganz vergessen, dass er am Morgen angekündigt hatte, mit den Dreien sprechen zu wollen. Lars war ohnehin während der ganzen Besprechung merkwürdig still gewesen. Es war eigentlich nicht seine Art, überhaupt nichts zu sagen. Lucy ahnte Schreckliches. Hoffentlich kam er ihr jetzt nicht wieder mit diesem rothaarigen Roboter.

»Können wir uns kurz zusammensetzen?«, fragte er schnell. »Es ist superwichtig. Ihr werdet gleich verstehen.«

»Aber nur, wenn's schnell geht«, murrte Kim.

Die vier zogen sich in den eigenen kleinen Gemeinschaftsraum zurück, der zu dem höher gelegenen Stockwerk gehörte.

»Ich muss euch etwas erzählen«, begann Lars. »Ich war gestern Abend im Keller des Imperiumsturms bei diesen Mädchen. Ihr wisst schon, diese Mädchen, von denen die Imperianer behaupten, es sind Roboter. Aber ich habe mit ihnen gesprochen. Es ist wirklich unglaublich. Das sind wirklich Menschen, keine Roboter.«

»Was, du bist da gestern Abend rein?«, fragte Lucy entsetzt. »Hatten die denn noch geöffnet?«

»Also eigentlich nicht«, gab Lars zu. »Ich bin da so mehr eingebrochen. Ich hatte doch diesen Türöffner der Aranaer.«

»Ich glaub' es nicht«, rief Lucy. »Du brichst da ein, setzt unsere ganze Mission aufs Spiel wegen so eines Roboters, der wie ein Mädchen aussieht? Mensch Lars, hier gibt es doch nun wirklich genug echte Mädchen! Du brauchst doch für so etwas keinen Roboter!«

»Hört mir doch mal zu! Wenn ich euch erzählt habe, was ich erlebt, gesehen und gehört habe, werdet ihr verstehen, dass alles ganz anders ist«, rief Lars verzweifelt aus.

»Oh Mist, nur weil so einem Jungen mal wieder der Verstand in die Hose gerutscht ist, muss ich jetzt hier sitzen oder was?«, maulte Kim.

»Nun lasst Lars doch wenigstens einmal erzählen«, mischte sich Christoph ein. »Hinterher könnt ihr euch dann ja immer noch über die Jungs aufregen, die zu blöd sind, einen hübschen Roboter von einem echten Mädchen zu unterscheiden.«

»Hübsch, pfff!« Kim verdrehte die Augen. »Dann erzähl schon. Aber beeil dich. Ich hab' heute noch was anderes vor.«

Lars sah Lucy gekränkt an. Begann dann aber doch, das Erlebnis der vergangenen Nacht ausführlich zu erzählen. Nur von der Schmuserei mit Trixi erfuhren sie vorerst nichts, die unterschlug Lars vorsichtshalber.

»Also kurz gesagt: Trixi und die anderen Mädchen sind Menschen – keine Roboter –, die versklavt wurden, die gefoltert werden und die man einfach umbringt, wenn sie nicht mehr so funktionieren, wie man es von ihnen erwartet.«

»Trixi? Haben diese Roboter Namen?«, fragte Kim.

»Nein, eigentlich haben sie Nummern«, gab Lars zu. »Den Namen hab ich ihr gegeben. Trixi für TRX, versteht ihr?«

»Wahnsinnig einfallsreich!« Kims Stimme troff vor Sarkasmus.

»Jetzt geht es doch nicht um Namen«, erwiderte Lars ärgerlich. »Wir müssen diese Mädchen befreien. Über so etwas können wir doch nicht einfach hinwegsehen.«

»Wie bitte, du willst mal eben so nebenbei einen Haufen Roboter befreien, von denen du meinst, sie seien Menschen, während wir versuchen, unseren Planeten vor der Versklavung zu retten?« Lucy raufte sich die Haare. »Das kann nicht wahr sein! Ich fasse es nicht!«

»Also, meine Meinung ist ja wohl wie immer sowieso nicht gefragt. Ich habe auf dieses Thema keine Lust und habe jetzt auch was anderes vor. Also egal, was ihr euch ausdenkt, meinetwegen könnt ihr machen, was ihr wollt, es darf nur unseren Abflug von hier um keine Minute verzögern. Also tschüss.«

Kim ging und winkte dabei noch einmal locker über die Schulter. Lucy hätte am liebsten hinter ihr her gebrüllt, dass sie gefälligst da bleiben solle. Natürlich hatte die Ziege recht, aber sie hier mit den Jungs allein sitzen zu lassen, war ja wohl das Allerletzte. Lars schien Kims Verhalten egal zu sein. Er sah Lucy flehend an.

»Trixi ist kein Roboter. Sie ist ein Mensch.«

»Lars, solche Roboter gibt es mit Sicherheit schon seit Hunderten von Jahren hier auf diesem Planeten und jetzt kommst du und behauptest, es sind Menschen. Verdammt, woher willst du das denn wissen!« Lucy hatte keine Lust, weiter über dieses Thema zu reden. Ihr Vorhaben war auch so schon aussichtslos genug.

»Weil, …, weil«, stotterte Lars. »Weil ich sie geküsst habe. Sie ist ein Mädchen, und zwar das, in das ich mich verliebt habe.«

Lucy war für einen Moment im wahrsten Sinn des Wortes sprachlos.

»Lars, bist du wahnsinnig!«, brachte sie hervor. Sie hatte das Gefühl, kaum sprechen zu können. Die Luft wollte einfach nicht aus der Lunge. »Was hast du getan? Wenn das einer mitkriegt, halten alle dich für vollkommen pervers und uns alle womöglich noch dazu. Wenn du Glück hast, kommst du vielleicht als dämlicher Primitiver durch. Hast du mal darüber nachgedacht, was deinem Robotermädchen passiert, wenn das jemand mitbekommt? Die schalten sie sofort ab!«

Lucy konnte sich gut vorstellen, was Belian dazu sagen würde, wenn das herauskam. Kim hielten alle schon für total zurückgeblieben, weil sie bei jeder Gelegenheit mit dem Thema natürliche Geburt anfing. Sie selbst wurde für komisch angesehen, weil sie sich auf die imperianische Form von Freundschaft nicht einlassen konnte. Wahrscheinlich wurden die Jungs genauso schief angesehen, auch ohne Lars' Leidenschaft zu diesem Robotermädchen. Wenn sie alle für völlig durchgeknallt gehalten würden, würden die anderen womöglich bei ihrem Plan nicht mehr mitmachen.

Verzweifelt rieb Lucy sich das Gesicht zwischen ihren Handflächen. Noch immer die Hände an den Wangen sah sie Lars an, der ihr flehentlich in die Augen blickte.

»Das ist kein Roboter. Das ist Trixi, ein Mädchen, das gefoltert wurde. Sie wird nicht abgeschaltet, sie wird umgebracht, mit einer Giftspritze! Lucy, du musst mir helfen, bitte. Ich weiß, dass sie ein Mensch ist. Das spür' ich doch. Das fühle ich. Ich würde mich doch nicht in einen Roboter verlieben.«

Stumm sah Lucy ihn an. Sie erinnerte sich plötzlich an ein Gespräch zwischen ihrer Mutter und deren guter Freundin. Es ging um einen Mann. Die beiden Frauen waren sich einig gewesen, dass derjenige genauso wenig wie alle seiner Geschlechtsgenossen fähig wäre, die wahren Gefühle und Ansichten einer Frau zu erkennen. Mit gewissen körperlichen Reizen könnte jede Frau einen Mann von allem überzeugen, hatten die beiden damals behauptet.

Lucy hatte Lars wirklich gern. Aber wenn sie ehrlich war, konnte sie sich gerade von ihm vorstellen, dass er sein Urteilsvermögen völlig verlor, wenn er ein Mädchen nur ausreichend hübsch fand und sich dabei womöglich noch als großer Held aufspielen konnte. Es war mehr als wahrscheinlich, dass genau das passiert war. Aber wie sollte sie ihm das beibringen, ohne ihn zu verletzen?

»Lucy bitte«, flehte Lars derweilen. »Ich habe ihnen versprochen, dass ich ihnen helfe. Ich kann das doch nicht allein machen. Ich hab' ihnen gesagt, dass ich Freunde habe, richtig gute Freunde, die mir helfen werden. Ich hab' wirklich geglaubt, dass es so ist.«

Oh großer Gott, das fehlte noch, wenn Lars jetzt anfing zu heulen, würde sie sich übergeben müssen. Ihr war sowieso schon schlecht. Sie konnte nicht mehr denken. Sie war vollkommen blockiert. Was sollte sie bloß sagen? Es war unmöglich.

Gerade als Lucy sich entschlossen hatte, einfach ganz brutal das zu sagen, was sie wirklich dachte, ergriff Christoph die Initiative. Er kniete sich neben seinen Kumpel, der tatsächlich schon ganz feuchte Augen hatte, und legte ihm den Arm um die Schultern.

»Hör mal Lars, wenn es dir so wichtig ist, mache ich dir einen Vorschlag«, sagte er und drückte dabei seine Schulter. »Wir beide untersuchen die Sache. Allerdings wirst du etwas tun müssen, was dir gar nicht gefallen wird.«

»Ich mache alles, was notwendig ist, egal was es ist«, schluchzte Lars.

»Gut, dann kommt jetzt ein Haufen Bibliotheksarbeit auf dich zu. Wir müssen herausbekommen, was mit diesen angeblichen Robotern los ist. Wir müssen alles über sie herausfinden, was wir können. Was ist der Unterschied zu den anderen Imperianern und so weiter? Lars lass mich ausreden, ich weiß, was du sagen willst, aber dein Gefühl spielt hier keine Rolle. Das kann dich täuschen. Wenn du deiner Trixi wirklich helfen willst, brauchst du knallharte Fakten. Wir fangen sofort morgen nach der eigentlichen Arbeit an.«

»Aber ...«, rief Lucy verzweifelt dazwischen, doch Christoph winkte nur ab und beugte sich noch näher an Lars heran. Er drückte erneut seine Schulter.

»Wenn wir herausfinden – ich meine wissenschaftlich beweisen –, dass du recht hast, überzeuge ich auch Lucy, damit sie mitmacht«, sagte er in verschwörerischem Ton zu seinem Kumpel.

Lars nickte nur.

»Christoph kann ich dich mal kurz allein sprechen?«, fragte Lucy resigniert. Sie fühlte sich nur noch müde.

Christoph nahm Lars am Arm und zog ihn auf die Beine.

»Ich rede noch kurz mit Lucy, dann komme ich gleich noch mal bei dir vorbei. Ich muss noch was mit dir besprechen«, sagte er zu ihm und schob ihn sanft zur Tür. Lars trottete willenlos hinaus in Richtung seines Zimmers. Er musste wirklich völlig verzweifelt sein.

Als die beiden allein waren, sagte Lucy zu Christoph:

»Dass du Lars wissenschaftlich beweisen willst, dass dieses Was-Weiß-Ich ein Roboter ist, finde ich zwar eine geniale Idee, aber ich bekomme langsam Angst um dich. Hast du schon mal in den Spiegel geschaut. Du siehst aus wie ein Gespenst. Du machst jetzt schon mehr als wir alle zusammen und nun willst du dich nebenbei auch noch in diese Sache hinein knien.

Auch wenn das vielleicht die einzige Chance ist, Lars von seinem Wahn abzubringen, du musst auch an dich denken. Ich glaube, es wäre gut, wenn du auch mal mit Kim reden würdest. Wenn ich ehrlich bin, macht ihr keinen besonders glücklichen Eindruck mehr zusammen. Wir müssen das Ganze hier irgendwie bis zum Ende unserer Mission überstehen.«

»Lucy, ich finde es ja lieb von dir, dass du dir Sorgen um mich machst«, antwortete Christoph und sah sie mit seinen müden Augen an.

»Aber das mit Kim ist im Moment zu kompliziert, um es jetzt zu klären. Das muss bis nach unserer Aktion warten. Und die Sache mit der Untersuchung, das muss sein. Ich meine das wirklich ernst, was ich Lars gesagt habe. Ich will wirklich wissen, was dahintersteckt. Wenn der Kerl nur auf die körperlichen Reize eines weiblichen Roboters hereingefallen ist, werde ich ihm das beweisen und ihm die Sache ausreden. Wenn er aber recht hat, dann sind wir hier wahrscheinlich der größten Schweinerei des Imperiums auf der Spur, dann können wir nicht einfach die Augen schließen, dann werden wir uns etwas einfallen lassen müssen.«

Lucy wollte nichts mehr hören. Jetzt fehlte nur noch, dass auch Christoph durchdrehen würde.

»Aber Christoph«, rief sie verzweifelt. »Wie willst du das schaffen? Du siehst jetzt doch schon völlig überarbeitet aus.«

»Ach, das mach' ich abends zur Entspannung. Gegenüber der Arbeit an dem Code, um den Sicherheitsmechanismus zu knacken, wird das die reinste Erholung sein.«

»Gut, dann untersucht das, aber ihr müsst noch vor Ende der Woche fertig sein. Am besten findest du gleich morgen was, das Lars überzeugt.«

Christoph legte Lucy beide Hände auf die Schultern und hielt sie in einer Armeslänge Abstand. Er sah sie mit einer Intensität an, dass selbst seine dunklen Augenringe verblassten.

»Lucy, ich suche nicht nach etwas, womit ich Lars möglichst einfach überzeugen kann. Ich meine es ernst. Ich will die Wahrheit wissen.«

»OK Christoph, ich wollte auch nicht an deiner wissenschaftlichen Objektivität zweifeln«, lenkte Lucy frustriert ein. »Ich meine nur, es ist mehr als unwahrscheinlich, dass auf diesem Planeten seit, was weiß ich, wie vielen Jahrhunderten nicht aufgefallen ist, dass Menschen derart versklavt werden. Aber gut, ihr untersucht das.«

Frustriert schloss Lucy das Kapitel ab, sprach aber dann doch noch einmal den zweiten Punkt an, der ihr auf dem Herzen lag: »Was anderes, ich finde wirklich wichtig, dass du mit Kim redest.«

»Das kannst du ja mal versuchen. Ich komm' gar nicht mehr an sie heran.«

»Sag mal Christoph, möchtest du darüber reden. Du weißt, ich bin immer für dich da«, bot Lucy nun in einem deutlich freundlicheren Tonfall an.

Christoph schüttelte den Kopf. Er sah plötzlich wieder unendlich müde aus.

»Jetzt nicht«, sagte er. »Wir setzen uns nach der Aktion einmal zusammen, wenn du Lust hast.«

Lucy nickte und sah ihm tief in die müden Augen.

»Ich geh' dann noch schnell mal bei Lars vorbei«, sagte er.

Beide drückten sich ganz kurz aneinander, dann schlurfte Christophs müde Gestalt aus der Tür.

Lucy fühlte sich mindestens genauso erschöpft, wie ihr Freund aussah. Am liebsten würde sie schlafen. Aber das würde nicht gehen. Zu viel lief in ihrem Hirn ab.

Erschöpft ließ sie sich auf einen Stuhl vor ihrem Gemeinschaftstisch fallen und stützte den Kopf auf die Arme. Am liebsten wäre sie jetzt zu ihren imperianischen Freunden gegangen. Sie waren bestimmt wieder im Freundschaftshaus. In letzter Zeit hatte Riah ihr mehr Geborgenheit und Halt gegeben als alle ihre irdischen Freunde zusammen. Aber sie hatte trotzdem das Gefühl, nicht wirklich dazuzugehören. Sie wusste, dass ihre imperianischen Freunde und insbesondere auch ihre Freundin Riah mehr von ihr erwarteten, sich mehr von ihr wünschten. Aber sie konnte es ihnen doch nicht geben. Sie wollte doch nur einen und würde es nicht ertragen, dabei zu sein, wenn er mit den anderen Mädchen oder auch Jungen zusammen war.

Überhaupt das Ganze konnte nicht wahr sein. Alles geriet aus den Fugen. Sie fühlte sich als Verräterin. Ihre imperianischen Freunde riskierten alles für sie und ihre Aktion. Und sie hinterging sie. Das Schlimmste war, sie konnte es noch nicht einmal irgendjemanden sagen. Die Aktion selbst war im höchsten Grade fraglich. Sie durfte überhaupt nicht darüber nachdenken, was alles schieflaufen konnte.

Und nun kam Lars mit diesen Robotern. Wenn das einer der Imperianer herausbekam! Die würden glatt alle Terraner für nicht nur primitiv, sondern auch pervers halten. Und zu allem Überfluss musste Christoph sich jetzt auch noch auf die Sache einlassen. Er war ihre einzige Stütze in diesem Projekt. Er schuftete für zwei. Ohne ihn würde gar nichts funktionieren. Aber wie lange würde er das noch durchhalten, vor allem, wenn Kim nicht mehr mitspielte und die Beziehung endgültig kaputtging. Konnte Kim sich nicht wenigstens für diese paar Wochen bis zum Ende der Aktion zusammenreißen? Sie wusste doch, was alles davon abhing. Am liebsten hätte Lucy geheult, aber selbst dazu war sie zu müde.

Untersuchungsergebnisse

Drei Tage später kam Lucy zum Frühstück in den Gemeinschaftsraum. Sie war früh dran. Nur Kim saß bereits auf ihrem Platz und stocherte wie jeden Morgen mürrisch und lustlos in ihrem Brei. Die beiden Mädchen hatten sich nicht viel zu sagen. Kurz darauf kamen Lars und Christoph herein.

»Wir vier müssen uns unbedingt nach dem Essen zusammensetzen. Ich oder besser Christoph muss euch ganz dringend etwas erzählen.« Lars starrte sie aufgeregt aus fiebernden Augen an.

Er war genauso furchtbar blass wie Christoph, hatte Augenringe und sah fürchterlich übermüdet aus. Aber die Augen beider Jungen glänzten merkwürdig. Lucy hatte plötzlich das Gefühl, dass sich eine riesige Last auf ihre Schultern legte. Sie hatte so gehofft, dass Christoph einen Weg finden würde, Lars diesen Unsinn mit diesen Robotern auszureden. Der Ausdruck, der auf den Gesichtern der beiden Jungs lag, machte aber nicht den Eindruck, als hätte das funktioniert.

Glücklicherweise ging in diesem Moment die Tür auf und die anderen kamen herein. Es wurde wie fast immer über den Fortgang der einzelnen Planungen gesprochen. Christoph erzählte stolz, dass er kurz vor dem Durchbruch stand. Er schätzte, dass er nur noch drei Tage bräuchte, bis er das System soweit unter Kontrolle hatte, dass er die Türen von innen kontrollieren könnte. Dann konnten sie endlich die letzten Schritte zur Eroberung des Schlüssels planen.

»Wir vier müssen noch ein paar Dinge untereinander klären«, entschuldigte Lucy sich und ihre drei terranischen Freunde bei den imperianischen Jugendlichen. »Wir stoßen dann gleich wieder zu euch.«

Riah lächelte ihr freundlich zu. Sie hatte sehr feine Antennen und fühlte die Spannungen, die sowohl zwischen Kim und Lucy als auch Kim und Christoph herrschten. Lucy war sich sicher, dass sie vermutete, dass es bei dem Gespräch der Terraner unter sich genau um diesen Punkt gehen würde.

Endlich saßen die vier allein am Tisch. Der Haushaltsroboter hatte mittlerweile die Reste des Frühstücks abgeräumt. Lars sah so aus, als würde er es kaum noch aushalten, seine Neuigkeiten für sich zu behalten. Und auch Christoph schien etwas Wichtiges zu sagen zu haben.

»Also Lucy, wir sind mit unseren Studien durch«, begann Lars ganz aufgeregt. Er sah sie mit glühenden Augen direkt an.

Kim, die schon während des Frühstücks den Eindruck erweckt hatte, als gehöre sie nicht wirklich dazu, stand leise auf und machte sich auf den Weg zur Tür. Sie sah traurig und einsam aus. Lucy konnte plötzlich verstehen, was in ihr vorging. Lars hatte sie nicht einmal angesprochen. Klar es war auch irgendwie ihre Schuld, so wie sie sich in den letzten Tagen benommen hatte, aber sie musste sich richtig ausgeschlossen fühlen. Ihre Meinung war offensichtlich nicht mehr gefragt.

»Bleibst du bitte auch hier?« Lucy versuchte es so liebenswürdig wie möglich auszusprechen und lächelte sie an. Kim blickte ihr kurz in die Augen und setzte sich dann. Sie sah zwar noch immer traurig aus, aber immerhin blieb sie da.

»Können wir jetzt endlich anfangen?«, fragte Lars ungeduldig. »Wir haben hier die größte Sache der letzten paar hundert Jahre auf diesem Planeten.«

»Nun leg schon endlich los«, meinte Lucy gereizt. Sie war sich nicht sicher, ob sie das, was jetzt kam, wirklich hören wollte.

»Also wir haben recherchiert«, begann Lars wichtigtuerisch. »Und dabei sind wir zu folgendem Ergebnis gekommen. Ach Christoph, erzähle du das lieber. So wie die Mädels mich ansehen, glauben die mir ja doch nicht.«

Christoph atmete laut aus. Er schien sich auch nicht so ganz sicher zu sein, ob die Mädchen ihm glauben würden. Nervös fummelte er wieder an seiner Nase.

»Wo soll ich beginnen?« Er kratzte sich am Kopf und sah nachdenklich aus. Dann sprach er in seinem typisch dozierenden Tonfall weiter. »Das ganze Problem hat verschieden Aspekte. Wir haben nämlich in verschiedene Richtungen recherchiert.

Ich glaube, ich fange mal mit dem historischen Aspekt an. Roboter, wie ihr sie hier überall seht, gibt es auf Imperia schon seit etwa dreitausend Jahren. Am Anfang waren es ganz simple Geräte, die nur einfache Tätigkeiten ausüben konnten und sehr stark an Tiere oder Pflanzen erinnerten. Man hat sozusagen Lebewesen als Vorbild genommen. Pflanzen für die stationären Aufgaben, wie zum Beispiel Wohnungen und Tiere für alles, was sich bewegt.

Dann als die biotechnische Ingenieurkunst ausgereifter wurde, wurden die Maschinen immer anspruchsvoller, sowohl von den Aufgaben als auch vom Design. Es gab eine ganze Zeit, da war es chic, Roboter möglichst künstlich aussehen zu lassen.

Vor etwa zweieinhalbtausend Jahren waren die biologischen Maschinen schon sehr hoch entwickelt und konnten schon ziemlich komplizierte Probleme bearbeiten. Damals war es wieder in Mode gekommen, die Roboter sehr stark der ursprünglichen Natur anzupassen. Man hat zum Beispiel Rasenmäher gebaut, die Schafen glichen. Ganz besonders chic war es, komplizierte Haushaltsroboter wie Menschen aussehen zu lassen. Ich habe Bilder gefunden, da sahen die Haushaltsroboter, die uns immer das Essen machen, die Wohnung aufräumen und so, wie Köchinnen, Köche, Kellner oder Kellnerinnen aus. Die Maschinen zur Gartenpflege wie Gärtner oder Gärtnerinnen und so weiter.

Dann ist das passiert, was ihr ja auch bei unserem Freund Lars befürchtet habt. Es hat eine ganze Reihe von Fällen gegeben, in denen sich Menschen in Roboter verliebt haben. Das war natürlich auch schön einfach, die haben ja alles gemacht, was ihre Besitzer von ihnen verlangten.«

»Igitt, das ist ja ekelig«, rief Kim aus. »Das ist ja total pervers. Typisch Männer, dass die arme, wehrlose Roboter ausnutzen.«

»Das Problem existierte völlig unabhängig vom Geschlecht«, bemerkte Christoph säuerlich und bedachte Kim mit einem vernichtenden Blick. Dann setzte er wieder eine neutrale Miene auf. »Und jetzt kommt's.«

Er hob den Finger wie ein Schulmeister.

»Nachdem das Problem so überhandgenommen hatte, dass man schon einen Roboterschutzbund gegründet hatte, hat man verboten, Maschinen herzustellen, die wie Menschen aussehen.«

Triumphierend ließ er seinen Blick über die Runde schweifen. Auch Lars sah die Mädchen erwartungsvoll an. Lucy fiel aber nichts dazu ein und auch Kim sagte keinen Ton.

»Na ja«, bemerkte Christoph leicht enttäuscht. »Darum sehen die Roboter hier im Haushalt auch so aus, wie wir sie kennen. Ich meine, es würde doch niemand auf die Idee kommen, sich in so ein Teil zu verlieben oder so.«

»Ja, nun mach's doch nicht so spannend und erzähl schon, warum denn nun Lars' Robotermädchen und ihre Leidensgenossinnen wie Menschen aussehen«, warf Lucy ein. Sie gönnte Christoph ja seinen Triumph. Er hatte schließlich hart dafür gearbeitet, aber so langsam konnte er mal zum Punkt kommen.

»Trixi«, rief Lars dazwischen. »Das Mädchen heißt Trixi.«

Die anderen drei ignorierten ihn und Christoph redete weiter.

»Wie wir ja alle mitbekommen haben, werden die meisten Arbeiten im Imperium von Robotern erledigt. Das gilt vor allem für gefährliche, aber auch für langweilige Tätigkeiten und für solche, zu denen einfach keiner Lust hat.«

Christoph sah vielsagend zu dem Haushaltsroboter, der gerade durch das Zimmer wieselte und die Möbel abstaubte.

»Eine Arbeit, die nur von Menschen gemacht werden konnte, ist das Programmieren von bestimmten, sehr sensiblen Teilen von Raumschiffen. Ich meine damit nicht die grundsätzliche Konzeption solcher Raumschiffe, also die Planung und theoretische Konstruktion. So etwas machen natürlich Menschen. Das ist auch richtig spannend und kreativ. Die Arbeit, um die es geht, ist eher so etwas wie die Eingabe vorgefertigter Pläne.

Warum man das machen muss, habe ich leider auch nicht richtig verstanden. So etwas braucht man nur für Raumschiffe. Die sind einfach das Komplizierteste, was es an Robotern gibt. Und die Konstruktion geht auch weit über natürliche Pflanzen oder Tiere hinaus. Die könnten ja nicht im Weltraum überleben. Das ist wirklich ein total faszinierendes Thema, aber ich konnte mich in der kurzen Zeit ja leider nicht mit allen spannenden Sachen beschäftigen.«

Christoph hob bedauernd die Schultern. Lucy verdrehte die Augen. Sie fand es enorm, wofür Christoph sich alles interessierte.

»Egal warum das so ist. Jedenfalls muss diese Arbeit gemacht werden. Sie ist langweilig, jedenfalls kein bisschen kreativ. Ihr müsst euch vorstellen, dass es so ähnlich geht wie dieses Ertasten von Signalen über unseren tollen universalen Türöffner. Könnt ihr euch vorstellen, so etwas den ganzen Tag zu machen? Jedenfalls ist es wahnsinnig anstrengend und Menschen können das eigentlich auch nur ein paar Jahre durchhalten, dann sind sie zumindest für diese Arbeit aufgebraucht. Das ist übrigens auch der Hauptgrund, warum diese Roboter alle so jung sind. Auch die halten die Arbeit nur ein paar Jahre durch, dann werden sie … ähm … aus dem Dienst genommen.«

Christoph sah Lars kurz prüfend an. Der verzog aber keine Miene.

»Wie schon gesagt, die ersten zwei Jahrtausende, in denen es diese Art von Raumschiffen gab, haben Menschen diese Arbeit erledigt. Vor knapp fünfhundert Jahren war es so weit, dass alle Bewohner des Imperiums für ein Jahr verpflichtet wurden, diese Tätigkeiten durchzuführen, weil sich keiner mehr freiwillig dafür fand. Es gab immer mehr Widerstände gegen diese Verpflichtung, weil selbst dieses Pflichtjahr kein Imperianer machen wollte.

Man hatte schon die ganzen Jahre nach einer automatisierten Lösung des Problems gesucht, aber nichts gefunden. Vor knapp fünfhundert Jahren hat man dann diese Forschung intensiviert. Es gab verschiedene Ansätze, Roboter zu bauen, die genau diese Fähigkeiten hatten. Man hat dazu verschiedenste Typen von Maschinen weiterentwickelt. Aus einem Grund, der mir nicht wirklich klar geworden ist – den Wissenschaftlern damals und heute im Übrigen auch nicht –, geht das aber mit den herkömmlichen Robotern nicht.

Es gab da wirklich sehr interessant Ansätze, aber auch das konnte ich mir nicht genauer ansehen.«

Wieder sah Christoph bedauernd in die Runde, bekam aber keine Mitleidsbekundungen von seinen Freunden.

»Kurz gesagt, alle Versuche in die Richtung herkömmliche Roboter so umzubauen oder zu erweitern, dass sie diese Arbeit leisten können, sind gescheitert.

In der Zwischenzeit hatte sich eine zweite Forschergruppe gebildet, die sich eine ganz neue Herangehensweise ausgedacht hatte. Sie sind von menschlicher DNA, das heißt in diesem Fall natürlich imperianisches Erbgut, ausgegangen.«

»Die haben einfach menschliche DNA verändert?«, fragte Lucy entsetzt.

»Wieso?«, entgegnete Kim. »Die haben doch sogar sich selbst verändert. Die sind doch auch nichts anderes als Roboter.«

»Die haben ihre Gene optimiert, aber das sind doch keine grundsätzlichen Veränderungen. Die Gene hätten so auch zufällig zusammenkommen können«, erklärte Christoph gereizt.

»Aber das stimmt doch gar nicht«, protestierte Kim. »Die haben sich sehr wohl genetisch verändert. Die können zum Beispiel keine Kinder kriegen. Das hat mir Luwa erzählt.«

Christoph rollte mit den Augen. Er war sichtlich genervt von dem Thema.

»Ich weiß nicht, was Luwa dir erzählt hat, aber das ist keine genetische Veränderung, sondern ein kleiner medizinischer Eingriff, der gleich nach der Geburt bei jeder Imperianerin vorgenommen wird, um eine Schwangerschaft zu verhindern. Der kann sogar wieder rückgängig gemacht werden. Das ist im Übrigen eine Sicherheitsmaßnahme, falls mal eine Mannschaft bei Fernexpeditionen verloren geht. Die könnten sich dann wenigstens auf einem Planeten niederlassen und dort eine neue Kultur gründen. Allerdings gab es gerade gegen dieses Vorgehen große Widerstände, und zwar hauptsächlich von dem weiblichen Teil des Imperiums.«

Christoph sah sie triumphierend an.

»Dann sind das ja doch richtige Menschen!«, rief Kim aus.

»Das gilt im Übrigen auch für die Robotermädchen«, ergänzte Christoph gereizt. Kim bekam große Augen.

»Dann, …, dann sind das ja auch Menschen!« Kim schluchzte fast.

Lars raufte sich die Haare.

»Mensch Kim, erstens sage ich euch das die ganze Zeit. Und zweitens, du kannst doch nicht alles nur am Kinderkriegen festmachen. Du bist doch erst sechzehn, da kann das doch wohl nicht dein Hauptthema sein.«

»Nein, ich bin siebzehn seit zwei Tagen. Ihr wart ja zu beschäftigt, mit mir das zu feiern. Lars, du hast übrigens morgen Geburtstag, so etwa gegen Mittag hier, beginnt bei uns auf der Erde der neue Tag.«

Lucy war wie vom Donner gerührt. An so etwas hatte sie nun wirklich nicht gedacht, und wenn sie ehrlich war, fand sie solche Nebensächlichkeiten in dieser Situation auch nicht ganz so wichtig. Sie wusste nicht so richtig, wie sie sich verhalten sollte. Glücklicherweise reagierte Lars sofort:

»Mensch, dann herzlichen Glückwunsch! Nachträglich natürlich. Das Feiern müssen wir dann aber nachholen. Wir können ja eine kleine gemeinsame Geburtstagsfeier in den nächsten Tagen machen. Ich meine, falls noch Zeit ist.«

»Das ist doch nicht so wichtig«, sagte Kim bescheiden. Es klang aber nicht so ganz ehrlich.

»Von mir natürlich auch einen herzlichen Glückwunsch«, gratulierte Lucy und tätschelte Kim unbeholfen die Schulter. »Das mit dem Feiern können wir ja zur Not auf der Erde nachholen.«

»Wenn wir dann diese ganz drängenden Fragen geklärt haben, können wir ja wieder zu unserem eigentlichen Thema kommen«, sagte Christoph in einem ganz ungewohnt sarkastischen Tonfall und klang dabei gereizt. Was Lucy aber weitaus mehr beunruhigte, war die Kälte, mit der er sprach. Er hatte Kim noch nicht einmal gratuliert. So kalt hatte sie ihn seiner Freundin gegenüber noch nie erlebt.

Kim schien sich in ihr Schicksal zu fügen. Sie nickte nur mit frustriertem Gesichtsausdruck und Christoph setzte ungerührt seinen Bericht fort.

»Wie ich also schon sagte, es gab eine Forschergruppe, die mit menschlicher DNA experimentiert hat. Am Anfang hat man sie so weit wie möglich verändert. Die ersten Roboter aus diesem Experiment sahen diesen Haushaltsrobotern sehr ähnlich, kein richtiges Gesicht und so. Man hat dann die verschiedensten Änderungen ausprobiert. Besonders hat man darauf geachtet, dass sich das Hirn möglichst stark von dem eines Menschen unterscheidet. Also dass es kleiner ist, anders aufgebaut und so weiter. Aber alles hat nichts genutzt. Als man endlich einen Roboter konstruiert hatte, der wirklich für diese Aufgabe geeignet war, sah er nicht nur wieder wie ein Mensch aus, sondern unterschied sich nur noch durch zwei genetische Manipulationen.«

»Ja gut, aber die können doch entscheidend sein, oder?«, fragte Lucy nach. Erstens verstand sie sowieso nicht ganz den Unterschied und zweitens wollte sie mal eine halbwegs intelligente Frage stellen, um zu zeigen, dass sie noch bei der Sache war.

»Also erstens kommen einzelne genetische Veränderungen auch bei Menschen vor und zweitens kennt man – das heißt, die Imperianer –, beide Mutationen auch bei Menschen.

Das eine Gen soll angeblich dafür verantwortlich sein, dass man leichter zu manipulieren ist und das andere, dass man sich schlechter entscheiden kann.«

»Und das soll in den Genen festgelegt sein?«, fragte Kim.

»Das ist genau der Punkt.« Christoph sprach nun ganz eindringlich. Aber anstatt Kim anzusehen, die doch die Frage gestellt hatte, sah er Lucy in die Augen. »Ich habe da einmal quer recherchiert. Nach dem Stand der Wissenschaft, den ich hier herausgefunden habe, geht man davon aus, dass durch bestimmte Gene eine gewisse Anlage für ein Verhalten jedem Menschen mitgegeben wird. Wie jeder Einzelne aber tatsächlich reagiert wird letztendlich auch von anderen Faktoren, wie zum Beispiel der Erziehung und dem Umfeld, in dem jemand aufwächst und so weiter, festgelegt.«

Jetzt sah Christoph doch einmal kurz zu Kim.

»Hinzu kommt, dass jedes einzelne dieser beiden Gene bei einer ganzen Reihe von Menschen vorhanden und auch die Kombination gar nicht so selten ist. Das heißt, für Imperianer muss man sagen ›war‹. Nachdem diese Forschungen bekannt waren, hat man natürlich diese beiden Gene aus dem Pool der Gene, die bei der künstlichen Zeugung von Menschen benutzt werden, ausgeschlossen. Aber in den Provinzen kommt das genau wie auf der Erde, Terra meine ich, noch immer vor.«

»Das heißt, dann gibt es in den Provinzen und sogar auf der Erde Menschen, die eigentlich nur Roboter sind?«, fragte Kim mit kugelrunden Augen. Lars schüttelte nur den Kopf. Er rutschte schon ganz zappelig auf seinem Stuhl herum.

»So offen würde das wohl kein Wissenschaftler sagen. Denen würde man dann wohl auch den Kopf abreißen«, redete Christoph sachlich weiter. »Aber das war eines der großen Gegenargumente, die gegen diese Roboter hervorgebracht wurden. Ihr müsst nämlich wissen, dass sich die Forschergruppe, die sich mit diesem Thema beschäftigte am Ende des Projektes in zwei Lager gespalten hatte, die sich heillos zerstritten hatten.

Die einen stellten ihre neue biologische Maschine als großen Erfolg vor. Die andere Gruppe war der Meinung, man hätte einfach leicht zu manipulierende Menschen geschaffen, die dann als Roboter missbraucht wurden. Es gab einen riesigen wissenschaftlichen Streit. Dieser Streit hielt fast zweihundert Jahre an.«

Christoph hob wieder einen Finger wie ein altertümlicher Schulmeister.

»Und dann kamen die Aranaer. Der große Krieg zwischen den beiden Spezies begann. Das gehört jetzt leider auch zu den Dingen, die ich mir wahnsinnig gern etwas genauer angesehen hätte, aber es war ja keine Zeit.«

Christoph sah bei diesen Worten richtig betrübt aus.

»Ich habe es einfach nicht verstanden, aber die Imperianer haben einen Heidenrespekt vor den Aranaern, dabei scheinen sie technologisch gar nicht so viel weiter als die Imperianer zu sein. Es muss aber wahnsinnig schwer sein, sie zu besiegen.

Jedenfalls ist vieles vor dreihundert Jahren zum Stillstand gekommen. Seitdem dehnt sich das Imperium zum Beispiel nicht mehr aus. Es gibt keine Erkundigungen in unbekannte Teile der Galaxis mehr und so weiter.«

Christoph schüttelte ratlos den Kopf. Die beiden Mädchen hingen schweigend an seinen Lippen und selbst Lars hörte ihm gebannt zu, obwohl der die Geschichte doch kennen sollte.

»Aber zurück zu den Robotern oder besser den vermeintlichen Robotern. Als dieser Krieg ausbrach, brauchte man Raumschiffe. Man benötigte möglichst schnell eine große Anzahl neuer Kriegsschiffe. Da die Menschen auf diesen Programmierjob keine Lust mehr hatten, brauchte man also dringend Roboter, die diese Arbeit machen konnten. Und wisst ihr, was man gemacht hat?«

Christoph sah den beiden Mädchen abwechselnd provozierend ins Gesicht.

»Genau! Man hat den wissenschaftlichen Streit für beendet erklärt. Man hat einfach behauptet, es sei bewiesen, dass diese Wesen, keine Menschen seien, sondern Roboter. Könnt ihr euch das vorstellen, in dieser Gesellschaft, ohne überzeugende Beweise?«

Christoph sah jetzt richtig wütend aus. Lucy kannte ihn mittlerweile gut genug, um zu wissen, dass die Wissenschaft für ihn so etwas wie ein Heiligtum war. So stümperhaft aus politischen Gründen damit umzugehen, war für ihn der größte Frevel, den er sich überhaupt vorstellen konnte.

»Sie haben sogar extra das Gesetz geändert. Diese Roboter, also die 734-Serie ist die einzige, die wie Menschen aussehen darf!«

Christoph klang richtiggehend empört.

Menschsein

»Ja, aber was heißt denn das nun? Sind sie jetzt Roboter oder Menschen?«, fragte Lucy verzweifelt. So richtig schlau war sie aus dem, was Christoph erzählt hatte, nicht geworden.

»Das ist doch gerade das Problem. Aus dieser Diskussion kann man das gar nicht entscheiden. Die haben einfach etwas festgelegt, weil es ihnen in den Kram passte ohne eine vernünftige Grundlage.« Wütend ruderte Christoph mit den Armen, während er sprach.

»Aber das heißt andererseits auch, dass es doch sein kann, dass es Roboter sind, oder?« Lucy war hartnäckig.

»Nein, das sind Mädchen. Das haben wir überprüft. Das hab ich euch doch schon die ganze Zeit gesagt«, rief Lars aufgeregt dazwischen.

Christoph winkte ab und warf ihm einen warnenden Blick zu. Lucy verstand, dass sie sich ganz offensichtlich abgesprochen hatten, dass er reden und Lars den Mund halten sollte.

»Lucy hat natürlich recht. Wie ich schon sagte. Es gibt weder einen Beweis dafür noch einen dagegen, dass diese Robotermädchen Menschen sind. Jedenfalls existiert kein Beweis, der wissenschaftlich standhalten würde.«

»Aber wenn es auch nur einen Zweifel gibt, muss man den Mädchen doch helfen«, rief Kim dazwischen.

»Wenigstens ist die jetzt mal aufgewacht«, dachte Lucy, der die ganze Entwicklung dieser Sache gar nicht gefiel. Sie hatten wirklich genug Probleme, da konnten sie ein weiteres wirklich nicht gebrauchen, schon gar nicht eines dieser Größenordnung.

Lars nickte wild mit dem Kopf und strahlte Kim in einer Weise an, wie er sie, soweit Lucy sich erinnern konnte, noch nie angelächelt hatte. Christoph schien weniger über diesen Zwischenruf begeistert zu sein.

»Wie ihr euch denken könnt, reicht so eine Argumentation natürlich nicht aus«, sagte er und sah Kim ziemlich verkniffen an. »Stellt euch vor, wir gehen damit zu unseren imperianischen

Freunden. Dann sind wir wieder die naiven Primitiven, die gegen dreihundert Jahre Erfahrung diskutieren.«

»Aber deswegen kann man die Sache doch nicht hinschmeißen. Wir müssen den Mädchen doch helfen!« So enthusiastisch hatte Lucy Kim noch nicht erlebt, seitdem sie zu ihrem neuen Abenteuer aufgebrochen waren.

»Machen wir doch auch gar nicht«, knurrte Christoph, der jetzt aussah, als würde er ihr gleich an die Gurgel springen. »Wenn du mich mal ausreden lassen würdest, könnte ich euch vielleicht erzählen, was wir sonst noch herausgefunden haben.«

Kim nickte ergeben und auch Lucy stieß einen leisen Seufzer aus. Christoph machte es wirklich spannend. Sie wollte nun endlich wissen, was los war. Christoph ließ sich aber nicht aus der Ruhe bringen und erzählte in seinem typisch belehrenden Tonfall weiter.

»Wie ich schon sagte, mit diesen Hinweisen kann man nicht entscheiden, ob es sich um Roboter handelt oder um Menschen. Aber genau darum mussten wir weiterforschen. Ihr Mädels habt selbstverständlich recht, wir können so etwas natürlich nicht auf sich beruhen lassen. Also haben wir uns gefragt, was macht überhaupt einen Menschen aus. Habt ihr darüber schon einmal nachgedacht? Was ist eigentlich ein Mensch?«

Triumphierend sah Christoph in die Runde. Auch Lars strahlte und rutschte nervös auf seinem Stuhl herum.

»Klar«, antwortete Kim. »Ein Mensch hat zwei Augen, Arme und Beine. Er spricht mit einem. Er hat Gefühle. Er bekommt … Ach ist auch egal.«

Kim blickte etwas verunsichert zu ihren Freunden, die schon wieder begannen, mit den Augen zu rollen. Christoph sah sie besonders böse an. Dann wandte er sich demonstrativ Lucy zu, die aber einfach nur schweigend dasaß und wartete. Was sollte sie auch sagen? Sie hatte bisher noch nicht richtig über dieses Thema nachgedacht. Im ersten Moment hätte sie auch das Gleiche gesagt wie Kim. Ihr war aber klar, dass das außerhalb ihres eigenen Planeten sicher nicht stimmte. Was war, wenn man auf Wesen stieß, die ganz anders aussahen als sie selbst.

»Gut, wie ich sehe, habt ihr darüber noch weniger nachgedacht als ich noch vor ein paar Tagen.« Christoph warf Kim einen arroganten, ja sogar leicht gehässigen Blick zu.

»›Mensch‹ ist im galaktischen Sprachgebrauch ein Ausdruck für Wesen, die auf der gleichen Stufe stehen wie wir. Das habt ihr ja sicher auch schon von den Aranaern mitbekommen. Im Übrigen sind die ein gutes Beispiel dafür, dass jemand auch ganz anders sein kann. Denkt allein an die Gefühle dieser Menschen. Wenn sie überhaupt welche haben, dann haben die jedenfalls wenig mit unseren zu tun.

Es gibt aber noch viel krassere Beispiele. Stellt euch vor, dass Lebewesen existieren, die im Wasser leben, keine technischen Geräte bauen und vielleicht singend und philosophierend durch die Meere schwimmen. Sind das dann Menschen oder Tiere? Auf der Erde gab es so eine Diskussion über Wale und Delfine. Man weiß nicht, ob das wirklich Tiere sind, oder ob man sie nicht auf eine gleiche Stufe mit uns Menschen stellen müsste. Wenn es so wäre, wären sie im imperianischen Sprachgebrauch ›Menschen‹.«

Christoph sah seine drei Freunde wieder an. Kim schien etwas auf der Zunge zu liegen. Sie traute sich aber dann ganz offensichtlich nicht, etwas zu sagen, was bei Christophs Art, mit ihr umzuspringen, auch kein Wunder war.

»Ich hab' mich also gefragt, ob es zu diesen Fragen schon wissenschaftliche Untersuchungen durchgeführt wurden. Und tatsächlich gibt es da einen interessanten Fachbereich ›Extraimperialistische Intelligenz‹. Er ist heute allerdings nur noch ganz klein und spielt im Wissenschaftsbetrieb kaum noch eine Rolle. Die letzten zweihundert Jahre, bevor man auf die Aranaer gestoßen ist, war er ganz groß in Mode.

Damals hat man die Galaxie erforscht und das Imperium ständig erweitert. Als dann der Krieg gegen die Aranaer begann, haben beide Seiten die Forschungsschiffe der jeweils anderen abgeschossen. Dadurch ist die Erforschung des unbekannten Teils der Galaxie völlig zum Stillstand gekommen. Man hat das ganze Unternehmen wegen zu großer Gefahr für die Schiffsbesatzungen eingestellt.

Bevor nun dieser Krieg begann, hat man sich in dem Fachbereich ›Extraimperialistische Intelligenz‹ unter anderem mit der Frage befasst, wie man ein Wesen, als Mensch einordnen kann.

Es gab da eine ganze Reihe verschiedener Ansätze, wenn ich das richtig verstanden habe. Ich fand vor allem einen wirklich interessant. Der ging von etwas aus, dass die Vertreter dieser Richtung ›Selbstwahrnehmung‹ nannten. Habt ihr schon mal überlegt, was in euch vorgeht, wenn ihr denkt?«

Lucy schüttelte den Kopf. Kim meinte offensichtlich, doch noch einmal etwas Schlaues sagen zu müssen.

»Ach das kenn' ich. ›Ich denke, also bin ich‹. Das hat irgend so ein Philosoph mal gesagt«, erwiderte sie möglichst lässig.

Christoph verdrehte die Augen und sah sie danach vernichtend an.

»Klar, das ist so ein Spruch! Das Entscheidende ist aber doch, dass du erkennst, dass du denkst. Du hörst dir sozusagen dabei zu, wie du denkst. Ein Teil deines Gehirns formt die Gedanken und ein anderer Teil nimmt sie wahr. Das nennt man Selbstwahrnehmung. Man geht nun davon aus, dass diese Selbstwahrnehmung eine Besonderheit ist, die Menschen von Tieren unterscheidet. Das Problem bei der Sache ist, jeder für sich kann natürlich erkennen, dass er diese Wahrnehmung von Gedanken, Gefühlen usw. hat, aber wie stellt man von außen fest, ob jemand sich selbst wahrnimmt?«

Kim gab noch immer nicht auf: »Wieso? Man kann doch mit anderen Menschen reden. Dann sieht man doch, ob sie denken.« Und in schnippischen Tonfall fügte sie hinzu: »Fühlen zählt bei dir ja sowieso nicht.«

Christoph überhörte die letzte Bemerkung.

»Jetzt stell dir vor, Lars' Robotermädchen ist doch eine hoch entwickelte Maschine und kein Mensch. Dann ist sie so programmiert, dass sie uns allen vorspielt, sie wäre einer. Sie wird ein paar Dinge sagen, die man womöglich von ihr hören will.

Wir reden hier nicht von irgendwelchen irdischen Sprachpuppen, sondern von Hightech-Maschinen.«

»Aber das ist nicht so!«, empörte sich Lars, der bei dem Thema immer unruhiger wurde. »Ich hab doch von Anfang an gemerkt, dass das ein Mädchen ist. Sie liebt mich. So etwas spürt man doch.«

Kim nickte begeistert, aber Christoph verzog das Gesicht.

»Mensch Lars, das Thema haben wir doch lang und breit durchgekaut. Wenn sie einfach ein hübscher, niedlicher Roboter wäre, dich mit großen Augen ansehen und dir ein paar liebevolle Dinge sagen würde, weil sie als Roboter darauf programmiert ist, dann würdest gerade du mit Sicherheit davon ausgehen, dass sie ein Mädchen ist, das in dich verliebt ist.«

»Das ist aber nicht so!« Lars lehnte sich schmollend in seinem Stuhl zurück. Er sah beleidigt aus.

»Das hab' ich doch auch gar nicht gesagt. Es geht doch nur darum, eine einwandfreie Argumentation zu führen. Etwas, was alle überzeugt, nicht nur jemanden, der so naiv und rührselig ist wie Kim.« Christoph raufte sich genervt die Haare.

Kim stand auf und machte sich auf den Weg hinaus.

»Kim bitte bleib hier!«, rief Lucy ihr hinterher.

Die drehte sich um, sah Christoph hasserfüllt an und fauchte: »Ich bin hier doch offenbar sowieso zu blöd, um diese tollen Abhandlungen zu verstehen. Warum soll ich dann hier noch herumsitzen? Die Entscheidungen treffen dann ja sicher die intelligenteren von uns, die nicht so naiv sind.«

Kim drehte sich wieder um und wollte den Raum verlassen.

»Bitte bleib hier«, bettelte Lucy. »Könnt ihr euren Streit nicht wenigstens noch ein paar Tage verschieben? Nur bis wir mit dieser Aktion durch sind. Komm setz dich wieder hin. Und Christoph, bitte reiß dich zusammen. Wir machen das entweder alle oder keiner.«

Mit einem bitterbösen Blick auf Christoph setzte Kim sich wieder an den Tisch. Der sah sie demonstrativ nicht an. Lucy fühlte sich immer schlechter. Wie sollte das bloß enden. Kim, die nur noch um sich schlug – natürlich nur mit Worten –, die

Jungen, die sich in diese Robotergeschichte verrannten und die eigentliche Aufgabe, von der noch immer nicht klar war, ob sie sie wirklich erfüllen konnten. Daran, dass es auch noch das Problem mit ihren Gefühlen ihren imperianischen Freunden gegenüber gab, mochte sie gar nicht denken.

»Also, um zurück aufs Thema zu kommen: Diese Theorie, von der ich euch eben erzählt habe, geht davon aus, dass sich aus dieser Selbstwahrnehmung vier Prinzipien ergeben, die nur Wesen mit eben dieser Eigenschaft entwickeln. An ihnen kann man grundsätzlich erkennen, ob eine Spezies ein Mensch ist. Die vier Prinzipien sind Entscheidungsfähigkeit, Verantwortungsbewusstsein, Gerechtigkeitsempfinden und ein eigener Wille.«

»Aber hast du nicht vorher erzählt, Entscheidungsfähigkeit und Willen hätten sie durch die Genmanipulation abgestellt? Dann sind das also doch Roboter?«, fragte Lucy und ignorierte Lars' bitterbösen Blick.

»Da triffst du genau den Punkt«, antwortete Christoph und ignorierte Lars ebenfalls. »Das war exakt die Argumentation der Gruppe, die diese Mädchen zu Robotern erklärten. Der Punkt ist nur, dass diese Fähigkeiten überhaupt nicht ausgeschaltet sind. Diese Mädchen können sehr wohl Entscheidungen treffen. Es fällt ihnen einfach nur etwas schwerer. So etwas kennt man doch auch von vielen Menschen. Sie haben auch einen eigenen Willen. Es fällt ihnen nur schwerer, ihn durchzusetzen.«

»Und da bist du dir ganz sicher?«, fragte Lucy skeptisch. Bei dieser Frage ignorierte sie Lars nun völlig. Der war bei dieser Sache sowieso nicht objektiv.

»Am Anfang war ich mir nicht so sicher«, gab Christoph zu. »Aber es existieren eine Reihe von Tests, die von den Vertretern der Selbstwahrnehmungstheorie ausgearbeitet wurden. Lars und ich waren heimlich zweimal in diesem Keller bei den Mädchen unten und haben sie an ihnen durchgeführt. Über die Aussagekraft dieser Tests lässt sich zwar auch streiten, aber sie sind besser als nichts und wir haben nichts anderes.

Richtig schwierig waren übrigens geeignete Versuchspersonen zu finden. Lars hat ja schon erzählt, dass die Mädchen und Frauen da unten ganz unterschiedlich sind. Die Erzählerinnen kann man nach diesen Tests ganz eindeutig als Menschen einordnen. Die Abgänger würde man danach tatsächlich eher als Roboter einstufen. Die trauen sich tatsächlich nicht eine eigene Meinung von sich zu geben und sei es nur zu den einfachsten Dingen. Allerdings glaube ich, dass das bei fast jedem Menschen so wäre, der so aufgewachsen ist und derart misshandelt und gefoltert wurde wie diese Mädchen.

Das wichtigste Kriterium finde ich, sind aber Lars' Erzählungen. Ich meine, dass sich die Mädchen da unten Geschichten erzählen, die sie sich ja irgendwann einmal selbst ausgedacht haben, dass sie diese selbst weiter spinnen, dass sie einander schützen und füreinander eintreten. Diese ganzen Dinge zeigen mir, dass sie wirklich diese Selbstwahrnehmung haben müssen, aus der dann auch die anderen Eigenschaften entspringen.«

»Das finde ich auch«, platzte Kim dazwischen. Lars strahlte sie an. Na wenigstens war zwischen den beiden etwas mehr Harmonie als gewöhnlich, dachte Lucy. Sie selbst sprach das aus, was ihr auf die Seele drückte:

»Gut, ihr seid euch einig, dass es sich bei den Mädchen da unten um Menschen und nicht um Roboter handelt. Und jetzt? Was machen wir jetzt? Ich weiß noch nicht mal, wie wir unsere eigentliche Aufgabe lösen sollen. Wenn ich das richtig sehe, haben wir jetzt eine zweite dazu. Hat einer von euch eine Idee? Gibt es schon einen Plan?«

Lars setzte an, etwas zu sagen, aber Christoph gab ihm ein Zeichen, ihn reden zu lassen.

»Allein können wir das natürlich nicht«, antwortete er. »Das geht nur mit unseren imperianischen Freunden zusammen. Als Erstes müssen wir die überzeugen. Dann können wir alle zusammen überlegen, wie wir die Sache angehen.«

»Wir haben kaum noch Zeit. Die Imperianer sind so gut wie fertig mit ihren Vorbereitungen. Die Invasion wird in ein paar Tagen beginnen«, wandte Lucy ein.

»Wir kommen doch sowieso zu spät«, mischte Kim sich zu Lucys Erstaunen ein. Ihre Stimme klang resigniert. »Selbst wenn wir den Schlüssel klauen und noch rechtzeitig vor Beginn der Invasion auf das aranaische Schiff zurückkommen, muss doch der Schlüssel erst analysiert werden. Dann müssen die erst eine Möglichkeit finden, wirklich durch den Schirm zu gelangen. Ich hab' mich schon damit abgefunden, dass wir den Planeten nur noch mithilfe unserer aranaischen Freunde zurückerobern können. Ich meine, wir sollten keine Zeit verlieren. Ich will so schnell wie möglich wieder auf die Erde. Aber auf einen Tag mehr oder weniger kommt es nun wirklich nicht mehr an, wenn wir damit diese armen Mädchen befreien können.«

»Da muss ich Kim ausnahmsweise einmal recht geben«, sagte Christoph zerknirscht. Er schien sich wirklich ziemlich auf seine Freundin – oder war es schon seine Exfreundin – eingeschossen zu haben.

»Ich steh' wohl allein da«, stellte Lucy müde fest. »Ich meine, ihr habt recht, das Ganze ist eine riesengroße Sauerei, aber sollten wir nicht unseren imperianischen Freunden die Befreiung überlassen. Es gibt hier doch bestimmt noch mehr Rebellen als die, die wir kennen. Die könnten doch selbst eine Aktion starten. Am besten wäre, wenn wir dann schon weg sind – mit dem Schlüssel versteht sich.«

»Dann müsst ihr die Sache ohne mich machen. Ohne Trixi flieg' ich hier nicht weg!« Lars konnte sich jetzt ganz offensichtlich nicht mehr zurückhalten.

Er sah Lucy entschlossen, fast schon aggressiv in die Augen. Sie blickte einen Moment nachdenklich zurück. Er sah sie, ohne mit der Wimper zu zucken, an. Ihr wurde klar, dass es genau zwei Möglichkeiten gab. Entweder sie führten die Sache mit ihm aus, dann mussten sie auch seine Freundin befreien, oder sie mussten die Mission ohne Lars durchführen. Das Letztere ging natürlich nicht. Sie würde keinen ihrer Freunde hier auf diesem Planeten zurücklassen.

»Also gut, dann trommeln wir mal die anderen zusammen«, stöhnte Lucy, stand auf und wandte sich zur Tür.

»Warte! Lass uns lieber langsam vorgehen«, meinte Lars jetzt nicht mehr ganz so selbstsicher. »Lasst uns die Sache erst einmal Kara erzählen.«

»Kara? Warum denn gerade der?«, fragte Lucy vollkommen erstaunt. »Meint ihr nicht, wir sollten als Erste Riah und Borek einweihen?«

»Also ich glaube ...« Lars wand sich auf seinem Stuhl. »Ich meine wir hatten mal so eine ganz kleine, ganz kurze Liaison. Ich denke, sie ist die, die mir am ehesten die Sache glaubt. Wenn nicht, können wir doch immer noch mit Riah reden.«

»Wie du meinst.« Lucy war alles andere als begeistert. Auf Kara wäre sie von allen als Letzte gekommen. Hoffentlich würde die nicht die ganze Zeit herumalbern.

Planänderung

Es kam dann aber ganz anders. Kara kam zwar mit der üblichen Frotzelei ins Zimmer: »Oha, große Terraner-Versammlung oder was? Und was soll ich hier? Hab ich irgendwas falsch gemacht? Ist das jetzt ein Verhör oder so?«

Als Christoph und Lars aber die ganze Geschichte noch einmal erzählten, saß sie ganz ruhig auf ihrem Stuhl und hörte sich alles an. Lucy hatte sie noch nie so konzentriert und ernst gesehen.

»Und was meinst du? Was sollen wir jetzt machen?«, fragte Lars sie zum Schluss.

»Das ist echt sehr ernst«, sagte Kara nachdenklich. »Wisst ihr, ich kann das nicht so richtig beurteilen. Ich kenne mich mit diesen Dingen nicht aus. Aber wenn das wirklich wahr ist, dann ist das wirklich der größte Hammer der letzten Jahrzehnte, vielleicht sogar der letzten Jahrhunderte. Das ist wirklich ernst. Bevor wir das an alle weitergeben, sollten wir erst einmal mit Luwa reden.«

Lucy sah sie erstaunt an. Gut, dass Luwa Karas beste Freundin war, wusste sie ja, aber ob sie wirklich die Richtige war, diese Dinge zu bereden, bezweifelte sie schon.

»Sagt mal, sollten wir das Ganze nicht lieber mit Riah und Borek oder gleich mit allen besprechen«, schlug Lucy vor.

»Ich glaube, es ist besser, wir überzeugen erst einmal einen Teil der Gruppe«, antwortete Kara. So ernst hatte Lucy sie noch nie gesehen. »Wenn die Geschichte stimmt, müssen wir handeln und dürfen uns auf keinen Fall aus Zeitgründen davon abbringen lassen. Gerade Riah und Borek sind so in die Planung vertieft, dass ich Angst habe, sie könnten die Sache runterspielen, nur weil es nicht in den Plan passt.«

Lucy war nicht überzeugt, aber die anderen waren Karas Meinung. Also erzählte Christoph seine Geschichte ein weiteres Mal, als auch Luwa dabei war. Luwa wurde während der Erzählung immer unruhiger. Irgendwann stand sie auf und lief gedankenverloren immer an einer Wand entlang hin und her. Sie erinnerte Lucy an einen Tiger in einem Käfig. Wobei Tiger nicht passte. Luwa war eher eine Gepardin, die ungeduldig in ihrem Käfig herumlief.

Dabei war von dem niedlichen, manchmal sogar etwas naiv wirkenden Schulmädchengesicht nichts übrig geblieben. Ihre Augen hatten etwas Fieberhaftes. Etwas, das gefährlich aussah. Ihre ganze Körperhaltung war angespannt, wie zum Sprung bereit. Lucy witterte Gefahr. Auf eine für sie nicht nachvollziehbare Weise schien eine ungeheure Bedrohung von diesem Mädchen auszugehen.

Lucy sah zu Kara. Kara beobachtete Luwa mit besorgtem Gesicht. Auch sie schien die Gefahr zu spüren, sie sah angespannt aus. Jetzt wirkte auch Kara, als sei sie zum Sprung bereit. Was ging hier vor? Christoph hatte mittlerweile seine Geschichte beendet.

»Luwa, nun setz dich doch. Alles ist gut!« Kara versuchte, möglichst ruhig zu sprechen.

»Nichts ist gut!«, fauchte Luwa zurück. »Während wir hier reden, werden diese armen, unschuldigen Mädchen gefoltert. Es ist mir völlig egal, was du machst. Notfalls befreie ich sie alleine.«

Luwa war außer sich. Jetzt hatte auch der Letzte von Lucys Freunden begriffen, dass Luwa in höchstem Maße erregt war. Alle sahen sie besorgt an.

»Luwa, ich hab doch gar nicht gesagt, dass ich nicht mitmache und unsere terranischen Freunde hier sind auch wild entschlossen«, versuchte Kara sie weiter zu beruhigen.

Luwa blickte in die Runde. Sie sah wirklich gefährlich aus, wie eine Raubkatze kurz vor dem Angriff. Abrupt setzte sie sich wieder an den Tisch und nahm ihr Gesicht in die Hände. Lucy dachte für einen Moment, sie würde in Tränen ausbrechen. Stattdessen fuhr sie sich durch die kurzen blonden Haare und sagte:

»Wir müssen Belian einweihen!«

»Belian?«, riefen die vier terranischen Freunde aus. Lucy wunderte nur, dass selbst Kim diesmal genau wie die anderen drei reagierte. So einig waren sie sich schon lange nicht mehr gewesen.

»Natürlich Belian!«, antwortete Luwa unwirsch. »Ich hab schon mal gesagt, ihr schätzt ihn völlig falsch ein. Auf ihn könnt ihr euch hundertprozentig verlassen. Wenn die anderen nicht mitziehen, sind wir dann immerhin zu siebt.«

»Also ich weiß nicht?«, erwiderte Lars zweifelnd. Aber die beiden imperianischen Mädchen ließen die Zweifel der vier Freunde nicht gelten. Also wurde Belian geholt und Christoph musste die Geschichte noch einmal erzählen. Lucy hätte erwartet, dass er mittlerweile müde würde, aber ganz offensichtlich genoss er seinen Vortrag und schmückte ihn von Mal zu Mal weiter aus.

Belian saß die ganze Geschichte lang schweigend auf seinem Stuhl. Nur an seinen Augen konnte man erkennen, dass ihn jeder Satz stärker aufwühlte. Luwa war wieder aufgestanden und tigerte im Raum umher, als Christoph seine Geschichte beendete. Belian blieb einen Moment stumm sitzen und starrte ihn verbittert an. Dann brach es aus ihm heraus.

»Verdammte Terraner! Kommen hier her, haben von nichts 'ne Ahnung und kommen dann mit solchen Sachen!« Wütend schlug er auf den Tisch. »Das kann doch nicht wahr sein. Das glaube ich nicht!«

Er schlug noch einmal mit der Faust auf den Tisch.

»Wenn das wahr ist, wird in der modernsten, humansten Gesellschaft, die es im bekannten Teil der Galaxis gibt, versklavt, gefoltert und gemordet! Das kann nicht wahr sein. Das muss ich überprüfen! Wieso kommen nur diese verdammten Terraner auf die Idee, da nachzuforschen?« Er raufte sich die Haare. »Verdammt Luwa, nun setzt dich hin, du machst mich ganz krank mit dieser Rumlauferei. Das kann einfach nicht wahr sein. Ich überprüfe das jetzt sofort! Das glaube ich so nicht! Wo hast du die Unterlagen Christoph?«

Er sprang auf, ließ sich von Christoph noch die Unterlagen geben und stürmte hinaus.

»Hab ich doch gleich gesagt, dass der uns nicht hilft«, maulte Kim.

Kara grinste: »Und ich sage doch, dass ihr ihn nicht kennt. Der ist dabei, da könnt ihr Gift drauf nehmen!«

»Den Eindruck hat er eben aber nicht gemacht«, schloss sich auch Lars Kims Meinung an.

»Was würdest du denn sagen, wenn gerade dein Weltbild zusammenbrechen würde? Belian ist derjenige von uns, dem die imperianische Gesellschaft am meisten am Herzen liegt. Nichts ist ihm so wichtig, wie sie voranzubringen. Das, was ihr herausgefunden habt, ist schlimmer als alles, was wir uns in dieser Gesellschaft vorstellen können. Er wird nicht mehr aufzuhalten sein, die Mädchen zu befreien.« Kara lächelte Luwa an.

Endlich trat auch in Luwas Gesicht wieder dieses für sie typische, schelmische Grinsen. »Wie Kara schon sagte, ihr habt jetzt schon drei von uns auf eurer Seite. Lasst uns noch ein paar Minuten warten und einen Saft trinken. Gleich ist Belian zurück und dann weihen wir den Rest der Bande ein.«

Es dauerte tatsächlich nicht lange und mit mürrischem Blick kam Belian wieder herein. Er sagte kein Wort, sondern sah Christoph nur böse an. Dabei konnte der nun wirklich am allerwenigsten für diese Schweinerei. Er hatte sie schließlich aufgeklärt.

Luwa holte die anderen. Nicht nur Borek, Riah und Tomid kamen herein und setzten sich an den Tisch, auch die beiden Kinder waren dabei. Daro kletterte sofort auf Karas Schoß. Nuri setzte sich direkt neben Borek. Sie hakte sich an seinem Arm ein und sah Lucy aus großen neugierigen Augen an. Auch die anderen blickten erwartungsvoll, in erster Linie auf sie, aber auch auf die anderen drei Terraner.

»Luwa sagt, ihr habt uns etwas Wichtiges zu erzählen«, sprach Riah dann auch Lucy an, nachdem sich alle gesetzt hatten.

»Ja, richtig! Aber ich glaube, am besten erklärt Christoph die ganze Sache«, gab Lucy das Wort an ihren Freund weiter.

Also schilderte der noch einmal die gesamte Geschichte. Langsam schien er die einzelnen Sätze schon auswendig zu können. Zwischendurch warf Lucy Lars warnende Blicke zu. Bis jetzt hatte er sich den Imperianern gegenüber zurückgehalten.

Von seinen Gefühlen für dieses Robotermädchen hatte er nichts erzählt. Auch wenn sie ihre imperianischen Freunde überzeugen konnten, dass es sich bei diesen Mädchen um Menschen handelte, hielt Lucy es für besser, zumindest vorerst nichts von Lars' Liaison zu berichten. Sie hatte Angst, dass die anderen ihn trotzdem nicht verstehen würden.

Als Christoph geendet hatte, sagte Riah: »Das ist wirklich ernst. Wir brauchen dringend einen Experten, der deine Recherchen bestätigt Christoph. Das Problem ist, dass wir keine Zeit haben. Die Vorbereitungen für unsere Aktion laufen. Danach wird keiner von uns hier bleiben und etwas für diese Robotermädchen tun können.«

»Aber das sind keine Roboter. Das sind Menschen. Das sind richtige Mädchen«, rief Lars dazwischen.

Lucy sah ihn verzweifelt an und versuchte ihn durch ihre Mimik zum Schweigen zu bringen. Bevor sie aber noch etwas tun oder sagen konnte, war Luwa aufgesprungen. Während Christophs Erzählung hatte Kara ihre Hand gehalten und sie damit beruhigt. Nun hatte sie diese weggezogen und rannte wieder wie ein Tiger im Käfig von einer Seite zur anderen.

Erneut spürte Lucy dieses undefinierbare Gefühl von Gefahr. Die kleine Nuri saß mit großen, weit aufgerissenen Augen auf ihrem Stuhl und starrte ängstlich zu Luwa hinüber. Der kleine Daro hatte sich an Karas Arm festgeklammert und sah aus, als würde er gleich anfangen zu weinen. Auch die anderen am Tisch wirkten besorgt.

»Kara, Belian und ich werden zusammen mit Lucy, Kim, Christoph und Lars auf jeden Fall die Mädchen befreien. Wenn ihr nicht mitmacht, ist uns das auch egal. Diese Dreckskerle machen wir fertig«, fauchte sie Riah an.

»Ich habe nicht gesagt, dass ich nicht mitmache und du setzt dich jetzt hin, sofort bitte!« Lucy hatte Riah schon ein paar Mal streng, ja fast autoritär erlebt. Jetzt klang sie richtig gefährlich.

Die beiden Mädchen sahen sich einen Moment wütend in die Augen. Lucy befürchtete, dass Luwa gleich auf Riah losgehen würde. Jetzt hatte sie wirklich Angst. Lucy wusste aus Kampfsportübungen, die sie zusammen mit ihren neuen imperianischen Freunden aus Zeitvertreib in den vergangenen Tagen durchgeführt hatte, dass Luwa die weitaus beste Kämpferin von allen in diesem Raum war. Niemand von den Freunden hatte sie während der Übungen besiegen können. Riah würde gegen sie keine Chance haben. Riah schien das aber nicht zu beunruhigen. Sie starrte Luwa weiter direkt in die Augen.

Ein paar Sekunden war es in dem Raum so still, dass man eine Stecknadel hätte fallen hören können. Dann senkte Luwa die Augen und setzte sich wieder hin.

»Entschuldige«, stammelte sie. »Ich hatte …«

»Schon gut«, unterbrach Riah sie wieder in neutralem Tonfall. »Luwa hat da etwas falsch verstanden. Ich habe nicht gemeint, dass wir diese Mädchen nicht befreien sollen, sondern, dass wir das noch vor unserer eigentlichen Aktion machen müssen.«

»Aber wie soll das gehen?«, mischte sich Tomid ein. »Es nützt doch nichts, sie aus dem Keller zu holen. Wenn sie hier draußen herumlaufen und die Bevölkerung sie für ausgeflippte Roboter hält, wird man sie einfach abschalten. Äh, umbringen, meine ich.«

»Dann müssen wir sie eben mitnehmen«, warf Kara ein.

»Das geht nicht«, meldete sich Borek zu Wort. »Erstens sind das keine Kämpferinnen. So leid es mir tut, aber nach allem, was Christoph erzählt hat, werden wir aus ihnen wohl auch keine machen können. Als Rebellen sind die Mädchen nicht zu gebrauchen. Zweitens haben wir auf unseren Schiffen keinen Platz für so viele Menschen. Wie viele sind das eigentlich?«

»632 in drei Kellern über die ganze Stadt verteilt«, antwortet Christoph tonlos. »Wahrscheinlich sind es ein paar mehr, die nicht gemeldet sind.«

»Wenn nicht ein paar von ihnen in der Zwischenzeit umgebracht worden sind«, ergänzte Lars mit trauriger Stimme. »Ihr hättet diese Wärter sehen sollen! Mir sind noch nie so fiese, sadistische Typen über den Weg gelaufen.«

»Wieso gibt es eigentlich solche Kerle bei euch? Ist da was bei eurer tollen Gen-Optimierung schiefgelaufen?«, musste Kim ausgerechnet an dieser Stelle nachfragen. Ihre Stimme troff vor Hohn.

Christoph rollte wieder mit den Augen, bevor er aber etwas antworten konnte, das sicher vernichtend geklungen hätte, schaltete sich Riah ein. Ruhig und sachlich erklärte sie lächelnd:

»Mit den Genen hat das nichts zu tun. Auch bei uns ist es leider so, dass unsere Gene nur die Anlagen eines jeden Menschen ausmachen. Bei uns ist es tatsächlich so, dass die Gene aller Menschen, die auf den vollwertigen Planeten des Imperiums leben, optimiert sind. Damit sind auch all unsere Veranlagungen optimal. Leider heißt das nicht, dass jede Person diese Anlagen auch positiv nutzt. Was aus einem Menschen wird, hängt natürlich auch damit zusammen, in welcher Umgebung er aufwächst, wie er mit den am engsten verbundenen Leuten zurechtkommt und so weiter.«

»Ich dachte, auch das wäre alles total optimal bei euch«, spottete Kim. Man sah ihr förmlich an, dass sie es genoss, endlich etwas zu haben, dass sie diesen in ihren Augen so arroganten Imperianern unter die Nase reiben konnte. Es war dann natürlich auch Belian, der darauf ansprach. Erstaunlicherweise schien aber auch er sich zusammenzureißen. Er antwortete für seine Verhältnisse recht ruhig und zählte dabei an den Fingern ab:

»Erstens kann auch die am besten funktionierende Gesellschaft nicht verhindern, dass einzelne Mitglieder aufgrund einer extremen persönlichen Entwicklung aus der Bahn geraten. Zweitens kommt das auf den vollwertigen Planeten des Imperiums viel seltener vor als in der Provinz und drittens scheint sich der gesamte Abschaum unserer Gesellschaft dort unten in den Kellern versammelt zu haben. Wahrscheinlich haben diese Widerlinge sich extra genau diesen Job ausgesucht. Viertens gibt es auch noch so etwas wie Eigenverantwortung. Auch wenn jemand mal irgendwelche negativen Gefühle oder Fantasien hat, darf er sie nicht ausleben und andere Menschen damit schädigen.«

Er sah Kim tief in die Augen. »Das ist doch auch bei euch so, oder?«, fragte er.

Bevor Kim etwas erwidern konnte, hob Borek beide Arme.

»Können wir mal wieder zum eigentlichen Problem kommen«, rief er in die Runde. »Über dieses interessante Thema könnt ihr ja nachher noch weiter philosophieren. Wir waren stehen geblieben bei dem Problem, dass es viel zu viele Mädchen sind, um sie mitzunehmen. Da müssen wir uns etwas anderes einfallen lassen.«

»Genau!«, übernahm Riah wieder das Wort. »Das ist das, worauf ich vorhin hinauswollte. Wir können vielleicht diese Menschen befreien, aber wir müssen irgendjemand oder besser eine Organisation finden, der wir sie übergeben können.«

Luwa hatte nach ihrem kurzen Ausraster am Tisch gesessen und ausgesehen, als würde sie sich vor den anderen schämen. Nun sah sie wieder auf und ihre Augen sprühten vor Begeisterung:

»Es gibt doch Tierschutzorganisationen. Die würden, wenn es in diesem Fall um Tiere ginge, eine richtige Aktion organisieren. Die würden demonstrieren, sich vor die Tiere stellen, Fernsehinterviews arrangieren und so weiter. Wir müssen eine Roboterbefreiungsbewegung organisieren.«

Das klang ja schon fast wie auf der Erde oder Terra, wie man hier sagen würde, dachte Lucy. Sie hatte auf Imperia zwar außer Vögeln bisher keine wilden Tiere gesehen, aber das war ja auch verständlich, sie waren hier schließlich in einer Großstadt. Irgendjemand von ihren imperianischen Freunden hatte erzählt, dass es auf dem Planeten Gebiete gab, die man der Wildnis überlassen hatte und in denen auch sicher Tiere lebten. Dass alles so ähnlich klang wie auf der Erde, hing sicher mit der automatischen Übersetzungsroutine zusammen. Die benutzte natürlich irdische Worte, wenn es in der irdischen Sprache etwas gab, das wenigstens eine ähnliche Bedeutung hatte.

»Wir selbst können das sicher in den paar Tagen, die wir noch haben nicht organisieren«, überlegte Belian in der Zwischenzeit laut. »Aber gibt es da nicht so etwas wie einen Roboterschutzbund?«

»So was gibt es zwar, aber erstens sind das ziemlich abgedrehte Typen und zweitens dürfte der ja wohl kaum zuständig sein. Ich denke, das sind Menschen?«, warf Tomid ein.

»Richtig«, überlegte Riah. »Wir müssen die Menschenrechtsorganisation einschalten. Normalerweise kümmern die sich zwar mehr um die Menschen in den neu hinzugekommenen Provinzen. Da gibt es ja immer Probleme, entweder zwischen den verschiedenen einheimischen Völkern untereinander oder zwischen der imperianischen Besatzungsmacht und den Einheimischen. Wenn die aber von dieser Sache mit den Menschen erfahren, die man zu Robotern gemacht hat, werden sie Sturm laufen.«

»Und wie kommen wir an die heran?«, fragte Belian.

»Wenn ich diesen verträumten Blick von Riah sehe, weiß ich schon, was jetzt folgt«, neckte Borek. »Sie denkt jetzt an ihren alten Lehrer, in den war sie schon als Kind verschossen.«

»Der ist wirklich nett, und wenn er dreißig Jahre jünger wäre, wäre er sicher auch ein richtig guter Freund von mir. So ist er einfach ein lieber, alter Mann«, gab Riah in beleidigtem Ton zurück. »Aber Borek hat recht. Er ist der ideale Ansprechpartner für diese Angelegenheit. Wenn er davon erfährt, wird er die ganze imperianische Menschenrechtsorganisation für die Sache in Bewegung setzen.«

Alle nickten begeistert. Das war ein wirklich guter Plan. Nur so konnte man die Mädchen schützen.

»Und wie machen wir das mit dem Rest?«, fragte Kim schüchtern.

»Was für einen Rest?«, fragte Christoph etwas zu genervt für Lucys Geschmack nach.

»Es gab da noch eine Aktion, schon vergessen?«, entgegnete Kim schnippisch.

»Das ist eine gute Frage, die sich aber leicht beantworten lässt«, antwortete Riah gut gelaunt. »Wenn die Wirren hier in Imperia Stadt am größten sind und die Wellen der Empörung am höchsten schlagen, wenn die gesamte Medienwelt nur noch mit diesem einen Thema beschäftigt ist, kurz, ein paar Tage, nachdem wir die Mädchen befreit haben und Fernsehen, Presse und alle anderen Medien informiert sind, dann schlagen wir zu.«

***

Riah setzte sich gleich im Anschluss an ihre Sitzung mit ihrem alten Lehrer in Verbindung. Die ganze Gruppe war mit den Planungen diverser Einzelheiten des Gesamtplans beschäftigt. Der Einzige, der fehlte, war Christoph. Er war mit den letzten Arbeiten am Code beschäftigt.

Riahs ehemaliger Lehrer stieß kurze Zeit später zu ihnen. Es war wirklich ein netter, älterer Herr. Riah und er umarmten sich innig, so wie es unter guten Freunden bei Imperianern üblich war. Diesmal übernahm es Riah, die ganze Geschichte zu erzählen. Sie fasste sie ein wenig zusammen, aber das Wichtigste berichtete sie.

»So, so, da hat euer Freund also diese alten Überlegungen heraus gekramt.« Der alte Herr lächelte verschmitzt. »Sie beruhen übrigens auf alten Weisheiten von Kargit.«

Er sah Lucy und die anderen beiden Terraner an: »So etwas habt ihr sicher auf eurem Planeten auch. In fast allen Kulturen gibt es irgendwann Propheten oder Gurus oder wie immer ihr das nennt. Sie beschäftigen sich mit dem Menschsein und mit der grundsätzlichen Frage, wo alles herkommt und wo alles irgendwann einmal wieder hingeht.«

Gedankenverloren schmunzelte er und redete dann weiter.

»Die Weisheiten von Kargit beschäftigen sich mit der Frage, was der Kern eines Menschen ist. Ob Kargit eine Person war oder ein Ort, an dem es so etwas wie ein Kloster stand, ist heute nicht mehr bekannt. Heute existieren nur noch einige Schriften und auch heute beziehen sich noch Menschen auf diese Lehren.

In einigen Religionen, die es ja auf allen Planeten auch heute noch gibt, wird dieser Kern meistens ›Seele‹ genannt. Andere bezeichnen es als Selbstbewusstsein, also das Bewusstsein über das Selbst. In den Dokumenten, die euer Freund gelesen hat, wird es die Selbstwahrnehmung genannt. Ich nehme an, man wollte der Sache einen wissenschaftlicher klingenden Namen geben.

Letztendlich läuft alles darauf hinaus, dass es etwas gibt, was unabhängig von der Materie existiert und in der Lage ist, Erkenntnis zu gewinnen und zu steuern. Interessant ist die Frage, woher es kommt und wohin es hinterhergeht. Alleine darüber kann man ewig philosophieren. Aber das führt uns weg vom eigentlichen Thema.

Ihr macht also jetzt das Menschsein daran fest. Das ist wirklich außerordentlich, dass ich das noch erlebe. Als ich jung war – ungefähr so alt wie du Riah – hab ich mit meinen besten Freunden über dieses Thema debattiert. Wie ihr wisst, ist schon seit Jahrhunderten die weitere Erforschung der Galaxie außerhalb des Imperiums eingestellt worden. Darum spielen heute diese Fragen keine Rolle mehr. Man hat heute eine sehr schlichte Vorstellung davon, was ein Mensch ist. Es wird einfach an der Technik festgemacht und ein wenig daran, wie gefährlich eine Spezies für uns werden kann. Daher sind selbst die Aranaer für uns Menschen. Sie können uns immerhin umbringen.

Gut! Lassen wir das!

Zurück zu diesen Robotern oder besser zu diesen armen Mädchen. Das, was euer Freund ausgegraben hat, sind Überlegungen, die auf alten Überlieferungen beruhen. Kennt ihr die Grundlagen alter Philosophien? Sie müssen irgendwo am Ende der Steinzeit oder am Anfang der Metallzeit entstanden sein. Ich glaube, das gibt es auch auf fast allen Planeten, auf denen Menschen leben. Man hat die Welt in vier Elemente aufgeteilt: Feuer, Wasser, Erde und Luft. Das war ein Schema, das man auf alle Ebenen menschlicher Erkenntnis übertragen hat. Man kann das zum Beispiel auf die menschliche Psyche anwenden.

Fangen wir mit dem einfachsten Beispiel dem Element Luft an. Es wird in der menschlichen Psyche auf die Welt der Gedanken abgebildet. Die Fähigkeit logisch zu denken, ist schon eine ganz komplizierte Eigenschaft, die Menschen und wahrscheinlich auch anderen hoch entwickelten Tieren zu eigen ist. Eigentlich sind logische Zusammenhänge immer sehr einfach verknüpft und das Ergebnis ergibt sich zwangsläufig. Wenn irgendetwas z. B. wahr ist und etwas anderes ist auch wahr, dann ist das Ergebnis zwangsläufig auch wahr. Das läuft so in Maschinen ab, in Tieren und Menschen und eigentlich kann man daran gar nichts ändern.

Gerade bei Gedanken kennen wir als Menschen aber das Phänomen, dass wir sie relativ gut steuern können. Wir können uns weigern über etwas nachzudenken, können neue Randbedingungen einführen und so zu anderen Ergebnissen kommen. Dabei beobachten wir unsere Gedanken. Wir hören ihnen sozusagen zu. Und dieser Teil, der zuhört, kann sie auch beeinflussen. Die Idee ist nun, dass genau aus dieser Eigenschaft der Wille hervorgeht. Ein Mensch kann frei seinen Willen lenken und damit auch Dinge tun, die ihn aus den engen Vorgaben einfacherer Lebewesen ausbrechen lassen.

Etwas komplizierter ist es schon bei dem Element Erde. Hier geht man davon aus, dass es auf den materiellen Teil, den körperlichen Teil des Menschen abgebildet wird. Die eigentliche Funktion ist dabei, den Körper zu erhalten. Jedes Lebewesen sorgt zum Beispiel dafür, dass es ihm so gut wie nur irgend möglich geht. Auch das funktioniert bei Tieren automatisch.

Bei Menschen ist das im Prinzip auch so, aber Menschen beobachten auch diesen Mechanismus und erkennen ihn als Bedürfnisse. Sie können sich im Gegensatz zu Tieren und natürlich auch Robotern über diese Bedürfnisse hinwegsetzen. Ein herausragendes Beispiel hierfür ist das Gerechtigkeitsempfinden. Gemeint ist nicht, dass man sich selbst ungerecht behandelt fühlt, weil man etwas nicht bekommen hat. Das würden Tiere im Zweifelsfall auch tun. Gemeint ist, dass man Gerechtigkeit für andere fordert und lebt, auch wenn es einen Verzicht für sich selbst bedeutet.

Noch komplizierter wird es mit dem Element Wasser. Das wird psychologisch als Gefühl interpretiert. In den Hirnen von jedem etwas höher entwickelten Lebewesen gibt es fest verdrahtete Funktionen zur Selbsterhaltung oder zur Arterhaltung. Nehmen wir mal als Beispiel die Arterhaltung. Die ist für euch Jugendliche ja besonders wichtig. Wenn auf Tiere bestimmte Reize des anderen Geschlechts wirken, wird automatisch der Geschlechtstrieb ausgelöst. Die Tiere können dann nicht zurück. Ein Automatismus läuft ab.

Bei Menschen ist das glücklicherweise kein Automatismus. Sie beobachten wieder das Programm, das plötzlich ausgelöst wird. Wir nennen das dann Gefühle. Sie können extrem stark sein. Aber trotzdem kann jeder Mensch frei entscheiden, ob er ihnen nachgibt oder nicht. Ein Mensch kann letztendlich das Gegenteil von dem tun, was er fühlt. Wichtig dabei ist, dass er die Verantwortung für das übernimmt, was er macht. Das heißt, hier auch die Auswirkungen seines Handelns auf andere berücksichtigt. Im Zweifelsfall heißt Verantwortung übernehmen auch, gegen das zu handeln, was unsere Gefühle uns vorgaukeln.

Das Komplizierteste ist das Element Feuer. Es wird psychologisch als Lebensenergie gedeutet. Wenn man sich nun einen menschlichen Körper ansieht, dann findet sich diese Lebensenergie in den einfachsten menschlichen Funktionen wieder. Das sind die Funktionen, die selbstständig und automatisch ablaufen. Sie halten uns am Leben, sie stellen die unterste Ebene aller komplizierten Funktionen dar. Nun gibt es Situationen, in denen es verschiedene Möglichkeiten für das Ausführen dieser untersten Funktionen gibt. Natürlich ist hierfür auch ein Automatismus vorprogrammiert, nach dem sich in diesen Fällen Tiere oder auch Roboter verhalten.

Das Interessante bei Menschen ist wiederum, dass wir auch diese Funktionen beobachten und beeinflussen können. Hier ist das aber schon viel, viel schwerer als zum Beispiel bei den Gedanken. Recht häufig kommt es aber tatsächlich vor, dass wir vor eine Entscheidung gestellt werden, die uns letztendlich auf diese untersten einfachsten Funktionen zurückführt. Hier können wir dann wieder unser Menschsein beweisen.

Gemeint sind nicht die Entscheidungen, die klar auf der Hand liegen oder sich unmittelbar aus der Logik ergeben. Wenn ich zum Beispiel einen möglichst schnellen Laufroboter mieten möchte, und mich zwischen einem langsamen und einem schnellen entscheiden kann, nehme ich natürlich den schnellen, das ist logisch. Es gibt aber Entscheidungen, die man aus dem Bauch heraus treffen muss, wie man so schön sagt. Es sind also die Entscheidungen gemeint, für die man keine echte logische Grundlage hat.«

Der alte Mann lächelte und lehnte sich in dem Sessel, in den er sich gesetzt hatte, zurück. Der Sessel war natürlich auch ein Roboter, der sich sofort angeboten hatte, als der alte Herr die Wohnung betreten hatte.

»Jetzt bin ich richtig ins Erzählen gekommen, aber ich habe so lange nicht mehr über diese Dinge geredet. Hoffentlich habe ich euch nicht zu sehr gelangweilt«, sagte er und sah die Jugendlichen an.

»Nein gar nicht«, entgegnete Riah schnell. »Ich habe das bisher noch nie gehört. Das ist spannend.«

»Ja, das ist es und es gäbe darüber noch viel mehr zu sagen, aber wenn ich euch richtig verstanden habe, wollt ihr etwas ganz anderes von mir. Diese Tests, die ihr da gemacht habt, sind zwar auch nicht optimal, aber sie reichen erst mal völlig aus. Wir werden sie öffentlich wiederholen müssen. Lars, du musst deine Mädchen darauf vorbereiten. Such diejenigen aus, die sie noch nicht völlig kaputtgemacht haben, die einigermaßen starke Nerven haben und den Test auch vor Publikum durchstehen können.

Ich werde die Menschenrechtsbewegung aktivieren. Eigentlich müssten wir die Mädchen sofort befreien, aber das wird nicht gehen. Sie da einfach rauszuholen, macht alles nur noch schlimmer. Wenn die Mädchen ausbrechen, wird die Polizei versuchen, sie wieder einzufangen. Für die sind sie Roboter. Die werden keine Hemmungen haben sie zu erschießen, bevor wir überhaupt erklärt haben, worum es eigentlich geht.

Es muss gut vorbereitet sein. Es müssen sich genügend Leute vor die Mädchen stellen und sie schützen. Wir brauchen mindestens doppelt so viele Menschenrechtsaktivisten, wie dort unten Robotermädchen sind. Und dann brauchen wir sofort einen Medienauftritt. Es muss in allen Medien über die Sache berichtet werden, noch bevor die Polizei zuschlagen kann.«

Jetzt raufte sich der alte Herr die grauen Haare.

»Das ist alles ganz schön knapp. Ich bräuchte eigentlich eine Woche, aber drei Tage müssen einfach reichen.« Er sah besorgt in die Runde. »Wir benötigen einen guten Anwalt. Die Sache ist wirklich heikel. Nach der Aktion müssen die Mädchen weiterhin geschützt werden. Das geht nur, wenn ein guter Anwalt die Sache in die Hand nimmt.«

Lucy schwirrte der Kopf. Menschenrechtsaktivisten, Medien, Polizei, Anwalt. Es hörte sich wieder alles fast so an, als würde es auf der Terra, also der Erde, passieren. Natürlich waren das alles wieder nur übersetzte Begriffe und sie bedeuteten sicher auch nicht exakt das Gleiche wie auf der Erde. Lucy hatte tausend Fragen, aber sie konnte sie ja schlecht in dieser Situation stellen und es gab sicher auch dringendere Probleme, als genau im Einzelnen zu wissen, was hinter jedem dieser Bezeichnung tatsächlich steckte.

»Seid ihr einverstanden, wenn ich meinen alten Freund Dorak damit beauftrage? Der hat sich zwar fast schon zur Ruhe gesetzt, aber diese Aktion wird ihm noch mal neuen Schwung geben. Das wird die größte Sache seines Lebens und er war wirklich mal der Beste seines Faches«, hatte der alte Mann in der Zwischenzeit gesagt.

Riah nickte strahlend.

»Wahrscheinlich müssen wir den Planeten nach der Aktion für eine ganze Zeit verlassen«, sagte sie. »Wir brauchen dann jemanden, der wirklich verlässlich die Sache weiterverfolgt.«

Der alte Mann grinste sie verschmitzt an.

»So, so, ihr werdet den Planeten danach verlassen müssen. Wir waren ja damals in unserer Jugend auch ein ganz schön aufsässiger Haufen. Leider haben wir nie wirklich etwas unternommen. Wie ich gehört habe, soll das ja heute anders sein. Es soll ja heute Jugendliche geben, die richtig rebellieren und diesen ganzen unsinnigen Krieg stoppen wollen. Denen kann ich nur gratulieren.«

Die Jugendlichen sahen sich irritiert an. Was wusste dieser alte Lehrer? Riah sah ziemlich besorgt aus. Sie schien verzweifelt zu überlegen, was sie sagen sollte. Da redete er schon weiter.

»Ich will ja gar nicht wissen, was bei euch sonst noch vorgeht. Aber daraus, dass hier vier – wie heißt noch der Planet, von dem im Moment immer die Rede ist – ach ja Terra – also, dass hier vier Terraner anwesend sind, nehme ich an, dass hier noch etwas Anderes im Gange ist. Das bringt mich auf die Frage: Was macht ihr eigentlich mit den Kindern, wenn ihr den Planeten verlasst?«

Riah öffnete den Mund und klappte ihn wieder zu. Die anderen sahen erschrocken von einem zum anderen.

»Aber wie kommen sie darauf, dass wir Terraner sind«, stotterte Lars.

»Junger Mann, erstens sehen Sie nicht wie ein Imperianer aus. Zweitens bin ich viel gereist und schon auf allen Provinzplaneten des Imperiums gewesen. Und drittens, auf die Idee zu kommen, sich so um ein Mädchen zu kümmern, dass alle für einen Roboter halten, kann wirklich nur jemand, der ohne solche Maschinen aufgewachsen ist. Selbst in der hintersten imperianischen Provinz kennen die Leute heute Roboter und würden sich nicht in ein Robotermädchen verlieben.«

Lars wurde rot. Der alte Mann musste wirklich gute Antennen haben oder wenigstens eine ganz außergewöhnliche Menschenkenntnis, fand Lucy. Auch ihr fiel nichts ein, was sie hätte sagen können.

»Um auf die Kinder zurückzukommen«, hakte Riah ein und bemühte sich um einen möglichst neutralen Tonfall. »Die werden wir nicht mitnehmen können. Wir werden eine längere Zeit reisen müssen. Ich brauche dir ja nicht zu sagen, dass Kinder Schädigungen davontragen, wenn sie auf Schiffen aufwachsen.«

»Wir wollen aber mit!«, rief Nuri empört. Bis jetzt hatte sie stumm danebengesessen und mit wachsamen Augen den Größeren zugehört. Daro nickte dermaßen heftig mit dem Kopf, dass Lucy schon Angst hatte, er würde abknicken.

»Wir bleiben nicht hier. Wir kommen mit!«, sagte er bestimmt.

»Ihr habt doch gehört, es geht nicht. Auf Schiffen aufzuwachsen, ist extrem schädlich für Kinder. Es tut mir leid, aber wir müssen euch hier lassen«, sagte Riah sachlich.

Nuri blickte Hilfe suchend von einem der Jugendlichen zum anderen. Alle schwiegen verlegen, schauten weg oder nickten mit bedauerndem Gesichtsausdruck.

»Aber das ist gemein!«, rief Nuri verzweifelt aus und Tränen traten ihr in die Augen. »Ihr könnt uns doch nicht hier lassen. Davon habt ihr uns nichts gesagt.«

»Keine Angst, wir vergessen euch schon nicht«, antwortete Riah. »Wir holen euch, sobald wir können. Das ist versprochen!«

Die beiden Kinder wollten protestieren und hatten schon ihre Münder geöffnet. Riah blickte sie nur warnend an. Beide klappten die Münder wieder zu und sahen ängstlich zu dem alten Lehrer.

»Ihr wollt doch zu uns gehören. Dann müsst ihr jetzt stark sein und warten, bis wir euch holen«, sagte Riah in beschwörendem Ton.

»Aber wir können auch schon kämpfen«, erwiderte Daro mutig.

»Was wissen die Kinder?«, fragte der alte Mann.

»Nur das, was ohnehin bekannt werden wird, wenn wir verschwinden«, antwortete Riah.

»Das ist gut!« Der alte Mann lächelte erst die Kinder und dann Riah an. »Keine Angst Riah, wir werden uns um die beiden kümmern. Sie werden die beste Erziehung bekommen und ihr könnt sie dann in ein paar Jahren nachholen.«

Der alte Mann blickte in die ihn unsicher musternden Gesichter der anderen Jugendlichen.

»Und ihr braucht mich nicht so ängstlich anzusehen. Natürlich werde ich diese völlig abstrusen Mutmaßungen niemand anderem gegenüber wiederholen. Ich habe wirklich keine Ahnung, warum ihr einen so langen Urlaub gleich nach dieser Aktion machen wollt.«

Er kicherte leise. Lucy entspannte sich, wie die anderen auch.

»Gut, dann werde ich jetzt mal ein paar Freunde kontaktieren. Es muss ja einiges organisiert werden. Ich denke, ihr habt auch mehr als genug zu tun. Ich wünsche euch viel Erfolg.«

Der alte Mann erhob sich. Er und Riah nahmen sich noch einmal innig in den Arm.

»Riah, wir arbeiten jetzt unabhängig voneinander. Du sagst mir erst wieder Bescheid, wenn es tatsächlich losgeht. Ich habe bis dahin die ganze Mannschaft organisiert. Um die Medien und das Rechtliche kümmere ich mich auch. Sagt mir, wenn es so weit ist, einfach, wohin wir wann kommen sollen, und es geht los.«

Er drückte Riah noch einen Kuss auf die Wange, winkte den anderen lässig zu und rief im Hinausgehen: »Also dann bis in ungefähr drei Tagen.«

»Drei Tage«, dachte Lucy frustriert. Das war eine Ewigkeit. Sie würden mindestens drei weitere Tage bis zur eigentlichen Aktion brauchen und in vier Tagen sollte schon die Invasion auf Terra beginnen. Sie würden zu spät kommen. Aber Kim hatte recht, sie würden den Planeten nur mithilfe der Aranaer befreien können. Um etwas zu verhindern, waren sie ohnehin zu spät dran.

Ein letzter Besuch

Es war der Abend, zwei Tage, nachdem sie den Plan für die Befreiung der Mädchen festgelegt hatten. In der nächsten Nacht sollte die Aktion starten. Lars war die letzten beiden Abende im Keller bei den Mädchen gewesen und hatte mit ihnen die Tests durchgesprochen. Aber auch dieser Teil der Vorbereitungen war jetzt abgeschlossen. Lucy hatte Lars noch einmal dringend gebeten, die Mädchen am letzten Abend vor der Befreiung nicht noch einmal zu besuchen. Sie hielt diese Besuche für zu gefährlich. Aber Lucy hatte ja auch keine Ahnung, wie wichtig diese Treffen nicht nur für ihn, sondern auch für Trixi waren.

Lars musste daran denken, was es für Trixi und die Mädchen bedeutet hatte, als eines Abends etwas schiefgelaufen war. Nachdem er Trixi das erste Mal besucht hatte, war er jeden Tag wiedergekommen. An diesem besagten Abend war es einfach unmöglich gewesen, in den Keller zu gelangen. In dem Gang hinunter hatten sich ungewöhnlich viele Wärter befunden. Irgendetwas war an diesem Abend los. Er hatte drei Stunden lang immer wieder versucht, an diesen Kerlen vorbei zu kommen. Als er zum zweiten Mal um Haaresbreite erwischt worden wäre, hatte er aufgegeben und war betrübt nach Hause in sein einsames Bett geschlichen. Am folgenden Tag war wieder alles, wie immer, und er hatte in den Keller gelangen können.

Die Mädchen hatten ihn einen Moment mit erschrockenen Augen angesehen, als wäre er von den Toten auferstanden. Trixi war ihm schluchzend in die Arme gefallen und hatte sich so fest an ihn geklammert, dass er Angst hatte, sie würde ihm das Rückgrat brechen. Sie hatte ihm erzählt, alle hätten geglaubt, dass er gefangen oder tot wäre. Die pessimistischsten Mädchen waren sogar davon überzeugt gewesen, dass er einfach aufgegeben hätte, sie zu befreien.

Lars musste schmunzeln, als er daran dachte, wie Trixi ihn in diesen leeren Nebenraum gezerrt hatte. So stürmisch hatte sie ihn noch nie vorher geküsst. Sie hatte unbedingt mit ihm Liebe machen wollen. Er war sich schon richtig komisch vorgekommen, aber er konnte es einfach nicht. Nicht in diesem dreckigen, kalten Kellerloch und schon gar nicht, wenn irgendwo in dem Gang davor ein anderes Mädchen gequält wurde.

Er hatte Trixi richtig aufhalten müssen. Sie hätte ihn fast vergewaltigt. Er hatte ihr dann sicher zum hundertsten Mal versprochen, dass sie die schönste und romantischste Liebesnacht verbringen würden, sobald er sie und die anderen Mädchen befreit hatte. Es war trotzdem wunderschön geworden. Auch für Trixi, da war er sich sicher.

Nun hastete er auf den Imperiumsturm zu. Er dachte an den Plan. Sie hatten drei Standorte ausfindig gemacht, in denen jeweils mehr als zweihundert Robotermädchen in Kellern gehalten wurden. Tomid und Belian hatten zwei große Tunnelroboter ›ausgeliehen‹, die wie gigantische Regenwürmer aussahen. Sie bohrten heimlich unter der Erde Gänge. Sie würden von den zwei Plätzen, an denen die anderen Robotermädchen eingesperrt waren zu dem Keller des Imperiumsturms führen. Diese beiden Orte lagen in anderen Stadtteilen. Gut, dass diese Roboter so schnell waren. Auf Terra hätte es Monate gedauert, solche Stollen zu graben. Sie würden so hoch und breit wie Fußgängertunnel sein. Aber schließlich waren diese Tunnelbauroboter Maschinen, die für diesen Zweck konstruiert worden waren.

Schon am Morgen des nächsten Tages sollten sie so weit gegraben haben, dass man nur noch eine dünne Wand durchstoßen musste. Sie würden die letzten Vorbereitungen treffen. Mit dem Durchstoßen der Wände würde die Aktion beginnen. Die jungen Frauen aus den anderen beiden Kellern würden zum Tiefgeschoss des Imperiumsturms marschieren und sich mit den Mädchen dort vereinigen. Oben würden sich die Menschenrechtsorganisation und die Medien versammeln. Zusammen mit den imperianischen Freunden würden sie noch die Wachmannschaft überwältigen und die Mädchen nach oben führen. Dann würde der Medienrummel losgehen und hoffentlich das Imperium erschüttern.

Zufrieden mit dem Plan und der Rolle, die er zu seiner Entstehung gespielt hatte, brach er in gewohnter Weise in den Turm ein. Er hatte das nun schon so oft gemacht, dass es fast Routine war. Bis zu dem Flur, in dem die Wärter hausten, war es eigentlich ein Spaziergang, wenn man wusste, wo man entlang gehen musste.

Im Nachhinein kündigte sich gerade in diesem Gang das Verhängnis bereits an, in das Lars stolpern sollte. Im letzten Moment konnte er sich in eine Abstellkammer flüchten, als ihm gleich fünf Wärter entgegenkamen. Das war ungewöhnlich. Normalerweise waren es weniger und sie waren um diese Zeit eigentlich mit ihrer Beute, dem armen Mädchen, das es an dem jeweiligen Abend erwischt hatte, schon in ihren Aufenthaltsräumen verschwunden.

Lars hatte sich in diesem Abstellraum hinter einer Art Kiste versteckt und konnte durch einen schmalen Schlitz auf den Flur sehen. Er kannte das Mädchen, auch wenn es eine von denen war, die ihn am wenigsten interessierten. Sie gehörte zu den Abgängern, den jungen Frauen, die er im Geheimen »Zombies« nannte. Normalerweise schien ihr Blick nur noch das Fehlen von Leben auszudrücken. An diesem Abend waren ihre Augen vor Angst und Entsetzen geweitet. Auf ihren Wangen zeichneten sich Spuren von Handflächen ab. Diese fiesen Schweine mussten sie mit Händen ins Gesicht geschlagen haben.

An eine Sache konnte Lars sich bei diesen Mädchen nur schwer gewöhnen, sie weinten fast nie. Nicht, dass er weinende Mädchen besonders gern gesehen hätte, aber selbst wenn ihnen schlimmste Schmerzen oder großes Unrecht zugefügt wurden, unterdrückten sie ihre Gefühle stärker, als er das bei irgendeinem Jungen bisher erlebt hatte. Auch Trixi hatte noch nie in seinem Beisein geweint, obwohl ihr jeden Tag mehr Unrecht und Schmerz widerfuhr als allen Menschen, die Lars persönlich kannte. Die Abgänger waren normalerweise noch weiter abgestumpft. Dieses Mädchen hatte aber ein tränennasses Gesicht. Sie mussten ihr schon auf dem Weg schrecklich zugesetzt haben.

Lars musste an das Training mit Luwa denken. Seit Fertigstellung des Plans hatten die imperianischen und terranischen

Freunde jeden Tag zusammen Kampfsport trainiert. Der Einzige, der nicht jedes Mal teilgenommen hatte, war Christoph. Er hatte mit den Vorbereitungen an seinem Rechner zu viel zu tun. Lucy und Riah hatten das zwar überhaupt nicht gern gesehen, aber sich dann doch von ihm überzeugen lassen. Ausgerechnet Luwa, die Jüngste von ihnen, wenn man von den Kindern absah, hatte das Training geleitet. Sie war einfach die beste Kämpferin und schien über ein schier unendliches Wissen über Kampftechniken und -tricks zu verfügen. Außerdem war sie unglaublich schnell. So war das junge Mädchen in den letzten Tagen zu ihrer Kampfsportlehrerin geworden.

Neben ausgefeilten Kampftechniken bestand ein Teil dieses Trainings aber auch in der Kontrolle von Aggressionen. Luwa redete dann fast so wie ein buddhistischer Guru oder besser so, wie Lars sich so einen vorstellte. Er hatte das immer furchtbar albern gefunden. Schließlich war Luwa ein blondes Mädchen, das sogar noch jünger war als er selbst und das normalerweise den ganzen Tag herumalberte. Sie musste diese Dinge in irgendeinem schlauen Buch gelesen und auswendig gelernt haben.

Gerade jetzt musste er allerdings an einen dieser Sprüche denken. »Kontrolliere deine Aggressionen. Zeige sie nicht deinen Feinden. Warte den richtigen Moment ab. Es wird der Zeitpunkt kommen, an dem du zuschlagen kannst und dann wirst du dich mehrfach rächen können«, hatte Luwa mit hypnotisierender Stimme gepredigt. Lars ließ diesen Spruch in seinem Hirn kreisen. Er versuchte, sich selbst zu hypnotisieren. Er durfte jetzt nicht seinen Gefühlen nachgeben. Er würde alles kaputtmachen. Morgen war der Tag der Rache.

Endlich verschwanden die fünf Wärter mit dem verzweifelt weinenden Mädchen in ihren Räumen. Lars rannte den Gang entlang. Er hatte sich jedes Mal mies gefühlt, wenn er an die armen Mädchen dachte, aber so schlecht wie heute noch nie. Als er die Türen mithilfe seines Gerätes öffnete, brauchte er doppelt so lange wie sonst. Er war eigentlich mittlerweile fast perfekt im Umgang mit diesem Teil. Heute zitterte er aber so vor unterdrückter Wut, dass er sich kaum noch auf den Öffnungsmechanismus konzentrieren konnte.

Als er endlich in der Halle ankam, warteten die Mädchen schon auf ihn und starrten ihn erwartungsvoll an. Er hatte sich noch immer nicht daran gewöhnt, dass die jungen Frauen gewöhnlich fast vollständig emotionslos wirkten und meistens passiv verharrten, bis er mit einer Begrüßung oder einem Gespräch begann.

Heute starrten sie ihn alle so stumm und lautlos mit erwartungsvollen Augen an, dass er einen Moment verwirrt war. Dann wurde ihm klar, dass er auf die Mädchen völlig aufgelöst wirken musste und sie vor Angst, dass am letzten Abend vor der Befreiung noch irgendetwas schiefgehen würde, wie gelähmt waren.

»Es ist alles in Ordnung«, rief er so überzeugend er konnte. »Morgen Abend geht es los. Der Plan steht. Alles ist vorbereitet. Es kann nichts mehr schiefgehen.«

Das war natürlich gelogen oder zumindest unglaublich optimistisch. Trixi ging auf ihn zu. Sie sah ängstlicher aus, als die anderen Mädchen, was aber wohl nur daran lag, dass sie sich mittlerweile traute, ihre Gefühle Lars gegenüber zu zeigen.

»Lass uns nach nebenan gehen«, flüsterte sie heiser.

›Nebenan‹ war der ungenutzte Abstellraum, in den sie sich immer zu zweit zurückzogen, wenn Lars sie besuchte. Die beiden gingen in diese kleine primitive Kammer, in der sie beide die bisher schönsten Stunden ihres Lebens verbracht hatten.

»Ist etwas?«, fragte Trixi. »Hast du uns irgendetwas nicht gesagt? Du machst so einen komischen Eindruck.«

Für ihre Verhältnisse hatte sie damit schon sehr viel Initiative übernommen.

»Nein«, antwortete Lars und strich ihr zärtlich durchs Haar. »Aber ich habe gerade das Mädchen gesehen, das sie heute Nacht geholt haben. Sie war so verzweifelt. Ich halte das nicht aus. Wir können hier doch nicht sitzen und das Mädchen leidet da oben.«

»Das ist eine Abgängerin«, antwortete Trixi emotionslos. »Der kannst du nicht mehr helfen.«

Lars hatte noch immer Schwierigkeiten mit dieser Seite seiner Freundin zurechtzukommen. Wenn sie so sprach, hörte sie sich irgendwie furchtbar kalt an. Er konnte sich noch so oft sagen, dass Trixi und die anderen Mädchen die Verdrängung des Grauens brauchten, das dort in ihrer unmittelbaren Nähe vor sich ging, um in dieser Umgebung zu überleben. Trotzdem beängstigte ihn das. Wie konnte ein Mensch bloß so kalt sein, dazu einer, der sonst so lieb war?

»Sie war aber gar nicht so weggetreten wie sonst. Sie sah so verzweifelt aus und sie hat geweint«, versuchte er zu erklären.

»Wenn man weint, ist das nicht gut. Wenn man ihnen irgendwelche Gefühle zeigt, macht es die Sache nur schlimmer. Dann bringt es ihnen noch mehr Spaß. Sie tun einem noch mehr weh und es dauert länger«, erklärte Trixi sachlich.

Dann wurden ihre Augen plötzlich ganz weich. Sie kuschelte sich an ihn.

»Ich habe solche Angst, dass noch etwas bis morgen passiert«, flüsterte sie und küsste ihn auf den Hals. Sie sah so ängstlich und traurig aus, als sie weiter sprach. »Ich habe noch nie Liebe gemacht. Wenn etwas schiefgeht, bin ich morgen tot und weiß noch immer nicht, wie das ist. Bitte lass es uns heute machen.«

Lars erschrak. Er konnte sich kaum darauf konzentrieren, mit Trixi zu schmusen. Immer wieder sah er dieses weinende Mädchen vor sich, diese verzweifelten Augen.

»Du Trixi, es gibt wirklich nichts, was ich lieber machen würde. Aber ich hab' dir doch schon vor ein paar Tagen gesagt, dass es etwas ganz Besonderes sein soll. Ich möchte, dass es romantisch ist. Nur wir zwei in einem schönen Zimmer mit Kerzen – echte Kerzen nicht diese komischen Kunstlichter, die die Imperianer haben – und leiser Musik. Wir sollen beide ganz viel Zeit haben. Da darf niemand sein, der uns Angst macht und da darf kein Mädchen sein, das leidet, damit wir uns treffen können.«

»Aber wenn dein Plan nicht funktioniert, wenn wir alle sterben, dann haben wir gar nichts gehabt. Ich habe solche Angst.«

Trixi schmiegte sich an ihn. Sie war so warm und weich. Lars hatte selbst Angst. Was noch viel schlimmer war, er fühlte sich so hilflos, wenn er daran dachte, was außerhalb dieser Halle in dem Kellergewölbe passierte. Es war so gut, Trixi trösten zu können. Irgendwie half ihm das selbst mehr, als wenn sie versucht hätte, ihn zu trösten.

»Ich verspreche dir, dass morgen alles klappen wird. Wir holen euch hier heraus. Du wirst nicht sterben. Wir werden schon morgen Abend die schönste Nacht unseres Lebens erleben, spätestens, wenn wir diese ganze Sache erledigt haben.«

Lars' Augen leuchteten wieder vor Begeisterung. Er hatte wenigstens sich selbst überzeugt. Allerdings ignorierte er dabei alle Probleme, die noch vor ihm lagen. Nicht nur, dass die Mädchen befreit werden mussten, dass sie dabei natürlich nicht zu Schaden kommen durften, was keinesfalls sicher war. Nein, da gab es noch ein winziges, kleines Problem am Rande.

Er hatte noch keinem seiner Freunde – weder den terranischen noch den imperianischen – davon erzählt, dass er plante, Trixi nicht nur zu befreien, sondern sie auch mitzunehmen nach Terra, auf die Erde. Auf die Idee sie zu fragen, ob sie überhaupt mitwollte auf einen ganz anderen Planeten, der zu alledem unter Imperianern auch noch als der rückständigste des ganzen Imperiums galt, war Lars natürlich auch noch nicht gekommen. Allerdings hatte Trixi bisher auch noch nie etwas dagegen gesagt, wenn er eine entsprechende Andeutung gemacht hatte.

Sie verbrachten mehr als zwei Stunden damit, zu knuddeln und zu schmusen. Trixi küsste ihn während dieser Zeit, als wäre sie der festen Überzeugung, dass dies ihr letzter Kuss wäre. Lars versuchte sie von ihrer Angst abzulenken, indem er immer herrlichere Geschichten von ihrer gemeinsamen Zukunft erzählte. Natürlich hatten sie nichts mit der Realität zu tun, in der es gerade für die vier Terraner nur Probleme gab.

Die beiden beschlossen, dass es besser sei, das Schäferstündchen zu beenden und noch ein wenig mit den anderen Mädchen zu reden. Wie sich herausstellte, war das auch dringend notwendig. Die anderen Mädchen waren noch ängstlicher und machten sich noch mehr Sorgen als Trixi. Sie verbargen es nur besser hinter dieser Maske aus gefühlloser Gleichgültigkeit.

Als Lars sie ansprach, wollte Eva den ganzen Plan noch einmal wissen. Er erzählte ihnen, was sie vorhatten. Allerdings ließ er die Einzelheiten weg. Sie konnten nicht sicher sein, dass irgendeines der Mädchen doch noch geholt wurde und redete, wenn sie gequält wurde. Besser war, wenn sie so wenig wie möglich wussten.

Trotzdem erzählte Lars, dass die Medien da sein würden. Über den Fall der Mädchen würde die ganze Presse und das Fernsehen – das heißt das, was bei den Imperianern Fernsehen und Presse waren – berichten. Sie, die Mädchen würden von ihm und einem Freund oder einer Freundin von hier unten nach oben geholt werden.

Schon am Tag vorher, waren diejenigen von ihnen auserwählt worden, die öffentlich den Test machen sollten. Es waren neben Eva, Trixi und der kleinen Lara, zwei weitere, noch recht junge Mädchen, die noch nicht so sehr in der Mangel der Peiniger gewesen waren. Alle fünf waren ziemlich aufgeregt. Mit ihnen hatte Lars die Übungen im Stil des Tests gemacht, um ihnen ein bisschen die Angst zu nehmen.

Er erzählte ihnen auch, dass am nächsten Tag die anderen Robotermädchen zu ihnen stoßen würden. Wie das passieren würde, ließ er aber vorsichtshalber weg. Das war wirklich geheim.

Am Ende dieses Gesprächs war Lars mit sich zufrieden. Er hatte das Gefühl, alle Zuhörerinnen überzeugt zu haben, jedenfalls so weit das überhaupt ging. Er drückte die zwei Mädchen, die er noch mal wegen des Tests beruhigt hatte, kurz an sich. Er nahm Eva noch einmal in den Arm und drückte ihr zum Abschied einen Kuss auf die Stirn. Auch die kleine Lara nahm er in den Arm. Sie wurde stocksteif, als er sie an sich drückte. Sie lächelte ihn zwar an, aber in den Arm genommen zu werden, mochte sie ganz offensichtlich nicht. Schnell ließ er sie wieder los und wuschelte ihr kurz und schüchtern durchs Haar.

»Versprich mir, dass nichts passiert bis morgen«, flüsterte Trixi noch einmal beim Abschied. Sie drückte sich verzweifelt an ihn. Er sah ihr so fest in diese extrem blauen Augen, wie er nur konnte, als er es ihr versprach. Trixi gab ihm noch einen langen intensiven Abschiedskuss. Alle Mädchen sahen zu. Auf Imperia war so etwas eigentlich schon ein Skandal.

Als Lars die Halle verließ, war er wieder der Alte. Es würde nichts schiefgehen. Keiner konnte ihn jetzt noch von seiner Trixi trennen. Alles war gut. Oder besser, alles würde gut werden – morgen.

Das Öffnen der Türen klappte diesmal auf Anhieb. Die Gänge waren frei. Erst als er sich den Türen der Aufenthaltsräume der Wärter näherte, hörte er Geräusche.

Nein, es waren keine Geräusche es waren Stimmen. Es war Jammern, es war Betteln, es waren Schmerzensschreie und es war ein raues, sadistisches Lachen aus mehreren Kehlen.

Was war da los? Bisher waren die Türen immer geschlossen gewesen. Lars hatte zwar immer den Eindruck gehabt, etwas zu hören, aber es war mehr eine Ahnung gewesen. Vielleicht hatte er sich die Geräusche immer nur eingebildet, weil er von den Mädchen ja wusste, was hinter der Tür passierte. Aber an diesem Tag war es eindeutig.

Wie vom Teufel gehetzt rannte Lars vorwärts. Erst als er neben der Tür stand und die Schreie und das Bitten und Betteln ganz deutlich und laut hörte, kam er zur Besinnung.

»Du darfst da jetzt nicht reingehen«, sagte er sich in Gedanken. »Du machst alles kaputt, wenn du da jetzt hineingehst. Denk an Luwa. Denk an das Antiaggressionstraining.«

Die Schreie wurden lauter, verzweifelter. Fieses Lachen aus rauen Männerkehlen untermalte die Stimme des Mädchens. Lars stieg die Wut zu Kopf, diese Hilflosigkeit, nichts unternehmen zu können.

»Denk dran, morgen ist der Tag der Rache. Du hast morgen genug Zeit, deinen Feinden alles zurückzuzahlen.«

Die Schreie klangen jetzt so herzzerreißend, dass es kaum noch auszuhalten war. Der Hass auf diese lachenden Stimmen, die sich in die Schmerzensschreie mischten, war kaum noch zu ertragen.

»Nur noch bis morgen, dann ...«

Der Schrei war so grausam, dass alle Selbstsuggestion nichts mehr half. Lars dachte nicht mehr nach. Hinterher wusste er nicht einmal mehr, ob er geschrien hatte oder nicht. Glücklicherweise hatte er wenigstens diese Sturmmaske auf. Es war diesmal eine schon fast perfekte, eine die das Gesicht verbarg, mit der man aber kämpfen konnte, ohne dass sie gleich verrutschte.

Er sprang in den Raum, in dem das arme Mädchen an Händen und Füßen gefesselt auf einer Pritsche lag und von fünf Wärtern mit diesen fiesen Foltergeräten traktiert wurde. Diese Geräte, mit denen man beliebige Schmerzen verursachen konnte, die keine Spuren hinterließen und die darum eigentlich verboten waren. Das Mädchen wand sich in seinen Fesseln, bäumte sich auf und schrie dabei wie am Spieß.

Der erste Wärter, der der am nächsten zur Tür stand, bekam ohne Vorwarnung einen Tritt versetzt, dass er quer durch den Raum flog und dabei einen zweiten mit sich riss, der gerade sein Gerät hatte ansetzen wollen.

Die anderen drei waren nun gewarnt. Sie drehten sich alle zu Lars um und kamen, diese Geräte in der Hand, auf ihn zu. Glücklicherweise hatten sie keine Strahlenwaffen griffbereit.

Lars hatte keine Zeit nachzudenken. Den Ersten von den Dreien packte er blitzschnell am Handgelenk, drückte das Foltergerät von sich weg und beförderte ihn mit einem gezielten Handkantenschlag in das Land der Träume. Fast gleichzeitig trat Lars nach hinten aus. Dieser Tritt war zwar nicht ganz so gut gezielt, reichte aber aus, um den Zweiten auszuschalten.

Der Dritte erwischte Lars mit dem Foltergerät am rechten Unterschenkel. Lars hatte versucht, auch ihm einen Tritt zu versetzen, nachdem er die ersten Beiden zu Boden geschickt hatte. Leider hatte der Kerl den Fuß kommen sehen, war ausgewichen und hatte mit diesem Gerät nachgesetzt.

Jetzt wusste Lars, warum das Mädchen so geschrien hatte. Sein Bein fühlte sich an, als sei die Haut des ganzen Unterschenkels verbrannt worden. Es tat mehr weh als alles, was ihm bisher widerfahren war. Mühselig konnte er einen Aufschrei verhindern und die Tränen zurückdrängen. Er versuchte sich einzureden, dass ja nur seine Nerven getäuscht worden waren. Es war nicht wirklich etwas kaputt. Er musste weiterkämpfen, sonst war er verloren.

Lars trat einen Schritt zurück. Da wurde ihm ein Messer in den Rücken gestochen. Diesmal konnte er den Schrei nicht zurückhalten. Er schrie gellend auf. Der Schmerz brachte ihn fast um.

Ihm kam es wie eine Ewigkeit vor. In Wirklichkeit dauerte es nur Bruchteile von Sekunden. Sein Hirn arbeitete auf Hochtouren. Das Adrenalin im Körper musste stärker als der Schmerz sein. Irgendetwas stimmte nicht. Klar, er hatte auf Imperia noch kein Messer gesehen, jedenfalls keines, mit dem man jemandem in den Rücken stechen konnte. Das war auch dieses Folterinstrument. Er war gar nicht verletzt. Es tat nur unbeschreiblich weh.

Bruchteile von Sekunden später war Lars wieder voller Kampfeseifer. Dummerweise gab es ein weiteres Problem. Er wurde von zwei Kerlen festgehalten. Die hatte er übersehen. Die mussten hinter ihm gestanden haben. Es waren nicht nur fünf – was auch schon zu viele gewesen wären – sondern sieben.

Hinzu kam, dass vor ihm noch immer der Kerl mit diesem Gerät herumfuchtelte. Außerdem war der Typ, der ganz am Anfang zu Boden gegangen war, weil der andere ihn umgerissen hatte, auch wieder auf den Beinen. Nicht nur das. Der Kerl hatte die Gelegenheit genutzt und sich seine Strahlenwaffe geholt. Jetzt stand er neben seinem Kumpel, die Waffe auf Lars gerichtet. Das kleine Lämpchen schimmerte rot. Er hatte sich nicht die Mühe gemacht, die Waffe in den Betäubungsmodus zu schalten. Sie war noch immer auf Töten eingestellt.

Lars war klar, dass der Kerl einfach abdrücken würde, auch wenn er kein Roboter war und man ihn nicht einmal für einen halten konnte. Normalerweise schossen nicht einmal imperianische Polizisten im Tötungsmodus auf Verbrecher. Auch die wurden nur betäubt.

Obendrein wurde ihm plötzlich bewusst, dass mindestens einer der beiden hinter ihm ihn gleich wieder mit dem Foltergerät quälen würde. Diese Gewissheit und der feste Wille, diesen Schmerz nicht noch einmal aushalten zu müssen, gaben ihm die Kraft die beiden Männer, die ihn von hinten festhielten, zur Seite zu reißen. Im nächsten Moment zog er seine Beine hoch und stieß sie gegen die Arme der zwei vor ihm Stehenden.

Der Kerl mit der Waffe feuerte. Der Strahl riss ein kleines Loch in die Wand, vor der Lars gerade noch gestanden hatte. Fast gleichzeitig schrie der Schütze auf, ließ sich auf den Boden fallen, hielt sich den Arm und heulte vor Schmerz. Er hatte sich an dem Foltergerät seines Kumpans den Unterarm verbrannt. Die Strahlenwaffe schlitterte über den Boden.

Gut, dass diese Wärter keine Kämpfer waren. Jemand wie Lars war wirklich etwas ganz anderes als so ein hilfloses Robotermädchen. Die drei anderen waren verwirrt und starrten einen Moment entsetzt auf ihren Kumpel. Das war die Chance, die Lars brauchte. Und er nutzte sie. Er riss die beiden, die ihn festhielten, herum und schleuderte einen von ihnen gegen den Arm des Kerls mit dem Foltergerät. Er traf den Apparat mit dem Kopf. Den Schädel zwischen den Händen haltend und entsetzlich brüllend, taumelte er durch den Raum.

Lars konnte kein Mitleid empfinden. Verdient hatten sie diese Schmerzen allemal. Er hatte Glück gehabt. Es war derjenige von den beiden gewesen, der selbst eines dieser Geräte in der Hand hielt. Auch dieser Apparat schlitterte über den Boden und blieb irgendwo liegen.

Der Letzte, der Lars festgehalten hatte, bekam es mit der Angst zu tun. Er lockerte den Griff und wollte fliehen. Bevor er aber dazu kam, war Lars einmal herumgewirbelt und hatte auch ihm einen Schlag versetzt, der ihn bewusstlos zu Boden sinken ließ.

Als Letzter blieb der Kerl mit dem Foltergerät übrig, der ihn am Unterschenkel verbrannt hatte. Der gab nicht auf. Wild fuchtelte er mit dem Gerät herum. Dummerweise zeigte er sehr gute Reflexe, sodass Lars kaum eine Chance hatte, an ihn heranzukommen. Dabei arbeitete sich der Kerl immer weiter zu der Strahlenwaffe vor, die am anderen Ende des Raumes lag. Lars musste etwas unternehmen. Er sagte sich ein weiteres Mal, dass diese Geräte nur Schmerz verursachten und nichts kaputt machten. Dann griff er ohne Rücksicht auf Verluste zu.

Es tat höllisch weh. Er hatte sich die Hand verbrannt. Aber er hatte das Gelenk des Gegners erwischt. Es begann ein gnadenloser Kampf. Der Kerl war größer, schwerer und stärker als Lars. Er warf ihn zu Boden. Lars hielt noch immer die Hand des Kerls fest. Der drehte das Gerät mit dem leuchtenden Ende, dass das Feuer symbolisierte und das einen Schmerz verursachte, als wäre man wirklich von einer extrem heißen Flamme verbrannt worden, in Richtung von Lars' Gesicht.

Mit letzter Kraft drehte Lars die Hand zurück. Wieder versuchte der Aufseher das gleiche Spiel. Beide zerrten, mit der anderen Hand am Gegner herum.

Die Flamme kam Lars' Gesicht immer näher. Er wusste, das würde er nicht aushalten. Dann wäre es vorbei. Er geriet in Panik. Der Kerl grinste fies. Ihm war anzusehen, dass er sich darauf freute, Lars das Gesicht zu verbrennen, auch wenn es nur virtuell wäre.

In völliger Verzweiflung versuchte Lars einen letzten Ruck der linken Hand und bekam sie frei. Er ergriff blitzschnell die Faust des Gegners mit beiden Händen und wand sie zurück. Mit letzter Kraft drehte er sie so weit, dass die virtuelle Flamme über den Bauch des Aufsehers strich.

Der jaulte auf, rollte sich ab und kugelte gekrümmt und schreiend auf dem Boden. Lars war aufgesprungen und trat noch einmal zu. Gut, er hätte vielleicht nicht ganz so stark zutreten brauchen, aber in Anbetracht dessen, was dieser Kerl allein ihm angetan hatte, hatte er sich noch ziemlich gut unter Kontrolle, fand er.

Die letzten beiden noch immer schreienden und jammernden Wärter schickte Lars auch noch in das Land der Träume, allerdings etwas sanfter, durch einen gezielten Griff. Er musste schließlich den ganzen Haufen außer Gefecht setzen, damit er mit dem Mädchen fliehen konnte.

Erst als er ihre Fesseln gelöst hatte und sie zitternd mit diesem jetzt wieder typisch leeren Blick neben ihm stand, wurde ihm klar, dass er keine Idee hatte, was er eigentlich mit ihr machen sollte. Sie war schließlich für den ganzen Rest des Imperiums ein Roboter.

Das einzige Versteck, das Lars einfiel, war bei den Mädchen selbst. Die Idee war genial. Da würde garantiert keiner suchen. Der Raum, in dem er sich immer mit Trixi traf, war seit Jahren nicht mehr von irgendeinem Wärter betreten worden. Da würde man sie garantiert nicht vermuten. Also ging Lars wieder zurück in die Halle mit den Mädchen.

Sie lagen schon in ihren Betten und die meisten schliefen bereits. Flüsternd erklärte er Eva und Trixi, was passiert war. Auch Lara hatte wieder ihre kleinen neugierigen Ohren aufgesperrt und hörte zu.

»Hoffentlich geht das gut«, sagte Eva. »Die Wärter haben hier zwar noch nie gesucht, aber ich weiß nicht, wie sie denken und was sie machen, wenn so etwas passiert. Eigentlich musst du das besser wissen. Du bist doch ein Mensch.«

»Ihr seid auch Menschen, vergesst das nicht«, sagte Lars streng. »Ich glaube, die denken, dass ich sie mit hinausnehme. Gerade darum ist der Plan so genial. Hier drinnen sucht sie keiner. Warum sollte ich sie befreien, wenn ich sie nur zurückbringe?«

Lars sah die wenigen Mädchen, die zugehört hatten, aufmunternd an. Sie brachten das zitternde Mädchen in die Abstellkammer.

»Gut, ihr habt alle geschlafen. Ihr wisst von nichts. Alles klar?«

Lars sah die Mädchen, die wach waren, der Reihe nach an. Alle nickten.

»Ihr geht jetzt ins Bett und ich laufe schnell nach Hause. Ich sollte gar nicht mehr hier sein.«

Trixi brachte ihn zur Tür. Er drückte sie noch einmal fest an sich. Nach außen hatte sie ein ausdrucksloses Gesicht, aber Lars spürte, wie sie zitterte und ihr Herz pochte.

»Das ist ein ganz schlechtes Vorzeichen. Ich spüre das. Oh, Lars, bitte, bitte komm wieder. Hol uns hier raus, bitte«, flüsterte sie.

»Natürlich komme ich wieder. Du weißt doch, dass ich ohne dich nicht mehr leben kann. Ab morgen sind wir richtig zusammen und du bist frei, du und die anderen Mädchen auch. Das ist versprochen.«

Lars und Trixi küssten sich noch einmal ausgiebig. Dann schloss er schnell die Tür auf und huschte hinaus. Wenigstens gab es diesmal keine weiteren Probleme. Die Wärter lagen alle noch so bewusstlos in dem Raum, wie er sie verlassen hatte und der Rest der Stadt schien auch zu schlafen. Als Lars endlich wieder in seinem Bett lag, fiel er in einen eher unruhigen Schlaf mit wilden, unangenehmen Träumen.

Der gestohlene Roboter

Am nächsten Morgen saßen fast alle wieder beim Frühstück zusammen, als Lucy den Gemeinschaftsraum betrat. Selbst Lars hockte schon an seinem Platz.

Die Einzige, die am Tisch fehlte, war Kara. Sie stürmte etwa zehn Minuten nach Lucy in den Raum.

»Habt ihr die Nachrichten gesehen?«, fragte sie atemlos in die Runde.

»Nun setz dich doch erst mal und iss etwas. Wir werden alle Kräfte brauchen«, meinte Belian.

Kara setzte sich an den Tisch, redete dabei aber weiter.

»Irgendjemand hat einen Roboter geklaut. Ich meine natürlich eines der Mädchen, die wir heute befreien wollen.«

»Wie? Wovon redest du? Wer hat was geklaut?«, fragte Tomid, der noch sehr verschlafen aussah.

»Eben in den Nachrichten, da haben sie gesagt, dass gestern Abend ein Roboter geklaut wurde.«

Mit einem Seitenblick auf Lars ergänzte sie: »Entschuldige bitte, aber in den Medien sprechen sie immer von Robotern. Ihr wisst aber schon, dass ich von einem dieser Mädchen rede, die alle Welt für Maschinen hält.«

Lucy fand, dass Lars aussah, als hätte er schlecht geschlafen. Er war ungewöhnlich nervös. Jetzt nickte er nur abwesend.

»Nun erzähl schon von Anfang an. Ich versteh' gar nichts«, maulte Luwa.

»Also jetzt mal ganz langsam zum Mitschreiben: In den Nachrichten haben sie heute Morgen die Meldung gebracht, dass in dem Imperiumsturm ein Roboter, also ein Robotermädchen – ihr wisst schon – gestohlen worden ist. Sieben Wächter sollen zusammengeschlagen worden sein. Das muss eine ganze Bande gewesen sein. Einen soll es sogar schwer erwischt haben.«

»Diese Weicheier, so hart hab ich gar nicht zugeschlagen«, nuschelte Lars mit beleidigter Stimme dazwischen. Plötzlich herrschte absolute Stille im Raum. Alle sahen ihn ungläubig an.

»Hast du Trixi geklaut?«, fragte Nuri mit großen Augen. Sie war die Einzige der Anwesenden, die die Liebesbeziehung zwischen Lars und Trixi richtig romantisch fand. Mittlerweile hatte er natürlich auch dem Rest des Kreises die ganze Geschichte erzählt. Wie zu erwarten, waren die imperianischen Freunde noch zurückhaltender als die terranischen, was diese Beziehung anging. Wie Lucy schon vermutet hatte, akzeptierten sie zwar Christophs Theorie, dass es sich um Menschen handelte, die Tatsache, dass sich einer von ihnen in so ein Mädchen verliebte, war ihnen aber unheimlich.

Jetzt sagte keiner ein Wort.

»Nein, es war nicht Trixi. Es war ein anderes Mädchen«, durchbrach Lars das Schweigen.

»Aber Lars, warum hast du das gemacht? Wir hatten doch beschlossen, uns bis heute zurückzuhalten.« Riah stand das Entsetzen ins Gesicht geschrieben, auch wenn sie ganz ruhig sprach.

»Ich war gestern Abend da unten. Ja ich weiß, eigentlich hätte ich das nicht tun sollen, aber ich musste die Mädchen beruhigen. Die sind so furchtbar unsicher und haben richtig Angst. Jedenfalls, als ich wieder rauswollte, stand die Tür zum Büro der Wärter offen. Die haben diese Mädchen zu siebend gequält. Sie hat so geweint und geschrien. Sie war so verzweifelt. Da konnte ich mich nicht zurückhalten. Ich musste etwas tun.«

»Und du hast die Sieben ganz allein fertiggemacht?« Kara sah ihn mit großen Augen bewundernd an. Lars nickte nur schüchtern.

»Das war überhaupt keine gute Idee!«, stöhnte Riah.

»Was heißt, keine gute Idee?«, schrie Luwa und sprang auf. Sie rannte wieder in bekannter Art und Weise durchs Zimmer. »Wenn ich da gewesen wäre, wären die jetzt tot, alle sieben.«

Luwa sah Riah aggressiv in die Augen. Plötzlich war wieder alles still. Lucy spürte, wie sich alle Fasern ihres Körpers auf Verteidigung einstellten. Sie bemerkte, dass sich auch die anderen im Raum verkrampften.

Riah starrte, ohne mit der Wimper zu zucken zurück. Was ging hier vor. Lucy nahm sich vor, hinterher unbedingt mit Riah zu reden. Luwa senkte den Blick.

»Ich finde, Luwa hat recht«, verteidigte Kim sie schüchtern.

Luwa schüttelte nur stumm den Kopf.

»Nein Riah hat recht«, flüsterte sie. »Wir sind Rebellen, wir bringen keine Leute um. Diese Kerle müssen vor Gericht und dort ihre Strafe bekommen.«

»Komm mal her«, flüsterte Riah sanft.

Sie zog Luwa auf ihren Schoss und drückte sie an sich, streichelte ihr übers Haar und gab ihr einen Kuss auf den Kopf. Das war mehr als ungewöhnlich. So tröstete man öffentlich höchstens ein Kind. Am Frühstückstisch wurden normalerweise unter jugendlichen oder erwachsenen Imperianern keine Zärtlichkeiten ausgetauscht. Luwa lag allerdings auch eher wie ein Kind in Riahs Armen.

»Zurück zu unserem Problem«, sagte Riah sachlich. Sie streichelte Luwa noch immer liebevoll und ignorierte die vorausgegangene kurze Auseinandersetzung völlig. Stattdessen sah sie Lars mit sorgenvollem Blick an.

»Das war wirklich keine gute Idee. Wo hast du das Mädchen versteckt? Ist sie oben bei dir im Zimmer?«

»Äh, nein. Ich wollte sie nicht durch die Stadt schleppen. Ich habe sie bei den anderen Mädchen versteckt. Da gibt es so einen Abstellraum oder so etwas Ähnliches. Da geht sonst niemand rein.«

Keiner sagte ein Wort. Alle starrten Lars an, als hätte er nicht mehr alle Tassen im Schrank. Er wurde zunehmend nervöser.

»Da ist wirklich noch kein Wärter hineingegangen, seit ich die Mädchen kenne. Trixi hat gesagt, in diesem Raum ist außer uns seit Jahren niemand mehr gewesen.«

Alle starrten ihn weiter schweigend an. Lars rutschte nervös auf seinem Stuhl herum.

»Lars, das ist nicht dein Ernst, oder?«, fragte Kara.

»Wieso das ist doch genial. Die gehen doch alle davon aus, dass ich das Mädchen da rausgeholt habe. Wer kommt schon auf die Idee, dass ich sie zurückgebracht habe? Ausgerechnet dort wird niemand vermuten!« Lars sah sich Hilfe suchend um. Die anderen starrten ihn weiter schweigend an. Lucy blickte verschämt zu Boden.

»Lars im Ernst, so naiv bist du doch eigentlich nicht.« Riah sprach äußerlich gelassen. Es war aber nicht zu übersehen, dass sie sich gewaltig zusammenreißen musste, um ruhig zu bleiben. »Natürlich werden sie auch dort suchen. Sie werden jeden Winkel dieses Turms durchkämmen, bevor sie den Rest der Stadt durchsuchen. Du hast nicht nur dieses Mädchen in eine tödliche Gefahr gebracht, sondern auch ihre Leidensgenossinnen. Ich dachte, du hängst an deiner Freundin.«

Lars wurde kreidebleich.

Riah achtete nicht mehr auf ihn. Stattdessen blickte sie Borek tief in die Augen. Die beiden starrten sich eine Weile schweigend an. Dann nickte Borek. Die beiden schienen sich auch ohne Worte zu verstehen. Schweigend und voller Spannung beobachteten die anderen sie. Lucy spürte einen Stich Eifersucht. Eigentlich hatte sie gedacht, darüber hinweg zu sein.

»Gut, wir ändern den Plan. Tomid, wie weit ist der Tunnelbau?«

»Der ist so gut wie fertig. Wir müssten fast an der Wand sein.«

»In Ordnung, falls die Öffnung noch nicht ganz frei ist, müsst ihr euch zur Not ein Loch hineinschießen.«

»Lucy und Borek, ihr übernehmt, wie besprochen, den Keller im alten Fabrikgelande.« Das war einer der beiden anderen Standorte, in denen Robotermädchen hausten. »Lars und Kara, ihr kümmert euch, wie abgemacht, um den Imperiumsturm. Kim, du gehst mit Belian. Ihr übernehmt den dritten Standort im Randbezirk.«

Kim und Belian sahen Riah erstaunt und wenig begeistert an. Keiner der beiden sagte ein Wort. Luwa sah zum ersten Mal auf. Bis jetzt hatte sie sich einfach an Riahs Schulter gekuschelt und sich durchs Haar streicheln lassen. Nun sah sie Riah enttäuscht an.

»Du weißt doch, dass ich dich nicht mit Kim gehen lassen kann«, sagte Riah zärtlich. Luwa nickte traurig. »Du gehst mit Tomid. Ihr organisiert die Demonstration der Menschenrechtsbewegung und die Medien. Sie müssen spätestens eine Stunde, nachdem wir hier gestartet sind, am Imperiumsturm sein. Alle Gruppen versammeln sich zusammen mit den befreiten Mädchen dort unten im Turm und gehen dann gemeinsam nach oben zu den wartenden Menschenrechtsaktivisten. Zusammen trefft ihr dann die Journalisten. Dort oben muss rechtzeitig alles vorbereitet sein.«

Alle nickten. Sie kannten ja grundsätzlich den Plan.

»Und vergesst nicht, einen ausreichend großen Laufroboter mitzubringen. Alle, die sich direkt an der Befreiungsaktion beteiligen, kommen danach sofort wieder hierher.«

Alle nickten wieder.

»Ich werde mit Christoph in den Rechnerraum gehen und dort alles für die Eroberung des Schlüssels vorbereiten. Wir, das heißt in erster Linie Christoph, sind kurz vor dem Durchbruch. Wir können jetzt die Arbeit an dem Code nicht unterbrechen. Heute Abend treffen wir euch wieder hier. Wir werden euch aber über die Überwachungskameras beobachten und, falls wir irgendwie können, helfen. Noch irgendwelche Fragen?«

Riah sah in die Runde. Alle schüttelten die Köpfe.

»Dann trinkt eure Getränke aus. Es geht los! Und zwar jetzt!«

Plötzlich war alles in Bewegung. Jeder suchte noch schnell die Sachen zusammen, die er für seinen Teil der Aktion brauchte. Alle waren voll freudiger Erwartung. Sie hatten jetzt wochenlang an den unterschiedlichen Plänen gearbeitet. Endlich ging es wenigstens mit der ersten Aktion los.

Lucy nutze die Gelegenheit, um Riah anzusprechen.

»Sag mal, was ist eigentlich mit Luwa los?«, fragte sie direkt.

»Hat dir das noch keiner erzählt? Luwa stammt eigentlich nicht von Imperia. Als Borek sie damals kennengelernt hat, war sie gerade aus dem Gefängnis entlassen worden. Sie hat ihre zweite Chance bekommen.«

»Wieso? Was hat sie denn getan?«, fragte Lucy entsetzt.

»Sie hat damals eine Frau fast umgebracht. Du musst wissen, sie hat schon als Kind eine Kampfausbildung bekommen. Sie hat eine Zeit lang bei so einem komischen Kampflehrer gelebt. Seitdem ist sie sicher eines der gefährlichsten Mädchen des bekannten Teils der Galaxie. Leider hat sie ein Problem, sich in bestimmten Situationen zu beherrschen. Sie hat einen ganz extrem ausgeprägten Gerechtigkeitssinn, und wenn sie mitbekommt, wie Stärkere einen Schwächeren unterdrücken, rastet sie regelrecht aus. Wegen dieses Gerechtigkeitsempfindens und natürlich wegen ihrer Kampftechnik hat Borek sie übrigens hier angeschleppt.«

»Und was hat diese Frau gemacht, dass Luwa so was getan hat?«, fragte Lucy. Sie merkte, dass sich ihr die Nackenhaare sträubten.

»Diese Frau war eine Tierquälerin. Es gibt auf Luwas Heimatplaneten Tiere, die so ähnlich sind wie eure Affen. Sie laufen allerdings auf vier Beinen und ähneln äußerlich eher einem Hund. Diese Lebewesen sind extrem intelligent. Viele Leute meinen, dass sie irgendwo zwischen einem Menschen und einem Tier stehen. Natürlich ist es verboten solche Wesen zu besitzen. Diese Frau hat aber nicht nur illegal dieses Tier gehalten, sie hat es auch noch getreten und geschlagen. Dummerweise hat Luwa das einmal mitbekommen. Was soll ich sagen? Man hat diese Frau im Krankenhaus gerade noch wieder zusammenflicken können. Viel hätte nicht gefehlt und sie wäre gestorben.«

»Ich weiß, das darf ich jetzt nicht sagen, aber irgendwie kann ich Luwa verstehen. Die hatte zumindest eine ordentliche Abreibung verdient.«

»Das ist richtig. Man hat diese Frau übrigens noch zwei oder drei weitere Male beim Quälen geschützter Tiere erwischt. Sie ist dann letztendlich nach Gorgoz gekommen. Das ist aber gar nicht der Punkt. Es geht nicht um diese Frau oder ob man Luwas Verhalten nachempfinden kann. Es geht erstens darum, dass wir so etwas nicht machen. Wir sind keine Verbrecher, auch wenn es Leute gibt, die uns gerne so sehen würden. Zweitens geht es aber vor allem um Luwa selbst. Sie ist ein sehr sensibles Mädchen. Diese Sache damals hat sie nicht verkraftet. Das darfst du jetzt aber nicht weiter erzählen, das wissen bisher nur Borek und ich. Sie wollte sich das Leben nehmen. Borek hat sie gerettet. So haben sie sich kennengelernt.«

»Und warum reagiert sie so extrem?«

»Das hat sie mir nicht erzählt und ich weiß nicht, ob jemand anders es weiß. Irgendeinen Grund wird es schon geben. Aber danach wirst du sie wohl selbst fragen müssen.«

Riah tätschelte Lucy den Kopf.

»So und nun wird es Zeit. Wir müssen los.«

Im Keller der alten Fabrik

Nun saß Lucy also wieder mit Borek in so einem Laufroboter und ließ sich zum Standort dieser alten Fabrik bringen. Sie beide würden in diesem Teil des Plans die einfachste Aufgabe erledigen.

Das alte Fabrikgebäude war mit Ausnahme des Kellers unbenutzt. Es stand eigentlich nur noch, weil sich die Anwohner nicht einigen konnten, was mit ihm passieren sollte. Man stritt darüber, ob man es wieder herrichten und für andere Aufgaben nutzen könnte, oder ob man es doch lieber gleich abreißen sollte. In letzterem Fall war dann aber auch nicht klar, ob und wenn ja, was für ein neues Gebäude dort errichtet werden sollte. So blieb die alte Fabrikhalle erst einmal stehen und verfiel zunehmend. Kaum ein Anwohner nahm wahr, was im Keller des Gebäudes vor sich ging.

Lucy und Borek würden es nur mit den Wärtern für die Roboter oder besser diesen armen Mädchen zu tun haben. Anders als Lars und Kara, die heimlich als Touristen getarnt, in den Keller des Imperiumsturms schleichen mussten.

Noch härter traf es Kim und Belian. Beide würden als Arbeiter verkleidet in diese Fabrik im Außenbezirk gehen müssen und so tun, als hätten sie den Auftrag im Keller etwas zu reparieren. Als sie zwei Tage vorher die Pläne für die einzelnen Standorte dieser angeblichen Roboter entwickelt hatten, waren gerade Kim und Luwa begeistert von dieser schauspielerischen Einlage gewesen. Belian, der jetzt kurzerhand für Luwa einspringen musste, hatte nicht so sonderlich glücklich ausgesehen bei dem Gedanken an diesen Teil der Aufgabe. Aber Lucy war überzeugt, dass er sie genauso gut wie Luwa ausführen konnte. Zur Not war ja Kim da. Wenn Lucy ihr irgendetwas wirklich zutraute, dann war es, jemanden durch ihr keckes Auftreten zu überzeugen.

Es war zu dieser Zeit ziemlich viel Verkehr in der Stadt und der Laufroboter brauchte länger als normal bis zum alten Fabrikgebäude. Lucy und Borek saßen in dem Transportmittel und starrten schweigend aus dem Fenster. Sie wusste nicht, was sie sagen sollte. Die Zeit verging so schnell. Sie mochte nicht an ihre Abreise denken. Glücklicherweise war dies noch nicht die Eroberung des Schlüssels.

Endlich waren sie da. Das Gebäude sah wirklich erbärmlich aus. Kein Wunder, dass die Nachbarn diesen riesigen, hässlichen Bau loswerden wollten. Ein Teil der höher gelegenen Stockwerke war kaputt. Löcher waren in den Wänden. Der Rest der Ruine war mit undefinierbaren Flecken übersät.

Lucy und Borek betraten das Gebäude durch eine Eingangstür, die sich erstaunlicherweise sogar noch verschließen ließ. Es roch modrig und schimmlig. Jetzt von Nahem konnte Lucy die Ursache der eigenartigen Verfärbungen erkennen. Es waren Schimmel, Pilze und merkwürdige Pflanzen, die direkt aus den Wänden zu wachsen schienen. An einigen Stellen fraßen sich Würmer durch die Bauteile. Lucy erinnerte sich daran, dass die Häuser auf Imperia auf biologischer Basis gewachsen waren. Sie waren lebendige Organismen, zumindest so lange sie bewohnt waren. Dieses Gebäude war offensichtlich tot. Verfall hieß auf Imperia tatsächlich, dass so ein Bauwerk vermoderte wie ein toter Baum oder eine andere abgestorbene Pflanze.

Im Erdgeschoss, in dem wenigstens noch keine Löcher waren, gab es eine kleine Kabine neben der Kellertür. In ihr saß ein Wärter. Lucy war sicher, während ihres ganzen Aufenthalts in dieser Stadt noch nicht einen so unsympathischen Imperianer gesehen zu haben.

»Was wollt ihr hier?«, schnauzte er barsch und starrte die beiden unfreundlich an.

»Äh, wir haben uns verlaufen und wollten nach dem Weg fragen«, sagte Lucy und lächelte den Kerl so freundlich an, wie sie konnte.

»Ich bin hier doch kein Auskunftsbüro«, erwiderte er mürrisch und bedachte sie mit einem genauso missmutigen Blick wie vorher.

Lucy sah auf die Strahlenwaffe, die in einer Tasche an seinem Gürtel hing. Das kleine Lämpchen leuchtete rot. Die Waffe war im Tötungsmodus. Das war garantiert verboten, dachte Lucy. Sie sah unauffällig zu Borek, der ihr ein noch unauffälligeres Zeichen gab, dass er die Waffe ebenfalls bemerkt hatte.

»Vielleicht können sie uns trotzdem kurz zeigen, wie wir in die Innenstadt kommen.« Borek klang bestimmt.

Der Wärter sah ihn abfällig an. Borek starrte ihm in die Augen, bis er den Blick senkte. Der Wärter erhob sich schwerfällig. Offensichtlich hatte er beschlossen, dass es einfacher und schneller war, die beiden loszuwerden, indem er ihnen den Weg zeigte, als weiter mit ihnen zu diskutieren. Er kam mit mürrischem Blick aus seiner Kabine und schlurfte wortlos in Richtung Tür. Lucy ging neben ihm und versuchte noch immer, ihm freundlich zuzulächeln. Sie waren noch keine zwei Schritte gelaufen, da holte Borek blitzschnell zu einem Handkantenschlag aus und betäubte den Wärter damit lautlos. Lucy fing seinen Sturz ab. Obwohl er recht schwer war, schaffte sie es, ihn halbwegs sanft zu Boden gleiten zu lassen.

»Mit dem hättest du dir nicht so viel Mühe geben brauchen. Ich wette, der gehört zu den gemeinsten Folterern in dieser Bruchbude«, meinte Borek und sah verächtlich auf den Kerl, der bewusstlos am Boden lag.

Lucy zuckte nur mit den Schultern. Gemeinsam setzten sie ihn an eine dünne Säule, die die Decke der Halle hielt. Lucy holte die automatischen Handschellen heraus, von denen sie gleich mehrere zu der Aktion mitgenommen hatten. Sie legten sich um die Handgelenke des Wärters, die Lucy hinter die Säule gezogen hatte, und verschlossen sich. Der Schlüssel war ein Codewort. Sie würden sich nur wieder öffnen, wenn jemand es über die virtuelle Konsole eingab.

Nur die Freunde kannten dieses Codewort für diese Handschellen. Die Polizei würde ein paar Spezialisten bemühen müssen und auch die würden Stunden brauchen. Lucy musste grinsen bei der Vorstellung, wie dieser Kerl Angst haben würde, dass sich die Fesseln nie mehr lösen ließen. Die Handschellen waren so angebracht, dass er sich nicht selbst befreien konnte. Weglaufen konnte er natürlich auch nicht. Zusätzlich bekam er noch einen Knebel in den Mund, damit er auch nicht schreien und seine Kumpane warnen oder von woanders Hilfe holen konnte.

So weit war alles nach Plan verlaufen. Vorsichtig stiegen Lucy und Borek die Treppe hinunter. Hier war der Aufenthaltsraum der Wärter. Ohne zu zögern, sprang Borek hinein. Es waren drei Männer in dem Raum. Borek nahm sich den Ersten vor, den er erwischen konnte. Lucy sprang sofort hinterher und sorgte mit einem kurzen gezielten Schlag dafür, dass auch der Zweite bewusstlos zu Boden ging.

Der Dritte hatte bereits seine Waffe gezogen, als Borek ihn attackierte. Lucy konnte gerade noch rechtzeitig den Kopf einziehen. Da bohrte der Strahl schon ein Loch in die Wand, vor der einen Augenblick vorher sich noch ihr Kopf befunden hatte. Sofort sprang sie wieder auf. Als ihre Faust das Kinn des Wärters traf, hatte Borek ihm schon den Arm auf den Rücken gedreht und die Waffe war zu Boden gefallen.

»Das war jetzt aber unfair, zwei gegen einen«, bemerkte Borek und lächelte Lucy schelmisch an. Sie grinste wortlos zurück.

Die drei Wärter wurden ebenfalls gefesselt und geknebelt und so aneinander gebunden, dass sie den Raum nicht verlassen konnten. Lucy sah auf ihr Multifunktionsgerät an ihrem Handgelenk. Sie waren gut in der Zeit, alles lief nach Plan.

Die beiden rannten mit gezogenen Strahlern den Gang hinunter zu der Halle, in der die Mädchen zu dieser Uhrzeit arbeiteten. Die Lämpchen an ihren Waffen leuchteten hellgrün. Dies war der einfache Betäubungsmodus. Sie wollten ja möglichst niemanden verletzen, schon gar nicht schwer und auf keinen Fall wollten sie jemanden umbringen.

Als sie in den Raum kamen, sahen sie, dass weitere sechs Wärter auf die etwa zweihundert Mädchen aufpassten. Ohne Vorwarnung begannen Borek und Lucy, sie mit ihren Waffen zu betäuben. Leider schrien die meisten noch einmal kurz auf, bevor sie in Ohnmacht fielen. Borek und Lucy hatten bereits jeweils zwei erledigt, als die übrigen Zwei erkannten, was passierte. Sie verbarrikadierten sich und schossen zurück. Natürlich waren sie nicht so rücksichtsvoll und hatten ihre Waffen nicht auf Betäubung gestellt. Borek und Lucy mussten sich durch Sprünge vor den tödlichen Strahlen retten.

Das Schlimmste war aber, dass diese Kerle absolut keine Rücksicht auf die Mädchen nahmen. Sie schossen einfach drauflos. Lucy konnte durch einen Hechtsprung gerade noch ein Mädchen vor einem tödlichen Treffer retten, als ein zweiter Schuss ein anderes traf, das lautlos zu Boden sank. Ein dritter Strahl verwundete ein weiteres Mädchen am Arm. Borek hatte sie gerade so weit aus der Bahn ziehen können, dass sie nicht in die Brust getroffen wurde.

»Runter, verdammt! Alle runter!«, brüllte Lucy.

Aber diese Robotermädchen waren auf solch eine Situation nicht vorbereitet. Sie wussten gar nicht, was passierte und in welcher Gefahr sie sich befanden. Sie erstarrten oder bewegten sich viel zu langsam.

Ein zweites Mädchen ging zu Boden, weil sie zufällig in Lucys Richtung stand. Lucy konnte ihre Wut kaum noch beherrschen. Sie musste etwas tun. Sie schaltete ihre Waffe eine Stufe höher. Das Lämpchen leuchtete jetzt dunkelgrün. Das war die zweite Betäubungsstufe. Damit hatte sie schon einmal einen Mann im Kampfanzug betäubt. Sie hoffte, dass der Schuss auch durch den dünnen Wandvorsprung gehen würde, hinter dem die beiden Wärter standen.

Diese Stufe war nicht ganz ungefährlich, wie Lucy wusste. Sie konnte ernstliche Gesundheitsschäden nach sich ziehen. Aber diese beiden Kerle schossen um sich, ohne Rücksicht auf die herumstehenden Robotermädchen zu nehmen. Sie hatten schon mindestens vier verletzt, wenn nicht gar getötet. Es war wirklich keine Zeit, sie noch weiter zu schonen.

Lucy sprang hinter ihrer Deckung hervor und feuerte schnell zwei Schüsse auf einen der Wärter. Sie hörte einen dumpfen Aufschlag.

»Ich ergebe mich. Nicht schie …«, schrie der andere. Aber es war schon zu spät. Lucy war ein zweites Mal aufgesprungen und hatte gefeuert. Die Stimme erstarb. Man hörte wieder nur einen dumpfen Ton, als der Körper des Mannes zu Boden ging.

Nun kam auch Borek aus seiner Deckung hervor. Tadelnd sah er auf Lucys Waffe, an der das Lämpchen noch immer dunkelgrün leuchtete.

»Musstest du gleich zweimal abdrücken? Damit hast du ihn wahrscheinlich ernsthaft verletzt«, schimpfte er.

»Hätte ich warten sollen, bis er alle Mädchen abgeknallt hat?«, blaffte Lucy zurück.

Sie nahm sich aber keine Zeit, weiter mit Borek zu streiten. Schnell sah sie sich um. Sie musste die Erzählerinnen der Gruppe finden.

Die Abgänger erkannte sie sofort. Jetzt verstand Lucy, dass Lars sie ›Zombies‹ nannte. Sie sahen wirklich so aus. Es waren teilweise sehr hübsche Mädchen. Aber ihre Augen starrten ins Leere. Kein Leben war in ihnen, keine Freude, keine Wärme, keine Hoffnung. Lucy lief ein kalter Schauer über den Rücken. Wären da nicht die anderen Mädchen gewesen, sie hätte gedacht, sie wäre in einem Horrorfilm gelandet.

Die Erzählerinnen zu finden, stellte sich dann aber doch nicht als besonders schwer heraus. Es waren ganz offensichtlich die zwei Mädchen, die sich als Einzige um ihre angeschossenen Leidensgenossinnen kümmerten. Lucy erschrak. Lars hatte erzählt, dass es in dem Turm eine Älteste gab. Sie war die Erzählerin und so etwas wie eine heimliche Anführerin der Gruppe. Die beiden Mädchen, die sie ausmachte, waren viel jünger.

Die eine war etwa so alt wie sie selbst. Sie machte zwar einen weitaus aktiveren Eindruck als die anderen Mädchen, wirkte aber derart unsicher, dass Lucy sich fragte, ob sie wirklich eine Hilfe dabei sein würde, ihre Leidensgenossinnen aus dem Keller zu führen.

Mit der anderen war es noch schlimmer. Es war ein Kind. Sie war sicher noch jünger als Nuri und blickte Lucy mit riesigen Kulleraugen an, bevor sich ihr Blick verschleierte und sie ganz unbeteiligt wirkte. Lars hatte erzählt, dass das die übliche

Schutzmaßnahme der Mädchen war, um sich als Roboter zu tarnen.

Lucy entschied sich, mit dem Kind anzufangen. Sie ging zu ihr und sagte: »Du bist doch eine der Erzählerinnen in eurer Gruppe?«

»Roboter erzählen keine Geschichten«, sagte die Kleine tonlos.

»Siehst du, jetzt hast du dich verraten«, grinste Lucy. »Wenn ihr euch keine Geschichten erzählen würdet, wüsstest du gar nicht, was eine Geschichte ist.«

Das kleine Mädchen bekam wieder diese riesigen Kulleraugen und starrte Lucy erschrocken an. Die lächelte, nahm sie in den Arm und streichelte ihr zärtlich über das zerzauste Haar.

Das andere Mädchen stand plötzlich neben den beiden. Lucy hatte sie gar nicht kommen hören.

»Sie ist noch ganz neu hier. Sie ist noch nicht richtig programmiert. Eine kleine Korrektur wird genügen«, sagte sie in diesem typisch emotionslosen Tonfall.

»Kommt, hört auf mit diesen Spielchen. Wir haben keine Zeit. Wir wissen, dass ihr Menschen seid. Wir sind hier, um euch hier herauszuholen«, sagte Lucy leicht gereizt. Sie hatten sich dummerweise vorher keine Gedanken gemacht, wie sie die Mädchen überhaupt überzeugen konnten mitzukommen. Das war ein schlimmer Fehler, wie sich jetzt herausstellte. Die Mädchen glaubten ihnen natürlich nicht, dass ihnen geholfen werden sollte. Sie hatten Angst. Und das Schlimmste war, die Zeit lief davon.

»Wir sind Roboter, keine Menschen«, sagte das Mädchen tonlos. »Wir sind gute Roboter, wir wollen keine Menschen sein.«

»Hört mal, wir wissen alles. Wir sind hier, um euch zu befreien. Aber ihr müsst mitmachen, sonst funktioniert das nicht«, erklärte Lucy verzweifelt.

»Wir machen nicht mit. Wir befolgen nur Befehle. Menschen können uns befehlen, was sie wollen.« Diese emotionslose Stimme des Mädchens zerrte langsam an Lucys Nerven. Hätte sie nicht noch immer die Kleine im Arm gehalten, die jetzt zu zittern begonnen hatte, hätte sie wahrscheinlich Schwierigkeiten gehabt, sich weiter zusammenzureißen.

»Wir müssen uns beeilen«, drängte Borek, der gerade neben Lucy aufgetaucht war. Er hatte erst die beiden Wärter gefesselt und sich dann um die angeschossenen Mädchen gekümmert. »Ein Mädchen ist schon tot und ein anderes wird uns verbluten, wenn wir uns nicht beeilen. Die anderen beiden konnte ich so weit versorgen, dass sie selbst gehen können.«

Lucy sah verzweifelt von den beiden Erzählerinnen zu den anderen Mädchen hinüber. Von den Zombies war wirklich keine Hilfe zu erwarten. Und der Rest der Mädchen stand völlig passiv mit ausdruckslosen Gesichtern da und wartete offensichtlich auf Befehle.

»Wir wollen euch aber nichts befehlen. Ihr seid ab jetzt keine Roboter mehr, sondern Menschen«, versuchte sie es noch mal. »Ihr braucht ab jetzt keine Befehle mehr zu befolgen.«

Das einzige, das Lucys kleine Rede bewirkte, war, dass das kleine Mädchen sie interessiert ansah, aber sofort wieder diesen ausdruckslosen Blick bekam, als sie merkte, dass Lucy ihren Blick erwiderte.

Lucy griff zu der letzten Idee, die ihr noch einfiel.

»Jurik ist gekommen. Er befreit euch alle. Wir helfen ihm. Wir müssen jetzt zu ihm gehen, und zwar schnell.«

Das hatte Wirkung. Das ältere Robotermädchen starrte Lucy irritiert an. Die Kleine löste sich aus ihrem Arm und sah Lucy mit großen Augen an.

»Ist das wahr?«, fragte sie und klang dabei fast wie ein normales, neugieriges Kind.

»Ist das Jurik?«, setzte sie ungläubig nach und zeigte auf Borek. Der blickte Lucy hilflos an.

»Nein, wir helfen ihm nur. Das ist Borek und ich bin Lucy. Jurik ist in dem Imperiumsturm bei den anderen Robotermädchen und wir müssen da jetzt hin, damit ihr alle befreit werdet.« Lucy versuchte, möglichst viel Überzeugung in ihre Stimme zu legen.

Wenig hilfreich war dabei allerdings, dass Borek sie ansah, als hätte sie nicht mehr alle Tassen im Schrank. Er kannte ja diese

Geschichte der Robotermädchen nicht. Die hatte Lars nur seinen terranischen Freunden erzählt. Lucy war es auch etwas peinlich, sich auf diese Geschichte zu berufen. Sie war irgendwie so naiv. Aber es schien zu funktionieren.

»Wer um Himmelswillen ist dieser Jurik?«, raunte Borek Lucy zu. Laut sagte er: »Ich suche dann schon mal den Tunneleingang. Beeilt euch!«

In der Zwischenzeit hatte sich die Kleine offensichtlich dazu durchgerungen, Lucy ein wenig mehr zu vertrauen.

»Was für ein Turm?«, fragte sie. »In der Geschichte gibt es keinen Turm.«

»Da sind die anderen Mädchen, die alle für Roboter halten«, antwortete Lucy und unterdrückte ihre Ungeduld.

»Es gibt noch andere Roboter wie uns?«, fragte die Kleine ungläubig. Sie ignorierte die immer verzweifelter warnenden Blicke des älteren Mädchens.

»Ja, es gibt drei Gruppen und wir treffen uns da unten und dann führt Jurik euch alle zusammen in die Freiheit.«

Die Kleine bekam große Augen und auch das etwas ältere Mädchen schien jetzt einigermaßen überzeugt. Zumindest war es offensichtlich der Meinung, dass es besser war, Lucy zu vertrauen.

»Seid ihr die einzigen beiden Erzählerinnen?«, fragte Lucy sie.

»Vor ein paar Tagen haben sie die Älteste von uns abgeschaltet – langsam«, erwiderte sie. Ihr Gesichtsausdruck war undurchdringlich. Nur daran, dass ihre Stimme belegt klang, konnte Lucy erahnen, wie nahe ihr diese Gräueltat ging.

»Das tut mir leid«, flüsterte sie.

Die Mädchen reagierten nicht, sondern starrten ausdruckslos an die gegenüberliegende Wand.

Lucy war unsicher. Mit dieser Emotionslosigkeit konnte sie nicht umgehen. Diese Mädchen waren schon merkwürdig. Einiges erinnerte in der Tat an Roboter. Hoffentlich hatten Christoph und Lars recht, aber darüber wollte sie nun wirklich nicht nachdenken. Dazu war es jetzt einfach zu spät.

Sie wurde aus ihren Gedanken gerissen, als sie sah, dass Borek in der Zwischenzeit den Eingang zum Tunnel gefunden hatte. Er schnitt mit seiner Strahlenwaffe ein Loch in die Wand. Der Bauroboter war anscheinend nicht fertig geworden. Ein Haufen Sand rutschte ins Innere der unterirdischen Halle. Aber es entstand ein kleines Loch, durch das man den dahinter liegenden Tunnel sehen konnte.

»Alle mit anfassen. Wir müssen den Tunneleingang frei graben«, kommandierte Borek.

Die Abgänger reagierten sofort. Mit stumpfem Blick machten sie sich an die Arbeit. Die anderen Mädchen schauten sich unsicher um, halfen dann aber auch mit. Es zupfte an Lucys Arm.

»Du Lucy, du hast doch gesagt, wir sind jetzt keine Roboter mehr. Wir brauchen keine Befehle mehr befolgen«, beschwerte sich die kleine Erzählerin. In ihrer Stimme schwang tatsächlich so etwas wie Entrüstung mit. Sie sah mit ihren großen Augen abwechselnd zu den arbeitenden Mädchen und in Lucys Gesicht.

Die legte wieder ihren Arm um die Kleine und drückte sie.

»Auch Menschen müssen manchmal auf andere hören. Wenn wir jetzt nicht alle zusammenhalten, kommen wir hier nie raus und die Wärter kriegen uns, wenn die nächste Schicht anfängt.«

Lucy fühlte sich das erste Mal an diesem Tag wohl. Die Kleine kuschelte sich an sie. Ein kleiner Mensch, der Vertrauen zu ihr hatte und den sie nicht enttäuschen würde.

Nach kurzer Zeit war der Gang so weit frei, dass ein Mensch in ihn hinein gehen konnte. Lucy hatte mithilfe der beiden Erzählerinnen, das schwer verletzte Mädchen notdürftig verbunden und die Blutungen weitgehend gestillt. Sie hatten für sie eine Trage besorgt. Es war ein ganz primitives Modell und musste von zwei Personen getragen werden. Eigentlich hatten die Imperianer für diese Aufgabe Roboter, die so etwas wie selbst laufende Tragen waren. Den Mädchen hatte man aber zugemutet, ihre Verletzten selbst zu tragen.

Borek hatte währenddessen die Organisation übernommen. Die zwei leichter Verletzen konnten zwar selbst gehen, mussten aber gestützt werden. Er teilte jeweils ein Mädchen zum Stützen einer Verletzten ein und beorderte zwei zum Transportieren der Krankentrage.

»Die Tote lassen wir hier. Um die müssen wir uns später kümmern«, beschloss er.

»So, ihr beiden geht hinten«, instruierte Lucy die beiden Erzählerinnen. »Ihr habt die Aufgabe darauf aufzupassen, dass wir keine verlieren. Borek und ich gehen vorne. Wir wissen nicht, was uns am anderen Ende des Ganges erwartet. Wenn etwas schiefgelaufen ist, könnte es da vorne gefährlich werden. Wenn vorne ein Kampf beginnen sollte, lauft ihr so weit zurück, bis ihr einigermaßen in Sicherheit seid, und versteckt euch, soweit das geht. Ihr wartet dann, bis wir euch holen. Ihr beide müsst dann das Kommando übernehmen und sehen, dass alle heil aus der Sache herauskommen, verstanden?«

Die beiden Mädchen nickten, sahen aber so unglücklich aus, dass Lucy sich fragte, ob es wohl funktionieren würde, wenn wirklich etwas passieren sollte. Normalerweise hätten Lars und Kara ihre Aufgabe schon erledigt und würden auf der anderen Seite der Wand auf sie warten. Mit Gewalt schob Lucy den Gedanken daran beiseite, dass Lars' Freundin Trixi etwas passiert sein könnte. Dann wäre er zu nichts mehr zu gebrauchen. Das würde nicht nur dieses Projekt gefährden, sondern auch ihre eigentliche Aufgabe.

Borek ordnete die Reihen. Die Abgänger hatte er direkt hinter sich aufgebaut. Im schlimmsten Fall wären sie am stärksten gefährdet. Aber vielleicht war das wirklich das Sinnvollste. Die anderen Mädchen hatten mit Sicherheit viel mehr Überlebenswillen als diese unglücklichen Wesen. In dieser Anordnung würden die Abgänger wenigstens nicht die anderen bei der Flucht behindern.

»Ich bleibe noch kurz hinter euch und verschließe wieder den Gang«, erklärte Lucy den beiden Mädchen. »So jetzt stellt ihr euch hinten an die Reihe an.«

»Das geht nicht«, sagte die Kleine und sah Lucy betrübt an.

»Wieso geht das nicht?« Lucy wunderte sich über sich selbst, dass sie so viel Geduld mit diesem Kind hatte.

»Du hast doch gesagt, wir müssen aufpassen, dass alle mitkommen und es sind nicht alle da.«

Lucy atmete einmal tief durch. Sie hoffte, dass sie das unauffällig gemacht hatte. Sie wollte die Kleine ja nicht vor den Kopf stoßen, aber diese Robotermädchen waren wirklich anstrengend. Mussten sie denn immer alles wörtlich nehmen?

»Ich weiß, meine Kleine«, sagte sie freundlich und drückte das Mädchen noch einmal an sich. »Aber hör mal, das Mädchen da hinten ist tot. Der können wir nicht mehr helfen und wir müssen sehen, dass wir euch hier lebend und möglichst unverletzt herausbekommen. Wir können sie wirklich nicht mitnehmen.«

»Aber das weiß ich doch!«, sagte die Kleine beleidigt. »Ich meine doch nicht die tote Abgängerin. Ich meine das Mädchen, das sie letzte Nacht geholt haben. Sie ist noch im Schlafraum und ich möchte, dass sie auch mitkommt.«

Jetzt sah sie schüchtern zu Boden.

»Ach so«, sagte Lucy verdutzt und fühlte sich ertappt. Die Kleine dachte viel stärker mit, als sie geglaubt hatte. Sie war eindeutig kein Roboter.

Sie rief Borek zu, er solle ganz langsam in den Gang gehen und rannte zusammen mit der kleinen Erzählerin in den Schlafraum der Mädchen. Dort lag ein Häufchen Elend auf einer dieser primitiven Pritschen, die ihnen als Bett dienten. Das Mädchen war nicht viel älter als die kleine Erzählerin, auch noch ein Kind. Es war besonders hübsch. Abgesehen von den langen Haaren sah es aus wie ein typisches imperianisches Kind. Allerdings starrte es Lucy aus angstvoll aufgerissenen Augen an und zitterte am ganzen Leib.

Als Lucy das sah, gingen ihr kurz die fiesesten Rachegedanken durch den Kopf. Am liebsten hätte sie jetzt einen dieser Wärter in die Finger bekommen. Aber glücklicherweise hatte sie keine Zeit, sich weiter mit ihren Rachegelüsten zu beschäftigen.

Die kleine Erzählerin stürzte auf das Mädchen zu, nahm sie an die Hand und erzählte ihr aufgeregt die ganze Geschichte.

Zum ersten Mal sah Lucy, dass die Kleine Gefühle für einen anderen Menschen zeigte. Dieses Mädchen war offensichtlich ihre Freundin. Es nickte nur und sah Lucy weiter ängstlich an. Die kleine Erzählerin hatte das Mädchen sanft, aber bestimmt von der Pritsche gezogen. Lucy nahm sie vorsichtig in den Arm. Es dauerte ein wenig, bis sich das Mädchen entspannte und das Zittern etwas nachließ. Den Arm um beide Kinder gelegt, ging Lucy zu den anderen. Als das Mädchen Borek sah, begann es erneut und noch stärker, als vorher zu zittern.

»Keine Angst Kleine, das ist Borek. Der tut dir wirklich nichts. Der hilft, euch zu befreien«, flüsterte Lucy. Viel nutzte es allerdings nicht.

»Die Kleine bleibt bei euch«, bestimmte Lucy schließlich an die Erzählerinnen gewandt. So war ihr Schützling am weitesten von Borek entfernt, der mittlerweile mit dem Anfang der Schlange von Mädchen in den Tunnel eingetreten war.

Lucy wartete, bis auch die letzte in dem Stollen verschwunden war. Dann ging sie hinterher. Ein paar Meter hinter dem Tunneleingang blieb sie stehen, drehte sich um und schoss diesmal im Zerstörungsmodus in die Decke des Stolleneingangs. Wie sie erwartet hatte, gab der nach und die darüber liegende Erde stürzte herab.

Es war allerdings mehr, als sie gedacht hatte. Eine riesige Menge Erde sackte nach. Es schien gar nicht mehr aufzuhören. Als der ganze Rutsch endlich zum Stehen kam, stand Lucy bis über die Knie im Sand.

Die kleine Erzählerin, die zusammen mit ihrer Freundin mit großen, ängstlichen Augen den Vorgang beobachtet hatte, rief der zu: »Komm! Wir müssen ihr helfen.«

Die beiden rannten zu Lucy und begannen mit ihr, ihre Beine auszugraben. Lucy war gerührt. Das war sicher eine der ersten selbstständigen Entscheidungen, die die beiden Mädchen getroffen hatten. Und das ganz gegen alle Befehle.

Zusammen schlossen sie sich wieder dem Rest der Prozession an. Lucy drückte beide noch einmal an sich. Dann verabschiedete sie sich schnell und drängelte am Rest der Schlange vorbei, bis sie am Kopf bei Borek angekommen war.

Borek und sie sahen sich nur einmal fest an. Sie sagten – wie der Rest der Mädchen auch – kein Wort, sondern gingen schweigend weiter. Es gab nichts zu besprechen. Der Plan stand fest.

Am anderen Ende des Tunnels endete der Marsch erneut vor einer Wand aus Erde. Borek zog seine Strahlenwaffe und schaltete sie in den Zerstörungsmodus. Die kleine Anzeige leuchtete warnend dunkelrot. Lucy zog ebenfalls ihre Waffe. Ihre Anzeige leuchtete grün. Sie war im Betäubungsmodus.

Borek und sie sahen sich noch einmal an. Lucy nickte. Borek begann damit, ein Loch in das Ende des Tunnels zu brennen. Der Strahl ging nicht nur durch den Sand, sondern schnitt auch durch die Kellerwand. Es war die Wand des Kellers des Imperiumsturms.

Lucy hielt ihre Waffe auf den entstehenden Eingang gerichtet. Sie wussten nicht, was sie auf der anderen Seite der Wand erwartete. Wenn alles nach Plan lief, sollten dort schon Lars und Kara mit ihren Mädchen warten. Im schlimmsten Fall standen dort jetzt aber Wärter mit gezogenen Waffen, die wahrscheinlich dann auch noch in den Tötungsmodus gestellt waren. Lucy war aufs Äußerste angespannt. Sie war darauf eingerichtet, beim geringsten Verdacht abzudrücken.

Die Erde fiel mit dem Rest der Wand zusammen. Es entstand ein Loch. Niemand war zu sehen. Sofort sprangen nacheinander Lucy und Borek durch die Öffnung. Jeder sicherte eine Richtung hinter dem Tunnelausgang, in dem sie ihre Waffen im Halbkreis schwenkten.

Aber da war niemand. Der Raum war leer. Was war hier los? Während Lucy noch irritiert nach den anderen suchte, winkte Borek die Mädchen aus dem Stollen in den Raum zu kommen.

Als auch die Letzte den Tunnel verlassen hatte, standen sie alle ratlos herum. Ein Teil der Mädchen tuschelten leise miteinander.

»Wo ist Jurik?«, fragte die kleine Erzählerin Lucy. Die konnte nur mit den Schultern zucken. Sie wusste es auch nicht.

Plötzlich sah sie ein gefährliches Schimmern an einer Kellerwand. Die kleine Erzählerin lief neugierig darauf zu.

»Nein nicht!«, schrie Lucy. Sie bekam die Kleine gerade noch an einem Stück Stoff zu fassen und riss sie zurück.

»Du hast gesagt, ich bin jetzt ein Mensch, ich brauche keine Befehle mehr zu befolgen!«, beschwerte sie sich beleidigt.

»Auch Menschen müssen manchmal Befehle befolgen, zum Beispiel wenn etwas gefährlich ist«, erklärte Lucy schwer atmend. Sie hatte sich von dem Schreck noch nicht erholt. Sie nickte in Richtung dieses rot schimmernden Strahls, der sich durch die Wand schnitt. »Und das da ist sehr gefährlich.«

Schützend einen Arm um die kleine Erzählerin gelegt, stand Lucy da und wartete ungeduldig, dass ihre Freunde zu ihnen stoßen würden. Das Erste, was sie hörte, nachdem das herausgeschnittene Stück Wand mitsamt Schutt und Sand in den Raum gestürzt war, waren verzweifelte Schreie einer fremden Stimme:

»Nicht schießen, wir sind unbewaffnet.«

Dann tauchten aus dem Staub die Gestalten zweier Wärter auf, die mit erhobenen Händen, zitternd und verzweifelt wimmernd auf Lucy zukamen. Die hielt noch immer ihre Waffe in der freien Faust. Natürlich war sie in den Betäubungsmodus geschaltet.

»Da habt ihr aber Glück gehabt, dass nur unsere Freunde hier sind und nicht eure Kumpanen. Dann wärt ihr wahrscheinlich schon tot«, sagte ein fies grinsender Belian. Er ging hinter den Wärtern und drängte sie mit ein paar wenig rücksichtsvollen Stößen seiner Waffe in die Rippen vorwärts.

Offensichtlich hatten er und Kim, die ebenfalls höhnisch grinsend hinter ihm auftauchte, die beiden Kerle nicht sonderlich nachsichtig behandelt. Der eine blutete aus der Nase und beide hatten blaue Flecken an den Stellen, wo die teilweise zerrissene Kleidung Haut freigab. Auch die Gesichter waren leicht angeschwollen. Die beiden hatten ganz offensichtlich bei der Auseinandersetzung ganz übel Prügel bezogen.

Beide schrien auf und jammerten, als Belian sie weiter mit Stößen in die Rippen vorantrieb.

»Noch einmal jammern und ich knall' dich gleich ab«, schnauzte er denjenigen der beiden an, der am lautesten aufschrie.

»Hör auf Belian! Du machst den Mädchen Angst«, bat Lucy. Die kleine Erzählerin und ihre Freundin hatten sich an sie geklammert und starrten Belian ängstlich an. Die Freundin der kleinen Erzählerin zitterte dabei so heftig, dass ihre Zähne aufeinander schlugen.

»Keine Angst Mädels, heute geht es ausnahmsweise einmal diesen Kerlen an den Kragen und nicht euch«, tönte Belian.

»Bitte Belian«, sagte Lucy so sanft wie möglich. Sein lauter Ausspruch hatte die beiden Kinder keineswegs beruhigt, sondern im Gegenteil noch mehr verschreckt.

Lucy begriff langsam, dass sie instinktiv Angst vor Männern hatten. Alles Gemeine, das ihnen widerfahren war, ging von Männern aus. Die einzigen Freundschaften hatten sie untereinander, also zu Mädchen. Daher hatten sie auch viel mehr Zutrauen zu ihr, als zu Borek oder jetzt zu Belian. Jegliche Form von Aggression war bisher immer gegen die Mädchen gerichtet gewesen. Daher hatten sie automatisch Angst, sobald irgendjemand auch nur lauter wurde oder sich in irgendeiner Weise Gewalt anbahnte.

Belian schien das nicht zu durchschauen und Kim, wie es aussah, auch nicht. Beide waren zu sehr mit ihrer Wut und ihren Rachegefühlen gegenüber den Wärtern beschäftigt.

»Nun nimm bloß nicht diese Kerle in Schutz«, murrte Belian. »Bei dem Kampf vorhin haben die einfach im Tötungsmodus geschossen. Zwei Mädchen sind dabei erschossen worden, und zwar von diesen beiden Schweinen.«

Er stieß dem einen wieder unsanft seine Waffe in die Rippen.

»Wir haben außerdem vier Verletzte, ein Mädchen davon schwer. Wenn es hier noch eine Auseinandersetzung gibt, werde ich die beiden als menschlichen Schutzschild benutzen. Das steht fest.«

»Aber das waren doch nur Roboter. Wir sind Menschen«, jammerte der Kerl wieder. Belians Faust landete auf seiner Lippe, die aufsprang und zu bluten begann.

»Noch einmal so einen Satz und ich prügel dich windelweich«, zischte er ihn an.

»Belian bitte«, bettelte Lucy. Sie hatte Angst, dass die Freundin der kleinen Erzählerin gleich ohnmächtig werden würde, so zitterte sie.

Belian winkte nur barsch ab und drängte die beiden Wärter weiter weg von dem Tunnelausgang. Die Mädchen aus dem Stollen füllten langsam den Raum. Wie Lucy befürchtet hatte, waren sie noch ängstlicher als ihre Mädchen. Kim und Belian hatten sich viel zu sehr um die Wärter gekümmert. Die Mädchen waren ganz verstört.

»Hört mal ihr zwei«, sagte sie einem plötzlichen Einfall folgend zu den beiden Kindern. Ihr müsst jetzt die anderen Erzählerinnen suchen. Ihr zusammen müsst die ganzen Mädchen hier auf ihre Befreiung vorbereiten. Erzählt ihnen alles, was wir euch gesagt haben.

Die kleine Erzählerin nickte stolz mit leuchtenden Augen. Dann zog sie Lucy am Ärmel und flüsterte ihr ins Ohr:

»Die ist zwar wahnsinnig lieb, aber sie ist keine Erzählerin. Ich glaub', die kann das nicht.«

»Nimm sie einfach mit. Vielleicht kann sie ja wenigstens ein bisschen was erzählen. Auf jeden Fall musst du gut auf sie aufpassen«, flüsterte Lucy zurück und blickte das Mädchen ernst an. Die Kleine sah genauso ernst, aber wahnsinnig stolz zurück. Sie nahm ihre kleine Freundin an der Hand und die beiden zogen ab.

Lucy sah sich nach ihren Freunden um. Die standen zusammen und beratschlagten. Lucy drängelte sich durch die Mädchenmenge zu ihnen durch. Lars und Kara waren noch immer nicht aufgetaucht. Langsam machte sich bei Lucy ein ganz ungutes Gefühl breit.

»Wo sind die beiden bloß?«, hörte sie gerade Borek zu den anderen Dreien sagen, als sie bei ihnen ankam. Da legte Belian seinen Finger auf den Mund und flüsterte:

»Psst, das hört sich doch nach einem Kampf an. Das kommt von dort.«

Er zeigte in die Richtung der Werkhalle, die in diesem Keller untergebracht war. Dann stürmte er los und schob die beiden Wärter vor sich her, die beide verzweifelt schrien: »Nein, nein«.

Lucy hatte nicht geglaubt, dass Belian das mit den menschlichen Schutzschilden ernst gemeint hatte. Jetzt war es zu spät. Sie holte ihn bis zur Tür nicht mehr ein.

Belian schubste die beiden Kerle in den Raum. Lucy erstarrte den Bruchteil einer Sekunde. Die Wärter in diesem Raum schossen wie gehabt scharf. Ihre beiden Kollegen brachen getroffen zusammen.

Kim und Belian hechteten in den Raum. Ohne weiter nachzudenken, sprang Lucy hinterher. Sie bestand nur noch aus Reflex, bemüht nicht getroffen zu werden. Als Lucy auf die Beine kam, stand sie sofort zwei Wärtern mit rot leuchtenden Waffen gegenüber. Noch immer begriff sie nicht, was hier eigentlich los war. Sie hatte auch keine Zeit und keine Gelegenheit, sich darüber Gedanken zu machen. Sie war nur noch damit beschäftigt, alle Kampftechniken einzusetzen, die sie gelernt hatte, um ihre Gegner zu entwaffnen. Es ging nur noch darum, zu überleben.

Die Befreiung

Etwa zu dem Zeitpunkt als Lucy und Borek die alte Fabrik von ihrem Laufroboter aus sahen, gingen – oder besser liefen – Kara und Lars durch die Eingangshalle des Imperiumsturms.

»Renn nicht so. Du bist viel zu auffällig«, zischte Kara ihn an und zerrte an seiner Jacke. Lars zwang sich, langsamer zu gehen. Als sie um eine Ecke kamen, wo sie ziemlich unbeobachtet waren, hielt Kara ihn fest. Sie drückte ihn an sich. Lars verkrampfte sich. Seit der kurzen Geschichte vor ein paar Wochen hatte er sich von Kara so weit wie möglich ferngehalten.

»Hör mal Lars, egal was wir da unten vorfinden, wir holen die Mädchen da raus. Wir schaffen das. Atme ganz ruhig durch. Wir müssen unauffällig zum Keller kommen. Denk daran, wir sind harmlose Touristen.«

Langsam entspannte er sich. Es war schön ihren Körper zu spüren, auch wenn es nicht der von Trixi war. Für ein paar Tage war er für ihn schließlich der begehrenswerteste Körper des ganzen Universums gewesen und auch jetzt hatte er eine beruhigende Wirkung auf ihn. Er konnte den Trost wirklich gebrauchen, auch wenn er nur kurz war. Sie mussten weiter. Unauffällig aber zügig mussten sie in diesen Keller.

Seit dem Gespräch beim Frühstück war Lars in Panik. Es lag eine gewaltige Aufgabe vor ihnen. Aber das war nicht der Grund seiner Panik. Ihm war bewusst geworden, dass Riah recht hatte. Wie hatte er bloß am Abend vorher so unüberlegt handeln können? Als er die Wärter überwältigt und das Mädchen befreit hatte, hätte er versuchen müssen, sie aus dem Gebäude zu schmuggeln. Wie war er bloß auf diese hirnverbrannte Idee gekommen, sie in dem Verlies zu verstecken?

Garantiert hatten sie unten die Halle durchsucht, in der die Mädchen schliefen, genauso wie diese Abstellkammer. Er war sich jetzt sicher, dass Riah recht hatte. Natürlich hatten sie auch dort gesucht. Sie würden den Mädchen die Schuld geben. Ihre Wut an ihnen auslassen. Und er war schuld.

Wenn sie Trixi etwas getan hatten. Wenn sie gefoltert oder gar getötet worden war. Er würde nicht mehr glücklich werden, sein ganzes Leben lang. Was hieß hier Leben, für ihn würde es kein Leben mehr geben. Ihm wäre dann alles egal. Dieser blöde Schlüssel, die gesamte Aktion, ja der ganze Planet Terra. Sollten die Imperianer ihn doch einkassieren. Wenn Trixi nicht mehr leben würde, wäre auch das egal. Er würde dann kämpfen, bis sie ihn erschießen würden. Vorher würde er aber all diese miesen Wärter mitnehmen. Wenn Trixi auch nur ein Haar gekrümmt worden war, würde keiner dieser Widerlinge überleben. Das stand fest. Er kochte jetzt schon vor Wut, nur bei dem Gedanken daran.

»Mensch Lars, du hörst mir ja gar nicht zu. Ich glaub', wir sollten die Aktion abblasen und ich hole mir einen anderen Partner. Mit dir ist das ja lebensgefährlich«, schnauzte Kara ihn an. Sie war jetzt ernsthaft sauer.

»Äh, was hast du gesagt. Ich war in Gedanken – glaub' ich«, gab Lars zurück und versuchte verzweifelt, in die Wirklichkeit zurückzukehren.

»Hör mal, Träumereien können wir uns im Moment nicht leisten. Entweder du bist jetzt völlig kampfbereit und mit deinen Gedanken nur bei der Gefahr, die gleich da hinter der Tür lauert, oder du kannst die Sache vergessen. Ich habe jedenfalls keine Lust, dich tot vom Boden aufzulesen. Hattest du nicht gesagt, die Typen laufen alle mit Waffen im Tötungsmodus herum?«

»Ja, ja, du hast ja recht.« Lars war wieder bei der Sache – fast jedenfalls.

»Also noch mal: Ist das da die richtige Tür in den Keller oder nicht?«, fragte Kara genervt. Sie schien diese Frage mindestens schon einmal gestellt zu haben.

»Ja, das ist die Tür. Danach eine Treppe runter und unten hinter der nächsten Tür sind wir dann schon im Gang mit den Büros der Wärter.«

»Na das war ja mal eine präzise Auskunft. Schön, dass du wieder auf dem Boden angekommen bist«, sagte Kara jetzt etwas versöhnlicher. »Na dann mal los.«

Kara öffnete die Tür, als wäre es das normalste der Welt. Sie schlenderten in den kleinen Vorraum, von dem sich die Treppe nach unten drehte. Locker verschlossen sie den Eingang.

Kaum war das typisch ovale Türloch verschwunden, änderte sich die Haltung der beiden sofort. Beide Körper spannten sich an. Sie zogen ihre kleinen Handwaffen, die sie unter ihren Jacken versteckt hatten. Die Ohren gespitzt und den Körper in Bereitschaft schlichen sie die Treppe hinunter. Kara ging vor, Lars folgte. Beide waren bereit bei dem kleinsten Anzeichen von Gefahr sofort zuzuschlagen.

Aber bis zum Ende der Treppe tat sich nichts. Ganz im Gegenteil es war gespenstisch still. Sie öffneten die Tür und sprangen mit vorgehaltenen Waffen in den Flur. Jeder hatte seinen Strahler auf eine Seite des Ganges gerichtet. Aber der Flur war ebenfalls leer. Kein Ton war zu hören.

Kara und Lars verständigten sich nur mit Augen und Kopfbewegungen. Keiner sprach ein Wort. Lars zwang sich, ruhig und geräuschlos zu atmen. Vor Anspannung hätte er am liebsten die Luft angehalten. Das wäre aber das Falscheste gewesen, was er machen konnte. Sein Körper musste jederzeit vollkommen leistungsfähig und daher auch vollständig mit Sauerstoff versorgt sein.

Die beiden schlichen vorwärts. Jeder behielt eine Seite des Flurs im Auge. Die Türen zu den Büros der Wärter standen offen. Sie sprangen in jeden Raum. Immer mit vorgehaltener Strahlenwaffe, bereit bei der kleinsten Bewegung, ja beim leisesten Geräusch, einen möglichen Angreifer sofort zu betäuben. Aber kein Mensch war in diesen Räumen.

Als sie am Ende des Ganges ankamen, war Lars mittlerweile nass vor Schweiß. Sie hatten keinen einzigen Wärter gesehen. Er wusste zwar nicht richtig über die Abläufe während des Tages Bescheid, aber er hatte mindestens mit Dreien oder Vieren dieser Kerle in den Büros gerechnet. Irgendetwas stimmte nicht. Dass keiner in den Büros war, kam ihm komisch vor. Er wollte seine Befürchtung Kara mitteilen, die gab ihm aber ein Zeichen ruhig zu sein.

Jetzt kamen sie an die Schleuse. Sie war wie immer verschlossen. Lars holte sein Gerät heraus und begann die Tür zu manipulieren.

»Was ist das denn?«, fragte Kara flüsternd. Sie starrte auf den Apparat.

»Äh das, ach so ein Gerät, das wir auch schon auf Terra zum Öffnen verschlossener Türen benutzt haben«, stotterte Lars leise. Er hatte nicht daran gedacht, dass es ein aranaischer Apparat war, den seine imperianischen Freunde nicht kannten.

»Richtiges Profi-Einbrecherwerkzeug, wow«, flüsterte Kara und sah ihn mit undefinierbarer Miene an. Lars war etwas verunsichert. Endlich schaffte er es, die Tür zu öffnen. Die Kamera in der Schleuse war nicht verändert worden. Sie war immer noch auf die Decke gerichtet. Lars öffnete die zweite Tür.

Wieder sprangen die beiden schussbereit in den Gang. Niemand war da. Alles war gespenstisch leer. Sie schlichen bis zu der Halle, in der die Mädchen schliefen. Auch diese war leer.

»Irgendwie ist das merkwürdig«, flüsterte Lars.

»Na, ja, vielleicht ist das ein gutes Zeichen und alle sind ganz normal bei der Arbeit in der Fabrikhalle«, meinte Kara, aber auch sie klang nicht wirklich überzeugt.

»Lass uns in der Kammer nachsehen, in der du das Mädchen versteckt hast«, schlug sie vor. Beide schlichen dorthin. Sie öffneten die Tür und traten ein, natürlich wieder schuss- und angriffsbereit. Auch die Kammer war leer. Sie sahen überall nach. Aber es war kein Mädchen dort.

»Sie müssen sie gefunden haben«, meinte Kara. Beide blickten ratlos auf die notdürftig hergerichtete Pritsche, auf der Lars die Abende mit Trixi geschmust hatte und auf der eigentlich dieses Mädchen hätte liegen sollen.

Plötzlich spürte er die kalte Mündung einer Strahlenwaffe in seinem Genick. Ein vorsichtiger Blick zu Kara zeigte, dass auch sie erstarrt war. Auch auf ihr Genick war eine Strahlenwaffe gerichtet. Das rote Lämpchen schimmerte bedrohlich in dem nur schlecht beleuchteten Raum.

»Da haben wir ja einen ganz besonders niedlichen Roboter«, schnurrte eine heisere Stimme. Sie gehörte einem besonders widerwärtig blickenden Wärter, wie Lars fand. Er hatte seine Waffe auf Kara gerichtet und nahm ihr wie nebenbei ihren Handstrahler ab.

»Wir werden heute bestimmt noch viel Spaß miteinander haben«, setzte der Widerling wieder an. Er streichelte ihr über die Wange und kniff leicht hinein. Lars bewunderte Kara, die absolut ruhig blieb. Auch ihm war seine Waffe abgenommen worden.

»Die sehen aber gar nicht wie Roboter aus«, meinte jetzt der Kerl, der Lars bewachte, und betrachtete ihn dabei mit ziemlich dämlichem Gesichtsausdruck.

»Klar sind das Roboter. Was sollte hier denn sonst rumlaufen«, tönte jetzt eine laute, barsche Stimme.

Lars wurde klar, dass es sich insgesamt um vier Männer handelte. Zwei hatten Kara und zwei ihn selbst aufs Korn genommen.

»Aber Roboter haben doch keine Waffen«, versuchte es der Erste noch einmal und starrte recht naiv auf Lars' Strahlenwaffe, die er ihm gerade abgenommen hatte.

»Roboter dürfen keine Waffen haben, da hast du recht. Roboter, die Menschen bedrohen, müssen abgeschaltet werden«, blaffte der Kerl mit der lauten Stimme zurück. Er sah Lars abschätzend an und rieb sich dabei die Rippen. Plötzlich erkannte Lars ihn wieder. Am Abend vorher hatte er diesem Kerl einen ziemlich fiesen Tritt in die Rippen verpasst.

»Ich denke, bei diesen beiden Robotern wird das Abschalten lange dauern – sehr lange – und es wird sehr schmerzhaft werden«, knurrte der Kerl und sah Lars dabei direkt in die Augen. Plötzlich war Lars sich sicher, dass er trotz seiner Verkleidung am Vorabend wiedererkannt worden war.

»Aber das ist doch ein Junge. Ich habe noch nie so einen Roboter gesehen«, versuchte der Wärter, der weiterhin seine Waffe Lars ins Genick drückte, noch einmal seinen Zweifel kundzutun.

»Jetzt reicht's«, schnauzte die laute Stimme. »Kennst du alle Roboter? Weißt du, was es für neue Modelle gibt? Das ist ein Roboter sag' ich dir und der wird abgeschaltet. Ende der Diskussion!«

Er gab Lars einen unsanften Stoß und schubste ihn damit vorwärts.

»Erst mal gehen wir zu den anderen. Das gibt sicher schon mal einen schönen Vorgeschmack, wenn ihr zuseht, wie es euren Artgenossen ergeht.«

Er stieß Lars ein weiteres Mal unsanft in den Rücken. Der stolperte in den Gang vor ihm. Kara ging es nicht besser, auch sie wurde unsanft vorwärts gestoßen. Die Wut stieg wie brennendes Feuer auf und füllte Lars' ganzen Körper aus. Aber die Wut war nur das geringste Problem. Er hatte Angst, Angst um Trixi. Was hatten sie ihr und den anderen angetan?

Kara sah ihn warnend an. Lars wusste, was dieser Blick bedeutete. Wenn er jetzt ausrasten würde, würde er nicht nur sich selbst umbringen, sondern schlimmer noch, er würde Trixi und den anderen nicht mehr helfen können.

Mit einem Tritt in den Hintern wurde Lars durch eine weitere Tür in einen Saal befördert, den er noch nicht kannte. Es schien sich um einen Lagerraum zu handeln. In ihm standen große kistenähnliche Dinge herum. Die Robotermädchen waren in einem Halbkreis aufgestellt worden. Sie hatten der Tür, durch die Lars in den Raum gestolpert kam, den Rücken zugewandt.

Möglichst unauffällig ließ Lars seinen Blick über die Mädchen schweifen. Er gab sich alle Mühe, nicht zu verraten, wen er suchte. Er wandte seine ganze Kraft auf, seine Erleichterung nicht zu zeigen, als er Trixis roten Haarschopf entdeckte und feststellte, dass man ihr noch nichts angetan hatte. Stattdessen blickte er sich weiter mit möglichst unbeteiligtem Gesichtsausdruck um.

In der Mitte des Raums stand eine größere Kiste – oder zumindest etwas, was wie eine größere Kiste aussah. Zwei Wärter hatten sich breit grinsend neben sie positioniert. Lars stand hinter einer Reihe von Abgängerinnen, die mit ihren seelenlosen, leeren Augen unbewegt nach vorne starrten. Er wurde noch immer von zwei Wärtern an den Armen festgehalten. Es war gar nicht so einfach aus dieser Position, zwischen den Köpfen der Mädchen hindurch nach vorne zu sehen.

Als er dennoch das Bündel auf dem Boden vor dieser großen Kiste entdeckte, glaubte er einen Moment, dass seine Beine ihn nicht mehr tragen würden. Bei dem Bündel handelte es sich um ein Mädchen. Auch wenn er es nicht genau erkennen konnte, so war doch klar, dass es diejenige war, die er am Abend vorher befreit hatte. Sie hatten sie einfach achtlos von der Kiste gestoßen, nachdem sie mit ihr fertig gewesen waren. Auch wenn Lars nicht das Gesicht des Mädchens erkennen konnte – es war gnädigerweise von der lockigen Mähne dunkler Haare verdeckt – so wusste er doch, dass sie tot war.

Erneut stieg die Wut ihn ihm auf, die Wut auf sich selbst. Warum hatte er sich einmischen müssen? Das Mädchen hätte sicher eine schreckliche Nacht gehabt, aber es würde noch leben. Trixi und auch Eva hatten ihn gewarnt. Durch seine Einmischung hatte er alles nur schlimmer gemacht. Die Verzweiflung lähmte ihn. Alles war so sinnlos. Er hatte dieses Mädchen auf dem Gewissen. Und jetzt stand er hier und konnte nichts machen. Überall waren Wärter. Es waren viel mehr, als er erwartet hatte. Alles war sinnlos.

»Nein nicht sie! Sie ist doch noch ein Kind! Sie weiß doch von nichts«, hörte er plötzlich Evas Stimme verzweifelt schreien.

»Warum ist die Alte noch nicht abgeschaltet?«, fragte eine barsche Stimme. »Die ist doch schon zu alt für die Produktion.«

Und dann an Eva gewandt: »Keine Angst Alte, du brauchst gar nicht zu betteln. Du bist als Nächste dran.«

Brutal schlug er ihr mit der Hand ins Gesicht. Das schien für Eva aber nicht das Schlimmste zu sein. Sie blickte entsetzt weiter in Richtung der großen Kiste.

Erst als Lars ihrem Blick folgte, sah er, dass sie mit dem Mädchen des Vorabends scheinbar schon länger fertig waren. Neben der Kiste stand ein weinendes Mädchen, das von einem fies grinsenden Kerl festgehalten wurde. Das Mädchen war Lara.

Lars wusste, wenn sie die Kleine zum Weinen gebracht hatten, musste ihr schon gemein wehgetan worden sein. Seine Wut wuchs ins Unermessliche.

Hilfe suchend sah er sich nach Kara um. Sie starrte ihn mit schon fast hypnotisierend an. »Lars, mach jetzt keinen Unsinn«, sagte der Blick. »Wir müssen auf eine gute Gelegenheit warten.«

Lars gab sich die größte Mühe. Er versuchte sich abzulenken, sich selbst zu hypnotisieren. Er ging das ganze Antiaggressionsprogramm des Kampftrainings durch, um seine Wut unter Kontrolle zu bringen.

Dann nahm der zweite widerlich grinsende Kerl dieses eigentlich verbotene Folterinstrument in die Hand. Aus dem Gerät schoss eine virtuelle Messerklinge. Der eine Kerl hielt die Hand der kleinen Lara auf die Kiste, während der andere die Klinge über die kleinen Finger gleiten ließ. Es war ja nur eine virtuelle Klinge. Die kleinen Finger wurden nicht wirklich abgeschnitten. Der Schmerz war aber der gleiche.

Irgendetwas setzte aus. Lars wusste auch später nicht mehr genau, wann das passierte. Er war sich allerdings ziemlich sicher, dass es geschah, als er den gellenden Schrei der Kleinen hörte.

Im nächsten Moment sah er zwei entsetzte Wärtergesichter direkt vor seinem Gesicht, die ihn erschrocken anstarrten. Allerdings nur für den Bruchteil einer Sekunde, dann krachten beide Köpfe mit einem hässlichen Ton zusammen und sackten nach unten weg.

Erst jetzt bemerkte Lars, dass es seine Hände waren, die die Schädel gepackt und mit aller Kraft zusammengestoßen hatten. Ob die beiden ihren Griff für einen Moment gelockert hatten, weil sie das grausame Schauspiel verfolgt hatten, ob die aufgestaute Wut ihm unbändige Kräfte verliehen hatte oder ob das Überraschungsmoment die beiden überrumpelt hatte, würde wohl für immer ein Geheimnis bleiben. Wahrscheinlich war es eine Mischung aus allem.

Lars dachte in diesem Moment allerdings sowieso nicht über diese Dinge nach. Er funktionierte einfach nur. Mit einem Satz sprang er auf eine etwa einen halben Meter hohe, vor dem Halbkreis der Mädchen stehenden Kiste. Er selbst registrierte nicht einmal, dass der gewaltige Schrei, der durch den Raum hallte, ganz tief aus seinem Bauch stammte und durch seine Kehle ausgestoßen wurde. Mit dem nächsten Satz stand er neben Lara und riss ihren Peiniger am Kragen über die Kiste hinweg. Der ließ sein Folterwerkzeug fallen, das krachend auf der Kiste landete. Mit vor Wut unbändiger Kraft schleuderte Lars ihn in Richtung des einzigen Wärters, der geistesgegenwärtig seine Strahlenwaffe gezogen hatte und auf ihn zielte.

Der Schuss traf seinen Kumpan noch im Flug. Der stieß einen kurzen Schrei aus. Der tote Körper traf den Schützen und riss ihn von den Beinen. Die Waffe schlitterte über den Boden. Der Schütze schien unter Schock zu stehen. Entsetzt sah er auf seinen Kumpel, der ihm im Arm lag und dessen Blut auf seine Uniform floss.

Lars nahm unterdessen das Folterwerkzeug von der Kiste und stieß die virtuelle Klinge in den Bauch des noch immer verdutzt dastehenden Wärters, der die kleine Lara festhielt. Das fiese Lachen war ihm vergangen. Er schrie auf, als wäre er von einem richtigen Messer verletzt worden. Der Schmerz war so groß und fühlte sich so echt an, dass er sich den Bauch hielt und auf den Boden sank. Er hielt das virtuelle Messer fest und wagte nicht, es zu bewegen, was natürlich den Schmerz anhalten ließ. So saß er außer Gefecht auf dem Boden und wimmerte vor sich hin.

Nach dem tödlichen Schuss auf den einen Wärter waren alle anderen einen Moment geschockt. Wahrscheinlich rettete genau das Lars das Leben. Diese Wärter liefen zwar mit tödlichen Waffen herum, waren aber nicht zu Kämpfern ausgebildet. Sie konnten zwar mit diesen gutmütigen, alles hinnehmenden Robotermädchen fertig werden, Lars und Kara waren sie aber weit unterlegen. Auf den Tod eines ihrer Kumpane waren sie schon gar nicht vorbereitet.

Einen Moment starrten alle Wärter entsetzt auf die sich vor ihren Augen abspielende Kampfszene. Dann erwachten sie zum Leben. Aus den Augenwinkeln sah Lars, wie einer von Karas Bewachern seine Waffe zog und sie auf ihn richtete. Das war keine gute Idee. Das hübsche, eher schüchtern wirkende Mädchen, das sich so bereitwillig hatte abführen lassen, riss sich plötzlich von ihm los, ließ seinen Kollegen mit einem einzigen kurzen Schlag zu Boden gehen und hatte ihm den Arm, in dem er seine Waffe hielt, gebrochen, bevor er auch nur eine Chance hatte abzudrücken. Den fürchterlichen Schmerz, der von dem Bruch ausging, musste er dann auch nicht lange aushalten, der nächste Schlag schickte auch ihn in das Land der Träume.

Allerdings hatte Lars keine Gelegenheit die Szene weiter zu beobachten. Er registrierte, wie die im ganzen Raum verteilt stehenden Wärter ihre Waffen zogen und zu schießen begannen. Die Mädchen blickten sich verständnislos und verunsichert um. Die wenigsten reagierten, obwohl Lars und Kara wie aus einem Mund »Runter! In Deckung!« brüllten.

Lars sprang mit einem Hechtsprung auf Trixi und Eva zu, die nebeneinanderstanden und stieß sie unsanft hinter eine Kiste. Ein höllischer Schmerz fuhr über seinen Rücken. Ein Strahl war so knapp über ihn hinweg gefegt, dass er ihm nicht nur das Hemd aufgeschlitzt, sondern auch einen dünnen Schnitt durch die Haut quer über seinen Rücken gezogen hatte. Trotz des Schmerzes war Lars glücklich. Der Schuss hätte ohne sein Eingreifen Trixi das Leben gekostet.

»Ihr lasst die Köpfe unten, verdammt noch mal!«, herrschte er die beiden an. Eva hob gerade wieder den Kopf und wollte über die Kiste gucken.

»Aber Lara«, flüsterte sie mit bebenden Lippen und angstgeweiteten Augen.

Lars sah zu der großen Kiste hinüber. Tatsächlich die Kleine stand verloren zwischen den wild umher schwirrenden Strahlen, rieb sich die kleinen, gefolterten Finger und starrte mit geweiteten, hilflosen Augen auf das Kampfgeschehen.

Mit einem wütenden Fluch sprang Lars blitzschnell aus der Deckung, riss Lara von den Füßen und ließ sich mitsamt dem Kind hinter die große Kiste fallen, in die gleich mehrere Strahlen einschlugen, die aber offensichtlich stabil genug war, diesen Waffen zu widerstehen. Er sah auf seinen Oberarm. Diesmal hatte es ihn etwas heftiger erwischt. Ein Strahl hatte ihn gestreift und der Arm blutete. Um den Schmerz kümmerte er sich schon nicht mehr. Der ganze Körper tat ohnehin von den vielen verschiedenen Stürzen weh.

»Du bleibst hier hinter dieser Kiste und rührst dich nicht von der Stelle. Das ist ein Befehl!«, schärfte er der Kleinen ein, die ihn völlig verunsichert anstarrte und keinen Laut von sich gab.

Mit einem weiteren Hechtsprung ergatterte er eine der am Boden herumliegenden Waffen. Völlig automatisch, ohne nachzudenken, schaltet er sie auf den Betäubungsmodus um und feuerte wild auf die Wärter. Sie hatten dieses automatische Umschalten so oft geübt, damals vor einer halben Ewigkeit, während ihrer Ausbildung auf dem aranaischen Kampfschiff. Sie hatten das freiwillig getan, als sie realisierten, dass sie an Waffen ausgebildet wurden.

Alle vier hatten einander versprochen, niemals in einem anderen Modus als dem Betäubungsmodus auf Menschen zu schießen. Sie wollten niemals jemanden schwer verletzen oder gar töten. Jetzt war es gut, dass dieser Handgriff ganz automatisch ablief und Lars keine Zeit für Überlegungen hatte. Wer weiß, ob er es sich doch noch anders überlegt hätte nach allem, was er in den letzten Stunden erlebt hatte.

Mehrere Wärter sackten bewusstlos zusammen. Kara kämpfte mit Fäusten und Füßen gegen vier Angreifer gleichzeitig. Glücklicherweise trauten sich die anderen Wärter nicht, auf sie zu schießen. Sie hatten Angst, einen ihrer Kumpane, die um Kara herumstanden, im Kampfgewühl zu verletzen oder gar zu töten.

Viel schlimmer war, dass die anderen Wärter auf Lars zu feuern begannen und dabei absolut keine Rücksicht auf die noch immer herumstehenden Mädchen nahmen. Vor allem die Abgängerinnen standen völlig ohne jegliche Reaktion im Raum und starrten weiterhin stumpfsinnig ins Leere. Eine nach der anderen wurde getroffen und fiel einfach lautlos zu Boden.

Lars war geschockt. Er konnte unmöglich alle Mädchen retten. So wie es aussah, konnte er nicht einmal sich selbst und Kara retten. Wild schoss er um sich. Aber es half wenig. Da hörte er Schreie.

»Nicht schießen! Nicht schießen!« Zwei verzweifelte Wärter stürmten unbewaffnet mit erhobenen Händen durch eine der offen stehenden Türen. Die Schurken nahmen aber noch nicht einmal auf ihre eigenen Leute Rücksicht. Beide gingen schwer getroffen zu Boden.

Im nächsten Moment war wildes Angriffsgeheul zu hören und vier Gestalten hechteten in den Raum. Lars hatte das Gefühl, sich noch nie so über Lucys Anblick gefreut zu haben – und natürlich auch den der anderen drei. Er schöpfte wieder Mut. Auch er stürmte jetzt wild entschlossen aus der Deckung und schlug gleich den ersten Gegner zu Boden, der den Fehler gemacht hatte, in Richtung der Neuankömmlinge zu blicken.

Während sich die fünf anderen mit Händen und Füßen prügelten, hielt Kim die letzten drei Wärter mit Schüssen aus ihrer Strahlenwaffe in Schach, die sich verbarrikadiert hatten und zurückschossen.

Lars wollte gerade einen gut gezielten Schlag auf das Kinn eines Wärters absetzen, als es klatschte und ihm sein Ziel entgegenflog, natürlich genau in seine zuschlagende Faust. Als der Gegner bewusstlos nach unten weg sackte, starrte Lars in Belians grinsendes Gesicht. Er hatte sich noch nie so gefreut, gerade diesen imperianischen Jungen zu sehen. Gemeinsam schlugen sie vier weitere Schurken bewusstlos.

Unterdessen schaltete Kim ihre Waffe auf »rot« und feuerte ein paar gezielte Schüsse auf die immer noch rücksichtslos durch die Gegend ballernden Wärter ab. Sei verfehlten sie nur knapp.

»Wir ergeben uns!«, brüllte einer ängstlich, als er sah, dass jetzt auch auf sie scharf zurückgeschossen wurde. Alle drei kamen mit erhoben Händen aus ihrer Deckung.

Lars erstarrte vor Entsetzen, als Kim sie ohne mit der Wimper zu zucken erschoss. Erst dann erkannte er, dass sie blitzschnell ihre Waffe zurück in den Betäubungsmodus gestellt hatte. Er musste nach dem Schreck erst einmal kräftig durchatmen. Das konnte er sich endlich auch erlauben. Sie hatten die Wärter besiegt.

Von Entspannung war aber keine Rede. Es hatte mehrere Tote und viele Verletzte unter den Mädchen gegeben. Eva und ihre unverletzten Leidensgenossinnen kümmerten sich, wie Lars schon öfter beobachtet hatte, nur um diejenigen, die noch nicht zu den Abgängerinnen zählten. Eine von ihnen war tot. Es war ausgerechnet eines der Mädchen, die Lars als die wenigen lebenslustigen kennengelernt hatte. Der Schock darüber stand den anderen ins Gesicht geschrieben.

Vier der Abgängerinnen waren gestorben. Elf weitere Mädchen waren schwer verletzt. »Schnell wir brauchen Sanitäter!«, rief Kara. Sie hielt dabei ein Tuch an die schrecklich blutende Nase. Sie sah gebrochen aus. Gut, dass so etwas auf Imperia problemlos und schnell zu heilen war. Es wäre wirklich schade, um das schöne Gesicht gewesen, dachte Lars. Belian organisierte Hilfe. Borek und Lucy kümmerten sich um die Robotermädchen aus den anderen Kellern, die sich jetzt durch die Tür drängten. Kim und Kara leisteten gemeinsam mit Eva und Trixi die erste Notversorgung für die Schwerverletzten. Lars schloss sich ihnen an.

Glücklicherweise hatten die Menschenrechtler auch für einen Sanitätsdienst gesorgt, der schon im Erdgeschoss des Imperiumsturms bereitstand. Die verletzten Mädchen wurden von ihnen in Empfang genommen und zur Untersuchung und Behandlung abtransportiert. Kara wehrte sich. Auch sie sollte versorgt werden.

»Erst die Mädchen!«, quäkte sie aus ihrer geschwollenen, blutverkrusteten Nase.

»Nun stell dich nicht so an. Die Kleinigkeit machen wir so nebenbei«, sagte eine ältere Frau in Sanitäteruniform resolut und zerrte Kara mit sich.

Plötzlich stand Borek neben Lars.

»Wir werden jetzt in einem geordneten Zug nach oben zu den Menschenrechtlern ziehen«, rief er den Mädchen zu. »Dort werdet ihr der Presse vorgestellt. Alle Erzählerinnen ganz nach vorn. Ihr werdet mit den Journalisten reden. Bitte sorgt dafür, dass die Abgängerinnen ganz hinten sind. Die Medien sollten sie nicht als Erste zu Gesicht bekommen. Hinterher können dann die traurigen Schicksale noch immer vorgestellt werden.«

Die drei Erzählerinnen stellten ihre Mädchen in einer akzeptablen Reihenfolge auf.

»Kommt Trixi und Lara, wir sollen ganz nach vorne«, sagte Eva, nachdem die Reihenfolge feststand.

Lara sah unsicher zwischen Eva und Lars hin und her. Sie rieb sich noch immer die kleinen, gefolterten Finger.

»Ich gehe mit und pass auf die Kleine auf. Vielleicht kann sie später mit Nuri und Daro zusammen untergebracht werden«, sagte Kara, die plötzlich wieder neben Lars aufgetaucht war. Ihre Nase sah schon viel besser aus. Sie legte Lara beschützend den Arm um die Schulter.

»Kommt! Wir sollten nach vorn an die Spitze des Zuges gehen.« Kara nickte Eva und Trixi aufmunternd zu.

»Ich gehe nicht mit«, sagte Trixi und für ein Robotermädchen, klang das sehr bestimmt.

»Das geht nicht, das weißt du. Du wirst gebraucht«, sagte Kara in einem für sie ungewöhnlich mütterlichen Ton.

»Nein, ich gehe mit Lars. Ich gehe nur noch dahin, wohin auch Lars geht. Ich bin kein Roboter mehr, ich brauche nicht mehr zu gehorchen, auch euch nicht!«

»Es gibt manchmal Dinge, die müssen auch Menschen tun, obwohl sie es eigentlich nicht wollen.«

»Das ist mir egal. Entweder ich darf mit Lars gehen oder ich gehe dahinten raus und lass mich gleich erschießen.« Trixi klang wirklich entschlossen.

»Siehst du, sie ist ein Mädchen«, sagte Lars voller Stolz zu Kara. »Sie hat nicht nur einen Willen, sie erpresst uns sogar.«

»Na Klasse«, seufzte Kara. Dann grinste sie Lars lausbübisch an und ergänzte: »Das erklärst du aber Lucy. Ich wünsche dir viel Spaß!«

Lars war glücklich. Trixis Entscheidung löste schon einmal ein Problem, das ihn die ganze Zeit verfolgte, seitdem er den Plan zur Befreiung der Mädchen hatte. Er hatte es vor sich hergeschoben und es letztendlich völlig verdrängt. Es war die Frage, wie er eigentlich mit Trixi nach der ganzen Aktion zusammen sein konnte. Eigentlich war es ganz logisch, dass sie nur eine gemeinsame Zukunft hatten, wenn er sie mit nach Terra nahm.

Damit stellte sich allerdings das zweite Problem. In dem Hauptplan, nämlich dem, in dem es um die Eroberung des Schlüssels ging, war Trixi nicht vorgesehen. Lucy war nach wie vor die Kommandantin und sie würde es mit Sicherheit nicht besonders lustig finden, Trixi in diese Aktion einzubeziehen. Die ganze Sache war auch so schon kompliziert genug.

Lars beschloss, einfach nicht weiter darüber nachzudenken und Trixi erst einmal in die Wohnung von Borek und seinen Freunden zu schaffen. Lucy war sowieso noch mit den anderen Mädchen beschäftigt. Sie mussten später miteinander reden. Entschlossen legte er seinen Arm um Trixis Schulter und schob das ihn glücklich anlächelnde Mädchen durch die Menge in Richtung Ausgang.

Trauer

Lucy tat der ganze Körper weh. Sie hatte mehrere ziemlich brutale Schläge abbekommen. Glücklicherweise war nichts gebrochen, so wie Karas Nase. Ihre Kleidung war teilweise durch die Kämpfe aber auch durch Strahlen, die sie gestreift hatten, zerrissen. An einigen Stellen war selbst die Haut durch die Streifschüsse angeritzt und blutete leicht. Aber sie hatte Glück gehabt, keine Wunde war tief. Sie musste nicht sofort behandelt werden.

Nachdem Lucy sich zusammen mit den anderen um die verletzten Mädchen gekümmert hatte und sie der sicheren Obhut der Sanitäter übergeben hatten, ging sie zurück zu der Gruppe von Robotermädchen, die sie zusammen mit Borek befreit hatte. Sie hatten beschlossen, dass die Mädchengruppen, die jeweils in einem der Keller gehaust hatten, zusammenbleiben sollten. Sie hofften, dass die Mädchen sich ein wenig sicherer fühlten, wenn sie sich untereinander kannten. Borek hatte die Gruppe schon instruiert und in der Reihenfolge aufgestellt, in der sie zusammen mit den anderen zu den wartenden Journalisten geführt werden sollten.

Da die Erzählerinnen ihrer Gruppe noch recht jung waren, musste Lucy ihnen helfen, die anderen Mädchen an den richtigen Ort zu geleiten. Die kleine Erzählerin war dabei keine große Hilfe. Sie verließ sich vollkommen auf Lucy und kümmerte sich eigentlich nur um ihre kleine Freundin, die sich mit großen ängstlichen Augen völlig verunsichert in dem ganzen Rummel umsah. Sie hatte ihre rechte Hand zur Faust geballt und sie so weit wie möglich in den Mund geschoben. Gedankenverloren kaute sie auf dem Knöchel des Zeigefingers. Mit der linken Hand hielt sie die Hand der kleinen Erzählerin krampfhaft umklammert.

Kurz entschlossen nahm Lucy die kleine Erzählerin an der einen und ihre kleine Freundin an der anderen Hand und übernahm die Führung des Trupps. Mit knappen Worten instruierte sie die Mädchen und ordnete sie in den Tross ein, der sich mittlerweile aus den anderen beiden Gruppen gebildet hatte. Zum Schluss führte sie die etwas ältere Erzählerin und die beiden Kinder an den Anfang des Zuges, an dem schon Kara mit den anderen Erzählerinnen wartete.

Kara hatte einen Arm beschützend um ein anderes Kind gelegt. Die Kleine war bestimmt zwei Jahre älter als die beiden Mädchen, die Lucy an der Hand hielt.

»Ich bin Lara. Ich bin ein Mensch«, begrüßte das bei Kara stehende Mädchen die anderen beiden Kleinen selbstbewusst. Die beiden kleinen Mädchen sahen sich unsicher um.

»Was ist? Wie heißt ihr?«, bohrte Lara nach. Die beiden Kleinen wirkten ziemlich verwirrt. Sie sahen Lucy fragend an.

»Die beiden haben noch keinen Namen«, antwortete die. »Übrigens, ich bin Lucy, und dass ich auch ein Mensch bin, kannst du dir sicher denken.«

»Dass du Lucy bist, hat Kara mir schon gesagt. Lars hat schon ganz viel von dir erzählt. Aber warum haben die noch keinen Namen? Lars hat uns allen einen Namen gegeben – na jedenfalls allen die einen haben wollten.« Und dann fügte Lara flüsternd hinzu: »Die Abgängerinnen wollten gar keinen Namen haben. Ich glaube, die halten sich noch immer für Roboter. Aber für die ist sowieso schon alles zu spät.«

Lucy war leicht schockiert. Die Kleine war wirklich herzlos, zumindest den Mädchen gegenüber, die es am schlimmsten getroffen hatte. Bevor sie aber etwas antworten konnte, redete Lara schon in recht arrogantem Ton weiter und zeigte auf die beiden Kleinen.

»Wenn die keinen Namen haben, sind das keine Menschen, sondern immer noch Roboter.«

»Hör mal Lara!« Lucy riss sich gewaltig zusammen, es reichte aber nicht, um nicht verärgert zu klingen. »Erstens sind die beiden Mädchen hier genauso Menschen wie du. Und zweitens hatten wir noch keine Zeit, Namen zu verteilen. Wir mussten euch schließlich erst mal befreien.«

»Die müssen aber auch Namen haben, sonst sind das keine Menschen. Oder hast du schon mal einen Menschen ohne Namen gesehen.« Lara ließ sich nicht beirren.

Die beiden Kleinen sahen mit großen Augen zwischen Lucy und Lara hin und her. Kara grinste nur frech, hob bedauernd die Schultern und sagte: »Wenn ich das richtig verstehe, haben ehemalige Roboter alle terranische Namen. Da wirst du dir wohl welche ausdenken müssen.«

Lucy war genervt. In all diesem Chaos sollte sie jetzt auch noch einen Namen finden. Sie sagte einfach das Erste, was ihr einfiel.

»Also das ist Ronja.« Sie zeigte auf die kleine Erzählerin.

»Und das ist Maja.« Sie zeigte auf deren kleine Freundin.

»So, seid ihr jetzt alle zufrieden?« Lucy sah Lara provozierend an. Die nickte aber nur ernst. Auch die kleine Erzählerin, die jetzt Ronja hieß, nickte glücklich. Nur Maja sah Lucy noch immer mit großen, ängstlichen Augen verständnislos an und kaute weiter auf ihrer Faust. Die andere kleine Hand, mit der sie krampfhaft Lucy festhielt, war schon ganz feucht.

»Komm Maja, nun nimm mal die Hand aus dem Mund«, sagte Kara freundlich, aber bestimmt zu dem Mädchen.

»Äh, die Kleine hatten sie gestern Nacht in der Mangel«, antwortete Lucy schnell. In ihr wurden plötzlich ganz unbekannte Beschützerinstinkte wach.

»Was? Dieses Kind?«, flüsterte Kara.

»Ja, ich weiß gar nicht, ob sie uns überhaupt versteht. Sie hat noch kein einziges Wort gesagt«, flüsterte Lucy zurück. Sie hatte mittlerweile den Eindruck, dass die Kleine einen ernsthaften Schaden davon getragen hatte. Jedenfalls sah sie nicht so aus, als hätte sie irgendetwas von dem verstanden, was um sie herum vor sich ging.

Kara kniete sich vor die Kleine.

»Möchtest du Maja heißen?«, fragte sie. Die Kleine schüttelte den Kopf.

»Oder möchtest du anders heißen? Wir können dir auch einen anderen Namen geben.« Die kleine Maja schüttelte den Kopf.

Jetzt nahm Ronja sie in den Arm und sagte an Kara gewandt: »Sie ist nicht blöd. Sie versteht dich und kann auch reden. Sie muss sich nur erholen. Heute Abend ist sie bestimmt schon wieder in Ordnung, jedenfalls fast.«

»Ja, so was dauert immer den ganzen Tag«, mischte sich in genauso altklugem Tonfall Lara ein. »Man muss sie einfach ein paar Stunden in Ruhe lassen.«

Kara lächelte die beiden an. »Dann ist es ja gut.« Sie blickte Maja wieder in die ängstlichen Augen und zog ihr entschlossen die kleine Faust aus dem Mund. Der Knöchel sah schon ziemlich mitgenommen aus. »Ab heute wird kleinen Mädchen nicht mehr wehgetan. Sie dürfen sich nicht mal mehr selbst wehtun.«

Kara richtete sich wieder auf. Sie legte den Arm um Maja und hielt sanft die kleine Faust fest, die wieder in Richtung Mund wanderte.

»Bitte bring die drei zu dem netten alten Mann. Er soll sie gemeinsam mit Nuri und Daro unterbringen und für alles sorgen«, bat Lucy Kara.

»Keine Angst, auf die Idee bin ich auch schon gekommen. Außerdem hat mich Lars auch schon beauftragt, Lara unterzubringen.« Kara grinste und streichelte mütterlich allen drei Kindern übers Haar.

»Kommst du nicht mit?«, fragte Maja plötzlich mit zitternder Stimme und sah Lucy bettelnd an. Lucy war erleichtert, dass die Kleine das erste Mal redete.

»Ich muss jetzt los«, sagte sie liebevoll. »Aber wenn alles vorbei ist, komme ich wieder und besuche euch.«

Bei den letzten Worten hätte sie sich fast verschluckt. Wie ein Blitz durchfuhr sie die Erkenntnis, dass das nicht nur eine Lüge war, sondern auch völlig unmöglich. Ihr wurde Karas ernster Blick bewusst, der auf ihr lag.

»Es kann eine Zeit dauern«, sagte Kara fest. »Lucy und wir anderen haben sehr viel zu tun. Wir werden euch erst besuchen können, wenn alles erledigt ist. Bis dahin werden sich andere nette Menschen um euch kümmern. Wenn wir wiederkommen, feiern wir alle zusammen ein ganz, ganz großes Fest.«

Lucy schluckte. Dass Kara sie missverstanden hatte, machte die Sache für sie noch schlimmer. Klar, Kara und die anderen Rebellen würden wiederkommen, wenn sie ihr Ziel erreicht hätten – welches das auch immer sein mochte. Sie selbst würde nicht zurückkommen können – nie wieder.

»So, nun aber mal nach vorne, ihr drei«, sagte Kara. Sie schob die drei Mädchen in Richtung der Erzählerinnen, die schon warteten, dass es endlich losgehen würde.

Der ganze Zug setzte sich in Bewegung und schritt den Gang und die Treppe hoch in die große Halle, die das Erdgeschoss des Imperiumsturms bildete. Dort wartete eine riesige Menschenmenge. Einige hatten große Schilder und Transparente mit. Auf ihnen standen Parolen wie »Freiheit für alle Menschen« und »Schluss mit der Versklavung als Roboter«. Es waren überall Reporter mit ihren imperianischen Hightech-Mikrofonen und Kameraleute, die alles filmten.

Die Mitglieder der Menschenrechtsbewegung gaben Interviews und erzählten die Dinge, die sie vorher von Riah und ihren Freunden gehört hatten. Alle waren schon ganz aufgeregt, endlich die Mädchen zu sehen, die als Roboter gehalten worden waren. Als sie endlich aus der Tür kamen, mussten die versammelten Menschen sie vor der Meute von Journalisten schützen und diese zurückdrängen. Die Medien waren gespannt, endlich von den Mädchen selbst zu hören, was ihnen widerfahren war.

Natürlich hatten Borek und seine Freunde die Mädchen so zusammengestellt, dass diejenigen vorne standen, die am selbstsichersten waren, also in erster Linie die Erzählerinnen. Sie sollten die Fragen beantworten und dann vor laufenden Kameras den Test auf ›Menschsein‹ machen. Der ganzen Bevölkerung des Imperiums sollte schließlich bewiesen werden, dass es sich bei diesen Wesen um Menschen handelte und nicht um Roboter.

Für Lucy, Lars, Kim, Borek und Belian war der Plan, während dieses Getümmels unauffällig durch die Menge zu schlüpfen. Luwa wartete mit einem Laufroboter in der Größe eines irdischen Kleinbusses vor der Tür des Turms. Er würde alle sieben zurück zur Wohnung bringen.

Mit schnellen Schritten ging Lucy auf den Laufroboter zu. Sie sah schon von Weitem, dass Kim und Belian einstiegen. Borek stand daneben und redete mit Lars. Was war das? Lars hielt dieses rothaarige Robotermädchen an der Hand, Trixi, wie er sie genannt hatte.

»Das ist eigentlich eher ein Katzenname«, schoss es Lucy durch den Kopf.

Aber was sollte das? Warum war das Mädchen nicht bei den anderen? Lars wollte sie doch wohl nicht mitnehmen? Lucy würde ihm gehörig Bescheid sagen. Das war so nicht abgesprochen, ganz und gar nicht. Sie hatten auch so schon genug Probleme. Alles Mögliche konnte schiefgehen. Lucy beschleunigte ihre Schritte. Da packte sie jemand am Arm.

Es war Riah. Vor Wut auf Lars hatte Lucy sie gar nicht kommen sehen. Irgendetwas stimmte nicht. Sie hätte bei Christoph im Turm in dem Rechnerraum sein sollen. Die beiden sollten wie jeden Tag an dem Code arbeiten, der es Christoph erlauben würde, die Türen zum Schlüssel von innen zu öffnen. Sie sollten so tun, als hätten sie mit der ganzen Befreiung der Robotermädchen nichts zu tun und würden nur an den Studien des ›Austauschstudenten von Mirander‹ in der Bibliothek arbeiten. Erst am Abend sollten die beiden wieder zu ihnen in die Wohnung kommen.

Doch jetzt stand Riah vor ihr. Sofort vergaß Lucy ihren Ärger auf Lars. So hatte sie ihre Freundin noch nie gesehen. Riah war vollkommen aufgelöst. Tränen rannen ihr wie Bäche aus den Augen. Sie schluchzte laut und klammerte sich an Lucy. Sie versuchte etwas zu sagen, bekam aber kein Wort heraus, jedenfalls nichts, was Lucy verstehen konnte. Alles ging in einem noch lauteren Schluchzen unter. Sie drückte ihren Kopf an Lucys Schulter und begann haltlos zu weinen.

»Was ist denn los?«, rief Borek, der schnell zu ihnen gelaufen kam.

Lucy rechnete schon damit, dass Riah sich sofort Borek an den Hals werfen würde, aber sie drehte sich nur von ihm weg und weinte noch lauter. Ihr ganzer Körper schüttelte sich. Lucy sah Boreks bestürztes Gesicht. Sie meinte sogar, ein ganz klein wenig Eifersucht in seinem Blick zu spüren. Lucy gab ihm mit einem kurzen Kopfnicken ein Zeichen, zurück zum Laufroboter zu gehen.

Eng umschlungen und vorsichtig führte sie ihre Freundin zu dem Gerät.

»Komm, setz dich erst mal«, sagte Lucy fürsorglich. Sie hatte alles andere um sich herum vergessen. Jetzt galt es nur noch, Riah zu trösten. Zärtlich streichelte sie ihr durchs Haar. »Was ist denn passiert?«

»Sie ... sie«, schluchzte Riah. »Sie haben sie gequält, bis sie tot war.«

»Wen haben sie gequält?«, fragte Lucy besorgt.

»Das Mädchen! Das Mädchen, das Lars befreit hat. Sie haben sie einfach immer weiter gequält, bis sie tot war. Und ich ... wir ... wir konnten gar nichts machen. Wir konnten nur zuschauen.«

Riah wurde durch den nächsten Weinkrampf geschüttelt. Wer hatte wo zugesehen? Lucy verstand überhaupt nichts.

»Wieso hast du zugesehen?«, fragte sie.

»Ihr habt doch gesagt, wir sollen nach Beweisen suchen?« Riah schluchzte noch immer beim Reden. »Da hat Christoph alle Videodateien durchgesehen. Und dann sind wir auf die aktuelle Videoaufzeichnung aus dem Raum mit den Mädchen im Turm gestoßen.«

Riah schüttelte sich. Sie war ganz bleich.

»Und gerade in dem Moment. Da haben die ... da haben die ...« Riah begann erneut zu weinen und konnte nicht mehr weitersprechen. Nach ein paar Sekunden versuchte sie es erneut.

»Da haben die das Mädchen gequält. Immer weiter, immer weiter, bis ... bis es tot war. Und wir saßen oben im Rechnerraum und konnten doch nicht weg. Wir mussten da doch dort bleiben.«

Riah fing wieder haltlos an, zu weinen.

»Riah, du hättest alleine doch nichts machen können. Nicht einmal mit Christoph zusammen. Ihr wart doch viel zu wenige.

Ihr hättet da sowieso nicht hineinlaufen dürfen. Sie hätten euch erschossen.« Lucy streichelte ihre verzweifelt weinende Freundin und drückte sie ganz fest an sich.

»Aber das war so schlimm«, wimmerte sie. »Ich habe noch nie etwas so Schreckliches erlebt.«

Lucy nahm sie in den Arm und wiegte sie sanft. Jetzt konnte sie wenigstens ein wenig von dem Trost zurückgeben, den sie in den letzten Tagen von ihrer Freundin erhalten hatte.

Borek sah zerknirscht aus. Lucy ahnte, dass die Ursache dafür darin lag, dass Riah sich ihr statt ihm anvertraut hatte, und weniger an der Geschichte selbst.

»Können wir? Ich glaube, es ist besser, den Rest zu Hause zu besprechen«, schaltete sich Luwa ein. Sie steuerte den Laufroboter.

Riah löste sich aus Lucys Arm.

»Warte mal«, schniefte sie. »Ich hab ja das Wichtigste vergessen. Christoph hat mir das hier mitgegeben. Er kommt erst heute Abend nach.«

Sie drückte Lucy so etwas wie einen Speicherchip in die Hand.

»Da ist alles drauf«, schniefte sie und begann wieder zu schluchzen. »Auch die Szene, wo sie das Mädchen zu Tode quälen.«

Weinend sank sie zurück in Lucys Arm.

Die reichte Borek wortlos den Speicherchip. Sie sahen sich nur an. Borek nickte und sprang wieder aus dem Laufroboter. Lucy erfüllte es trotz der schrecklichen Situation mit Stolz, dass sie sich jetzt mit Borek wortlos verstand. Er rannte zu den heiß diskutierenden und Interviews gebenden Menschenrechtlern. Lucy sah, wie er wild gestikulierend mit einem aus dieser Gruppe redete, der dann schnell verschwand. Borek kam wieder zurück.

»Sie sehen sich die Sache an und geben es dann an die Presse weiter«, sagte er atemlos. »Lasst uns schnell nach Hause fahren. Es wäre nicht gut, wenn wir hier gesehen werden.«

***

In der Wohnung angekommen, brachte Lucy Riah in ihr Zimmer. Sie hatte sich mit Borek geeinigt, dass sie erst einmal alleine mit ihrer Freundin blieb. Nachdem Riah ihr unter Tränen und Schluchzen noch einmal alles erzählt hatte, was sie an Grausamkeiten gesehen hatte, beruhigte sie sich so weit, dass sie nur noch leise schluchzend in ihrem Arm lag.

Jetzt stürzten auf Lucy ihre eigenen Gefühle ein. Das Schlimmste waren nicht die vergangenen Stunden, die hatten sie natürlich auch mitgenommen. Viel schlimmer war, dass sie wusste, dass sie ihre Freundin, die sich so verzweifelt an sie klammerte, schon in wenigen Tagen betrügen würde. Sie würde sie verraten müssen, um ihren Planeten zu retten, auch wenn es jetzt schon feststand, dass sie zu spät kommen würden. Dabei war es alles andere als sicher, dass sie es tatsächlich schaffen würden, diesen Schlüssel zu erobern. Das Schlimmste aber war, dass Lucy so viel lieber bei ihren neuen Freunden geblieben wäre.

Sie drückte Riah noch fester an sich.

*** Ende des zweiten Bandes ***

Bisher erschienene Bände:

Lucy – Besuch aus fernen Welten (Lucys 1. Abenteuer)
Lucy – Im Herzen des Feindes (Lucys 2. Abenteuer)
Lucy – Der Bund der Drei (Lucys 3. Abenteuer)
Lucy – Gorgoz (Lucys 4. Abenteuer)
Lucy – Der Schlüssel (Lucys 5. Abenteuer)
Lucy – Die Rückkehr der Schatten (Lucys 6. Abenteuer)
Lucy – Die Entscheidung (Lucys 7. Abenteuer)
Grenzgänge – Geschichten aus dem Lucy-Universum

Die Bände der Serie Lucy gibt es auch als E-Books in unterschiedlichen Formaten und auf diversen Plattformen. Informationen dazu findet ihr auf Lucys Webseite:

www.lucy-sf.de

In eigener Sache

Von Verlagen unabhängige Autoren haben weder eine Lobby noch die Möglichkeit groß angelegte Werbekampagnen durchzuführen. Wenn Ihnen das Buch gefallen hat, möchte ich Sie daher bitten, eine positive Bewertung auf der Plattform zu hinterlassen, auf der Sie es gekauft haben.

Der Autor

Andere Werke des Autors

Weltensucher (Science-Fiction):

    Weltensucher – Aufbruch (Band 1)
    Weltensucher – Siedler (Band 2)
    Weltensucher – Kontakt (Band 3)

Adromenda (Fantasy):

    Adromenda – Die Königskinder von Adromenda (Band 1)
    Adromenda – Das Geheimnis von Adromenda (Band 2)

Final Shutdown (Cyberthriller)

2048 (Cyberthriller)

Alle Werke gibt es auch als E-Books in unterschiedlichen Formaten und auf diversen Plattformen.

Informationen finden ihr auf: www.fred-kruse.lucy-sf.de

Printed in Poland
by Amazon Fulfillment
Poland Sp. z o.o., Wrocław

28396429R00217